단군왕검

단군 왕검 2

1판 1쇄 발행 2009년 6월 10일

지은이 ǀ 정호일

펴낸이 ǀ 박찬영

편집 ǀ 김혜경, 한미정, 성이경

교정 ǀ 박은지

마케팅 ǀ 이진규, 장민영

발행처 ǀ 리베르

주소 ǀ 서울시 용산구 용산동5가 24번지 용산파크타워 103동 505호

등록번호 ǀ 제2003-43호

전화 ǀ 02-790-0587, 0588

팩스 ǀ 02-790-0589

홈페이지 ǀ www.liberbooks.co.kr

커뮤니티 ǀ blog.naver.com/liber_book(블로그)

        cafe.naver.com/talkinbook(카페)

e-mail ǀ skyblue7410@hanmail.net

리베르(LIBER)는 디오니소스 신에 해당하며, 책과 전원의 신을 의미합니다.
또한 liberty(자유), library(도서관)의 어원으로서 자유와 지성을 상징합니다.

단군왕검

2

정호일 지음

리베르

하늘의 뜻이 땅에서 이루어지리라

단군왕검檀君王儉! 단군 할아버지!

저는 이 말만 들어도 가슴이 저절로 뭉클해지고 벅차올랐습니다. 왜 그런지 그 이유를 잘 몰랐습니다. 이 의미를 조금이나마 깨닫게 된 건 오랜 기간 고구려 역사를 공부하는 과정에서였습니다.

저는 우리 민족이 분단 상황에 처해 있으면서 강대국들 사이에 끼어 이리저리 치이는 현실을 안타까운 심정으로 바라보았습니다. 왜 우리 민족은 이렇게 살아야 하는가? 정말 우리 민족의 위대한 영화榮華는 없었는가? 이런 고심에서 저 는 가장 융성하고 번영했던 시기로 고구려를, 그중에서도 광개토호태왕을 떠올렸습니다. 그리고 이에 대해 연구해나갔습니다. 그분이 쌓은 민족적인 업적을 깨닫고 앞으로 나아간다면 우리 민족의 현실을 개선하는 데 도움이 될 것이라고 판단했던 까닭입니다. 결국 저는 이를 『광개토호태왕』이라는 책으로 출간하게 되었습니다.

그런데 그 연구 과정에서 정말 놀라운 사실을 발견하게 되었습니다. 그것은 고구려 역사의 영광된 뿌리가 바로 천손天孫 민족으로서의 자부심에 기초하고 있었다는 사실이었습니다. 그 뿌리란 다름 아닌 단군이었습니다. 놀라움은 단순한 호기심만으로 그치지 않았고 단군조선에 대한 연구로 이어졌습니다. 깊이 연구하면 할수록 우리의 위대한 조상이었던 단군에 대해 제가 얼마나 무지했던가를 깨닫게 되었습니다.

지금도 일부에서는 단군에 대한 기록을 역사적 사실로 보는가 하면 신화로 보기도 하는 등 의견이 분분합니다. 하지만 우리가 지금껏 이 땅에 존재한다는 사실이 바로 단군의 존재를 반증하는 것이 아닐까요? 우리의 부모에서 부모로 계속 거슬러 올라가다 보면 단군에까지 이르기 때문입니다. 결국 단군을 부정하는 것은 자기 자신의 뿌리를 부정하는 것과 마찬가지임에도 왜 이런 현상들이 나타나는 걸까요? 그만큼 우리가 스스로의 역사와 단군이라는 시조에 대해 모르고 있었기 때문일 것입니다. 물론 단군에 대한 사료가 극히 미미한 까닭에 정확하지 않은 부분이 많은 것도 사실입니다.

하지만 분명한 것은 그토록 융성했던 고구려가 나라의 근본을 단군조선에서 찾았다는 사실입니다. 그것은 당연히 단군조선이라는 나라가 번성했기 때문이겠지요. 그러나 비단 그 때문만은 아니었습니다. 단군조선은 민족의 태생적 뿌리이자 우리 인간이 살아가는 데 필요한 모든 정신적 자양분을 제공해주었기 때문입니다. 신선사상과 홍익인간, 그리고 이화세계는 바로 이러한 점들을 분명하게 보여주는 것이지요.

지금껏 저는 그 어떤 건국신화에서도 인간을 이롭게 하기 위해서 나라를 세웠다는 이야기를 들어본 적이 없습니다. 이 한 가지 사실만 놓고 보더라도 단군조선이라는 나라가 우리 민족사에 얼마나 새로운 지평을 열어놓았는지를 확인할 수 있습니다. 즉, 우리 민족 앞에 새로운 역사의 시대를 활짝 펼쳐놓았다는 것이지요.

지금 우리는 사회·경제적으로 매우 어렵고 힘든 시기에 처해 있습니다. 어쩌면 이렇게 된 원인은, 단군조선이라는 뿌리를 잃고 민족의 정신을 망각한 채 살아왔기 때문은 아닌가 생각합니다. 지금 사람들은 어찌하든지 간에 잘 먹고 잘살기만 하면 된다고 여기는 경향이 많습니다. 그러면 도대체 잘 먹고 잘사는 것이란 무엇일까요? 이에 대해 단군은 인간으로서의 존엄을 해답으로 내세우고 있습니다. 그것은 자신의 정체성을 찾아 스스로의 힘으로 현실의 상황을 풀어나가는 것을 의미합니다.

그런데 우리의 현실은 그렇지 않습니다. 지금의 경제 상황은 우리의 잘못에서만 비롯되었다기보다는 다른 나라의 경제 사정에 크게 영향을 받았기 때문으로 볼 수 있습니다. 결국 우리가 아무리 의도하지 않았다고 하더라도 다른 나라의 경제 상황에 따라 이리저리 흔들릴 수밖에 없는 형국에 처해 있는 셈이지요.

게다가 우리 사회 전반에는 자신의 것을 배우고 그것에 대한 긍지를 가지는 대신에 다른 나라의 사고방식이나 사상, 그리고 언어를 무분별하게 받아들이고 남발하는 것을 대단하게 여기는 풍조마저 유행하고 있습니다. 먹고사는 것도 다른 나라에 의해 좌우되고 민족의 정신마저 다른 나라의 그것을 가져다 쓴다면, 그게 바로 노예적 삶이 아니고 무엇일까요? 아무리 노예가 주인의 혜택을 받아 잘 먹고 풍족하게 산다고 하더라도 그게 참다운 삶이라고 할 수 있을까요? 그것마저 주인에 의해 결정되는데도 말입니다.

저 는 이 혼란의 시기를 극복하는 하나의 방법이 단군을 옳게 이해하는 것이라고 생각합니다. 왜냐하면 단군은 우리의 태생적 뿌리이기도 하지만 어떻게 인간의 문제를 풀어야 할 것인가에 대한 원초적 해답을 제시해주고 있기 때문입니다. 단군이야말로 항상 새로운 인간 세상을 꿈꾸며 개척해나갔던 사람입니다. 바로 이것이 우리 민족이 위기에 처할 때마다 단군을 떠올리고 찾았던 이유가 아닌가 생각해봅니다.

세상은 꿈꾸는 자의 것이고 도전하는 자에 의해 개척됩니다. 아무쪼록 이 책이 지금의 어렵고 힘든 상황을 극복하는 데 조금이나마 도움이 되었으면 하는 바람입니다. 덧붙이건대, 단군에 대한 오랜 연구와 고민을 바탕으로 이 글을 썼지만 아직도 많은 부분이 부족하다고 생각합니다. 그만큼 단군조선의 역사적 잠재력이란 대단한 것이겠지요.

마지막으로 '단군'이란 제목 두 글자만 듣고도 흔쾌히 출간을 결정해주신 박찬영 리베르 대표를 비롯한 직원분들께 깊은 감사의 인사를 전합니다.

2009년 5월

서울에서 정호일

발행인의 말

인류 문화의 진정한 시작, 단군왕검

소설가 정호일, 그의 몸 속에는 단군의 피와 정기가 속속들이 흐른다. 그는 온몸을 다하여 주술사처럼 단군의 혼을 불러냈다. 어렴풋이 단군신화로만 인식하고 있던 엄연한 역사적 사실을 마치 보고 온 듯이 소설 『단군왕검』으로 재현해냈다. 그리하여 단군이 비로소 우리 앞에 현신한다.

일제가 흔들어놓았던 고조선의 역사가 마치 퍼즐의 조각이 하나하나 맞춰지듯 반듯하게 얼굴을 내민다. 어떤 소설보다 재미있고 어떤 역사책보다 진지한 '숨은 보석'이 5천 년이 넘는 장구한 세월 속에 묻혀 있다 드디어 우리 앞에 모습을 드러냈다. 그것은 전율이었다.

역사적 사실성은 어떤 전문 서적보다 정확하고, 이야기의 디테일은 어떤 소설보다도 역동성이 넘친다. 사료와 유물에 근거한 사실을 뼈

대로 하고 개연성 있는 소설적 상상력을 실로 덧붙였기 때문이다. 이제 우리의 역사가 정호일 작가의 소설 『단군왕검』을 통해 새롭게 눈을 뜬다. 정호일에게 '단군 연구의 1인자'라는 말을 아낄 필요가 없을 것이다.

인류 4대 문명과 함께 일궈진 단군의 세계 경영은 그야말로 세계를 관통한다. 인류 4대 문명의 발상지가 지역적 한계를 극복하지 못한 반면, 단군의 '개벽 문명'은 만주·한반도는 물론 대륙을 거쳐 영국의 스톤헨지에까지 이르렀다고 말한다면 어찌 과장이라고만 할 수 있겠는가.

스톤헨지 근처 에이번 강 주변에는 수십 기의 무덤이 있다. 이 무덤에 묻힌 주인공들은 아시아 계열로서 청동기 문화를 수반하고 영국으로 들어갔다고 알려져 있다. 2003년에는 스톤헨지 유적 주변에서 집단 묘지가 발견되었는데, 여기에서 발굴된 성인 네 명과 어린이 두 명의 유골에 대해 방사성 탄소 연대를 측정한 결과 이들의 생존 연대는 기원전 2300년쯤 되는 것으로 밝혀졌다. 고조선의 건국 연대는 기원전 2333년이고 북한의 주장에 의하면 기원전 2993년이다. 이 지역 인근뿐만 아니라 영국 전역에서 한반도의 고인돌과 비슷한 형태의 고인돌이 발견되기도 한다.

전 세계 고인돌의 거의 절반 정도가 한반도에 분포돼 있어, 한반도가 세계 청동기 문명의 시원지로 인식되기도 한다.

영국의 청동기 문화는 고조선 건국 무렵에 대륙으로부터 전해졌다고 한다. 고인돌 거석 유물로 근거해볼 때 단군족 혹은 그 영향 하에 있던 거수국이 계속 서진하여 영국으로 건너갔고, 동북아시아 단군조선 건국 시점에 '영국판 단군조선'을 건국했다는 추론이 얼마든지 가능하다. 우리와는 너무 먼 이야기가 아니냐고? 당시 유목민들의 이동 속도는 우리의 상상을 초월한다. 몽고족이 말 달리며 대제국을 건설할 때는 이동 속도가 곧 정복 속도였다. 단군과 주몽 시대에는 천리 길도 단숨에 훨훨 날아 달리는 기린마 전설이 있었다는 북한의 자료로 보아 당시의 기동력은 대단했을 것으로 짐작된다.

최초의 인류 나반(아버지의 어원)과 아만(어머니의 어원)에서부터 유래된 단군족의 세계 경영을 어찌 신화로만 돌릴 수 있겠는가. 아담과 이브의 모델인 나반과 아만은 신화 속의 인물일지도 모른다. 하지만 단군은 엄연한 역사적 실체다. 이미 정호일 작가가 그 퍼즐 맞추기 작업을 깔끔하게 마무리했다.

하지만 지금도 국사학과 교수들을 중심으로 우리나라의 고대사를 부정하는 이들이 많다. 실로 통탄할 일이다. 자신들이 배운 것만으로

학계에서 행세하려면 그럴 수 밖에 없는 측면도 있을 것이다. 1910년 한일합방이 되자 마자 일제는 조선총독부에 '취조국'이라는 부서를 만들어 1년이라는 짧은 시간 동안 단군 관련 고대사를 중심으로 20만 권이 되는 우리나라 역사책을 집중적으로 수거하였다. 1년 만에 20만 권이나 되는 책이 사라졌으니 일본이 패망할 때까지 사라진 책의 숫자는 실로 언급하기 힘들 정도다. 그나마 국보급 자료는 일본 궁내성 왕실도서관의 지하 서고에 보관되어 있다고 한다. KBS취재팀이 직접 가 보았지만 당연히 그들은 서고를 보여주지 않았다. 그런 까닭에 아직도 우리나라 고대사를 인정하지 않는 국사학자들이 그들의 자리를 확고히 하고 있는 것이다.

중요한 사실은 우리나라 역사가 단군조선에서 시작되는 것이 아니라는 점이다. 우리 민족을 배달민족이라고 한다. 단군조선에 앞서 배달국이 있었고 배달국 이전에는 환인의 환국이 있었다. 환국이 건국된 시기가 BC7199년이니, 우리나라의 역사는 5천 년의 역사가 아니라 1만 년의 역사라고 말해야 옳다.

우리나라는 이미 단군 시대 이전부터 독자적인 정신세계를 구축하고 있었다. 천부경을 발견해 해독한 최치원은 '난랑비서문'에서 그 핵심을 이미 명쾌하게 풀었다.

'우리 나라에 현묘한 도가 있으니 이를 풍류라 한다. 그 근원은 한 웅의 신시 역사에 상세히 실려 있다. 풍류교를 뿌리로 하여 유교, 도교, 불교가 분파하였으니, 집에서는 부모에게 효도하고 밖에서는 나라에 충성하는 것은 공자의 유교요, 매사에 무위로 대하고 말없이 가르침을 행하는 것은 노자의 도교요, 악한 일을 하지 않고 착한 일을 행하는 것은 석가모니의 불교이다.'

소설 단군왕검에서 홍익인간에 근본을 둔 풍류도를 펼칠 때는 실로 유교·불교·도교·기독교의 진리조차 풍류도의 정점에서 합일되는 듯하다.

중국과 일본이 풍류도를 덮으려고 한 이유는 침략적 본성을 정당화하기 위해 그들의 정신세계를 본류로 내세우기 위함이다. 여러분조차 명백한 증거를 덮어두고, 기껏해야 지역적 한계를 지닌 화랑도 밖에 알지 못한다면, 그래서 천부경의 실체를 부정한다면, 소설 '단군왕검'을 아무 말없이 덮을 일이다.

자국 이기주의에 빠진 지구촌에 유일한 공생 코드인 '홍익인간'의 이념을 스톤헨지처럼 곧추세울 책무가 천신족인 우리에게 있다. 우리는 '개벽 문명'을 쉼 없이 이어나가야 한다. 대륙을 넘어서까지 가없이 뻗어나간 단군의 세계 경영은 정복과 파괴가 아니라 널리 지구촌의 인간을 이롭게 하는 데 있다. 작가 자신도 말한다. '지금껏 나는 어떤 건국신화에서도 인간을 이롭게 하기 위해서 나라를 세웠다는 이야기를 들어본 적이 없습니다.'

태고의 전설, 신묘한 풍류도, 신이 내린 글 신지문자, 웅녀를 위한 고인돌 제단, 불패의 전사 14대 환웅 치우천황, 세상을 바꾼 신무기 청동기, 순임금에게 한 수 가르친 치수의 비결, 거수국들의 끊임없는 순례와 홍익인간 사상의 전파······. 가슴 벅찬 소설 『단군왕검』의 발간을 계기로 우리 시대에 정신적 르네상스가 발흥하기를 기원하며 영국 시인 존 단의 시를 인용하는 것으로 맺음말을 대신한다.

'누구든 그 자체로 온전한 섬은 아니다.
모든 사람은 대륙의 한 조각, 본토의 일부분에 불과하다.'

펴낸이 박찬영

출처 : 환단고기, 규원사화, 단기고사, 삼국유사, 조선왕조실록, 난랑비서문 등

만물들의 온갖 특성들이 서로 조화와 질서를 이루도록 섭리적으로 행하는 건 사람이니, 사람이 바로 가장 으뜸이고 소중한 존재이니라. 온전한 한 인간이, 되는 길에 하늘의 법칙과 뜻이 있으니 인간이 곧 하늘이니라. 그러하니 이 이치를 알고 자신을 수양하는 길로 나아간다면 누구나 다 선인이 될 수 있느니라.

모든 만물들 중 가장 으뜸은 사람이다. 사람은 다른 만물이 할 수 없는 정신작용까지 할 수 있기 때문이다.

신지의 눈길이 북극성을 중심으로 환하게 빛을 내고 있는 큰곰자리의 북두칠성 자리에 멈췄다. 그 순간 그 자리가 옹녀의 별자리이자 하늘의 뜻을 상징하는 별자리라는 것을 결코 의심치 않았다. 이 별자리는 다른 별과 달리 항상 변함없이 북쪽에 위치하면서 땅을 향해 빛을 환하게 비춰주고 있었던 것이다.

단군왕검 2권

차례

1

무법 전사들과의 한판 승부

범씨족의 호한은 아사달 지역의 소식을 전해 듣고는 노발대발했다. 피라미 같은 아사달이 자신의 말에 고분고분 해도 봐줄까 말까 할 텐데, 감히 맞서겠다며 준비하고 있다는 것이었다. 그들이 자신의 위엄에 도전해온다는 사실에 그는 자존심에 상처를 입고 화가 나 있었다. 그런데 이제는 그런 아사달이 사신까지 보내와 도리어 자신을 훈계하는 것에 참았던 화를 터뜨리고 말았다. 그는 아사달 사신의 목을 그 자리에서 베어버렸다. 이건 유례가 없는 일이었다. 그만큼 그의 분노는 하늘을 찌를 듯했다. 그러고도 분이 풀리지 않자, 그는 곧바로 군사를 출동시켜 단숨에 아사달을 제압하려고 하였다. 하지만 그의 참모 모사모가 한사코 말렸다.

"수장님, 이제 모든 명분이 우리에게 있사옵니다. 이제 주위 담기만 하면 되는 것이온데, 왜 그리 서두르시옵니까?"

"그럼, 내가 저 단군 놈의 눈꼴사나운 모양새를 그냥 지켜보란 말이냐? 당장 저 놈을 쳐 죽여도 시원찮은 판국에 말이야."

자기 분을 못 이기는 듯 호한이 씩씩거렸다.

"아직 머리에 피도 채 마르지 않은 어린애가 어찌 수장님의 적수가 되겠사옵니까? 저들이야 단숨에 해치울 수 있을 것이옵니다. 하오나 문제는 저들이 아니라 바로 천신족과 웅씨족이옵니다. 저들은 우리가 무작정 아사달을 공격하면 그것을 핑계로 삼아 이 일에 개입하려 들 것이옵니다. 그것을 미리 차단해야 하옵니다. 그런데 아직 세상 물정을 모르는 단군이 자충수를 두었으니 이것이야말로 절호의 기회가 아니겠사옵니까? 빌어도 궁지에서 빠져나올 수 있을까 말까 하는 마당에 도리어 큰소리치는 격이니, 이제 풍백도 더는 어찌할 수 없을 것이며 웅갈마저도 우리의 대의에 따를 수밖에 없지 않겠사옵니까? 이제 바로 거기에 마지막 쐐기를 박아야 하옵니다. 우리의 군사적 조치에 모든 나라들의 동참을 권유하기만 하면 되는 것이옵니다. 그동안 잠시 기다리시면 되는 것이옵니다."

"좋아, 좋아! 하지만 마냥 기다릴 수 없으니 빨리 처리하도록 해라. 내 저 단군 놈의 꼬락서니를 보고 있자니 밸이 꼬여서 더는 못 보겠단 말이다."

이리하여 범씨족은 즉각 각 나라에 사신을 파견했다. 단군이 천부인天符印도 열지 못한 채 감히 새 세상의 주인이라도 되는 양 행세하면서도 그걸 반성하기는커녕 도리어 적반하장 격으로 날뛰고 있으니, 거불단 환웅의 유지를 받드는 모든 제국과 군사들은 이를 징계하고자 일어선 의로운 범씨족의 군사 행동에 동참하기를 권유한다는 내용을 사신을 통해 전달했다. 그러고는 이에 호응하기를 기다렸다. 명분상 아무도 거역할 수 없을 것이기에 군사적 지원은 하지 않더라도 자신을 지지할 것이라고 내심 기대하고 있었다.

이윽고 웅씨족의 사신이 도착하였는데, 그자가 전한 웅갈의 말에, 호한은 어찌나 분통이 터지는지 손이 부들부들 떨리기까지 했다. 웅갈의 말은 한마디로 경고였다. 자신들이 알아본 바에 의하면 아무것도 모르는 몇몇 사람들이 하는 유언비어에 불과하니 그것을 가지고 뭐라 할 수 있는 게 아니라는 것이었다. 그래도 일정하게 단군에게 책임이 없다고는 할 수 없는데, 그것 또한 앞으로 단속하겠다고 하니 범씨족의 우려도 더불어 씻길 것이라고 했다. 그리고 범씨족이 거불단 환웅의 유지를 받아들인다고 하였으니 앞으로 이에 호응하기 위해 다른 나라를 침략하는 행위를 중지하고 누가 천부인을 열 수 있는지를 정정당당하게 겨뤄보기 바란다는 것이었다. 만약 그렇지 않고 계속 침략행위를 일삼는다면 자신들 웅씨족은 불가피하게 거불단 환웅의 유지를 받들어 제국의 평화와 안녕을 위해 용맹스러운 그들의 군사를 동원할 수밖에 없다는 것을 분명히 밝혔다.

"단군이라는 피라미가 달려들더니 이제 웅갈이라는 놈마저······."

그러고는 호한은 모사모 참모를 불러 큰소리로 꾸짖었다.

"내 네놈의 말을 들었다가 이 꼴이 뭐가 되었느냐 말이다! 기다릴 것 없이 바로 쳤어야 하는 건데, 오히려 시간을 주었더니 지금 이들이 나에게 하는 꼴을 봐라. 개나 돼지나 다 내게 달려들고 있지 않느냐?"

"소신이 잘못 보필한 죄 죽어 마땅하옵니다. 하오나 지금 분명한 사실은 모두들 호한 수장님을 두려워하고 있음이옵니다. 그러니 저들이 모두 우리를 경계하고 있는 것이옵니다. 그 점을 미처 생각해두지 못했사옵니다."

"그런 잡소리는 집어치워라. 이제 너의 말은 필요 없다. 저놈들한테 필요한 것은 무조건 내 무서움을 직접 보여주는 것이야. 닥치는 대로 죽여야 정신을 차릴 것이야. 그래 누구부터 해줄까? 아무래도 지금 제일 기고만장한 놈은 웅갈이겠지. 그놈을 잡아 족치면 아마 누구도 감히 나한테 대들지 못할 것이야. 아니지, 피라미 같은 단군 놈이 나한테 훈계하는 것을 보면 그놈부터 처리해야 할 텐데. 그놈이 이 모든 발단을 만들어놓은 거야. 아니야, 아니야. 그 두 놈을 한꺼번에 해치워야 해."

호한은 자기 분에 못 이겨 누구부터 처리해야 할지를 두고 발을 동동 굴렀다. 눈앞에 있기만 하면 당장 두 놈을 해치워버리고 싶은 마음만 굴뚝같았다. 그만큼 그는 흥분하고 있었다. 참모 모사모는 행여 잘못 말했다가 무슨 변을 당할지 몰라 잠자코 있었다. 하지만 하도 호한이 우왕좌왕하며 갈피를 잡지 못하자 다시 입을 열었다.

"수장님, 지금 모든 제국들이 우리를 두려워하여 연합전선을 펴고 있사옵니다. 이런 상황에서는 손쉬운 적부터 처리해야 할 것이옵니다. 그런 다음 여세를 몰아 웅씨족과 천신족을 처리하시옵소서."

"그래, 그게 좋겠어. 그리고 이번에야말로 우리 범씨족이 얼마나 무서운지를 똑똑히 보여주도록 하겠어."

그러고는 모든 군사들에게 곧바로 출격할 수 있는 준비를 갖추라고 지시하고는 마타리, 기사마, 수리도, 그리고 부거 등을 불러들였다. 이들은 그야말로 살인적인 범씨족의 훈련 속에서 살아남았을 뿐만 아니라, 그중에서도 무예 대련을 통해 직접 뽑혀 호한의 눈에 들었던 자들이었다. 이들은 지금껏 개별적으로 출동한 적은 있었으나 이렇게 한꺼번에 나선 적은 없었다. 그만큼 범씨족의 군사력이 강력하였기에 그들의 개별적인 출격에도 어느 누구도 막지 못했던 것이다. 이번에 호한이 어찌나 화가 치밀었는지 단단히 마음 먹고는 그들 모두를 호출하고 있었다.

"수장님, 부르셨사옵니까? 명만 내리시옵소서."

"역시 너희들이야말로 내 믿음직한 용장들이야. 너희들은 즉시 동서남북의 네 선봉부대를 맡아 먼저 단군의 영지를 향해 출발하라. 나도 곧장 뒤따라갈 것이다. 어쨌든 내 분명히 명하건대 이번 전투에서는 그곳에 살아 있는 모든 것들을 다 죽여버리도록 하라. 심지어는 풀 한 포기조차 살아남지 못하도록 완전히 짓밟아라. 알겠느냐?"

"명을 받들겠사옵니다."

네 사람이 각기 다른 선봉부대를 이끌고 떠나자, 호한도 곧장 본대의 군사들 앞에 나섰다. 어차피 단군은 상대가 되지 않을 것이기에 더 이상 시간을 줄 필요가 없었다. 그러나 이번에야말로 범씨족의 진면 목을 보여주기 위해 자신이 직접 군사를 이끌기로 하였다.

"용맹스러운 군사들이여! 아직 젖비린내 나는 단군이라는 작자가 하늘의 뜻을 몰라보고 감히 우리 범씨족에게 도전해왔다. 내 이를 응 징하고자 의롭게 일어섰으니 병사들은 범씨족의 전사로서 용맹스러 운 기상을 맘껏 시위하도록 하라! 우리의 대의를 따르지 않는 자는 그 말로가 어떻게 되는지, 그들의 두 눈에 똑똑히 보여주도록 하라! 자, 출정하라!"

이미 진격 명령만 기다리고 있던 범씨족의 군사는 호한의 명이 떨 어지기가 무섭게 아사달 지역으로 향해 나갔다. 이들은 이미 소국을 점령하는 과정 중에 한 번도 진 적이 없던 무적의 군사였던지라 거칠 것이 없었다. 그들이 달려나가는 무서운 기세 앞에 모든 것은 벌벌 떨 었다. 그만큼 그들의 사기는 드높았고, 군사 한 사람마다 범처럼 무시 무시하게 단련된 고수들이었던 것이다. 더욱이 이미 화가 날 대로 난 호한은, 단군의 지역 사람들을 모조리 몰살시켜버리라는 명을 여러 번 내린 뒤였다. 이미 살인과 약탈을 밥 먹듯이 해온 군사들인지라 그 들은 하나같이 피를 빨아먹는 악귀처럼 흉물스런 인상을 하고는 달려 나갔다. 그들의 얼굴만 보더라도 누구도 감히 고개를 들 수 없을 정도 였다. 그러니 한번 그들의 침략을 당해본 사람들이라면 그들을 그 어 떤 악귀보다도 더 무서워했다.

단군의 영지에 이르니 이미 마타리, 기사마, 수리도, 그리고 부거 등이 언제든지 명만 내리면 출격할 태세를 갖추며 대기하고 있었다. 단군 진영에서도 그들이 공격하려고 온 것을 알았는지 벌써 그들에 맞서 싸우려고 대비하고 있었다. 지금까지의 소국들과는 달리 그들은 이미 방책까지 두르고 있었는데, 일전을 각오한 듯 그 기세도 사뭇 사나워 보였다.

하지만 단군 진영을 바라본 호한은 코웃음을 치지 않을 수가 없었다. 무슨 나뭇가지와 같은 저런 방책으로 자신들을 막으려고 하다니 가소로울 수밖에 없었다. 더욱이 그들이 무장한 꼴을 보니 기마병이나 보병의 구분도 없고, 단지 허름한 농사꾼 같은 옷차림에 무기인지 농기구인지 구분이 안 갈 정도의 것들을 손에 들고 있었다. 반면에 범 씨족의 군사들은 기마병이고 보병이고 간에 다 한결같이 무예가 고강한 정예 군사였을 뿐만 아니라, 무장에 있어서도 검이나 창 등은 기본이고 심지어 삼지창이나 철추 같은 무시무시한 무기들까지 갖추고 있었다. 그런 데다 여러 가죽이나 쇳조각으로 몸을 가리기 위한 방어용 의류도 제작하여 착용하고 있었다. 한눈에 봐도 전력상의 차이가 크게 난다는 것을 확인할 수 있었다.

호한이 나서서 우렁차게 호령했다.

"저런 무지렁이를 데려다 우리의 용맹스러운 군사를 막으려 하다니 가소롭기 짝이 없구나. 범씨족의 전사들이여! 저들을 단숨에 공격하라. 단군을 사로잡거나 죽이는 자 큰 포상을 내리리라. 자, 무적의 군사, 무법 전사 호랑이는 당장 저들을 짓밟아라! 한 놈도 살려두지 마라!"

호한은 이미 어떤 계책도 필요 없이 곧바로 명령을 내렸고, 그 호령에 범씨족의 군사는 범처럼 으르렁! 포효하며 달려들었다. 그 기세가 어찌나 날카로운지 산천초목도 덜덜 떠는 듯했다.

하지만 단군 진영의 군사 또한 만만치 않았다. 다름 아닌 단군의 군사 무관이자 경호대장인 발구루가 그들을 이끌고 있었던 것이다. 어쩌면 그는 단군 진영에서 군사적 책임을 지고 수행할 수 있는 사람 가운데 가장 믿을 만한 자였다. 그래서 단군은 그를 국경의 수비를 맡아 제일 먼저 범씨족을 맞아 싸우도록 명했던 것이다.

서로 피를 튀기듯 격렬한 전투가 시작되었다. 하지만 너무나 큰 전력상의 차이는 아무리 군사 지휘관의 능력이 뛰어나다고 하더라도 어찌 해볼 수는 없는 것이었다. 각기 군사들의 무예는 물론이고 무장의 정도까지 현격하게 차이가 나니 벌써 발구루의 군사 대오는 쓰러지고 있었다. 발구루가 이끌고 있는 군사들 중 소수를 제외하고는 대다수가 지원병에 의해 급조된 병사들이었으니 당연한 결과였다. 그러니 범이 날카로운 발톱을 앞세워 순식간에 할퀴고 지나가며 적을 쓰러뜨리듯 발구루의 군사들은 범씨족 군사들의 예리한 무기들에 하나둘 쓰러졌다.

그렇지만 발구루의 군사들은 쉬이 무너지지 않았다. 도리어 일진일퇴의 양상까지 벌어졌다. 도무지 있을 수 없는 일이 벌어지고 있었던 것이다. 이것은 단군 진영의 사람들이 죽음을 각오하고 싸우려는 강인한 의지 때문이었다. 지금껏 다른 소국의 군사들은 범씨족의 칼날에 맥없이 쓰러지거나 대부분 전의를 상실하고 줄행랑을 놓기에 바빴다. 그러다보니 범씨족은 처음 몇 번의 칼날만 휘두르고 난 다음에는 거의 일방적으로 살육하며 전쟁을 치렀다. 하지만 단군 진영의 군사들은 칼을 맞고서도 번번이 일어나 싸웠다. 전투에 졌을 때 범씨족에게 당하는 말로가 어떤 것인지를 너무도 잘 알았기에 자신과 가족의 생명을 지키기 위해 그들은 안간힘을 쓰고 있었던 것이다. 그러니 싸움은 처절할 수밖에 없었다. 하지만 범씨족의 정예 군사와의 직접적인 대결은 애초부터 승산이 없었다. 칼과 철추에 머리가 깨져가면서 범씨족의 군사들을 막았지만 인정사정없이 거대한 살인기계처럼 살육해오는 그들의 공격을 막아낼 수는 없었다.

마침내 도저히 안 되겠다 싶었는지 단군의 군사들은 후퇴하기 시작했다. 범씨족의 군사들은 참으로 끈질긴 놈들이라고 혀를 내두르면서도 그들을 한 사람이라도 더 죽이기 위해 뒤쫓으며 추격하였다. 그러나 이곳의 지형에 익숙한 단군의 군사들이 그것을 이용하여 빠르게 도주했기 때문에 따라잡을 수는 없었다.

호한은 잠시 군사들을 멈춰 세웠다. 아무래도 단군이 정면 승부로 승산이 없다고 판단하여 기습전을 전개할지도 모른다는 생각이 들었던 것이다. 그러고는 정탐꾼에게 단군 진영의 움직임을 파악해올 것을 명하고는 나머지 군사들에게는 그것이 가옥이든 뭐든 눈에 보이는 모든 것들을 불태워 없애버리도록 하였다. 자신이 천명한 대로 풀 한 포기 나지 못하도록 철저하게 짓밟으라고 재차 지시했다. 단군의 진영을 초토화시키면서 점차 전진한다면 그가 더 이상 도망가지 못하고 결국 나타나리라고 보았던 것이다.

이런 가운데 정탐꾼들이 돌아와 보고하였는데, 아사달의 도성에 해자 같은 것을 파놓고 성책을 높이 쌓은 것으로 보아 그쪽으로 퇴각할 것이 명확해 보인다는 것이었다. 그렇다면 그들의 기습전을 염려할 이유는 없었다. 오히려 그들이 기습한다고 해도 얼마든지 상대할 수 있을 것 같았다. 도리어 그 정도 군사력으로 자신들을 상대하려 하다니 비웃음만이 나올 뿐이었다.

그는 즉각 단군을 사로잡을 때까지 계속 추격하고자 했다. 단군을 사로잡아 직접 자신의 손으로 죽이는 것은, 자신의 명을 거역했을 때 어찌 되는지 세상 사람들에게 명확히 보여주고자 함이었다.

바로 그때 범씨족의 지역으로부터 긴급한 파발이 당도했다. 그것은 바로 단군의 군사들이 범씨족 지역을 급습하여 공격하고 있다는 것이었다. 호한은 갑자기 뒤통수를 맞은 기분이었다. 자신들의 지역이 공격받으리라고는 지금껏 한 번도 생각하지 못했던 것이다. 그 누구도 범씨족의 영토를 감히 넘본 세력은 없었다. 그만큼 범씨족은 강력했고, 그런 자부심이 있었기에 영토 방어에 대해서는 크게 걱정하지 않았던 것이다. 그런데 단군의 세력들이 공략해왔다고 하니 내부 사정이 더욱 걱정되었다. 그럴수록 그는 자신의 위엄에 상처를 입는 것 같아 분노를 토했다.

"내 단군 이놈을 꼭 잡아 죽이고 말 것이다. 그래, 그 수는 얼마나 된다고 하더냐?"

"그 수는 많지 않사오나 워낙 신출귀몰하게 움직이는지라 상대하기에 여간 까다롭지가 않사옵니다."

"이놈이 우리의 공격을 정면으로 막을 수 없으니까 그것을 멈추게 하려고 그런 얄팍한 술수를 쓰는 모양인데, 어림도 없다. 내 너를 기필코 끝까지 추격해서라도 죽이고 말 것이다."

그러고는 부거로 하여금 시급히 사태를 해결하도록 일부 군사만 딸려서 범씨족 영토로 보냈다. 아무리 그 수가 적다고 하더라도 내부가 유린당한 꼴을 보일 수는 없었기에 최소한 부거 정도의 사람을 보내야 안심되었던 것이다. 더욱이 이런 정도의 단군의 군사라면 부거가 없이도 능히 상대할 수 있었던 것이다.

더욱 독기를 품으며 호한은 단군에 대한 추격 명령을 내리려 하였다. 그런데 이번에는 또 다른 급보가 전달되었다. 천신족의 풍백이 이끌고 온 군사가 범씨족의 국경 근처에 집결하고 있다는 것이었다.

"이놈들이 아예 작당을 하고 사방에서 나를 공격해오는구나. 끝장을 보자고 하는 모양인데, 내 그렇게 해줄 것이다. 내 너희들 군사가 온다고 해서 무서워할 것 같으냐? 어림도 없다. 우리 범씨족이 그렇게 호락호락 당할 줄 아는 모양인데, 그건 오산이다."

이번에는 기사마에게 군사를 보내 풍백을 막도록 했다. 아무리 천신족이 이빨 빠진 호랑이라고 해도 아직은 만만히 볼 수 있는 상대가 아니었던 것이다. 그렇다고 해서 그 자신이 되돌아갈 생각은 하지 않았다. 지금 풍백이 아사달 지역에 군사를 보내지 않는 것은 바로 범씨족의 군사를 되돌리려는 의도라고 보았던 것이다. 더욱이 한번 빼든 칼은 호박이라도 찔러야지 여기서 후퇴한다는 것은 그의 자존심이 허용하지 않았다.

호한은 직접 단군의 추격을 선두에서 지휘하며 외쳤다.

"내 이미 단군을 잡으려고 작정한 이상 이대로 멈출 수는 없다. 단군을 사로잡거나 그를 죽이는 자에게는 큰 포상을 내릴 것이다. 자, 용맹스러운 전사여! 전진하라!"

풍백의 군사가 달려온 이상 시간을 지체할 수 없었으니 최대한 빨리 전투를 끝내야 했다. 그래서 그는 한시라도 빨리 끝장을 보려는 심산으로 달려들었다. 그러나 단군의 군사는 일전의 쓰디쓴 패배를 맛보았기 때문인지 그들이 나타나기만 하면 계속 줄행랑을 놓기만 하였다. 이에 호한은 크게 소리치며 계속 추격해왔다.

"그렇게 배짱 좋게 굴더니 도망치며 숨기만 하는 것이냐? 이제 보니 단군 네놈은 비겁자인 게 분명하구나. 네가 정말 사내대장부라면 이리 나와 정정당당하게 겨뤄야 할 것이 아니냐?"

한편 호한의 끈질긴 추격에 단군의 진영은 거의 기진맥진했다. 그들보다 더 많이 뛰고 더 많이 움직여야 하니 추격이 계속될수록 지칠 수밖에 없었다. 더욱이 범씨족의 내부 기습이 이루어지거나 천신족의 군사가 범씨족의 국경에 집결하게 되면 그 공세의 수위가 수그러질 줄 알았는데, 도리어 그 반대가 되고 있었으니 이러다간 결국 도망치다가 죽는 게 아닌가 하는 생각이 고개를 들기 시작했다. 치고 빠지는 전술도 아니고 그저 그들을 보기만 하면 줄행랑부터 놓게 되니, 그것은 차차 범씨족 군사에 대한 두려움을 불러일으키기 시작했다. 실상 자신들의 초라한 무기에 비해 범씨족의 으리으리한 무장과 뻔득이는 칼날을 보면 도저히 이길 수 있을 것 같지가 않았던 것이다.

이렇게 두려움이 한번 들기 시작하니 점차 통제가 어렵게 되고 혼란스러운 조짐마저 나타났다. 어쩌면 이것은 당연한 결과이기도 했다. 지금 단군의 군사는 사실상 훈련을 정식으로 거친 이들이 많지 않았고, 단지 단군이 지금껏 보여왔던 신통력을 믿으며 이길 것이라는 막연한 생각으로 참여한 지원군이 많았던 것이다. 아니, 어쩔 수 없이 자신과 가족의 생명을 지키기 위해 싸울 수밖에 없는 상황에서 일어섰던 것이다. 하지만 전쟁이라는 것이 단순히 의지만 가지고 되는 것은 아니지 않는가? 그런데다 처음 전투에서 무참히 깨지고 난 다음 계속 도주만 하게 되니 단군의 신통력이라는 것도 불현듯 의심이 들기 시작했던 것이다.

점차 군사들 사이에서는 천신족의 군사도 별 도움이 되지 못한 상황에서 이제 기댈 만한 것은 웅씨족의 군사뿐이라고 생각했다. 그런데 어찌 된 영문인지 웅씨족의 지원군 소식은 전혀 들리지 않았다. 그러니 도성으로 아예 퇴각하여 방어하자는 생각을 은연중에 드러내고 있었다. 그곳은 해자까지 파놓은데다 성책까지 높이 쌓은 난공불락難攻不落의 요새라고 생각되었기에 그곳이 가장 안전하다고 판단한 것이다. 허나 그것은 완전히 수세에 몰리는 작전이었으니 섣불리 사용할 수가 없었다.

이런 상황에서 분위기가 심상치 않게 돌아감을 간파한 발구루가 단군을 찾아와 청을 올렸다.

"단군 폐하! 소신이 저들을 맞아 싸우겠사오니, 그리하게 해주시옵소서."

"장군께서는 싸우지 못해 몸이 근질근질 하는가봅니다. 이런 상황 속에서도 그런 소리가 나오니 말입니다."

"그게 아니오라 지금 형편에서 더 이상 이대로 피하기만 하면 범씨족의 군사 때문이 아니라, 우리 내부 자체가 허물어질 것 같기에 그리 말씀드리는 것이옵니다. 모두들 지금 겁을 집어먹고 있사옵니다."

"하긴 저 무법 전사와 같은 범씨족의 군사 대오를 보고 두려움을 느끼지 않는다면 어찌 그게 사람이겠소?"

단군이 너무도 태연하게 인정하는 말에 발구루는 의아하기만 했다. 사실 그는 단군이, 호랑이를 잡을 때 그 사나운 기질 때문에 직접 맞대응하면 많은 상처를 입을 수도 있어서 그들이 방심하도록 깊숙이 끌어들인 뒤에 포위하여 잡으려는 의도로 이해하고 있었다. 그래서 지금껏 계속 그들을 끌어들이고 있었던 것이다. 하지만 지금의 상황은 원래 예측한 것과 완전히 달라지고 있었다. 범씨족은 그들 내부의 기습 공격이나 천신족의 군사 집결에도 전혀 아랑곳하지 않고 도리어 기세를 높이며 추격해오고 있었고, 반면에 이쪽의 군사는 피로에 지친 데다 잔뜩 겁마저 집어먹고 있었다. 이러다간 전투다운 전투 한번 해보지 못하고 쓰러질 판이었다. 이런 상황에서 어느 누구도 단군을 위해 싸워줄 수 있는 사람이 없으니 자신이라도 나서야만 한다고 생각한 것이다.

"단군 폐하, 범씨족과 일전을 겨루기 위해서는 지금 우리 군사의 사기를 진작시켜야 하옵니다. 그러자면 저들과 한번은 부딪쳐야 할 것이옵니다."

"알겠소이다. 장군 말처럼 어찌 피하기만 해서야 전쟁에서 이길 수 있겠소이까? 이제 장군의 말대로 몸을 풀 때가 된 것 같소이다."

단군이 더 이상 물러설 수 없다고 판단했는지 주위의 형세를 훑어보았다. 실상 단군이 격전지로 상정해놓고 있었던 곳까지는 범씨족을 더 끌어들여야만 했다.

"이곳은 원래 예정한 곳이 아니지 않사옵니까? 소신이 저들을 유인해올 것이오니 출정을 윤허하여 주시옵소서."

"그건 아군의 피해만 크게 할 뿐 어떤 사기 진작에도 도움이 되지 않을 것입니다. 되려 잘못하면 자멸할 수도 있습니다. 그리고 결국 전쟁이란 건 사람이 하는 것인데, 이제 더 이상 물러설 수가 없다는 거야 장군도 잘 아시지 않습니까? 피할 수 없는 일전이라면 과감하게 부딪쳐야지요. 아무튼 이곳이 우리에게 모든 면에서 불리하지만은 않은 모양입니다. 양쪽에 협곡이 있는 것으로 보아 그런 대로 적군을 포위하여 공격할 수 있는 주변 산세는 갖춰진 셈이니까요."

"그러면 여기서 정말로, 이 불리한 곳에서 결전을 치르시려는 것이옵니까?"

"아마도 이번 전쟁은 이곳의 전투가 승부를 결정짓게 되지 않겠습니까? 이것이 운명이라면 모든 걸 걸고 싸워야지요. 어쨌든 군사들에게 활 쏘는 훈련은 대비시켰겠지요. 또 1-3-9 부대 체계에 대해서도 말입니다."

단군은 범씨족과의 대결을 염두에 두고 원거리 살상 능력을 높이기 위해 특별히 단궁檀弓을 고안하여 제작하도록 하였던 것이다. 또한 근거리 접전을 위해 1-3-9 부대 체계를 이용하도록 하였다. 1-3-9 부대 체계는 한 사람을 세 사람이 상대하게 하거나, 그것도 아니 되면 아홉 사람이 상대하게 하여 수적인 면에서 적을 순식간에 제압하는 전술이었다. 이것은 범씨족의 군사들이 하나같이 무예가 뛰어난 고수들인지라 그들을 상대하기 위해 단군이 머리를 짜내며 비밀 전략으로 준비시켰던 것이다. 그러나 아직까지 범씨족에 그 무기를 숨기며 사용하지 않고 있었다. 그리고 그 성과를 실험하기 위해 발구루로 하여금 직접 국경에서 부딪쳐 그 전력을 탐색토록 하였던 것이다. 하지만 예상 외로 범씨족의 전력이 막강했다.

"물론이옵니다. 모두들 고강한 무예로 단련되지는 못했사오나 그것만큼은 걱정하지 않으셔도 될 것이옵니다."

"좋습니다. 그럼, 한번 움직여볼까요."

그러고는 단군은 우왕좌왕하고 있는 군사들 앞에 나서서 큰소리로 외쳤다.

"자랑스러운 아사달의 군사들이여! 이제 결전의 때가 다가왔습니다. 드디어 사나운 호랑이를 포획할 때가 되었습니다."

단군의 말에 군사들은 어리둥절했다. 아무리 봐도 지금 자신들이 불리한 상황임에도 오히려 유리한 것처럼 말하니 도무지 이해할 수가 없었던 것이다. 단군은 사나운 호랑이를 사로잡으려면 그놈을 그물 망에 몰아넣어야 하는데, 그러자면 호랑이를 방심하게 하면서 유인해야 한다고 말했다. 그래서 지금까지 자신들이 계속 후퇴를 거듭하였으며, 범씨족의 호한은 그게 속임수인지도 모르고 물불 가리지 않고 자신들을 쫓아오는 것에 혈안이 되어 있으니, 이미 승부는 난 것이나 다름없다고 얘기해주었다. 그러고는 다시 말을 이었다.

"자, 이제 나는 사나운 호랑이를 포획하기 위해 선봉에 설 것입니다. 그러면 여러분은 나를 믿고 따를 수 있겠습니까?"

그때서야 사람들은 지금껏 단군이 일부러 그래왔다는 것을 알고는 함성으로 화답했다. 그렇지 않고서야 자신이 선봉에 선다고 감히 말할 수 없을 것이라고 보았던 것이다.

"좋습니다. 하늘의 뜻은 분명 우리 아사달에 있을 것입니다. 자, 의로운 아사달의 군사들이여! 우리의 운명과 아사달의 운명과 새 세상의 운명과 하늘의 운명을 승리로써 맞이합시다."

다시 한번 기세 높은 함성이 이어졌고, 단군은 그것을 이어받아 신속하게 명을 내렸다.

"자, 그러면 지금껏 훈련해온 대로 1-3-9 부대 체계를 유지하고 단궁을 철저하게 준비하면서 각자 위치로 신속하게 움직이시기 바랍니다."

그의 말이 떨어짐과 동시에 1-3-9 부대 체계로 정비된 대오는 각 지휘관의 지시에 따라 순식간에 움직이기 시작했다. 도무지 지금껏 패잔병처럼 움직였다는 것이 믿기지 않을 지경이었다. 벌써 두 부대는 범씨족을 끌어들여 협공할 계획에 즉시 이동하였다. 그것을 본 단군은 후미에도 군사를 매복하게 하고는 나머지 부대만을 직접 이끌고 범씨족이 사나운 기세로 밀고 나오는 정면으로 돌진했다.

호한은 단군이 직접 나섰음을 알고는 큰소리로 외쳤다.

"이제야 나타났구나! 지금껏 쥐새끼처럼 요리조리 도망을 잘도 치더니, 이제 더 이상 갈 데가 없는 모양인 걸 보니 너의 운명도 다한 게로구나."

"어찌하여 너는 네 한 치 앞의 운명도 내다보지 못하면서 남의 운명을 걱정하고 있느냐? 네 운명을 알았다면, 지금이라도 늦지 않았다. 내가 네 살길을 열어줄 터이니 순순히 돌아가도록 하라!"

"아니, 이놈이? 아무리 입이 비뚤어졌어도 말은 바로 하랬다고 했거늘, 네가 나의 살길을 열어줘? 네가 내 공격을 받고도 그리 말할 수 있는지 어디 한번 보자구나. 여봐라. 저놈을 당장 잡아오너라."

호한의 호령에 범씨족의 군사들은 이제야 싸울 맛이 난다는 듯 악마의 정령처럼 무자비하게 달려들었고, 이에 맞서 단군의 군사들도 그에 지지 않겠다는 듯 맞받아쳐나갔다. 실로 기세와 기세의 대결이라고 할 만했다. 그럴 수밖에 없는 게 호한의 군사들이야 이미 그 전력이 어느 정도인지 말할 필요도 없었지만, 이에 대적한 단군의 군사들 또한 지금까지의 군사들과는 확연히 달랐던 것이다. 그들은 바로 단군이 웅씨족의 비왕일 때부터 같이해 온 정예 군사들이었으니 결코 범씨족의 군사들에 뒤지지 않았던 것이다.

서로 간에 군사들은 곰과 범이 날카로운 송곳니와 억센 발톱으로 물어뜯고 할퀴듯 그들 또한 적수를 단칼에 제압하기 위한 살수를 가차 없이 던지며 생사를 건 혈투를 벌였다. 어느새 곳곳은 낭자당한 피로 물들고 있었다. 하지만 역시 범씨족의 군사들은 무시무시했다. 단군의 정예 군사라 하는 병사들마저 점차 밀리고 있었던 것이다.

이에 단군은 좀 더 시간을 끌었다간 더 많은 사상자가 날 것이라 여기고는 후퇴명령을 내렸다. 이를 본 호한이 목소리를 높였다.

"어디를 도망가려 하느냐? 여기서 끝장을 봐야지. 여봐라! 단군이 도주한다. 저놈을 잡아라!"

단군의 정예 군사들마저 자기들 앞에서는 아무것도 아니라는 것을 자랑스럽게 여긴 듯 범씨족의 군사들은 계속해서 추격해왔다. 그 거리는 실로 얼마 되지 않았다.

마침내 단군은 범씨족의 군사들을 유인하고자 한 곳에 이르렀고, 그때를 놓치지 않고 돌연 반격명령을 내렸다. 그와 동시에 후미와 양옆의 협곡에 매복해 있던 군사들이 단궁을 날리며 협공해 들어왔다. 그러자 그토록 강력했던 범씨족의 군사들이 하나둘씩 쓰러지기 시작하면서 그 예봉이 무디어지며 꺾이기 시작했다. 아무리 강력한 군사라고 하더라도 탄력이 강한 단궁을 삼면에서 빗발처럼 쏘아대니 어찌해볼 수가 없었던 것이다.

마침내 강력하게 마지막 일격을 가하듯 삼면에서 우우 함성을 지르며 그들을 포위하고는 일제히 공격해 들어갔다. 한 사람을 상대로 세 사람이, 아니 아홉 사람이 달라붙으면서 제압해 들어가기 시작했던 것이다. 그 모습은 꼭 호랑이가 완전히 그물망에 걸려 옴짝달싹 못하는 형국처럼 보였다.

이것으로 모든 승부가 끝나는 것처럼 보였다. 하지만 이것은 착각이었다. 도저히 있을 수 없는 일이 벌어지고 있었던 것이다. 처음에는 기습적인 포위 공격에 그들이 주춤하였으나 다시 살아나고 있었던 것이다. 마치 두툼한 가죽과 발톱으로 무장한 범이 아무리 찌르고 때려도 도통 꼼짝하지 않는 것과도 같았다. 결국 그물망에 걸려 맥을 못출 때 제때에 제압하지 못하자 그 범이 마지막 발악을 하며 그물망을 찢어버리는 것이나 다름이 없었다. 그만큼 범씨족의 군사들은 하나같이 사나웠던 것이다. 아니, 이것은 피 맛을 본 악귀가 제 세상 만난 것인 양 미쳐 날뛰었다고 보는 편이 나았다.

드디어 범씨족의 군사는 서서히 기지개를 켜듯 반격하기 시작했고, 그 모든 세력은 단군으로 집중되었다. 단군은 그들을 맞아 칼을 휘두르며 막아내기에 여념이 없었다. 단군도 아무리 범씨족의 군사적 역량이 강하다고 하더라도 이 정도일 것이라고는 상상도 하지 못했다. 이런 저력이 있었기에 지금 범씨족은, 천신족의 군사들이 위협하거나 단군의 군사들이 자기 영내로 기습을 감행해도 여기까지 물밀 듯이 밀고 올라올 수 있었던 것이다. 그리 무서웠기에 다른 나라들이 그토록 범씨족을 무서워하며 덜덜 떨었던 것이었다.

단군이 사면초가에 빠진 것을 안 발구루는 혈로를 뚫으려고 몸부림치며 소리쳤다.

"단군 폐하! 내일을 기약하시고, 어서 이곳을 빠져나가시옵소서."

하지만 단군은 도리어 소리 높이 외치며 적진으로 뛰어들었다.

"하늘의 뜻은 우리 아사달에 있다. 자, 나를 따르라!"

단군의 행동에 아사달의 군사들도 몸을 사리지 않고 미쳐 날뛰는 악귀와 부딪쳐나갔다. 하지만 그 힘은 얼마를 가지 못하고 범씨족의 반격에 완전히 내몰리게 되었다. 이제는 단군의 생사마저 장담할 수 없는 상황에 이르렀다. 바로 그때 말을 탄 일단의 무리가 먼지를 일으키며 나타나더니 얼마 되지도 않는 수로 범씨족의 군사들을 도륙하기 시작했다. 그리고 그중에 한 사나이는 곧장 호한을 향해 덤벼들고 있었다.

"호한 수장을 보위하라."

그 외침에 범씨족의 군사들은 호한 쪽으로 몸을 돌렸다. 무엇보다 자기들 수장의 안전이 중요했던 것이다. 그 덕분에 단군은 위험에서 빠져나왔고, 다시 역공을 지시하였다. 실로 처절한 싸움이었다.

그런데 바람처럼 홀연히 나타난 그 사나이는 범씨족의 군사들이 몰려들고 있음에도 계속 그들을 몰아치고 있었다. 실로 괴력의 소유자라고 아니할 수 없었다. 하나같이 만만치 않아서 아무리 공격해도 꿈쩍 않았던 범씨족의 군사들도 뇌성벽력이 치듯 휘두르는 검에 푹푹 나가떨어지고 있었다.

마침내 어느 누구도 그를 상대할 수 없었는지, 범씨족의 천하무적 군사로 명성이 자자한 마타리와 수리도가 협동해서 그를 간신히 막아내고 있었다. 그는 몸의 움직임이 전광석화같이 빠르기도 했지만 그 힘이 어찌나 센지 간단하게 움직이는 것 같은데도 그의 주위로 몰려드는 자는 볏단 넘어지듯 고꾸라지는 것이었다. 그런데다가 그가 사용하는 검이 도대체 어떤 보검인지는 몰라도 그것과 부딪치기만 하면 모조리 부러지거나 박살이 나버렸다. 협동하여 공격하던 마타리와 수리도도 벌써 힘에 부치는지 몸에 상처를 입고 쓰러져가고 있었다.

세상에 범씨족보다 더 강한 군사가 있었단 말인가? 그리고 저토록 강력한 보검이 세상에 있었단 말인가? 그런 것은 지금까지 듣도 보도 못한 일이었다. 갑자기 이렇게 변해버린 상황에 단군의 군사들은 잠시 넋 놓고 바라보다가 다시 정신을 차리고는 범씨족의 군사들을 향해 공격해나갔다.

결국 파상적으로 공격해오는 단군의 군사들 앞에, 호한은 자신의 군사들을 독려하였다. 하지만 거센 바다의 파도처럼 연거푸 밀려오는 단군의 군사들에 의해 범씨족의 군사들은 하나둘씩 쓰러져갔고, 결코 후퇴를 몰랐던 그들이었지만 더 이상은 버틸 재간이 없었다. 이미 호한은, 자신이 그토록 믿었던 마타리와 수리도마저 정체를 알 수 없는 그 괴력의 인물 앞에 피를 흘리며 쓰러졌으니, 자신을 막아줄 사람마저 없는 처지였다.

호한이 어쩔 수 없이 후퇴명령을 내리며 도망치자 단군의 군사들은 그를 사로잡기 위해 추격에 나섰다. 이제는 완전히 전세가 역전되어 버렸다.

단군도 호한을 추격하며 나섰다. 그런데 바로 그때 어느새 나타났는지 그 미지의 인물이 그 앞에 무릎을 꿇고 인사를 올렸다.

"단군 폐하! 어디 다치신 데는 없사옵니까?"

"그렇소만⋯⋯."

단군은 붉은 기운이 감돈 얼굴에 몸매가 강단져 보이는 그 인물을 찬찬히 훑어보다가 홀연 그의 손에 들려 있는 검 한 자루가 눈에 띄었다. 그건 바로 웅씨족의 비왕으로 있을 당시 도적이 창궐한다고 하여 그들을 퇴치하기 위해 출정하였을 때, 그 도적 떼의 우두머리가 가지고 있던 검이었다. 단군이 놀라며 다시 말을 이었다.

"아니, 그대는 바로 우尤? 그래, 우가 맞구먼."

"그렇사옵니다. 이제 저를 알아보시겠사옵니까? 소인, 범씨족이 이곳을 침공한다는 소식을 듣고서 저와 의기투합한 형제들과 함께 이렇게 불철주야 달려왔사옵니다."

사실 우는 농토를 마련해줄 테니 같이 가자고 요청하였을 때, 자기 때문에 단군이 곤경에 처할까봐 따라나서지는 않았다. 대신에 그 호의를 받아들여 언젠가 단군이 필요로 할 때 도와주겠다고 약속했던 것이다. 어쨌든 단군은 그 사건이 계기가 되어 이곳 아사달에 백성들을 데리고 오게 되었다. 그리고 우는 세상을 떠돌다가 어느 도적의 무리들을 만나 의기투합하였는데, 그들로부터 단군의 모든 상황을 전해 듣게 되었던 것이다. 단군이 자신들로 인해 이런 과정을 겪게 되었는데도, 자신들과 한 약속을 지켜 기꺼이 비왕의 자리까지 포기하며 아사달 지역으로 와 새로운 세상을 만들고 있는 것에 큰 감명을 받았던 거였다.

"이리 만나다니 반갑네. 아니지, 자네가 우리 아사달을 구한 것이나 다름없으니 내 감사의 마음부터 표해야 하겠구먼."

"아니옵니다. 이거야 다 단군 폐하의 공덕이 아니겠사옵니까? 어쨌든 단군 폐하! 지금은 호한 수장을 잡아야 하지 않겠사옵니까? 못다한 얘기는 그 이후에 올리도록 하겠사옵니다."

그리하여 그들은 곧장 다시 호한을 추격해나갔다.

한편 범씨족의 군사들은 그들의 대오가 무너지자 단군의 군사들에게 각개 격파당하면서 대거 제압당하기 시작했다. 이제 살아날 길은 도망치는 것밖에 없었다. 호한 또한 분루憤淚를 삼키며 자기 목숨 하나 건지기 위해 뒤도 돌아보지 않고 도망치기에 급급하였다. 그렇게 얼마를 달린 후, 호한은 이제 빠져나왔거니 생각하며 멈추고서 자기 군사들을 돌아보았다. 그런데 그 자신의 눈이 믿기지 않을 정도로 그의 주위에는 수십의 군사만이 따르고 있었던 것이다. 그는 어찌해서 이런 일이 생겼는가 한탄하면서 울분을 삭혔다.

그러나 그것도 잠시, 그가 도망치는 앞길에는 또 다른 군사들이 대기하고 있었다. 그들은 웅씨족의 웅갈이 이끌고 온 군사들이었다. 웅갈은 두 세력이 큰 혈전을 치르기 전까지 전혀 모습을 드러내지 않고 있다가, 드디어 큰 싸움이 벌어지게 되자 양쪽이 모두 지치기를 기다려 이제야 군사를 이끌고 온 것이었다.

호한은 앞으로도 나아갈 수 없고 뒤에서도 추격해오고 있는지라 더이상 달아날 수도 없다는 것을 알고는 그 자리에 우뚝 섰다. 그러고는 불타는 듯 이글거리는 눈초리로 웅갈 일행을 쏘아보았다. 그 눈초리가 어찌나 매서운지 추격해온 군사들조차 두려움에 떨며 감히 눈을 마주치지 못할 정도였다. 그러면서도 그들은 호한의 군사들의 길을 막았다. 마침내 호한을 추격하여 온 단군까지 그 자리에 도착하자, 호한은 웅씨족과 단군의 군사들에 의해 완전히 포위되기에 이르렀다.

호한이 대뜸 입을 열었다.

"웅갈 이놈! 참으로 약아빠졌구나. 이제야 나타나는 것을 보니……."

"뭐야, 이놈이! 전쟁에 진 패장 주제에 뭐가 그리 할 말이 많다고 생떼를 부리느냐?"

"하긴 네놈과 싸우지 않았으니 너에게 할 말은 없다. 대신 내 단군에 요구하는 바이다. 내가 네게 싸움에 진 것은 인정한다. 허나 그것은 너의 잔꾀에 속아 넘어가서 그리된 것이지 정정당당하게 싸워서 진 게 아니다. 결코 우리가 약해서 진 것이 아니라는 것이다. 만약 네가 나와 대결해서 이긴다면 깨끗이 너에게 승복할 것이다."

"그런 말도 안 되는 소리 지껄이지 마라. 어찌 전쟁에서 진 자가 감히 요구 조건을 들고 나올 수 있단 말이냐? 네가 그러고도 감히 범씨족의 수장이라고 행세할 수 있겠느냐? 단군 폐하! 어서 이자의 목을 베도록 하시옵소서."

단군의 군사들이 말도 안 되는 소리라며 일축했다.

"네가 만약 새 세상의 주인이 될 자격이 있다면 제법 무예를 할 줄알 것이고, 그렇다면 나와 겨루는 것을 겁낼 필요가 없지 않겠느냐?나와 한판 붙는 것을 피하는 것을 보면 너는 겁쟁이에 불과하다."

"네가 그렇게 싸움에 자신이 있다면 내가 상대해주마. 그리할 생각은 있느냐?"

감히 호한에게 맞붙자고 하는 소리에 놀라, 사람들은 일제히 그 사람을 쳐다보았다. 아무리 사내다운 호기가 좋다손 치더라도 자기 목숨을 내걸고 나서는 것은 무모하기 짝이 없는 행동으로 보였던 것이다. 그런데 사람들은 그를 보는 순간 놀라고 말았다. 그는 바로 그 괴력의 사나이였던 것이다. 호한도 벌써 그자를 알아보았다.

"제법 호기가 있구나. 내 너의 사나이다운 기개는 인정해주마. 아니지, 네가 바로 내가 아끼던 믿음직한 군사들을 도륙했으니 나에게는 원수가 되겠구나. 너의 무술 실력은 인정해주겠다만 여기 이 대결 자리는 너희 같은 피라미가 낄 자리가 아니다. 그러니 물러섰거라. 자, 단군 어찌할 것이냐? 나의 대결 요청을 받아들일 것이냐? 아니면 겁쟁이처럼 피할 것이냐?"

"아니, 이놈이 입만 살아가지고 못하는 말이 없구나."

우가 참을 수 없다는 듯 당장 칼을 빼들어 호한에게 달려들려고 하자 단군이 제지하며 입을 열었다.

"정말 너의 말이 사실이냐? 나에게 진다면 깨끗이 승복하겠다는 그 약속을 믿어도 되겠느냔 말이다. 만약 네가 그리 약조한다면 내 너를 직접 상대해주도록 하겠다. 물론 나는 새로운 세상을 만들고자 했지, 새 세상의 주인이 되겠다는 마음을 품은 적은 없지만 말이다."

단군의 말이 떨어지기가 무섭게 모두들 말렸다.

"어찌 저런 자와 거래를 하려고 하시옵니까? 귀담아듣지 마시옵소서."

모두들 호한의 무술 실력이라면 아무리 신통력 있는 단군이라고 할지라도 결코 이길 수 없다고 생각했던 것이다. 하지만 단군은 그 의견을 물리쳤고, 호한 또한 그리하겠다고 약조한 바 둘은 진검 승부를 벌이게 되었다.

두 사람은 일정한 거리를 재며 섰다가 순식간에 몸을 날려 몇 합을 겨루었다. 그게 어찌나 빠른지 눈에 보이지 않을 정도였다. 대신 그 검들이 부딪칠 때마다 불꽃이 튀겼다. 특히 호한이 한 번씩 검을 내리칠 때마다 그 위력이 어찌나 센지 대지가 파르르 갈라지고 하늘이 울릴 정도였다. 그 기세 때문인지 단군은 번번이 맞서지도 못하고 계속 피하기만 하는 형국이었다. 참으로 아슬아슬하기 짝이 없는 광경이었다. 물론 호한의 공격을 피하는 것을 보면 단군의 무술 실력 또한 대단한 것만은 확실했다. 그렇지만 피하기만 해서는 결코 이길 수 없는 것이 검술의 대결이었다. 아무리 봐도 두 사람의 대결에서 호한이 확실히 우세해 보였다. 사람들이 이렇게 생각하며 걱정을 하고 있을 때, 단군이 갑자기 동작을 멈추더니 입을 열었다.

"그대의 무술 실력이 참으로 대단하다. 내 지금껏 그대의 공격을 계속 받아주었지만, 이제는 그대의 실력을 충분히 보았으니 내 공격을 막아보라."

"요리조리 잘도 도망 다니기만 하더니, 이제 할 말이 없으니 궁색한 변명을 다하는군. 어쨌든 좋다. 내 바라는 바이니 한번 해보거라."

두 사람의 검은 정식으로 부딪치기 시작했다. 그런데 어쩐 일인지 호한의 검이 밀리고 있었다. 힘으로는 호한의 상대가 되지 못할 것이라고 생각했는데, 단군의 힘이 더 센 것이었다. 이것은 호한이 신체적 힘만을 사용하고 있었다고 한다면, 단군은 내공의 진기를 끌어 모아 검을 사용하고 있었던 것에 연유했다.

사실 단군은 어린 시절부터 무술을 닦아왔을 뿐만 아니라, 이미 대

재앙을 예견할 만큼 하늘과 소통하는 경지에 이르렀다는 사실만으로도 그리 이상하게 여길 일이 아니었다. 하지만 그동안 단군은 그런 자신의 고강한 무술 실력을 함부로 드러내지 않았다. 이런 줄도 모른 호한은 도대체 믿을 수 없다는 얼굴로 다시 한번 정면 대결을 펼쳤다. 그러나 역시 이번에도 그의 검은 밀리고 있었다. 하지만 호한은 자신보다 더 강한 자가 있다는 사실에 도저히 승복할 수 없는지라, 무술의 기법만은 더 앞설 것이라고 여기며 필살의 범 검법을 펼쳐 보였다. 그러나 단군의 검법은 더 고강한 경지에 도달해 있었다. 그것은 대지에 가득 차 있는 태양빛의 검법이었다. 그러니 속도와 예술의 경지에서 현격한 차이가 존재하였다. 그런데도 호한은 그만둘 생각은 아니하고 계속 검기를 펼쳤다. 이에 단군은 마침내 더 이상 지속할 필요성을 느끼지 못하고 끝내려는 생각에, 단순하면서도 거기에 모든 것이 들어가 있는 검법을 펼쳤다. 그러자 호한은 자신의 목을 겨냥해오는 검을 도저히 막아내지 못했다. 결국 호한은 고개를 떨굴 수밖에 없었다.

단군의 엄청난 무공에 사람들은 환호성을 질렀고, 마침내 단군은 호한에게 명을 내렸다.

"지금까지 그대가 저지른 죄가 너무나 엄청난 바, 내 그대를 용서하고자 해도 당장 그리할 수가 없다. 그러니 그대는 지금부터 금계를 행하며 수행하도록 하라. 만약 정말로 뉘우친다면 내 때를 보아 그대를 다시 기용하겠다고 약속하는 바이다."

이로부터 그토록 악명을 떨쳤던 호한은 금계 수행을 행하는 징계에 처하게 되었다. 그리고 단군의 군사들은 승리의 함성을 질렀다. 그들은 새로운 세상의 주인은 바로 단군이라는 것을 소리 높여 외쳤다. 이것은 지금까지 단군의 행적에서만이 아니라 군사적으로도 그것을 증명하였던 바, 누구도 의심할 수 없는 상황이 되었다.

이런 가운데 단군은 웅씨족의 수장 웅갈을 맞아 자신들을 도와주기 위해 지원군을 파견해준 것에 사의를 표했다. 웅갈은 마땅히 해야 할 일을 한 것뿐이라면서도 다행히 웅씨족 군사가 호한의 퇴로를 막아 그를 사로잡을 수 있게 된 것이 무엇보다 기쁘다며 은근히 자신의 공을 내세웠다. 하지만 단군은 웅갈과 모처럼 만난 자리에서 서로 알력을 내보이는 것이 결코 좋지 않을 것 같아 그의 공치사에 기꺼이 응해주었다. 어쨌든 웅갈이 도움을 준 것만은 사실이었기 때문이다.

"이번 범씨족과의 전쟁에서 우리가 승리하게 된 데에는 특히 천신족과 웅씨족의 도움이 컸습니다. 만약 두 나라에서 도와주지 않았다면 우리는 결코 이기지 못했을 것입니다. 그런 의미에서 감사의 마음으로 아사달에서 연회를 베풀고자 하는데, 참석해주시겠습니까?"

"이리 부탁하시는데, 어찌 거절을 하겠습니까? 당연히 참석해 전쟁의 승리를 자축해야지요."

"이리 흔쾌히 허락해주시니 감사합니다. 그럼, 천신족의 풍백께도 당장 이 소식을 알려야겠습니다."

단군은 즉시 명을 내려 천신족의 풍백에게 이 사실을 알리도록 전령을 보냈다.

"자, 그럼 우리는 아사달 도성으로 가도록 하지요."

그리하여 승리의 기쁨에 들뜬 웅씨족과 아사달의 군사들은 단군과 웅갈을 앞세우면서 보무도 당당하게 아사달 지역으로 행진해나갔다. 언뜻 보아서는 그야말로 형제 나라의 군사들처럼 보일 정도였다. 하기야 단군이 웅씨족의 비왕으로 있었던 것이 불과 얼마 전이었으니 그렇게 느끼는 게 당연한지도 몰랐다. 하지만 그 두 사람이 웅씨족에 같이 있을 때 사사건건 갈등을 겪었다는 것을 아는 사람이라면, 그 이면을 떠올리지 않을 수 없을 것이었다. 그런데 바로 그 사람들이 다름 아닌 바로 아사달 지역 사람들이었으니, 참으로 세상일은 알다가도 모를 일이었다.

2

비밀을 푸는 열쇠

웅갈은 아사달의 궁성으로 오면서 깜짝 놀랐다. 천부인을 놓고 자웅을 겨룰 수 있는 가장 큰 적수를 단군이라고 여겨왔는지라, 항상 그의 주변에 신경을 곤두세워왔다. 하지만 그는 단군의 군사들의 움직임을 보면서 놀라움을 뛰어넘어 경악하지 않을 수 없었다.

실상 그는 단군이 범씨족을 이겼다고는 하지만 아무도 상대해내지 못한 무시무시한 호한의 군사들을 어떻게 제압했는지 그 자체가 궁금했다. 호한과 대결한 단군의 무술 실력을 직접 눈으로 본 것은 사실이지만, 전쟁이라는 것은 혼자 하는 것이 아니었다. 바로 적과 아방을 상대로 한 군사들 간의 싸움이었다. 그런데 그 짧은 기간에 어떻게 그토록 강력한 군대를 만들어낼 수 있단 말인가? 아무리 생각해도 그건 불가능한 일이었다. 그럼 그가 무슨 도술이라도 부렸다는 것인가? 그

럴 리는 없었다. 그렇다면 어쩌다 우연히 이겼을 게 틀림없었다. 어차
피 호한을 처리해야 했는데, 이리 해결되었으니 웅갈에게는 좋은 일
인 셈이었다. 웅갈은 이렇게 자위하며 단군과 함께 도성으로 왔던 것
이다.

그런데 오는 과정에서 단군의 군사들을 보니 자신의 생각이 틀렸다
는 것을 인정하지 않을 수 없었다. 무기는 비록 보잘것없었지만 군사
들은 어떤 관리를 받아왔는지 그 규율과 움직임에 절도가 있었다. 특
히 그들이 가지고 있는 단궁이라는 활은 아주 강력해 보였다. 이것은
호한을 상대해 승리한 게 결코 우연이 아니라는 것을 말해주는 것이
었다.

그로서는 도무지 이런 상황을 이해할 수가 없었다. 그래서 그는 도
성에 도착하자마자 수하에게 아사달 지역을 은밀하게 염탐해오라는
지시를 내렸고, 그들이 알아온 소식을 듣고는 벌어진 입을 다물 수가
없었다. 그것은 다른 무엇보다도 새로운 세상의 주인으로 단군을 하
늘에서 내리신 분이라 백성들이 굳게 믿고 있다는 사실이었다. 누구
도 당해내지 못한 호한을 이긴 것이라든가, 수재라는 하늘의 재앙을
피하게 해주면서 자신들을 이렇게 잘살 게 해준 것도 다 그 때문이라
는 거였다. 물론 그들의 생활은 대단히 풍족하기 그지없었다. 가옥만
보더라도 토굴과 같은 그런 것이 아니었다. 집에는 번듯하게 온돌까
지 놓은 데다가, 농기계를 비롯한 여러 도구들이 상당 수준으로 개량
되어 있었다. 그런데다가 농사를 제때에 짓기 위한 관개사업은 정말

누가 봐도 감탄을 자아낼 정도였다. 이토록 짧은 기간에 이 정도까지 성과를 이룩하였다니, 자신이 여기 와서 직접 보지 않았다면 도저히 믿지 못했을 것이었다.

하지만 이건 아무리 봐도 단군이 겉으로는 천부인에 관심이 없는 것처럼 행동하지만, 실상은 혹세무민하며 천부인을 차지하려는 속셈을 가지고 있는 것으로밖에는 볼 수 없었다. 그렇지 않고서야 어떻게 천부인도 열지 못했는데, 감히 사람들의 입에서 새 세상의 주인이라는 말이 나오게 하느냐는 거였다. 그러고 보면 호한이 지적하는 것도 틀린 것이 아니었다. 실상 말로야 단속한다고 하지만 전혀 그렇지 않고 있지 않는가? 이렇게 다른 나라들을 세 치 혀로 속이고 있다니……. 단군은 참으로 무서운 놈이었다. 하기야 백성들에게 잘해주니 그들이 속아 넘어가지 않을 리 없을 것이었다.

웅갈은 자신의 머릿속에서 단군을 경계해야 한다는 생각을 떨쳐버릴 수 없었다. 더욱이 범씨족 군사들마저 힘으로 격파하였고, 무술 또한 가장 고강하다는 호한을 직접 상대해 거꾸러뜨렸으니 그에 대적할 자가 없지 않는가? 정말 자신은 바보 같았다. 이렇게 될 바에는 차라리 호한을 사로잡지 않고 도망치도록 놓아줄 것인데. 한 치 앞을 내다보지 못한 거였다. 지금까지 호한을 가장 위험한 적수로 여기며 겁냈는데, 진짜 경계할 인물은 따로 있었다. 그자는 다름 아닌 단군이라는 놈이었다. 이런 생각이 들수록 웅갈은 몸이 오들오들 떨려왔다. 마치 천부인을 단군에게 뺏기는 것처럼 생각되었던 것이다.

바로 이때 단군의 수하로부터 연회에 참석해달라는 소식을 전해받았다. 벌써 천신족의 풍백도 아사달의 도성에 도착한 상태였던 것이다. 웅갈은 몸을 일으키면서 마음을 다잡았다. 자신이 흔들리는 모습을 단군에게 보인다면 그건 싸우기도 전에 벌써 진 것이나 마찬가지였다. 단군은 지금 얼마나 기세등등하겠는가? 하지만 어림없을 것이다. 어차피 새 세상의 주인은 천부인을 여는 자가 되는 것 아닌가? 그거라면 누가 뭐래도 자신이 있었다. 바위조차도 잘라버릴 수 있는 강력한 보검을 가지고 있으니, 그것으로 천부인을 끄집어내기만 하면 되는 것인데 걱정할 필요가 없었다. 문제는 단군이 백성들을 현혹하는 것처럼 다른 나라들에게도 그리할 수 있다는 것이었다. 그것부터 막아야 했다. 어떻게 해서든지 천신족의 풍백으로 하여금 그런 일이 없다는 확답을 받아야 했다. 거기다가 또 한편 안심인 것은, 아직은 단군이 천부인을 차지하려는 음흉한 속셈을 드러낼 수 있는 상황이 아니라는 점이었다. 어떻게 해서든지 천신제가 열릴 때까지 지금의 현 상황을 유지시키면 되는 것이었다.

웅갈은 이런 생각으로 궁궐로 향했다. 그곳에서는 벌써부터 승리를 자축하는 행사가 시작되었는지, 사람들의 얼굴엔 웃음꽃이 피고 흥에 겨운 목소리가 여기저기서 새어나왔다. 하지만 웅갈은 오히려 초조해졌다. 마침내 궁궐 앞에 이르렀을 때, 그는 어마어마한 규모에 위압감을 느낄 정도였다. 지금껏 가장 큰 궁전이라면 천신족의 것이었고, 웅씨족의 것 또한 그에 못지않았다. 그래서 웅씨족 사람들은 일정한 자부심을 가지고 있었다. 하지만 그건 아무것도 아니었다. 아사달의 궁전과 비교하면 초라한 초가집에 불과할 정도였다. 밖에서만 보더라도 석성으로 둘러싸인 단단한 벽에 수천 년 묵은 아름드리나무를 사용해 만든 웅장한 문루가 높이 솟아 있었던 것이다. 마치 그것은 아사달이 세상의 중심이라고 선언하는 것만 같았다.

안으로 들어서자마자 벌써 소식을 받고 나왔는지, 단군의 수하가 나와 정중하게 예를 갖추고는 웅갈을 안으로 안내하였다. 주위를 둘러보자 여러 채의 건물들이 웅장하게 들어서 있는 것이 눈에 띄었다. 이것은 꼭 여러 나라들의 수장들을 여기에다 데려와놓고 다스리겠다는 뜻으로 보였다. 참으로 야심만만한 놈으로 보지 않을 수 없었다. 이걸 백성들이 지어주었다고? 도대체 이자는 어떻게 백성들을 이리 만들 수 있었단 말인가? 아니야, 이것은 그가 지시하지 않고서야 이렇게 만들 수 없는 일이었다. 그렇다면 이건 결코 그냥 넘어갈 수 있는 일이 아니었다.

그가 연회장 안으로 들어서자 거기에는 벌써 풍백과 단군이 자리에 앉아 있었다. 물론 이들의 군사들 또한 별도로 먹을거리를 내주어 풍족한 축제가 벌어지고 있었다.

단군이 먼저 자신들을 도와주기 위해 군사적 지원을 보낸 것에 감사의 말을 전했다. 그러자 풍백이 말을 받았다.

"그렇게 말씀해주시니 고맙습니다. 허나 우리가 딱히 한 것도 없는데……. 실질적인 싸움의 승리야 단군께서 모두 이룩한 것이지요. 아마 황후 마마께서도 이 사실에 매우 기뻐하실 겁니다."

"이거야 우리 모두가 기뻐할 일이 아닙니까? 특히 이번 전투로 호한을 사로잡은 게 가장 큰 승리 아니겠습니까? 만약 그가 도주했다면 또 얼마나 기를 쓰고 달려들었겠습니까? 우리 웅씨족의 군사가 그의 퇴로를 막은 게 여간 다행한 일이 아니었습니다. 만약 그리하지 못했다면 얼마나 큰 우환거리를 남겨놓게 되었겠습니까?"

풍백이 단군을 추켜세우는 말에 웅갈은 자신의 공이 크다는 것을 은근히 강조했다. 이에 대해서도 단군은 거듭 감사의 말을 전했다. 그러자 풍백이 다시 입을 열었다.

"이곳에 오면서 보니 정말 새 세상을 본 것 같습니다. 그렇게 짧은 기간에 어떻게 이리 만들어놓을 수 있었는지 감탄스럽기만 합니다. 내 이걸 알았다면 범씨족이 침략한다고 했을 때, 그렇게 걱정하지만은 않았을 텐데 말입니다. 이번 전쟁에서 이긴 것도 내 보기엔 결코 우연이 아닌 것 같습니다."

"그리 말씀해주시니 부끄럽기만 합니다. 아직 나라꼴이 정비되지 못한 것도 많이 있는데……."

"그런데 다른 것은 다 좋은데, 한 가지 우려되는 점이 보이더군요."

웅갈이 낯빛을 바꾸고 제기하는 말에 단군이 되물었다.

"우려라니, 무엇을 두고 말씀하시는 건지……."

"내 여기 와서 들으니 사람들이 새 세상의 주인은 바로 단군이라고 말들을 하더이다. 그거야 우리가 모두 잘 알듯이 천부인이자 하늘의 경을 열어야 하는 것 아닙니까? 그런데 백성들이 너도나도 그런 말들을 하고 있으니, 그게 어찌 된 영문인지를 모르겠소이다. 호한이 그 문제를 제기할 때 그저 침공하기 위한 명분으로만 알았는데, 그게 사실이 아닌 것 같아서 드리는 말씀입니다."

"아, 그거야 이미 밝혔듯이 단지 백성들이 하는 소리에 불과합니다. 그러면 백성들의 입을 단속해야 하겠습니까? 그저 허무맹랑한 소리라고 여기시고 넓은 아량으로 넘어가주시지요."

"글쎄요. 내 그것뿐이라면 그리 생각할 수도 있겠는데, 꼭 그렇지가 않아서 얘기하는 겁니다. 이곳 궁궐만 해도 그렇지 않습니까? 어떻게 천신족의 궁궐보다 더 커서야 되겠습니까? 이건 아무래도 다른 속셈이 있어서 그런 것이 아니겠습니까?"

"다른 속셈이라니요……. 그런 것은 없습니다. 사실 저는 그럴 위인도 되지 못합니다. 저를 그렇게 보신다면 그건 저를 너무 높게 평가하시는 겁니다. 이 궁궐만 해도 그렇습니다. 제가 이렇게 지으라고 한 것이 아니라, 단지 백성들이 혼례를 기념해 살 집을 마련해주는 뜻에서 건축해준 것뿐입니다."

"모든 것을 백성들이 알아서 그리했다고 말씀하시니, 참으로 뭐라고 말할 수도 없겠습니다. 하지만 제게는 달리만 보이니 그게 어찌 된 영문인지 모르겠습니다. 글쎄, 저만 그렇게 생각하는 건가요? 그럼, 이 점에 대해서 풍백께서는 어찌 생각하시는 겁니까?"

웅갈이 계속해서 단군을 경계하는 뜻을 노골적으로 드러내보이자,

분위기는 순식간에 긴장감이 돌았다. 그래서인지 풍백이 난처한 얼굴을 하며 주춤거렸고, 이를 본 단군이 다시 입을 열었다.

"풍백께서 허심탄회하게 말씀해주십시오. 저는 그렇지 않다고 하는데, 그렇게 보인다고 하시니 제가 어떻게 해야 할지 모르겠습니다. 풍백께서 이 몸이 어찌해야 하는지 얘기하시면 그에 따르도록 하겠습니다."

"글쎄요. 백성들이 하는 말을 가지고 일일이 대꾸할 수도 없는 노릇이고, 또 그렇다고 지은 궁궐을 허물 수도 없는 것이고……. 결국 이 모든 문제는 천부인을 열어 그 주인이 나타나면 해결되는 것이 아니겠습니까?"

"그야 당연한 말씀이지요. 그럼, 내년에는 천신제를 열겠다는 말씀입니까?"

"그래야지요. 올해야 범씨족의 호한 때문에 그리된 것 아닙니까? 그것은 웅씨족도 잘 알지 않습니까?"

"좋습니다. 풍백께서 천신제를 열어 풀겠다고 말씀하시니 더는 얘기하지 않겠습니다. 그러면 호한과 범씨족의 문제는 어찌 처리할 생각이십니까?"

"이 문제에는 먼저 단군 왕자님의 말씀을 들어야 하지 않겠습니까? 아무래도 호한을 잡은 사람의 의견이 중요할 터이니까요."

"글쎄요. 이게 어찌 아사달 지역만의 문제이겠습니까? 모든 제국들과 관련된 일이지요. 범씨족의 호한 때문에 얼마나 많은 나라들이 두려움에 떨었습니까? 그러니 앞으로는 그렇지 않을 방책을 세워야지요. 그렇지 못하면 큰 우환거리를 여전히 남겨두는 것이 아니겠습니까? 물론 이 모든 처리는 천부인의 주인이 나서서 해결하는 것이 마땅하겠지만 아직은 그리되지 못했으니, 여기서 그 방도를 찾아 결정해야 하지 않겠습니까?"

웅갈이 또다시 핏대를 세우며 의견을 밝혔다. 그것은 꼭 단군의 마음대로 하지 못하게 하겠다는 뜻을 은연중에 드러내는 것이었다. 이에 단군은 웅갈과 불협화음을 만들 필요가 없다고 생각하며 입을 열었다.

"천부인의 주인이 나서서 해결해야 한다는 웅갈 수장의 말씀이 지당하다고 생각합니다. 단지 그분이 나타나기 전까지 어찌해야 하는가에 대해 내 의견을 밝힌다면 호한은 엄히 감금하여 그가 개과천선할 길을 열어두고, 범씨족은 그들의 오가회의에 의해서 다스려나가도록 하며, 그들이 복속한 녹씨족과 마씨족도 다시 수복시키는 것이 옳다고 생각합니다. 물론 나는 죽이지 않고 개과천선할 기회를 주겠다는 것에 대해선 호한 수장에게 약속했고요. 만약 호한 수장을 죽인다면 범씨족 측에서 앙심을 품고 더 달려들 수도 있지 않겠습니까? 그것은 또 다른 분란을 야기할 수도 있는 일입니다. 그러나 그를 붙잡아두고 있다면 오가회의에 의해서 다스리도록 해도 범씨족이 지난날과 같은 행위를 하진 못할 것입니다."

풍백이 단군의 뜻에 찬성의 입장을 밝혔다.

"맞는 말씀입니다. 더구나 호한 수장에게 약속했다고 하니 그리하 도록 하는 것이 좋겠습니다. 사람에게는 신의가 중요한 것이 아니겠 습니까? 그런데 살려두되 그를 엄히 감시할 수 있어야 하는데, 그 일 을 어디서 감당하면 될지……. 아무래도 전쟁을 승리로 이끈 이곳 아 사달 지역이 적합할 것 같은데, 어떻게 생각하십니까?"

"천부인을 열기 전까지라고 한다면 찬성합니다. 물론 그 주인이 나 타난다면 그분께 모두 맡겨야 하겠지요."

웅갈도 동의함으로써 이 문제는 일단락되었다. 서로 합의하여 결정 했기에 모두는 흡족해하는 표정을 지으며 그제야 연회를 즐겼다.

이리하여 풍백과 웅갈이 단군과 합의한 이후, 이제 세상은 평화로 운 분위기로 바뀌게 되었다. 범씨족의 침략과 약탈 같은 것을 더 이상 걱정하지 않아도 되었으니 그런 부담 같은 것도 없어졌던 것이다. 범 씨족이 앞으로 자신들의 나라를 이끌고 간다고 하더라도 호전적인 강 성파는 자연스레 제거되고, 나라 간의 평화를 도모하는 세력이 주도 권을 잡을 수밖에 없게 되었던 것이다. 하지만 그럴수록 천부인을 차 지하려고 하는 경쟁은 더욱 치열해질 수밖에 없었다.

벌써 웅갈은 아사달의 영지를 떠날 때부터 단군이 호한을 데리고 있는 이상 마음을 놓을 수 없으니, 하루빨리 자신이 천부인을 열어 세 상의 주인으로 나서야 한다는 결심을 굳히고 있었다. 이럴 수밖에 없 는 게 모든 얘기의 요점을 실상 따지고 보면 천부인의 주인이 나타나 는 이후로 다 미뤄졌기 때문이었다. 서로 합의한 상황이니 겉으로야

만족스러운 모습을 보일 수밖에 없었으나, 내심으론 그 누구도 믿을 수 없는 경쟁자가 되었던 것이다. 서로 천부인을 차지할 야심에 가득 차 긴장 관계를 형성하는 지경으로 변화해갔다. 이에 따라 각국의 백성들도 누가 천부인을 차지하게 될지 촉각을 곤두세우게 되었다.

일단 단군은 풍백과 웅갈이 돌아가자 조정 대신들을 모아놓고 새로운 관리로 우를 등용하였다. 이번 전쟁에서 공이 높고 그의 무술 기량이 고강하니 군사를 담당하는 벼슬자리의 책임자로 임명하였던 것이다. 그리고 발구루는 단지 자신의 경호대장 겸 궁궐의 수비대장으로 변동시켰다. 발구루가 맡고 있는 하중을 경감시켜주려는 차원도 있었지만, 사람들이 우의 공적을 높이 사 그를 발탁하라고 천거했기 때문이었다.

모두들 잘된 일이라고 흡족해하는 가운데 팽우가 단군에게 주청하였다.

"단군 폐하! 이번에 웅갈 수장을 보니 천부인을 노리고 있는 뜻이 역력했사옵니다. 소신이 보기에는 아무리 봐도 그런 인재가 아닌 것으로 보였지만, 뭔가 믿는 구석이 있는 것처럼 비쳤사옵니다. 혹시 무슨 비책을 가지고 있는지는 정확히 알 수 없으나, 그런 사람이 천부인을 연다면 그건 우리 모두의 불행이 될 것이옵니다. 어쨌든 모두들 천부인을 차지하려고 나서는데, 우리라고 가만히 있을 수 없는 일이라고 사료되옵니다. 우리도 뭔가 대책을 세워야 할 것이옵니다."

"맞사옵니다. 그리하시옵소서."

다른 대신들도 이구동성으로 맞장구쳤다. 이를 본 단군이 어이없는 얼굴로 대신들을 한참 동안이나 내려다보았다.

"참으로 답답하십니다. 그것은 하늘의 뜻인데, 어찌 인위적으로 차지하려고 하시는 겁니까? 도대체 그렇게 해서 천부인을 얻을 수 있을 것 같습니까?"

"단군 폐하! 그리만 생각하실 일이 아닌 줄로 아뢰옵니다. 사람이 자기의 일에 최선을 다하고 나서야 하늘의 도움을 바라야 하는 것이 아니옵니까? 그런 의미에서 보더라도 천부인을 열기 위해 노력하는 것이 결코 틀린 행동은 아닐 것이옵니다. 더욱이 지금껏 태고의 전설이 내려온 것도 따지고 보면 그리하라고 하는 것이 아니겠사옵니까?"

"태고의 전설이 왜 지금껏 실현되지 못하고 있는 줄 아십니까? 그것은 그 때가 되지 않았기 때문인 것입니다. 때가 되면 그것은 저절로 이루어지는 것입니다. 그런데 그것을 자연스런 순리에 따르지 않고 억지로 추구하려고 한다면 그게 옳은 것이겠습니까? 그것은 하늘의 의지에 반할 뿐더러 세상의 도에도 어긋납니다. 지금 이 세상이 왜 이렇게 혼탁하게 된 줄 아십니까? 이렇게 자기 분수를 지키지 못하고 과욕을 부리니까 그런 것입니다. 내 분명히 말하는건데, 세상의 참뜻은 백성에게 있는 것이고, 또 여러분이 해야 할 도리도 백성들을 더 복되게 살도록 하는 것이니, 여러분은 바로 그런 것을 고민해야 합니다. 천부인을 찾는다고 하면서 시간 낭비하고 있을 때가 아니라는 것입니다. 내 말을 알아들으시겠습니까?"

단군의 엄한 질책에 대신들은 더 이상 말을 꺼내지 못했다. 잘못 말했다가는 백성들을 이끌어나가야 할 관리들이 백성은 안중에도 없고 어디 자리 차지하는 것에나 관심을 가지고 있다는 비판이 쏟아질 판이었던 것이다. 이런 가운데 단군은 범씨족과의 전쟁으로 백성들의 생활이 많이 피폐해졌을 것이니 그것을 하루빨리 복구하여 백성들의 생활이 안정되도록 하는 동시에 내년의 파종을 위해서도 빈틈없이 준비하라는 명까지 내리면서, 천부인에 관한 얘기는 아예 꺼내지 못하도록 쐐기까지 박아버렸다.

단군의 영이 내려짐으로 하여 대신들은 더 이상 단군 앞에서는 그 얘기를 하지 못하고 백성들의 생활을 정상화하기 위한 활동에 힘을 쏟게 되었다. 하지만 그렇더라도 마음속에서 그 생각을 완전히 버린 것이 아니었다. 단군의 마음이야 충분히 이해할 수 있는 일이지만, 그렇다고 아무런 대책도 세우지 않고 그저 무방비 상태로 천신제를 맞이한다는 게 그들로서는 아무래도 마음에 걸렸던 것이다. 결국 그들은 서로 한자리에 모여 자연스럽게 속마음을 털어놓기에 이르렀다.

"단군 폐하께서 그리 말씀하셨다고 해도 우리가 이렇게 처신하는 것은 아무래도 아닌 것 같소이다. 그렇게 생각하지 않으십니까?"

"나도 그런 생각이 들었소이다. 아무래도 우리가 너무 안일한 것 같습니다. 솔직히 천부인의 주인감이야 우리 단군 폐하를 놔두고 어느 누가 있겠습니까? 아마도 그리되지 못한다면 우리가 보좌를 잘못해서 그런다고밖에 생각할 수 없을 겁니다."

"맞아요, 맞아! 우리가 알아서 준비해나가야 할 것입니다. 단군께 여쭐 필요가 없는 게지요. 자, 그러면 우리가 어떻게 준비하면 될까요? 이에 대해 아시는 분이 있으면 말씀을 해보시지요."

하지만 막상 마음만 앞섰지 무엇을 어떻게 준비해야 할지 몰라 아무도 입을 열지 못했다. 사람들은 자연스럽게 신지神誌의 얼굴을 주목했다. 지금껏 가타부타 아무 말도 하지 않고 지켜보기만 하고 있었으나, 천기를 꿰뚫어 보는 그는 분명 알고 있을 것이라고 판단했던 것이다. 그들의 눈길에 강요받은 듯 그가 입을 열었다.

"글쎄요. 단군 폐하의 말씀대로 그것이 인위적으로 될 수 있을 것인지……. 허나 여러분의 마음이 모두 그러하고, 또 실상 어찌 보면 이렇게 노력하는 우리들의 마음이 하늘을 감동시킬 수도 있는 일이니, 한번 해보기로 하지요. 그런데 솔직히 말해 저도 그것에 대해서는 아는 바가 없소. 단지 좀 짐작가는 게 있다면…… 그런데 그게 도움이 될지는 모르겠소이다."

"아, 뭔데 그러십니까? 지금 상황에서야 우리가 할 수 있는 것은 다 해봐야지요. 어서 말씀해보세요."

"글쎄요, 어쨌든 천부인이라는 게 태곳적부터 복본複本을 이룩하기 위한 열쇠로 내려온 것이고, 그것이 환인에까지 이어져 보관되었다가 다시 환웅께 내려주신 것인데…… 그게 천부삼인天符三印으로 청동검과 동경, 그리고 방울(북)과 비슷하게 생겼다고 하지 않습니까? 그렇다면 이와 유사한 것을 이용하면 그게 반응할지도 모르는 일이지요. 물론 그렇지 않을 수도 있고요."

"듣고 보니 일리가 있는 것 같습니다. 그러면 그와 비슷한 것을 하나 만들면 되지 않을까요?"

"글쎄요, 만에 하나 우리가 잘못 만들었다가 하늘이 노하거나 하면 어떻게 되는 겁니까?"

"아, 우리의 정성인데 그럴 리가 있겠습니까? 더욱이 우리는 폐하를 잘 받들어 모실 책무가 있는 사람들입니다. 지금 백성들 사이에서 다른 나라는 천신제 준비로 수장까지 적극 나서는 마당에 대신이라는 사람들이 아무것도 하지 않고 있다고 얼마나 말이 많은 줄 아십니까? 내 그런 소리를 들을 때마다 꼭 바늘방석에 앉은 기분입니다. 차라리 하늘의 노여움을 받는 한이 있더라도 뭔가를 해야 할 겁니다."

"좋습니다. 그럼, 우리 그리합시다. 그렇다면 장인들을 불러 모아야 할 텐데, 과연 그만한 장인이 있을 것인지……."

"아참, 그러고 보니 우 장군! 그 보검이 예사롭지 않아 보이던데, 그것을 단군 폐하께 좀 빌려드린다면 어떻겠습니까? 그럼, 보검 문제는 해결될 수 있을 것 같기도 한데……."

"이게 도움이 된다면야 빌려드리는 것이 아니라 아예 바치지 못할 이유가 어디 있겠습니까? 허나 이것을 단군께서 받으시겠습니까?"

"하긴 단군께서 받으실 리가 없겠지요. 그리했다간 도리어 우리에게 불똥만 튀고 말 겁니다. 그렇다면 그것을 만든 사람이 있지 않겠습니까? 그 장인을 찾아낸다면 다시 하나 만들 수 있을 것입니다. 그럼,

그 장인을 찾을 수는 있겠지요?"

"노력은 해보겠습니다만 아마 어려울 겁니다. 저도 이것을 우연히 얻었으니까요. 그러니까 제가 도적질에 나서기 전에 하도 무지막지하게 백성들에게 행패를 부린 관리가 있었는데, 사람들이 그놈만 보면 벌벌 떨고, 그 원성이 얼마나 대단한지…… 내 참다못해 결국 그놈을 어장 내버렸거든요. 물론 이게 계기가 되어 쫓기는 몸이 되었고, 결국 도적질까지 하게 된 것이지만요. 어쨌든 그때 제 행동을 유심히 보았는지 어떤 노인이 저의 기골과 얼굴을 한참 뚫어지게 쳐다보더니, 이 검을 저에게 준 것이었으니까요. 왜 이걸 내게 주느냐고 물었더니, 이것은 자신의 필생에 혼을 담아 만든 보검인데 보아하니 앞으로 이 검이 크게 쓰일 날이 있을 것 같다면서, 그리 사용된다면 자기에게도 큰 보람이 될 것이라고 말하고는 홀연히 사라져버렸으니까요."

"그럼, 그 사람이 어디 사는지도, 누구인지도 전혀 모르겠는데요. 어허, 이런 난감할 데가 있나……."

결국 이들은 긴 대화 끝에 장인들을 모집해 보검을 만드는 수밖에 없다고 결론을 내렸다. 그리하여 이들은 뛰어난 기술을 가진 장인을 수소문하기에 이르렀다. 물론 이것은 단군 몰래 은밀하게 진행된 것이었다.

어쨌든 전쟁도 끝나고 정상적인 생업이 가능하게 되면서 백성들의 생활도 점차 활기를 띠어갔다. 이윽고 파종기에 이르자 흥겨운 노랫

가락이 들녘에서 연일 울려나왔다. 고된 노동의 힘겨움을 조금이나마 덜면서 홍겹게 일하기 위해 농군들이 자연스럽게 발견해낸 지혜였다. 그런데 참으로 신기한 일이 벌어지고 있었다. 농군들이 홍을 돋우기 위한 여러 도구들을 만들어내는 거야 자연스러운 일인데, 그중에 어떤 북소리는 다른 것과 유독 확연하게 다른 점이 있었던 것이다. 어찌 된 것인지, 그 소리만 들으면 사람들이 덩실덩실 춤을 추듯 홍겹게 일하게 되어 그 성과는 물론이고 기쁨까지도 배가된 것이었다. 그래서 사람들은 이것을 천상의 소리라고 불렀고, 여러 사람들의 입을 통해 그것에 관한 이야기가 퍼져나갔다.

단군의 부인인 비서갑의 하백녀도 이 소식을 전해 듣게 되었다. 그래서 정말 그런 것인지 확인하기 위해 그녀는 시종과 함께 길을 나섰다. 그런 중에 멀리서 몇몇 무리가 모여서 신명 나게 춤을 추듯 일하는 모습이 눈에 띄었다. 누가 북을 치는지는 보이지 않았지만 가까이 다가가면서 그 소리가 들려오자, 하백녀는 자신도 모르게 몸이 덩실덩실 움직여지는 것을 느꼈다.

그녀는 신비스럽게 흘러나오는 북소리에 걸음을 멈추었다. 문득 바로 그거라는 생각이 뇌리를 스치고 지나갔다. 저게 사람들이 말하는 천상의 소리라고 한다면 분명 천부인을 여는 데에 도움이 될 거라는 생각이 들었다. 하늘을 감동시키는 소리가 울리는데, 어찌 하늘이 그에 응답하지 않겠는가? 그리고 청동검과 동경, 그리고 방울(북)을 제조한다고 하는데, 그게 과연 소용이 있을지는 아무도 확신할 수 없는 일이지 않는가? 사실 그녀도 대신들과 마찬가지로 장인들을 모아 그와 유사한 것을 만드는 일을 단군의 신하로서 최선을 다한다는 것뿐이지, 그것을 진심으로 확신하고 있었던 것은 아니었다. 그럴수록 가슴만 답답할 뿐 어찌할 도리가 없었다. 그저 다 함께하기로 했으니까 하는 것뿐이었다. 그런데 여기서 그 비밀의 열쇠를 찾았다는 기쁨에 사로잡히자 벌써 가슴이 사뭇 떨려오기까지 했다.

하백녀는 저 소리가 분명 그 비밀을 푸는 열쇠가 될 것이라는 생각에, 곧바로 그 북을 두드리고 있는 사람을 찾았다. 그러고는 그에게 사실을 물으려 하였다. 그런데 그 사람은 아무런 반응을 보이지 않고 신명 나게 북만 두드렸고, 그에 맞춰 사람들은 기쁨에 들떠 흥얼거리며 춤추듯 일하고 있었다. 그녀는 그들의 노동을 방해하는 것 같아 그것이 끝나기만을 기다렸다.

한참 후 잠시 휴식 시간이 되어서야 북소리는 멈췄고, 그 사람이 하백녀에게 물었다.

"뉘시오? 사람들이 웬 귀부인이 나를 보자고 한다는데, 제게 무슨 볼일이라도 있으시오?"

말하는 품새로 보아 맹인이라는 것을 알아본 하백녀는 깜짝 놀랐다. 어쩌면 앞이 보이지 않기 때문에 더욱 그런 소리를 낼 수 있는지도 모르겠다는 생각이 퍼뜩 스치고 지나갔다. 하지만 봉사든 귀머거리든 그런 게 중요한 것은 아니었다.

"참으로 장단을 잘 맞추시던데, 당신이 바로 이 북을 만들었습니까?"

"저 같은 장님이 어찌 이런 것을 만들 수 있겠소이까? 어림없는 일이지요. 헌데 그런 것은 어찌 물어보시오?"

"이걸 만든 분을 한번 만나 뵙고 싶어서 그러는데, 그분이 어디 사시는 누구인지 가르쳐주시겠습니까?"

"글쎄올시다. 그거야 어렵지 않은 일이지만, 그 노인네는 세상에 나오기를 싫어하는데……. 아마 만나주지도 않을 것이니 미리 포기하는 게 좋을 겁니다."

그가 이렇게 말하는데도 하백녀가 계속 조르자, 결국 그는 누에자라는 노인이 기거한다는 산밭 골을 가르쳐주었다.

하백녀는 즉시 시종과 함께 그곳을 찾아갔다. 그곳은 인가와는 꽤 떨어진 외딴 곳이었는데, 특이하게도 한쪽에는 뽕나무가 많이 심어져 있었고, 또 다른 쪽에는 나무도 아닌 무슨 풀 같은 것이 무성했는데, 거기서 솜처럼 뽀송뽀송한 게 꼭 버들개지와 같은 꽃이 피어오르고 있었다. 참으로 이상한 일이었다. 북을 만들려면 가죽을 다뤄야 하는데, 전혀 상관없는 기이한 나무나 풀을 다루고 있었던 것이다.

그녀는 고개를 갸웃거리며 그 노인을 찾았다. 집 안채의 널따란 뜰에서 무슨 바쁜 일을 하고 있었는지 한참이 지나서야 모습을 드러냈다. 순박한 얼굴에 맑은 눈동자를 가진 노인이었다. 바로 장님이 일러준 사람이 틀림없다고 생각한 하백녀가 물었다.

"혹시 누에자라는 분이 맞는지요?"

"그렇소만, 이 산골엔 웬일로……."

자기를 찾는 것을 이해할 수 없다는 듯, 그는 멀뚱하니 하백녀와 시종을 번갈아 쳐다보았다. 한눈에 봐도 시골 아낙네가 아닌 권세 높은 부인이 자신을 찾아왔다는 사실을 이해할 수 없다는 반응이었다.

"다행스럽게도 제가 잘 찾아온 모양입니다. 다름이 아니라 부탁을 하고자 해서 이리 찾아왔습니다."

"저 같은 시골 노인네에게 무슨 부탁을 할 게 있다고 그러시는지, 어디 말씀해보시지요."

"노인장께서 북을 잘 만드신다고 해서 찾아왔습니다. 그래서 북을 하나 부탁하려고 말입니다. 사례는 두둑이 해드리도록 하겠습니다."

"북이라면? 그건 제 소관이 아닌데요. 보시지요. 이곳은 가죽을 다루는 곳이 아니지 않습니까? 그러니 그만 돌아가시고 다른 데를 찾아보시지요."

"아니, 왜 그러십니까? 천상의 소리가 나는 듯한 북소리를 내 직접 들었는데, 정말 감탄했습니다. 그렇게 훌륭한 북을 만드시고도 왜 이렇게 피하려고만 하시는 겁니까? 제게는 정말 꼭 필요하고 중요한 것이니 이렇게 부탁드립니다. 사례라면 얼마든지 해드리겠습니다."

"내가 뭐 사례를 받자고 이러는 줄 아시오? 내 지금 그 일을 할 수 없다는 말입니다."

"아니, 지금 이분이 누구신지 알고……."

노인이 너무나 완고하게 나오는 것에 화가 났는지 시종이 중간에 끼어들어 나서려 했다. 그러자 시종을 제지하고는 하백녀가 다시 사정했다.

"지금 당장 못하시더라도 나중에 해주면 되지 않겠습니까?"

"아니요. 나중에도 하지 않을 겁니다. 그럴 생각이 없으니까요. 그러니 이렇게 시간 낭비하지 마시고 그냥 돌아가시지요."

이렇게 말하고 누에자는, 지금 자신은 바쁘다는 듯 안으로 그냥 들어가버렸다. 그것을 본 시종은 노인의 행동을 못마땅하게 생각한 듯 입을 삐죽 내밀고 있었다. 하백녀가 이런 수모를 당한 적은 지금껏 없었던 것이다.

하백녀는 단번에 얻어질 일이 아니라는 것을 직감하고는 시종에게 돌아가라고 명했다. 그리고 자신이 어떻게 해야 할지 곰곰이 생각했다. 하지만 막무가내로 거절하는 사람 앞에서 어떻게 해볼 도리가 없었다. 그렇다고 여기서 그냥 물러날 수도 없는 일이었다. 결국 그녀는 만들어주지 못하겠다면 그 방법이라도 가르쳐달라고 사정하며 기다릴 수밖에 없었다.

얼마의 시간이 지난 후 다시 누에자가 밖으로 나왔다. 그런데 그는 그녀에게는 눈길도 주지 않고 뽕나무밭으로 가더니 연한 잎들을 바구니에 따서 담기 시작했다. 그런 누에자를 따라다니며 하백녀는 계속 사정했다. 그런데도 그는 대꾸도 없이 다시 안으로 들어가버리는 것이었다. 그러고는 다시 밖으로 나와 이번에는 웬 풀줄기에서 버들개지의 꽃과 같이 생긴 것들을 따며 자기 일만 했다.

하백녀는 도무지 그런 노인의 행동을 이해할 수 없었다. 자신을 이리 대할 분명한 이유가 있어야 하는데, 이 누에자는 그저 자신을 배척하는 태도만 보이고 있었다. 아니, 아예 상대조차 하지 않고 있었다. 그 소경이 포기하라고 한 것이 이것 때문이었는가? 아무리 그렇다고 해도 하백녀는 포기할 수 없었다. 바로 단군을 새로운 세상의 주인으로 만드는 일이었다. 만약 하백녀 자신의 일이었다면 이만한 사람에게 자존심을 굽히지 않았을 것이었다.

여전히 누에자는 하백녀는 안중에도 없다는 듯 부지런히 몸을 놀리며 자기 일만 했고, 결국 그렇게 하루가 지나갔다. 그리고 나서야 그는 아직까지 하백녀가 떠나지 않았다는 것을 알고 진지하게 물었다.

"행색으로 보아하니 직접 북을 만들 수 있을 것 같지는 않고, 도대체 북이 무엇 때문에 필요한 겁니까?"

"말씀드리지 않습니까? 그 북소리를 듣고 제가 감동했다고요. 사람들도 천상의 소리라고 하더라고요. 그래서 그 북을 직접 가지고 싶어서 그런 겁니다."

"참으로 잘못 아신 겁니다. 그건 북이 좋아서가 아니라 그 장님이 장단을 잘 추어서 그런 겁니다. 그 북은 다른 북과 별반 다른 게 없습니다. 그저 소가죽으로 만든 것에 불과해요. 그런 소리를 듣고 싶다면 차라리 그 장님한테 가서 장단이나 배우는 게 맞겠네요. 그렇지 않다면야 다른 악기도 많이 있을 것이니 뛰어난 장인들을 찾아 더 좋은 악기를 만들어달라고 하던가요. 이제 아셨으면 그만 물러가세요."

순간 하백녀는 당황했다. 누에자의 말처럼 소리를 듣고자 한다면 다른 것도 많이 있을 터인데, 꼭 북을 만들어달라고 하는 필연적인 이유는 아니었던 것이다. 그렇다고 천부인을 거론할 수는 없는 노릇이었다. 그래서 그녀는 되는 대로 둘러댔다.

"내 실은 가죽을 이용해 옷감을 하나 만들려고 하는 겁니다. 가죽을 이용해 그런 소리를 만들 정도라면 그 기술이 보통이 아닐 것이고…… 그 기술을 배워두면 많은 사람들에게 알려주어 손쉽게 짐승의 가죽을 이용해 질기고 따뜻하면서도 아름답게 옷을 만들어 입을 수 있지 않겠습니까? 그러면 많은 사람들의 삶도 보다 윤택해질 것이고요."

"허허! 정말 그런가요? 참으로 마음이 고우시군요. 그런데 그럴 의향이 정말 있으시다면 제 일을 좀 도와주면 좋을 것 같은데요. 짐승 가죽이야 그렇게 많이 없지 않습니까? 많은 사람들이 고운 옷을 입으려면 그만큼 많은 옷감이 있어야 하는데, 내 지금 그것을 마련하려면 정신이 없어요. 어떻습니까? 일손도 많이 딸리는데……."

하백녀는 더 이상 대꾸하지 못했다. 그런 그녀를 보고 누에자가 다시 말을 이었다.

"아, 하기 싫으면 그만두고요."

이제 와서 그렇지 않다고 말하기도 난감한 상황이었다. 제 꾀에 자기가 넘어간 꼴이었다. 결국 하백녀는 이리된 상황에서 한번 부딪쳐보는 수밖에 없다고 판단하고 조심스럽게 입을 열었다.

"도대체 어떤 일이신데, 그러십니까?"

"옷감을 만드는 방법이야 여러 가지가 있지 않습니까? 허나 내가 지금 하려는 것은 두 가지 방법을 이용한 것인데, 아주 부드럽고 고와 사람이 입기엔 더 없이 좋은 옷이 될 겁니다. 배워두시면 결코 후회하지는 않을 겁니다. 따라와보세요."

그러고는 누에자는 하백녀를 데리고 가 상자같이 생긴 것의 뚜껑을 열어 보여주었는데, 거기에는 무슨 조그만 벌레 같은 것이 수많이 꿈틀거리고 있었다. 누에자는 그것을 자신의 자식이나 되는 듯이 아주 소중히 다뤘는데, 이것이 바로 산누에인 석잠누에라고 말하면서 우선 이것부터 잘 키워야 한다고 주지시켰다. 그러고는 뽕나무 잎을 따오라고 하기도 하고 그 석잠누에에게 먹이를 주라고 시키기도 하였다. 또 뽕나무 옆에 풀이 무성한 곳으로 데리고 가서는 버들개지처럼 생긴 풀꽃 솜을 보고는 이것이 바로 초면草綿인 백첩자白疊子라는 것을 가르쳐주었다. 그 속에는 누에고치같은 가느다란 실이 들어 있었다. 이것을 뽑아 흰색의 부드러운 포布를 짜야 한다는 것이었다.

이로부터 하백녀는 누에자의 심부름을 하며 그 일을 돕게 되었다. 뽕나무 기르는 것은 물론이고 석잠누에를 치는 일도 점차 배우게 되었는데, 그것은 자고 깨고 먹고를 몇 번 반복하더니 점차 그 크기가 커져갔다. 급기야 장구형의 형태에다가 누르께한 황견의 색깔을 띠더니 그게 고치실을 만드는 것이었다. 그런 와중에도 틈틈이 백첩자를 따와야 했기에 그녀는 잠시도 허리를 펼 새가 없었다. 결국 석잠누에도 고치실을 다 지었고, 백첩자도 다 따왔으니 일을 마쳤다고 하자,

이번에는 뜨거운 물에 그것을 잠시 넣었다가 꺼내면 신기하게도 실이 나올 테니 그 고치실을 감으라고 하는 것이었다. 한 개의 고치실만 해도 그 길이가 대략 3리 정도가 되는 것이었는데, 그것만이 아니라 지금껏 따 모아왔던 백첩자에 들어 있는 가느다란 실로 포를 짜야 했으니 그야말로 눈코 뜰 새가 없었다. 하백녀는 누에자가 자기를 상대하지 않으려 했던 이유를 알 것 같았다.

하백녀는 너무도 힘들었지만 이 과정을 묵묵히 수행해내면 누에자가 분명 북을 만들어줄 것이라고 여겼기에 묵묵히 참았다. 그런데 이제 누에자는 생전 보지도 못한 무슨 베틀 같은 것을 하백녀에게 주고는 아예 베를 짜라고 하는 것이었다. 이러다간 천신제까지 북을 만들 수 없을 것 같았다. 시종이 이곳을 오가며 소식을 전한 지도 여러 번 되었고, 벌써 수확의 계절이 가까워지고 있었다. 하백녀는 하루빨리 이 일을 성사시켜야 했기에 더욱 생사를 걸고 달려들었다.

사실 마음 같아서야 옷 만드는 것을 배워서 뭐 하겠냐 하는 생각이 여러 번 들었으나, 이제 와서 지금까지의 고생을 수포로 만들 수는 없었다. 더욱이 그가 옷 만드는 것을 가르쳐준다고 했지, 무슨 북을 만들어주겠다고 약속한 바는 아니었지 않는가? 순전히 그의 자선에 맡겨야 했던 것이다. 결국 그녀는 베까지 짜기에 이르렀다. 누에고치에서 나온 명주실로 짠 베는 광택이 뛰어나고 가벼우며 빛깔까지 우아했다. 정말이지 비단결처럼 곱다는 말을 실감케 했다. 또 백첩자로 짠 백첩포白疊布는 명주실보다 더 가늘어 그보다 더 부드러웠고 고왔다.

갖은 고생을 해서 얻은 것이어서 그런지 하백녀는 참으로 이것이 귀중해 보이고 자신의 일에 보람을 느꼈다. 처음에 가졌던 생각과 달리 그 일을 하고 나서 달라진 느낌이었다. 그런 그녀의 모습을 보았음인지 누에자가 하백녀에게 옷을 지어줄 사람의 치수를 물었다. 그리고 얼마 후 지금까지 고생한 선물이라고 하면서 의복 한 벌을 하백녀에게 던져주었다. 옷을 펼쳐보니 옷감이 고와서인지, 아니면 누에자의 솜씨가 탁월해서인지 마치 선인이 하늘을 날아갈 듯 아름다웠다. 그러고는 말을 덧붙이는 것이었다.

"참으로 옷이 아름답지 않습니까? 그게 다 이렇게 고생한 보람으로 얻은 것들이지요. 지금껏 아무런 불평도 없이 누에치기로 명주실을 얻는 방법이라든가 초면으로 실을 뽑아 옷감을 만드는 방법을 배우느라 수고가 많았소이다. 나는 중도에 그만둘 줄 알았는데…… 어쨌든 이것을 백성들에게 보급한다면 더욱 그들의 생활이 나아질 것입니다. 이제 제가 가르칠 것은 다 전수해준 것 같으니 그만 가보시구려."

하백녀는 잘 가르쳐주어 고맙다고 대꾸하고 나서도 그 자리를 뜨지 못하고 계속 멈칫거렸다. 누에자가 다시 입을 열었다.

"글쎄, 북이라면 내 특별한 것이 없고, 단지 그 장님에게 부탁하는 게 좋을 것이라고 이미 말씀드렸을 텐데요. 거기에 대해서는 더 이상 할 말이 없습니다."

그가 단호하게 잘라 말하는 바람에, 하백녀는 어쩔 수 없이 한 벌의 의복만을 가지고 돌아올 수밖에 없었다. 하지만 아무리 이 옷이 귀하게 보인다 한들 애초에 자신이 상정했던 목적에 비하면 아무것도 아니었다. 이깟 의복 하나 얻으려고 몇 달 동안에 걸친 고생을 사서 했단 말인가? 그동안의 모든 고생이 완전히 수포로 끝나버린 것 같아 허탈하기만 하였다.

하백녀가 아사달로 돌아오니 벌써 수확도 끝난 상태였고, 천신제를 지낼 날이 가까워지면서 모두들 떠날 준비로 한창 바쁘게 돌아가고 있었다. 그녀는 곧 신지를 찾았다.

"준비하기로 한 것은 어떻게 마련은 되었습니까?"

"제조하기는 하였사오나 그게 도움이 될지는 장담하지 못하겠사옵니다. 더욱이 그것을 단군께 드리면 어찌 나오실지 참으로 그게 걱정이 되옵니다. 그건 그렇고 황후 마마께서는 지금껏 어디에 계셨사옵니까?"

"대신께서도 천상의 소리로 들린다는 그 북에 관한 소문을 들어보셨지요?"

"그런 소리가 있다는 말은 들었사온데, 그게 황후 마마와 무슨 관련이 있는지……."

"아, 말도 마십시오."

하백녀는 그렇게 말하면서 그 북이 천부인을 열 열쇠가 될 것 같아 그걸 얻으려고 하다가 겪었던 일들을 하소연하듯 말했다. 그러고는 덧붙였다.

"결국 달랑 이 옷 한 벌 얻었지 않습니까? 하긴 이거라도 건졌으니 그게 어디입니까?"

"글쎄, 그런데 그 누에자라는 노인이 소경에게 북소리를 부탁하라고 했사옵니까? 아무래도 그 말이 맞는 것 같기도 하고……."

"아니, 왜 그러십니까? 그래도 북을 구하지 못했는데……."

"북이 좋으면 뭘 하겠사옵니까? 그걸 제대로 쓸 수 있는 사람이 있어야지요. 아무튼 그 일은 신이 알아보겠사옵니다."

그로부터 며칠 뒤 신지와 하백녀는 단군을 찾았다. 조정 신료들이 모인 자리에서 전하기보다는 그들을 대표해 드리는 것이 옳다고 판단해서였다.

"단군 폐하! 받으시옵소서."

단군은 그들이 바친 것을 보고는 눈을 동그랗게 뜨며 두 사람을 번갈아 쳐다보았다. 그것은 여러 금속을 제조하여 만든 보검과 동경, 그리고 방울 등과 함께 하백녀가 누에자로부터 얻은 의복 한 벌이었던 것이다. 이것은 곧 천부인을 어떻게든지 열도록 하기 위해 그동안 그들이 자신 몰래 준비를 해왔다는 것을 의미했다.

"이게 뭡니까? 내 분명 얘기했을 터인데, 그런데도 이걸……. 내 다른 사람은 몰라도 대신께서 이리 나오실 줄은 꿈에도 상상하지 못했습니다."

"어찌 소신이라고 백성들의 마음을 거역할 수 있겠사옵니까? 이건 백성들의 한결같은 마음을 우리 대신들이 받아들인 것뿐이옵니다. 단군 폐하께서도 말씀하시지 않으셨사옵니까? 바로 백성들의 뜻이 하늘의 뜻이라고요. 그러하오니 대신들을 책망하지 마시옵소서."

"백성들의 마음은 참가슴으로 받아들이는 것이지, 이런 허례와 형식으로 받아들이는 것이 아닙니다. 하늘의 도 또한 참가슴으로 느끼고 받아들였을 때 옳게 세워지는 것이지 제례와 허울로써 세워지는 것이 아닙니다. 그런데 어찌 그런 속박에서 벗어나지 못해 이런 쓸데없는 짓을 한단 말입니까? 이거야말로 하늘의 뜻을 어지럽히는 행동입니다. 다 소용없으니 가져가도록 하세요."

단군이 단호하게 거절하자 이번에는 하백녀가 나섰다.

"이게 아무리 보잘것없는 것이라고 하더라도 여기에는 신들의 정성이 담겨져 있사옵니다. 그러하오니 이를 외면하지 마시옵소서. 부디 한번 살펴보기라도 하시옵소서."

"하긴 이것을 얻기 위해 얼마나 많은 사람들이 땀을 흘렸겠습니까? 내 그것을 생각하면 더더욱 마음이 언짢아집니다."

"하오나 이미 만든 것을 어찌하겠사옵니까?"

단군은 마지못해 하나하나 살펴보았다. 그런데 그의 눈은 놀라움에 점점 더 커지고 있었다. 비록 이것은 천부인을 여는 데에는 소용이 없다고 하더라도 보검과 동경, 그리고 방울 등을 만든 재질이나 공예 솜씨가 아주 뛰어나 보였던 것이다. 그럴 수밖에 없는 게 지금까지 위엄을 내세우기 위해 사용해왔던 것들은 그 재질이 청동이어서 보기에는 그럴 듯해도 강도가 약해 실제 사용하기에는 부적합했다. 하지만 이것들은 강도와 탄력을 고려하여 여러 금속들의 합금비율을 맞추고 있었던 것이다. 게다가 하백녀가 얻어왔던 옷은 그 촉감이 보드랍고 고와 입으면 꼭 날아갈 것 같은 기분마저 들었던 것이다. 지금까지 입었던 짐승의 가죽이나 거칠고 성긴 천으로 만든 옷과는 질적으로 달랐다.

"참으로 잘 만들었는데, 도대체 누가 이걸 만들었습니까?"

"무슨 좋은 징조가 있을 것 같사옵니까?"

"그런 생각은 그만들 두시고요. 자, 봐보세요. 이것을 온 백성들이 사용할 수 있게 하면 얼마나 좋겠습니까? 이것들을 만든 기술로 농사짓는 도구를 만들어 쓴다면 얼마나 유용하겠습니까? 또 이 옷은 어떻습니까? 이걸 만백성이 입으면 얼마나 즐거운 일이겠으며, 입는 사람들의 모습은 또 얼마나 곱고 아름답겠습니까?"

그러면서 단군은 이것들을 만들고 얻은 내력을 물었고, 그에 대해 신지와 하백녀는 그에게 그 과정을 소상하게 설명해주었다.

마침내 단군은 장인의 책임자인 수자고를 불러 여러 도구들을 만들기 위해 국가적 차원의 기구를 설치하여 이를 담당하도록 하였다. 그리고 하백녀가 말한 누에자에게 곧바로 사람을 파견하여 그를 불러오도록 했다. 누에치기와 더불어 백첩자라는 풀을 심어 백성들의 복식 문제를 획기적으로 해결할 참이었던 것이다. 그런데 누에자가 한사코 궁에 오기를 거부한다는 것이었다. 사람을 파견해 불러도 오지 않자 단군은 직접 그곳에 가보기로 하였다. 하지만 대신들이 말렸다.

"단군 폐하! 그곳은 나중에 다녀오도록 하시옵소서. 그 누에자라는 시골 노인은 언제든지 찾아갈 수 있는 일이지만 천신제는 그렇지가 않사옵니다. 그 일정에 맞추려면 지금은 아니 되옵니다."

사실 대신들은 초조할 수밖에 없었다. 들리는 소문에 의하면 벌써 웅씨족의 수장 웅갈은 천부인을 열 비밀 열쇠를 마련했다는 것이다. 그런데 단군은 어느 것 하나 준비도 하지 않았던 데다가 그들이 애써 마련한 것마저 아무 소용이 없다며 받아들이지도 않고 있었다. 물론 의복이야 단군을 상정하고 지은 것이니 고맙게 받아들이긴 했지만 그 것마저 자신만이 아니라 온 백성이 누리기 위한 것으로 돌려세우고 있었다. 그런 모습이 더더욱 단군에 대한 믿음을 갖게 한 것은 사실이 나, 지금 그들에게 무엇보다 중요한 건 단군이 천부인을 손에 쥐어 새 세상의 주인으로 등극하는 것이었다.

"맞사옵니다. 지금은 몸과 마음을 정갈하게 해야 할 때이옵니다. 단 군 폐하! 새로운 세상을 열어주시기를 한결같이 백성들이 염원하고 있음을 먼저 유념하여 주시옵소서."

"잘 알고 있으니 그 점은 염려하지 않으셔도 됩니다. 허나 이 문제 를 빨리 해결하면 그만큼 백성들의 생활이 보다 빠르게 나아질 것 또 한 사실이지 않습니까? 할 수 있는 것을 구태여 하지 않을 필요는 없 겠지요."

대신들은 이러다간 제대로 준비도 하지 못하고 천신제에 참여하게 될 것이라는 걱정에 계속 만류를 했지만, 단군은 일정을 서두르면 될 것이니 문제없을 거라며 길을 떠났다.

그렇게 해서 단군이 누에자가 거처한 곳에 이르렀으나 그곳에는 아무도 없었다. 대신 북 하나만이 달랑 놓여 있었다. 그토록 하백녀가 만들어달라고 졸랐는데도 꿈쩍도 하지 않았던 누에자가 왜 그것을 만들어놓았는지 알 수 없었다. 결국 단군은 그 북만 가지고 되돌아올 수밖에 없었다.

단군은 누에자를 찾지 못한 것에 안타까워했다. 그러면서도 그가 없다고 하더라도 그가 시험에 성공한 누에치기와 초면을 이용해 옷감을 만드는 방법을 어떻게 보급할 것인가를 두고 고민하고 있었다.

"단군 폐하! 이제는 출발하셔야 하옵니다. 더 이상 지체할 시간이 없사옵니다."

아무런 마음의 준비도 못한 상황에서 이제 빨리 출발하는 것만이 대신들의 바람이 되고 있었다. 이렇게 미적대고 있다가는 천신제에 늦을 수밖에 없었던 것이다.

단군도 마지못해 그들의 의견을 따를 수밖에 없었지만 그의 생각은 계속 한 곳에 머물고 있었다. 실상 하백녀가 얻어온 옷을 자기만 입는다는 게 마음에 걸렸던 것이다. 이런 모습을 본 하백녀가 결국 단군에게 주청하기에 이르렀다.

"단군 폐하! 마음을 놓으시고 천신제에 다녀오시옵소서. 신첩이 그 일을 책임지고 처리하겠사옵니다. 이미 신첩은 누에자라는 노인으로부터 많은 것을 배웠사옵니다. 부족한 것은 채우면 될 것이오니 걱정하지 마시옵소서."

"아닙니다. 내가 황후께 너무 마음고생을 시킨 모양입니다. 대신들의 말처럼 갔다 와서 하면 되겠지요. 그러니 황후께서도 그런 생각 마시고 같이 떠나도록 합시다."

실상 단군은 하백녀에게 그 일을 맡기고 싶었지만, 이번에 어머니 웅녀에게 며느리인 하백녀를 인사시키는 것 또한 자신의 도리였던 것이다. 그것마저 못해준다면 하백녀에게 너무 미안할 수밖에 없었다.

"신첩이 그냥 따라가면 단군 폐하께서 마음이 편치 않으실 것인데, 그러면 어찌 신첩의 마음이 편하겠사옵니까? 조금이나마 단군 폐하의 심려를 덜어드리는 것이 신첩의 소망이자 바람이었사온데, 오히려 이리 신첩이 할 수 있는 일을 찾게 되었사오니 더할 나위 없이 기쁘기만 하옵니다. 그러니 너무 괘념치 마시옵소서."

이리하여 단군은 하백녀를 누에치기와 길쌈을 주관하는 관리로 임명하게 되었다. 하백녀는 이 문제를 해결하기 위해 아사달에 남기로 하였다.

이런 복잡한 과정 끝에 단군 일행은 드디어 천신제에 참석하기 위해 천신족으로 향하게 되었다. 여기에는 대신들과 단군이 천부인을 분명히 열 것이라고 확신한 수많은 사람들이 따라나섰다. 새로운 세상의 주인이 나타나는 그런 구경거리를 결코 놓칠 수 없다는 거였다. 그중에는 북소리의 장단으로 천상의 소리를 낸다고 하는 그 맹인도 끼어 있었다. 물론 예정대로 출발하지 못하고 지체되었기에 그들은 그 일정을 재촉할 수밖에 없었다.

3

천부인을 얻다

웅갈은 수많은 장인들을 동원하여 만들어낸 천하기물 보검을 가지고 폐관에 들어가면서 수하들에게 자기 주위에 개미 한 마리 얼씬하지 못하도록 철저히 경계를 설 것을 명했다. 최후의 준비로 곰의 정령께 빌며 힘을 얻기 위해 마지막 수행에 들어가고자 함이었다.

그간 그는 범씨족의 호한이 단군에게 패한 이래, 천신제가 열릴 날만을 손꼽아 기다려왔다. 가장 경계할 인물은 단군이었으나 그는 지금껏 별다른 움직임을 보이지 않았고, 도리어 관리들은 백성들을 위해 사는 것이 올바른 자세라는 등 이상한 헛소리만 늘어놓고 있었다. 그것은 천부인을 여는 것과 아무런 관련이 없었다. 어차피 백성들은 다스리고 통치해야 할 대상이 아닌가? 어쩌면 그가 이런 이치를 모르지는 않을 것인데, 또 다른 술수를 부리는 것인지도 알 수 없는 일이었다. 만약 그거라면 그 얄팍한 술수에 비웃음만이 터져나올 뿐이었다. 이번에는 속임수가 통하지 않을 것이고, 자기 발에 제 스스로 족쇄를 채우는 격이 될 것이기 때문이었다.

사실 그는 단군을 대단한 야심을 가진 인물로 여기고 있었다. 그것도 간덩이가 부었다고 여길 정도로. 지난번 백성들에게 새 세상의 주인이라고 소문내게 만들어놓고도 전혀 그렇지 않은 것처럼 세상을 향해 속임수를 벌이고 있는 것을 보면 충분히 알 수 있는 일이었다. 그런 그가 준비하지 못했다면 천부인은 당연 자기 것이 될 수밖에 없었다. 감히 다른 누가 자신의 적수가 된다는 건 생각하지 못한 바였다. 그러다보니 결국 천신제를 얼마 남겨두지 않은 상황에서 이 모든 게 결국 자신의 등극을 위한 안배로까지 여겨졌다. 그만큼 그는 그동안 오직 새 제국의 통치자가 되는 하나의 관문을 열기 위해 모든 열정을 바치며 만전을 기해왔던 것이다. 이제 그의 앞에 걸림돌이 될 만한 것은 아무것도 없었다.

이렇게 웅갈이 천부인을 열 보검을 가졌다고 확신하면서도 폐관까지 하며 수행에 들어가기로 결심하게 된 것은, 천부인과 관련된 유래에 대해 치밀한 연구를 해왔기 때문이었다. 분명히 환웅은 환인으로부터 천부인을 부여받고 처음 신시개천神市開天을 할 때, 사람이 되고자 하는 곰과 호랑이에게 쑥과 마늘을 주며 100일간 햇빛을 보지 않고 금계를 행하라고 권고했던 것이다. 이것은 아무리 봐도 그냥 넘어갈 문제가 아니었다. 여기엔 뭔가 수수께끼 같은 비밀이 숨겨져 있을 것 같았다.

그도 알다시피 천부인은 힘만으로 얻을 수 있는 것이 아니었다. 아마 그것으로 가능했다면 벌써 지난날 호한이 차지하고도 남았을 것이었다. 그 이상의 뭔가가 있어야 했다. 얼마나 천부인을 얻기가 힘들었으면 하늘이 점지한 자만이 가능하다는 말이 나왔겠는가? 그런 점에서 보면 호한은 우악스럽기는 해도 미련한 편은 아니었던 모양이었다. 천부인이자 하늘의 경과 부딪친 이후, 결코 그것을 힘으로 열어 차지하려고 하지는 않고 자기의 성질답게 오직 무력으로 제국을 통치하려고 했으니 말이다.

웅갈은 몇 날 며칠 머리를 싸매며 찾으려 했으나 쉬이 알 수가 없었다. 그러다 문득 금계라는 말이 퍼뜩 뇌리를 스치고 지나갔다. 뭔가 어렴풋이 보이는 것만 같았다. 그건 분명 깨달음을 얻으라는 것이었다. 깨달음! 그런데 뭘 깨달아야 하는지 더 이상 짚이는 바가 없었다. 하지만 아무래도 그렇게 하면 도움이 될 것 같았다. 다름 아닌 그건 신시개천한 1대 거발한 환웅이 밝히신 바였다. 더욱이 그에게는 웅씨족을 돌보아주는 곰의 정령이 있었다. 분명 곰의 정령은 그에게 뭔가를 가르쳐줄 것이었다.

마침내 웅갈은 쑥과 마늘을 준비한 채 금계 수행에 들어갔다. 먼저 쑥을 태워 주위를 청결히 하였고, 또한 오직 그것만으로 먹는 것을 절제하였다. 그러고는 곰의 정령께 기원하였다. 깨달음을 얻고 천부인의 주인이 되어온 제국을 호령하게 해달라고! 분명 곰의 정령은 자신의 소망을 외면하지 않고 도와줄 것 같았다. 아니, 들어주지 않을 이유가 없었다. 어차피 웅씨족의 수장인 자기가 제국의 통치자가 되면 그들의 수호신인 곰의 정령의 위신 또한 그만큼 높아지는 것이었다.

그의 가슴은 곰의 억센 기운으로 새로 태어날 열망으로 가득 찼다. 실제로 그렇게 되는 듯싶었다. 쑥과 마늘만 먹은 게 몇 번 되지도 않았는데, 벌써 그의 몸은 날아갈 것만 같았다. 무슨 해독 작업이 이루어지고 있는지 몸에서는 거무튀튀한 이물질이 다 빠져나가고, 대신 독특한 향기가 풍겨나면서 힘이 넘쳐흐르는 듯했다. 이건 분명 하늘이 자신을 점찍고 있거나 곰의 정령이 자기의 소원을 들어주고 있는 것이라 여겨졌다. 실상 곰의 정령이 자기를 도와주기만 한다면 이 세상에서 이루지 못할 일이 없을 거였다.

하지만 너무 성급한 판단이었는지 그 기운은 점차 약해지고 있었다. 그러고는 이내 사라져버렸다. 아니었다. 그와 전혀 다른 기운이 다른 한편에서 솟아나오고 있었다. 그러다가 어찌 된 일인지 그것은 처음에 느꼈던 기운에 밀려 들어갔다. 그런데 다시 그 기운에 반작용이 가해진 듯 처음 기운은 쫓겨나고 나중에 나왔던 기운이 조금 전보다 더 강력한 기세로 몸속에 들어찼다. 그러나 또다시 반격이 이루어지더니 그의 몸은 종잡을 수 없이 꿈틀거리기 시작했다. 그러는 중에 그의 머리는 깨질 듯이 아파왔고, 가슴은 심한 고통으로 부글부글 끓는 듯했다. 그럴수록 그는 강해지고자 하는 욕망으로 더욱 불타올랐다. 그러자 그의 열망처럼 뒤늦게 나온 기운이 거세게 꿈틀거리면서 온몸을 사로잡았고, 그만큼 그의 몸은 더욱 강인해지고 있었다. 그렇게 한참 진행되던 몸의 변화는 마침내 정점으로 향하듯 온몸이 부풀어가고 있었다. 바로 이때다 싶어 그는 그 기세를 이용하여 천하기물 보검을 휘두르며 주문을 외웠다. 그러자 지금껏 한 번도 느껴보지 못했던 거대한 기운이 그의 몸으로 흡입되면서 온몸이 곰의 몸집처럼 더욱 억세고 강인해졌다. 동시에 그의 몸은 더욱 하나의 정점을 향해 불꽃이 타오르듯 거대한 곰의 형체로 화하며 강렬하게 타올랐다. 그의 주위는 거센 불꽃이 땅을 휘감아내듯 파열음을 튀기며 대지를 진동시켰다.

잠시 후 언제 그런 일이 있었냐는 듯이 주위는 조용히 잦아들었다. 그는 호흡을 가다듬고 가만히 손으로 주먹을 쥐어보았다. 그러자 몸에 전율이 일 듯 충만한 힘이 불끈불끈 솟아났다. 뭔가 이루었다는 생각에 자신의 몸을 여기저기 살펴본 그는 깜짝 놀라지 않을 수 없었다. 그의 몸은 전혀 다른 새로운 육신으로 태어난 듯 억센 근육과 날카로운 발톱 자국들이 솟아나며 무시무시한 형상으로 변해 있었던 것이다. 이건 아무리 봐도 그 자신이 곰의 정령으로 화한 것임에 틀림없었다. 드디어 그 경지에 도달했다는 말인가?

그는 벌써 천부인의 주인이라도 된 듯한 흥분에 휩싸여 자리에서 일어났다. 바로 그때 그를 찾는 소리가 밖에서 들려왔다. 자기가 나오기 전까지 아무도 들여보내지도 말고 찾지도 말라고 그리 엄명했거늘, 그것을 어겼다는 생각에 갑자기 기분이 언짢아졌다. 최상의 경지에 도달했다는 기쁨을 깨버린 것에 대해 화가 난 것이었다. 아니, 그 거라면 지금 상황에서 기꺼운 마음으로 받아줄 수도 있었다. 순간, 이 렇게 고강한 경지에 도달한 자기를 몰라보고 함부로 대한다는 생각이 들었다. 그렇다면 초장부터 엄히 다스려 버릇을 고쳐놓아야 했다. 이 건 이제 자신이 곰의 정령으로 변한 만큼 아무도 자기를 건드릴 수 없 다는 자만이었다. 웅갈은 밖으로 나오자마자 큰소리로 꾸짖었다.

"네 이놈! 분명 금계를 끝내고 나올 때까지 절대 날 찾지 말라고 엄 명을 내렸거늘, 그것을 벌써 까먹었단 말이냐? 내 명을 어긴다면 어 떻게 되는지 맛을 보고서야 정신을 차리겠단 말이냐!"

"수장님! 그게 아니오라……."

수하는 제대로 말도 못했다. 웅갈이 너무도 고압적으로 나오는 태 도 때문만은 아니었다. 한눈에 봐도 전과 다르게 환골탈태하여 곰의 몸처럼 억세고 무시무시한 기운이 넘쳐흘러 보였던 것이다.

"뭐가 그게 아니란 말이냐? 똑바로 말하지 못할까?"

"수장님! 벌써 3일이 지났기에, 이제는 출발하셔야 될 것 같아서 그만……."

"벌써 시간이 그리되었단 말이냐?"

수하의 말에 웅갈은 깜짝 놀랐다. 그 자신은 수행에 몇 시간도 걸리 지 않았다고 느끼고 있었던 것이다. 그로서는 어떻게 그렇게 시간이 빨리 흘러갔는지 도무지 이해할 수 없었다. 하지만 분명한 건 그가 온 전히 정신을 집중해 곰의 정령의 힘을 얻었다는 사실이었다. 그러니 그가 두려워할 것은 이제 아무것도 없었다.

"모든 것은 준비 다 되었겠지?"

"물론이옵니다. 이제 곧바로 출발하시기만 하면 되옵니다."

웅갈은 수하의 말에 고개를 끄덕이며 나섰다. 그의 발걸음은 그 어느 때보다 힘에 넘쳤다. 하긴 지금 그의 뇌리에는 자신이 만인 앞에서 멋지게 천부인을 열어젖히는 모습이 떠오르고 있었다. 그만큼 그는 확신하고 있었다. 그런 그의 모습에 수하도 힘을 얻었는지 그가 물어보지 않았던 것까지 보고하고 있었다.

"아사달 지역 사람들도 수장님께서 천부인을 열 것이라는 소문에 바짝 긴장한 모양이옵니다. 겉으로는 안 그런 척하더니만 뭐 보검이나 동경, 그리고 방울 같은 것들을 만들기 위해 장인들을 몰래 불러 모은 것을 보니 말이옵니다. 하긴 그들이라고 해서 그런 것에 관심이 없다는 건 말이 안 되겠지만, 그런데 참으로 이상한 것은 단군이 그런 것을 쓸데없는 짓이라고 나무랐다고 하니……."

그러면서 단군이 그것을 백성들을 위해서 새로운 국가 기구로 편재시켰다고 보고하면서 이것이 진짜 단군의 생각인지, 아니면 다른 나라에 숨기기 위한 속임수로 그런 것인지 모르겠다고 덧붙였다. 그러고는 다시 말을 이었다.

"아무튼 단군이라는 사람은 참으로 알다가도 모를 사람이옵니다. 누구나 다 천부인을 가지려고 기를 쓰며 노력하는데 그는 그런 것에 전혀 관심을 가지지 않는 것처럼 행동하니 말입니다. 하긴 자기가 능력이 안 된다고 판단되면 아예 처음부터 포기하는 것이 현명한 것인지도 모를 일이지요."

"네, 이놈! 그 주둥아리 좀 그만 닥치지 못할까? 단군 같은 피라미가 감히 내 적수가 될 수 있다고 지금 얘기하는 것이냐?"

웅갈의 노기 띤 얼굴에 수하는 곧장 말을 돌렸다.

"아니옵니다. 어찌 그리 생각하겠사옵니까? 당연히 천부인이야 수장님 차지가 될 것이옵니다. 단지 사람들 사이에서 하도 단군이 천부인을 차지할 주인이라고 말이 많은데, 정작 그 사람이 하는 것은 한심할 정도여서 전혀 신경 쓸 일이 아니라는 것을 말씀드리고자 그런 것이옵니다."

실상 웅갈이 지금껏 가장 경계하고 있는 인물이 단군이라는 것은 모두가 다 아는 바였다. 그래서 수하는 단군의 상황을 얘기함으로써 웅갈의 환심을 얻고자 했던 것이었다. 하지만 지금 웅갈에게는 단군의 일을 거론하는 것 자체가 신경에 거슬렸다.

"아니, 이놈이 지금도 입을 놀리고 있지 않느냐. 내 분명히 말하건대 내 앞에서는 그놈의 얘기를 꺼내지 마라. 단군은 앞으로 내 적수가 아니란 말이다. 그놈의 할아비가 온다고 해도 나에겐 상대가 되지 않아, 알겠느냐?"

이미 곰의 정령을 이어받았다고 확신하고 있는 웅갈은 다른 누구를 상대하고 싶지도 않았고 비교받고 싶지도 않았다. 그만큼 그는 벌써 새 세상의 주인으로 우뚝 서 있는 것 같은 환상에 빠져들고 있었다.

그는 하루라도 빨리 그 자리를 차지하기 위해서인 듯 자신만만하게 곧바로 천신족의 나라로 향했다. 이미 모든 준비를 마친 상황에서 시간을 지체할 이유도 없었다.

웅갈이 이끌고 간 행렬은 대단할 정도로 웅장하고 거대했다. 그럴 수밖에 없는 게 웅씨족이 이날을 위해 지금까지 나라의 온 전력을 모두 기울여왔던 데다가 웅갈의 모습이 지금까지와는 전혀 다르게 자랑할 만한 위용을 갖추고 있었기 때문이다. 지난날 범씨족의 호한이 그런 정도의 위세를 뽐냈으나 그가 단군에게 꺾이고 나서는 그만한 사람은 지금껏 나오지 않았던 것이다. 단군이 그의 상대가 될 수 있었으나 그는 전혀 천부인을 얻는 것에 관심이 없는 듯했으니 실상 웅갈에 대적할 자가 없어 보였다.

웅갈의 위세가 사뭇 돋보일 수밖에 없는 가운데, 천신족으로 향하던 수많은 나라의 행렬은 그 위세 앞에 길을 비켜주어야 했다. 천신족의 풍백도 웅씨족의 웅갈이 온다는 소식을 듣고는 직접 마중까지 나왔다. 그러니 웅갈의 위세는 하늘을 찌를 듯 더욱 높아질 수밖에 없었고, 이번 천신제는 마치 웅갈을 맞이하기 위한 대회가 된 것 같은 착각을 불러일으킬 정도였다.

천신제를 지내기 위해 올 만한 사람들이 속속 참여하면서, 벌써 사람들 사이에서는 누가 천부인의 주인공이 될 것인가에 말들이 오가게 되었다. 그들 사이에서 우선적으로 거론되는 사람은 당연히 웅갈과 단군이었다.

"아무래도 이번 천부인의 주인공은 웅갈 수장이 될 게야. 벌써 사람들이 그 앞에서 다들 고개 숙이고 있는 것을 보면 알 수 있는 일이지."

"하긴 옛날과는 완전히 달라졌다고들 하더니……. 하지만 그게 힘만 가지고 되는 것은 아니지 않는가? 그럴 것 같았으면 옛날 호한이 벌써 차지했겠지. 그러니 그렇게 장담할 수만은 없을 것일세."

"이 사람 완전히 깜깜무소식이구먼. 웅갈 수장은 천하의 기물까지 만들었다고 하네. 거기에다가 곰의 정령으로 변신하는 경지에까지 도달했다고 하더군. 아, 그러니 사람들이 그 앞에서 꼼짝 못하는 것이지. 아마 틀림없이 이번에 웅갈 수장이 천부인을 열 게 분명하네."

"그리 생각하면 그게 맞는 것 같기도 한데, 정말 그렇게 될까 의문이네. 천부인은 하늘과 인연이 닿아야 한다고 하지 않는가? 그게 인위적으로 노력한다고 해서 열릴 것은 아닌 것 같고……. 그런 점에서 보면 내 보기엔 단군이 가장 가능성이 높아 보이네. 사람들이 말하는 소릴 들어보면 하늘이 단군을 점찍고 있다고들 하지 않는가? 이런 말이 나오는 걸 보면 단군이 뭔가 범인과 다른 것이 있으니까 그런 것 아니겠어?"

"나도 그런 소릴 들어보고 정말 그럴까 하고 생각해봤는데, 그건 아마 소문에 불과할 것이네. 아니, 누군가 일부러 퍼뜨린 게 틀림없을 걸세. 그게 사실이라면 왜 단군이 천부인에 관심이 없다고들 말하겠는가? 이번에도 천신제에 맞춰 와야 하는데, 아마 늦게 도착할 거라고 하더구먼. 아무리 봐도 자신이 없으니까 그런 것이여. 그도 그걸 알고 있으니까 그리 행동할 것이란 말일세."

"하긴 그 말도 일리가 있는 말일세. 어쨌거나 이번엔 천부인의 주인이 나와야 할 것인데……. 우리야 그게 누가 되든 무슨 상관이 있겠는가? 그 주인이 나오면 이 소란스러운 국면을 빨리 정리할 것이니 그게 좋은 것이지. 만약 이번에도 또 천부인을 열지 못하게 되면 어떤 파국이 일지 모르질 않는가?"

"맞는 말이야! 아, 범씨족의 호한이 지금 감금되어 있다 해도 그 힘이 완전히 사라진 것도 아닌데, 또 그들이 일어서기라도 하면 어찌하겠는가? 아니지. 아마 이번에 웅갈이 열지 못하면 또 그가 호한처럼 나서지 말라는 법도 없지 않는가? 그러면 일이 더욱 복잡하게 돌아갈 걸세. 어쨌거나 정말 이번에 천부인의 주인이 나왔으면 좋겠네."

"이 사람들 한심한 소리 하고들 있네그려. 아, 그러다가 정말 돼먹지 않은 놈이 그걸 진짜로 차지하면 어떻게 되겠는가? 그거야말로 정말 암울하지 않겠는가? 그런 덕목과 재질을 갖춘 사람이 천부인을 차지하는 것이야말로 우리가 바랄 일일 것일세."

의견들이 설왕설래하면서도 진짜 일이 어떻게 될 것인가는 뚜껑을 열어봐야 아는 일이었기에 사람들은 초조히 그날만을 기다렸다.

이런 가운데 풍백은 천신제를 하루 앞둔 날, 모든 나라의 수장들을 한자리에 모이게 하고는 천신제에 이렇게 참석한 것에 고마운 마음을 전했다. 그러고는 지난번 천신제를 나라들 간의 알력과 대립 때문에 행하지 못했던 것에 사과하면서, 이번 천신제는 앞으로 서로 협력과 친선을 더 높이기 위한 계기가 되게 하자고 하였다. 특히 다른 때와 달리 지난날 거불단 환웅께서 말씀하신 대로, 천부인이자 하늘의 경을 열어 새 세상의 주인을 맞이하는 자리이니만큼 모두들 뜻 깊은 축제가 되도록 협력해주기를 부탁했다. 그리고 결론적으로 다음의 말을 덧붙였다.

"이번 천신제도 3일간에 걸쳐서 성대하게 치를 것입니다. 모두들 자신의 기량을 맘껏 발휘하시기를 바라며, 또 그 어떤 경우에도 오늘의 자리에 공명정대하게 임해주실 것과 함께 모두들 일단 내려진 결정 사항에 대해서는 깨끗이 승복해주시기를 거듭 부탁드리는 바입니다. 모두들 그리하실 수 있겠지요?"

모두들 찬성의 뜻으로 고개를 끄덕이는 가운데 응씨족鷹氏族의 수장 매구벌이 입을 열었다.

"아마 모두들 승복하실 것이라고 믿습니다. 만약 그리하지 않는다면 우리 응씨족은 단호하게 응징하는 데 나설 것입니다. 그런데 문제는 그 일을 얼마나 공명정대하게 주관하느냐, 그렇지 않느냐에 달려 있지 않겠습니까? 이 점에 대해서는 어떻게 생각하시는지 의견을 들어보고 싶습니다."

이 일의 진행을 누가 맡아서 해야 모두들 따를 수 있겠느냐고 묻는 말이었다.

"그거야 당연히 풍백께서 맡아 하셔야지요. 거불단 환웅께서 풍백께 엄명하신 바가 아닙니까? 그런데 이걸 어기겠다는 것인지……. 그런 말을 새삼 꺼내는 저의가 뭔지 모르겠습니다."

"다른 뜻이 있어서가 아닙니다. 누구나 따르자면 그 과정에 어떤 의문이 없어야 하지 않겠습니까? 그런 점에서 말씀드리는 것입니다. 다시 말해 이 모든 총괄은 당연히 천신족의 풍백께서 하셔야지요. 하지만 천부인의 주인을 찾는 행사까지 천신족에서 모두 담당한다는 것은 문제의 소지가 있다고 보이는지라……."

"의례 사항의 주관이야 제사장이 하면 되는 것 아니겠습니까? 도대체 뭐가 문제될 수 있다는 것인지 도무지 이해할 수가 없군요."

"내 말을 무슨 다른 뜻이 있는 것처럼 오해하시지 말기 바랍니다. 거듭 밝히건대 단지 내가 바라는 것은 한 점이라도 의혹이 없이 진행하자는 점임을 이해해주셨으면 합니다. 더욱이 이번 천신제는 새로운 세상의 주인을 맞이하자는 자리가 아닙니까? 그런데 어찌 제사장이 주관하도록 할 수 있겠습니까? 마땅히 새로운 세상을 맞이하자는 취지에 걸맞게 그런 사람을 추천해서 진행하자는 것입니다."

"아, 이 문제는 더 이상 왈가왈부하지 말도록 합시다. 매구벌 수장의 말씀대로 하면 되지 않겠습니까?"

시작하기도 전에 혼란이 일어나는 것을 막고자 풍백이 매구벌의 의견을 수용했다. 더욱이 매구벌은 여러 나라의 수장들 중에서도 형벌 사항에 관한 한 사심 없이 결정한다고 정평이 난 인물이었으니 받아들이지 못할 이유도 없었다. 그의 말대로 천부인을 열었다고 해도 다른 이들이 그것을 받아들이지 않는다면 혼란이 일 수도 있었다. 그것을 사전에 방지하자면 최대한 투명하게 진행할 필요가 있었던 것이다. 풍백이 다시 말을 이었다.

"그렇다면 그 진행과정을 누가 주관하면 좋겠습니까?"

"글쎄요. 아무래도 공명하고 위엄을 갖춘 사람이 해야 하지 않겠습니까? 그렇다면 아사달의 단군께서 맡으시는 게 적합할 것 같습니다. 범씨족의 호한까지 제압했으니 아무도 그분의 말씀을 거역하기는 힘들 것이고, 또 거불단 환웅의 아드님이 아닙니까? 제일 적당한 사람으로 보이는데요."

그러자 지금껏 아무 말도 하지 않고 있던 웅갈이 나섰다.

"공명정대하게 하자고 해놓고 이런……. 하기야 그것을 누가 맡아서 한들 그게 무슨 대수겠습니까? 허나 지금 단군은 도착하지도 않았는데 그 일을 맡긴다는 게 말이 되겠습니까?"

"설마하니 참석하지 않기야 하겠습니까? 좀 늦는 거겠지요."

"그걸 지금 말이라고 하는 겁니까? 그가 언제 올지도 모르는데, 그때문에 천신제를 미루자는 말이오? 그거야말로 천신족을 비롯해 우리제국 전체를 모독하는 말이지요. 천신제는 하루도 미룰 수 없는 것이고 관례대로 진행되어야지요. 어쨌든 내 보기엔 형벌에 관한 한 공명하고 사심이 없기로 자타가 공인하는 학씨족의 수장 주인이 있으니 그에게 맡기면 아무 문제없을 것 같소이다. 모두들 그렇지 않습니까?"

지금까지와는 전혀 달리 위엄이 서린 웅갈의 말에 모두들 놀라워하면서 수긍했고, 풍백도 이를 기꺼이 받아들였다. 이리하여 풍백이 천신제를 총괄적으로 관장하면서 그 진행은 학씨족의 주인이 맡아서 하기로 하였다. 이런 논의는 지난번 천신제 때의 경험을 거울삼아 불협화음을 만들지 않으려는 서로 간의 노력이었다.

마침내 천신제의 첫째 날이 밝아왔고, 풍백은 군사를 동원하여 그 제의가 원만히 수행되도록 경계에 만전을 기하도록 지시하였다. 그리고 주인은 각국의 수장들이 동의한 바대로 엄청난 인파의 참여 속에 제의를 주관하며 진행하였다.

먼저 각국의 수장들이 나와 천신에 제례를 올렸고, 그런 다음 그들은 갖가지 자신들의 정령들을 성스럽게 모시면서 자기들 방식의 제를 올리기 시작했다. 그러고는 천신과 자신들의 정령을 기쁘게 하기 위해 춤과 노래를 불렀다. 그런데 이것은 다른 때보다 훨씬 격렬하며 치열했다. 천부인을 열어 새 세상의 주인을 맞이하는 축제였기에 더욱 정성을 쏟을 수밖에 없었던 것이다. 만약 자기 나라에서 그 주인공이 나온다면 자신들의 정령이 다른 나라보다 더 높은 자리에 오를 수 있었기 때문이었다. 그러니 더욱 경쟁적으로 될 수밖에 없었고, 그것을 기원하는 춤과 노래는 밤새도록 이어졌다.

그 다음 날은 서로의 기량을 겨루는 자리가 되었다. 여기에는 검술, 활쏘기, 기마술, 수박, 석전 등 군사적 기량을 드러내는 주된 무예가 포함되어 있었다. 따라서 이 자리에서 다른 나라를 압도하면 그만큼 군사적 우위를 점하는 것으로 인정되었으니, 각 나라의 수장들은 여기에 심혈을 기울였다.

각 나라의 명예를 걸고 기량을 자랑하는 자리는 정말 사람들의 탄성을 자아내기에 부족함이 없었다. 각 나라들은 자신들만이 가지고 있다고 하는 특기를 각각 선보였는데, 녹씨족은 순식간에 제자리에서 높이 뛰어올라 공중제비를 수십 번 해대며 자신들의 고고한 몸매를 자랑했고, 이에 질세라 우씨족은 누구도 들 수 없다고 하는 거대한 바윗덩어리를 솜뭉치 들어올리듯 내던지며 엄청난 힘을 과시했다. 하긴 여기에 출전하는 자들이야 각 나라에서 내로라하는 자들로 구성되었으니 그럴 수밖에 없는 것이었다.

그런데 그중에서도 마씨족이 선보인 기마술은 타의 추종을 불허한 듯했다. 천리마를 탄 듯 먼 거리를 순식간에 오가는 것은 물론이고, 말과 한몸이 되어 곡예를 부리는 기술은 정말이지 말의 정령을 모시는 나라가 아니라면 결코 흉내낼 수 없는 것들이었다. 이에 웅씨족에서는 그런 것은 다 필요가 없으며 가장 중요한 것은 가공할 만한 파괴력이라는 듯 엄청난 크기의 바윗덩어리를 두 주먹으로 박살내버리는 것이었다. 만약 잘못해 그 옆에 갔다가는 뼈도 못 추릴 것 같았다. 역시 호한이 사라진 제국에서 가장 우세한 군사적 기량을 가지고 있는 것은 바로 웅씨족이라는 평이 나올 만했다. 그런데 그것을 못 봐주겠다는 듯 범씨족에서 나섰다. 그들은 검술 시범을 보였는데, 그 칼끝이 호랑이 발톱처럼 사납고 예리한지라 아무리 강력해 보이는 것들도 단번에 두 동강 나며 잘려나가버렸다. 비록 호한이 없다고 해도 범씨족의 명성이 결코 허명이 아니며, 아직도 그 힘이 만만치 않게 건재하고 있음을 과시하는 것이었다.

서로 자기들이 선보인 기량에 만족해하며 자축하려고 할 즈음, 갑자기 한 무리의 사람들이 등장했다. 그들은 바로 단군이 이끌고 온 사람들이었다. 그들은 뒤늦게 도착한 것을 사과하고는 곧바로 자신들의 기량을 드러내기 위해 활쏘기 시범을 선보였다. 그들은 몇몇 사람이 나오는 것이 아니라 무리로 나와 과녁을 겨냥하여 활을 쏘았다. 그런데 다른 예사 화살과는 달리 그것이 어찌나 힘 있게 날아가는지 씽씽거리는 소리가 들려나오는가 하면, 목표물에 다다른 화살은 거북의 등껍질로 둘러싼 과녁을 뚫어버리기까지 했다. 이것이 바로 단궁이라는 무기였다. 사람들은 그것을 보고서야 단군의 세력이 어떻게 범씨족을 격파하였는가를 이해할 수 있었다. 아무리 무예가 출중하더라도 저렇게 많은 명사수가 겨냥하여 방어하고 공격한다면 당해낼 재간이 없을 것이라며 두려움에 떨었다.

어쨌든 은근히 자기 나라의 군사적 역량을 시위하며 자랑하면서도 서로 마찰을 일으키지 않기 위해 극도로 조심했다. 이건 이전의 천신제와는 다른 모습이었다. 다른 때 같았으면 무예 자랑이 끝나고 나서도 자신들의 힘을 자랑하기에 바빴을 것이다. 이렇게 된 데에는 이번 대회를 성공적으로 치러내기 위해 풍백의 군사들이 삼엄한 경계를 서면서 엄격한 규율을 적용하는 까닭도 있었지만, 무엇보다 중요한 것은 천부인을 누가 열 것인가에 주된 관심이 쏠렸기 때문이었다. 하기야 지금 상황에서 자신들의 군사적 역량이 우위에 있으면 뭐 하겠는가? 어차피 천부인을 여는 사람 앞에서 모두들 복종하겠다고 맹세까지 한 마당인데. 그러니 그건 그다지 중요하지 않았다. 모든 제국의 운명과 사람들의 운명은 바로 내일 천부인을 열 주인공에게 맡겨져 있는 상황이었다. 그래서 그 전날과는 달리 모두들 일찍 자리를 떠났다. 내일을 위해 조심스레 긴장하며 준비하고자 했던 것이다.

둘째 날 밤이 조용히 지나가고 천부인의 주인을 찾는 날이 밝자, 모두들 아침 일찍부터 서둘러 그곳에 모였다. 모두의 눈동자에는 묘한 흥분과 긴장의 파고가 형성되고 있었다.

마침내 천부인에 도전할 시간이 되자, 풍백이 사람들 앞에 나서서 이번에 천부인이자 하늘의 경을 여는 사람이 바로 새 세상의 주인이 되는바, 어느 누구도 예외 없이 따라야 하며 그분을 새 주인으로 맞이하여야 한다는 사실을 다시 한번 주지시켰다. 그러자 모두들 이구동성으로 그것은 태고에서부터 내려온 전설인데, 어느 누가 그것을 거부하겠는가 하면서 승복할 것을 다짐했다. 이에 풍백은 학씨족의 주인에게 진행하라는 손짓을 보냈고, 그에 따라 주인은 도전하고자 하는 자들을 받아들이겠다고 정식으로 선포하였다.

시작을 알리는 소리가 들림과 동시에 수많은 지원자들이 쇄도했다. 모두들 힘깨나 쓰며 무예들을 한가락 한다고 하는 자들이었는데, 이들은 차례대로 천부인을 열기 위해 도전했다. 어떤 자는 덩치가 우락부락한 게 힘으로는 장사 같았는데, 다짜고짜 자신의 수박기술로 열려고 하다가 자신의 손이 튕겨나가기만 하였다. 이에 주인은 실격을 선언했다. 또 무예가 고강해 보이는 어떤 자는 검으로 열려고 시도하였다. 하지만 그의 칼은 몇 번 휘둘러보기도 전에 그만 부러져버리고 말았다. 당연히 그 역시 실격 처리되었다. 이렇게 순서대로 수많은 도전자가 응했지만 천부인이자 하늘의 경은 그때까지도 전혀 미동도 하지 않았다. 하긴 이들 중에는 혹시나 하는 마음에서 참여한 사람도 있었으니 그럴 만도 했다. 하지만 계속되는 도전자들의 모습을 지켜보면서 그런 요행수로 되지 않는다는 것을 알아본 사람들은 점차 그 도전을 포기했다.

이에 주인이 다음에 도전할 자가 없냐고 물었다. 그러자 한 사람이 무슨 도구 같은 것을 들고 나섰는데, 그의 손에는 끝이 날카로운 정처럼 생긴 것과 그것을 박을 수 있는 마치 같은 것이 들려 있었다. 아무래도 힘이나 무예로 되지 않을 것 같으니까 도구를 사용해 열어보려는 심산이었다. 하긴 열린다고 한다면 분명 그 틈이 있을 것이니, 그 공간을 더욱 벌릴 수만 있다면 열 수 있을 것 같기도 했다.

그 사람은 천부인이 들어 있다고 하는 거대한 운석이자 신표를 이리저리 살피며 그 틈을 파악하더니, 이내 찾았다는 듯 정을 그 사이에 넣고 박아대기 시작했다. 처음에 그것은 쉽사리 들어가는 듯했다. 하지만 몇 번을 더 치자 마치 광석이 화를 내듯이 정이 튕겨나오며 도리여 그자의 가슴에 꽂혀버렸다. 그자는 숨도 제대로 쉬지 못하고 이내 쓰러지고 말았다. 이것을 본 사람들은 함부로 천부인을 열려고 했다가는 재앙을 당하고 말 것이라며 수군거렸다. 그러니 더욱 나서는 자가 없었다.

하지만 야망을 가지고 있는 자가 어디 그런 것에 지레 겁을 먹고 포기하겠는가? 이런 정도의 두려움에 떨 것 같았으면 애초에 도전하려는 생각조차 품지 않았을 것이다. 이를 증명이라도 하듯 벌써 또 한 사람이 도전에 나서며 제법 자신만만하게 소리쳤다.

"명색이 천부인의 주인이 되려고 하는 자가 고작 저런 도구를 가지고 열려고 하다니, 정말 한심한 작자가 아닌가? 최소한 나 정도는 되어야지."

그러면서 그가 가지고 있던 지팡이를 휘두르면서 무슨 주문을 외웠다. 그러자 그의 주위에는 구름이 일면서 무슨 조화가 이는 것 같았다. 사람들은 숨을 죽이며 눈을 휘둥그레 떴다. 천부인은 천지의 조화를 부릴 수 있는 것이니 이렇게 도술을 부리는 사람이라면 어쩌면 그것을 열 수 있는 게 아닌가 하는 판단이었던 것이다. 허나 그것도 잠시, 순간적으로 일었던 안개구름은 언제 그런 일이 있었냐는 듯 가뭇없이 사라져버렸다. 그러자 그는 믿을 수 없다는 듯 연신 지팡이를 휘두르며 악착같이 덤벼들었다. 그와 때를 같이해 천부인을 감싸고 있는 거대한 운석에서 불꽃이 번쩍이더니 이내 그 지팡이를 덮쳤고, 그 순간 그는 저 멀리로 나가떨어지고 말았다. 혼비백산한 그는 더 도전해보려는 생각도 하지 않고 그대로 뒤꽁무니를 빼고 말았다.

함부로 사술을 이용해 농간을 부렸다가는 천부인이 봐주지 않을 것이라는 사실을 파악한 사람들은 더욱 두려움에 떨었다. 아무리 봐도 이제는 나설 자가 없을 것 같았다. 하지만 역시 새 세상의 주인이 될 것이라는 유혹의 열매는 달콤한 모양이었다. 역시 또 다른 사람이 도전장을 내밀고 있었다. 그자는 지금까지의 사람들과는 전혀 다른 방식을 사용했다. 몸을 날리듯 천부인을 감싸고 있던 운석 위로 오르더니 두 팔을 벌리고 하늘의 기운을 받아들이는 듯 자세를 취했다. 그러고는 위에서 그것을 내리치며 천부인을 열려고 시도하였다. 아무래도 천부인은 하늘의 뜻이자 의지이니 하늘의 기운과 통하는 곳인 위쪽에 그 열쇠가 있을 것으로 타산한 모양이었다. 그런 그의 의도가 적중했는지 그가 가하는 일격에 천부인을 감싸고 있는 운석이 조금 움직이는 듯했다. 그러자 그는 더욱 신바람을 내며 계속 그 동작을 가열차게 반복했다. 그때마다 거대한 운석은 피이익 소리를 내며 뒤틀리는 듯했고, 급기야 거센 폭풍을 일으키기 시작했다. 사람들은 이제 뭔가 이루어지는구나 하며 숨을 죽이며 기대하다가 아예 눈을 감아버렸다. 그것은 정말 너무나도 끔찍한 광경이었던 것이다. 강력한 폭풍이 그 위에 있던 사람을 순식간에 감싸더니 공중 높이 떠올려 보냈다가 그대로 땅에 꽂아버렸고, 이에 그는 숨 한번 쉬지 못하고 피를 토하며 죽고 말았던 것이다. 이는 분명 능력도 되지 않으면서 함부로 나섰다가는 어찌 될 것인지를 보여주는 암시 같았다. 그러니 더는 나오는 자가 없었다. 하긴 지금껏 신기한 비법을 가졌다고 하는 사람들이 온갖 지혜를 다 짜내 도전했으나 실패한 데다가, 잘못하면 목숨까지 잃게 되는 것을 직접 눈으로 목격했으니 어느 누가 배짱 좋게 선뜻 나설 수가 있겠는가? 아무도 나서는 사람이 없자 사람들은 역시 하늘의 점지를 받은 사람에 의해서만 열리는 것이구나 하며 아직 그가 나타나지 않았다고 생각하였다.

어쨌든 주인도 그렇게 생각하며 마지막으로 더 도전할 자가 없냐고 확인하기에 이르렀다. 이때 숨을 죽이고 있는 사람들 앞에 보무도 당당하게 나선 자가 있었으니, 그는 바로 웅갈이었다. 사람들이 두려움에 떨고 있는데도 그는 아무렇지도 않은 표정이었다. 오히려 천부인의 주인은 바로 자신이라는 것을 주장하듯 당당하기까지 했다. 그런 모습에 사람들은 역시 웅갈이 뭔가 다르긴 다르다고 수군거렸다.

웅갈의 손에는 빛이 번쩍거리는 보검이 들려 있었다. 햇빛에 반사되는 것만 봐도 그것이 얼마나 날카로운지 그 빛을 잘라버릴 것만 같았다.

웅갈은 먼저 천부인을 감싸고 있는 신표이자 광석을 힐끔 살펴보더니 뭔가 알 수 없는 주문을 외우기 시작했다. 얼마간의 시간이 지나면서 그의 몸은 점차 부풀어오르며 변하기 시작했고, 급기야 거대한 운석을 감싸버릴 정도의 엄청난 괴물의 형체로 변해 있었다. 자세히 보니 그것은 바로 엄청난 기운을 자랑하는 곰의 형상으로써 뒷발로 일어서서 앞발로 그 거대한 운석을 뽑아버리듯 에워싸고 있었다. 바로 그때 사람들의 입에서는 저건 바로 곰 정령의 화신이라는 말이 터져 나왔다. 사람들은 이제야 천부인이 열렸다고 확신했다. 그것을 확인이라도 해주듯 괴물 같은 곰의 형체에서는 불꽃이 타올랐고, 이내 폭발하듯 불꽃을 튀기기 시작했다. 그와 동시에 그토록 꿈쩍도 않던 거대한 운석이 휘청휘청 나풀대기 시작했다. 모든 것은 한순간을 향해 치달아가고 있는 듯했다. 마침내 불꽃이 정점에 도달한 듯 억센 앞발에 쥐어진 보검이 엄청난 기합소리와 함께 거대한 운석을 향해 내리꽂혔다. 그 순간 뇌성벽력이 대기를 가르며 천지에 진동했다. 모두들 천부인이 열렸을 것이라고 생각하며 그 다음의 모습을 기다렸다. 그런데 어찌 된 영문인지 거대한 운석은 그 같은 폭발음에도 아무 일 없다는 듯 그대로 있었다. 도리어 웅갈의 몸은 그 거대한 운석에 부딪친 반작용 때문인지 저만치 공중으로 나가떨어져 뒹굴고 있었다.

분명 웅갈은 할 수 있을 것으로 보였는데, 그것도 아닌 모양이었다. 이에 판정관인 주인이 실격을 선언했다. 그러자 웅갈은 도저히 이런 일은 있을 수 없다는 듯 망연자실해 있다가 다시금 정신을 차리고는 다시 한번 도전을 청한다고 허락을 요구했다. 하지만 주인은 한 번 실격을 당한 사람은 안 된다며 결론을 내렸다. 그런데도 웅갈은 도저히 승복할 수 없다고 여긴 모양인지, 사람이 실수도 할 수 있는 법인데 어찌 그러느냐고 하면서 재차 도전을 청했다. 그로서는 도저히 납득할 수가 없었던 것이다. 자신이 직접 시험한 보검은 가장 강한 돌로 알려진 금강석조차도 잘라버린 검이었는데, 어찌하여 저 운석에 상처 하나 낼 수 없는지 이해가 되지 않았던 것이다. 그것도 단순히 내리친 것도 아니고 곰 정령의 화신으로 둔갑하여 한 것인데도 먹혀들지 않았다는 게 그로서는 상상할 수조차 없는 일이었다. 어쨌든 사람들도 그의 요청을 듣고서 지금까지 그 어떤 사람보다도 가장 근접했다고 생각했기에 다시 한번 허용하라고 거들었다. 이에 주인도 사람들의 뜻을 받아들여 이번에 한해서 허용한다고 하였고, 이에 웅갈은 또 다시 도전하게 되었다.

웅갈은 아까와 같은 방식이었지만, 그보다 훨씬 더 센 기합과 힘을 내쏟으며 억세게 도전했다. 그러자 그의 몸은 조금 진보다 더 강렬한 곰의 형상으로 용트림하기 시작했다. 그러고는 이내 거대한 운석의 주위를 그 가공할 만한 곰의 기운으로 완전히 감싸버렸다. 사람들은 이제는 되는가 보다며 숨을 죽였다. 마침내 뇌성벽력과 같은 웅갈의 외침이 이어짐과 동시에 엄청난 폭발음이 일어났다. 하지만 역시 거대한 운석은 여전히 그대로였고, 단지 웅갈만이 조금 전보다 더 멀리 튕겨져 엄청난 충격을 받았음인지 일어나지도 못하고 널브러져 있었다. 이에 주인이 실격을 선언했다. 그런 중에도 웅갈은 제정신을 차리지 못하고 계속 "이럴 수는 없어!" 하며 중얼거리기만 했다.

빛을 잘라버린 보검에다가 곰 정령의 화신으로 도달한 경지에까지 이르고도 열지 못했으니, 천부인의 주인이 나온다는 것은 도무지 불가능해 보였다. 모두들 아쉬움 속에 넋 놓고 자리에서 일어나지 못했다. 판정관인 주인도 이 대회가 끝났음을 선언해야 하건만 차마 입에 올리지 못했다. 아쉬움이었다. 아니, 또 얼마나 혼란의 소용돌이에 휘말릴까 하는 두려움에 젖어들었다.

천부인을 여는 자가 없으니 천신제를 마쳐야만 했다. 결국 주인은 종결을 선언해야 했는데, 그에 앞서 마지막으로 도전할 자가 없느냐고 다시 물었다. 아무도 나타나지 않는 가운데, 어느 누군가가 먼저 단군을 연호했고, 나머지 사람들도 자연스레 따라했다. 이것은 단군보고 나서라는 소리였다. 이에 단군이 겸손하게 사양했다.

"아니, 이게 무슨 소리입니까? 지금까지 보지 않았습니까? 천부인은 하늘이 점지한 자만이 열 수 있다는 것을요. 저는 아마 그런 사람이 아닐 것이니 그만하십시오."

단군이 도전할 의사가 없다고 밝혔는데도 사람들의 함성은 계속되었다. 누구나 그걸 차지하려고 혈안이 되어 있는 마당에 서슴없이 물리치는 그의 모습에 더욱 마음이 끌렸던 것이다. 더욱이 사람들 사이에서 그가 천부인의 주인이라고 소문이 나돌고 있는 와중에, 혹시 정말로 그럴 줄 누가 알겠느냐며 나서 보라고 소리쳤다. 이때 신지가 단군에게 다가왔다.

"이게 사람들의 소망이온데, 왜 받아들이려 하시지 않는 것이옵니까? 나서십시오. 되는가 안 되는가는 하늘의 뜻에 달려 있지 않사옵니까?"

단군도 더 이상 사양하고 물러설 수만은 없어 앞으로 나섰다. 실상 자기가 하기 싫어도 백성을 위해서라면 나서야 한다는 것이 그의 마음가짐이기도 했다. 단군이 앞으로 나서며 주인에게 물었다.

"내 그만한 자격이 있는지 모르겠지만 최선을 다해 볼 것입니다. 그런데 한 가지 청을 해도 되겠습니까?"

"무슨 말씀인지 어서 하십시오. 도리에 어긋나지 않는다면 들어주도록 하겠습니다."

"다름이 아니라 내 동작에 맞추어 북을 쳐줄 사람이 필요한데 그리해도 되겠습니까?"

"북을 치게 해달라? 그거라면 그다지 문제될 것이 없으니 그리해도 좋소."

허락을 받은 단군은 북을 메고 있는 한 사람을 불러내었다. 걸음을 똑바로 못 걷는 것으로 봐서 그는 맹인인 듯 보였다. 사람들은 저런 맹인을 뭐하려고 불러내는지 이상하게 여기며 단군을 지켜보았다.

이내 단군은 아무 행동도 하지 않고 묵상에 들어갔다. 정신 집중을 하려는 듯 지루할 정도로 한참을 그렇게 있었다. 그러다가 자신의 최면에 취한 듯 서서히 몸을 움직이기 시작했고, 그에 맞춰 북소리가 천천히 장단을 울렸다. 그러고는 그가 장단에 맞추는지, 북이 그의 장단에 맞추는지 알 수 없을 정도로 서로에 변화를 주면서 점차 흥을 돋우는 과정으로 이어지더니 이내 춤사위로 변해가고 있었다. 그런데 정말 알 수 없는 것은 그렇게 그의 동작이 이어지자 사람들은 자신도 모르게 단군을 따라 북소리에 맞춰 몸을 움직이기 시작했다는 것이다. 그러고 보면 그 북소리가 어디 꼭 천상에서 흘러나오는 소리 같기도 하면서 사람들의 심금을 자아내고 있었다. 오히려 그것보다는 자신도 모르게 흥겨움과 신명을 불러일으키는 것 같았다. 그래서인지 북소리의 장단이 더욱 고조되어 갈수록 춤은 흥겨워지고 그것에 맞춰 모두들 덩실덩실 춤을 추었다. 신명나게 추는 춤이 바로 이런 것이라고 할 정도로 한참 동안 이어졌다. 마침내 절정의 파고로 치닫듯 장단의 호흡이 거침없이 빨라졌고 그에 맞추어 춤의 동작도 격렬해졌다. 마치 북소리와 그에 맞춘 춤으로 세상이 가득 찬 것 같았다.

바로 그때 단군이 하늘을 향해 두 손을 치켜들었다. 그에 맞춰 북소리도 멈췄고, 모든 춤의 동작도 그대로 정지되었다. 모든 것이 그대로 멈추며 고요한 정적에 휩싸인 것 같았다. 그 순간 하늘에서 빛줄기가 뿜어져나오며 단군의 몸으로 쭉 뻗어나와 그의 몸을 광채로 휘감았다. 잠시 후 단군의 몸을 둘러싸고 있던 광채가 빛줄기로 변해 천부인을 감싸고 있던 거대한 운석으로 향하며 그것을 빙빙 돌았다. 그리고 마침내 그토록 꿈쩍도 하지 않던 거대한 운석이 저절로 스르르 열림과 동시에 동경이 강렬한 빛을 품어내기 시작했다. 동경은 바로 환웅이 행차할 때 의식을 장중하게 하기 위해 풍백이 들고 앞서 나가는 천부인 중 하나로 귀중한 보물이었다.

사람들은 너무도 깜짝 놀라 말도 하지 못하고 그대로 멀건이 눈만 껌뻑거렸다. 온갖 무예와 비법으로도 꿈쩍하지 않던 저 천부인이 어찌 이토록 쉽게 열려버렸는지 도무지 이해할 수 없는 일이었다. 하늘을 기쁘게 하는 것이 그 열쇠였는가 하고 궁금하게 여기면서도, 역시 천부인은 하늘이 점지한 자만이 열 수 있다는 말이 맞구나 하고 생각할 수밖에 없었다.

사람들이 마른 침을 삼키며 지켜보는 가운데, 단군은 우선 동경을 손에 받들었다. 그러자 단군의 입에서 나는 것인지 동경에서 울려나오는 것인지 도무지 알 수 없는 거대한 울림이 퍼져나왔고, 그 소리에 사람들은 절로 고개를 숙이며 엎드리게 되었다.

"하늘의 법칙은 하나일 뿐이니, 그 하나는 바로 사람의 뜻이니라. 사람의 마음에 하늘의 뜻과 의지가 있느니라. 너희들이 오로지 순수하게 백성의 참마음에 정성을 다한다면, 이로써 너희 마음이 하늘의 뜻을 알게 되는 것이니라. 하늘의 뜻은 언제 어디서나 하나이고, 백성의 마음도 마찬가지로 하나인 까닭에, 스스로를 살펴보아 자기의 마음을 알면 이로써 다른 사람의 마음도 살필 수 있느니라. 그리하여 하늘의 뜻을 잘 받들 수 있다면 이로써 세상 어느 곳에서도 제대로 쓰일 수가 있는 것이니라."

그 울림이 끝남과 동시에 단군이 동경을 들고는, 깨끗한 마음으로 광명 세계를 비추듯이 다시 거대한 운석을 비추었다. 그러자 동경에서 빛을 품은 빛줄기가 다시 거대한 운석으로 쭉 뻗어가더니 다시 한 번 그것이 스르르 열리면서 이번에는 청동방울에서 빛이 발산되고 있었다. 청동방울 또한 천부인의 귀중한 보물 중 하나였다.

어느덧 청동방울 또한 단군의 품에 받아들게 되자 그것은 청명한 소리를 내기 시작했는데, 그 소리에 감히 어떤 사악한 기운도 범접할 수 없을 것만 같았다. 사람들이 엎드리며 그 가르침을 받고자 하는 가운데 다시 거기에서인지, 단군의 입에서인지 알 수 없는 거대한 울림이 퍼져나왔다.

"천지창조의 시기에도 신성한 소리가 있었느니라. 이것은 사악한 기운을 경계하고 탐욕을 멀리하고자 함이니라. 너희가 아무리 두껍게 싸서 감춘다 해도 간특한 냄새는 반드시 새어나오게 되어 있느니라. 항상 바른 성품을 공경스럽게 지녀서 사악한 마음을 품지 말 것이며, 나쁜 짓을 감추지 말 것이니라. 신성한 소리에 귀를 기울여 하늘을 공경하고 백성을 가까이 하라. 이로써 너희는 끝없는 행복을 누릴 것이니라."

단군이 울려나오는 소리에 따르겠다는 듯 청동방울을 울렸다. 그러자 이번에는 거대한 운석에서 청동검이 광채를 빛내며 단군의 손으로 날아드는 것이었다. 이 또한 천부인의 세 보물 중 하나였다. 그리고 역시 그 보검에서 나는 소리인지, 단군의 말인지 분간할 수 없는 거대한 울림소리가 새어나왔다.

"너희가 태어남은 오로지 부모에 연유하였고, 부모는 하늘로부터 내려오셨느니라. 너희의 뿌리는 바로 하늘인바, 하늘을 받들어 모시는 것이 부모를 옳게 공경하는 것이며, 그것은 나라에까지도 그 힘이 미치는 것이니라. 바로 이 보검은 하늘을 섬기는 그 권위이니라."

소리가 끝남과 동시에 단군이 위엄의 상징으로 보검을 높이 치켜들자, 세상은 하늘을 상징하는 그 보검 앞에 납작 엎드렸다. 이런 가운데 지금까지 그의 손으로 들어온 동경과 청동방울이 어느새 빛과 소리를 내면서 하늘과 땅과 인간 세상을 향해 빛을 뿜어내는가 싶더니, 이내 광채를 내며 하늘로 그 모습을 드러낸 것이었다.

사람들은 너무나 놀라 입을 다물지 못했다. 바로 그 사람은 거불단 환웅의 화신이었던 것이다. 천부인은 그 어떤 기물이었던 것이 아니라 지금껏 태고의 전설로 쭉 이어내려 왔던 황궁씨, 유인씨, 환인, 환웅의 화신 바로 그 자체이자 하늘의 경이었던 것이다.

"그대는 이제 새로운 세상의 주인이 되었노라. 이제 그대는 새 역사의 시대를 열어 태곳적부터 그토록 갈구해왔던 홍익인간의 지상 세계를 열어나가라. 하늘의 뜻이 땅에서도 실현되도록 하라."

천부인의 주인이 등장했음을 알리는 엄청난 선포였다. 이에 사람들은 경이감에 사로잡혀 자신도 모르게 저절로 머리를 조아렸다.

"새 세상의 주인을 받들어 모시겠사옵니다."

그와 동시에 거불단 환웅의 모습은 저 멀리 하늘로 사라져버렸다. 하지만 여전히 청명하면서도 맑고 고운 소리가 계속 울려나왔다. 그것은 천일일지일이인일삼天——之—二人—三 등 하늘의 경이자 천부경天符經의 소리였다.

마침내 천부경의 81자의 소리가 끝나자 장내는 갑자기 쥐죽은 듯 조용해졌다. 이내 새 세상의 주인이 되는 것이 자신의 책임임을 깨달은 듯 단군은 스스로가 천부인의 주인임을 공식적으로 선언하였다. 이에 사람들은 열렬한 환호로 화답하였다. 그토록 소망했던 태고의 전설의 수수께끼가 풀리는 순간이었고, 그것을 해결한 새 세상의 주인이 바로 자신들의 앞에 있음에 대한 찬사였다. 더욱이 그 어떤 인위적인 방법을 사용한 것이 아니라 그저 하늘의 뜻에 따라 움직였을 뿐인데 그것이 열렸다는 사실은, 정말로 그가 새 세상의 주인임을 의심치 않게 만들었다. 사람들은 환호성을 지르는 동시에 단군을 주시했다. 그가 새 세상의 주인으로서 맨 처음 무엇을 하고자 할 것인가에 관심이 집중되었던 것이다.

단군이 앞으로 나서며 입을 열었다.

"저는 본의 아니게 천부인을 열게 되었습니다만, 이건 바로 여러분이 저를 내세워준 덕분이었습니다. 여러분의 소망에 하늘이 감동하며 이를 받아들인 것입니다. 이제 저는 여러분의 한결같은 소망과 하늘의 뜻을 감히 받들고자 합니다. 바로 새로운 세상을 열어나갈 것입니다. 새로운 세상은 사람의 참마음이 하늘의 뜻이듯 바로 여러분의 세상입니다. 여러분이 바로 새 세상의 주인입니다. 저는 여러분과 함께 새 시대, 즉 새 역사의 시대를 개척해나갈 것입니다."

이에 사람들은 단군의 이름을 힘찬 함성으로 외쳐댔다. 그 누구도 아닌 새 세상의 주인으로 점지받은 분이 바로 자신들을 그 세상의 주인이라고 추켜세우는 것에 감동을 받은 것이었다. 그뿐만이 아니라 자신들이 단군을 내세웠다는 것에 은근히 자부심이 일기도 했다.

다시 단군의 말이 이어졌다.

"저는 선언합니다. 이제 새 세상이 열렸고 새 역사의 시대, 새 인간의 시대가 열렸다고 말입니다. 이제 인간이 세상의 주인이 되었습니다. 이것이 바로 지금껏 태고의 전설로 내려온 것의 핵심입니다. 천상에서 즐겼던 그 기쁨을 이 지상에서도 실현하자고 하는 것입니다. 이에 저는 앞으로 인간을 이롭게 하는 홍익인간의 이념에 맞게 새로운 제도와 질서를 세워나갈 것입니다. 어쨌든 오늘은 축복의 날입니다. 지금까지의 시대와 단절하고 인간이 세상의 주인이 되는, 새로운 역사의 시대가 열렸으니 그 기쁨을 우선 만백성과 함께 노래합시다!"

단군은 각 나라의 양곡을 풀어 모두 맘껏 즐기고 노래할 수 있게 하라고 지시하였다. 그 지시에 따라 천신족에서도 곳간이 열리며 천신제에 참석한 사람들은 물론이고 온 백성들은 춤을 추고 노래하는 기쁨을 밤새도록 누렸다.

한편 모두들 기쁨에 젖어 있는 가운데에도 각 나라의 수장들은 안절부절못했다. 단군이 지금까지와는 다른 새로운 질서를 만들겠다고 얘기한 것에 대해 그것이 무엇일까 궁금했던 것이다. 이것은 앞으로 제국의 권력 판도에 영향을 미칠 것이었으므로, 촉각을 곤두세울 수밖에 없는 문제였던 것이다.

이런 움직임을 벌써 눈치챈 신지가 단군을 찾아왔다.

"단군 폐하! 다시 한번 감축 드리옵니다. 그런데 각국 수장들의 움직임이 아무래도 심상치 않사옵니다. 이들을 어찌하실 작정이옵니까?"

새로운 세상에 맞게 질서를 세우자면 불가피하게 개편이 일어날 수밖에 없는데, 거기에 가장 걸림돌이 되는 게 각국의 수장들이었다. 그러니 이들의 처리를 묻는 말이었다.

"글쎄요. 새로운 제도와 질서는 금방 세울 수 있지만 사람의 생각이야 어디 금방 바뀌겠습니까? 생각을 바꾸기 위해서는 아무래도 그 뿌리부터 바로 세워야 할 것이니, 그것을 준비해나가야 하지 않겠습니까?"

"맞는 말씀이옵니다. 하오나 그것은 하루아침에 되는 일이 아니고, 더욱이 그들에게 시간을 주게 되면 오히려 단군 폐하께 반발할 수 있지 않겠사옵니까? 사실 그들이 지금 단군 폐하께 모두 복종하겠다고 맹세하긴 했사오나, 그것이 언제까지 갈지 아무도 장담할 수 없는 일이옵니다. 그러니 이번 기회에 최소한의 담보로 각국의 군대를 장악해 단군 폐하의 명을 받게 만들어야 하옵니다. 군대가 단군 폐하의 명을 받는다면 어찌 나라들 간에 싸움이 일어날 수 있겠사옵니까?"

사실 백성들은 모두 다를 바가 없는데도 그것을 이끌고 있는 통치자가 달라 나라들 간에 갈등과 분열이 일고 있었고, 더불어 백성들의 삶에 커다란 어려움을 가져다주고 있었다. 그래서 신지는 새로운 인간 세상을 실현하자면 각 나라들을 하나로 통합해야 한다고 생각했던 것이다. 그런데 문제는 그렇게 하면 그들의 반발이 심할 거라는 사실이었다. 그렇다고 이를 피할 수도 없으니 지금의 기회를 이용해 각국의 군대가 단군의 명을 받을 수 있는 최소한의 조건을 확실하게 만들자는 안이었다.

"그것 또한 반발이 만만치 않을 것입니다. 물론 반발이 심하다고 해서 피하려고 하는 것은 아닙니다. 허나 사람의 마음을 바꾸려고 하면서 그렇게 기분을 상하게 한다면 뭐가 좋을 게 있겠습니까? 차라리 그들을 믿고 정면으로 밀고 나가는 게 나을 겁니다. 어쨌든 중요한 것은 새로운 세상의 선포식을 내년 천신제에서, 그것도 이곳이 아닌 아사달 지역에서 하는 것일 겁니다."

신지는 좋은 조건을 만들어 진행한다면 효과적이라는 생각을 가졌지만 어차피 문제의 본질은 사람을 어떻게 변화시킬 것인가인 데다가, 또 단군이 자신의 뜻을 따라달라고 요청한지라 어쩔 수 없이 그렇게 하기로 하였다. 그는 우선 풍백을 찾아 단군의 뜻을 전하고 도움을 요청했다.

이에 풍백은 천신제를 아사달로 옮기는 것에 대해 서운함을 감추지 않고 되물었다. 그건 그 누구도 아닌 거불단 환웅의 아들인 단군이 그리하는 것이라 더욱 섭섭한 생각이 들었다.

"그럼, 지금까지 이곳에서 진행되어온 천신제를 부정하겠다는 뜻인 겁니까?"

"어찌 그럴 리가 있겠사옵니까? 단군 폐하는 그 누구도 아닌 거불단 환웅의 아드님이시고, 또 천부인을 여신 분이옵니다. 그런데 어찌……. 그건 오해시옵니다. 단지 지금까지 해왔던 전통을 계승하면서도 혁신시키고자 하시는 것이옵니다. 사실 지금까지 태고의 전설이 내려왔으면서도 이제야 천부인이 열리게 된 게 무엇 때문이겠사옵니까? 그것은 아마 단군 폐하께서 등장하시어 아사달 지역에서 진행해왔던 것을 전국적으로 실시하라는 뜻일 것이옵니다. 그러니 새로운 세상이라고 일컫는 것이 아니겠사옵니까?"

말이야 바른 말이었다. 그렇다고 천신족의 대신인 풍백이 지금껏 모셔왔던 천신제를 다른 장소로 옮기는 것에 서운해하지 않을 수는 없는 노릇이었다. 더욱이 천부인의 주인이 결정내린 사항에 대해 가타부타 거부할 수 없었으니, 그는 이에 따르겠다고 밝혔다.

새로운 세상을 맞이한 기쁨을 밤새도록 노래한 사람들은, 다음날 아침 천제단 앞에 웅성웅성 모여들었다. 새로운 세상을 개척하겠다고 선포한 단군이 어떤 지시를 내릴 것인지를 듣고자 함이었다. 단군의 말 한마디에 의해 제국과 백성들의 운명이 결정되는 순간이었다. 그만큼 천부인의 위력은 대단한 것이었다.

모두들 숨소리를 죽이는 가운데, 단군은 이들 앞에 나서며 입을 열었다.

"새로운 인간 세상을 열어나가야 하는 엄중한 사명을 맡고 있는 나는, 여러분 앞에 명백히 밝히고자 합니다. 새로운 역사 시대를 열기 위해, 나는 지금까지의 전통을 계승하는 동시에 혁신시켜나가고자 합니다. 이에 우선 내년에 천신제를 아사달에서 열 것이며, 그때에 새로운 세상을 위한 준비를 갖추고 그 면모를 밝히고자 합니다. 바로 여기에 새로운 세상을 열고 태고의 전설을 실현하는 길이 있습니다. 모두들 그 준비를 잘하여 내년 아사달에서 열릴 천신제, 새로운 세상의 나라를 선포하는 행사에 참여하시기 바랍니다."

단군의 말이 떨어지지가 무섭게 몇몇 수장들 사이에서 웅성거리는 소리가 들려왔다.

"지금까지 계속 천신족의 지역에서 천신제를 실시하여왔는데, 갑자기 아사달 지역에서 실시한다고 하는 건 아무리 봐도 그 전통을 부정하려는 것이 아닌지 모르겠소이다."

"글쎄요. 만약 그게 맞다면 이건 우리가 지금까지 차지하고 있는 수장 자리도 보장하지 않겠다는 말이 아닙니까?"

새로운 변화를 추구하는 단군 앞에 수장들은 의구심을 나타내고 있었다. 그런데 바로 그때 웅씨족의 수장 매구벌이 따끔하게 꾸짖고 나섰다.

"지금 뭣들 하시는 겁니까? 우리 모두는 천부인을 여는 사람을 주인으로 섬기겠다고 맹세하지 않았습니까? 벌써 그것을 잊었단 말입니까?"

천부인의 주인이라는 말에 사람들은 더 이상 아무 말도 하지 못했다. 하지만 그들은 뭔가 계속 불만스러운 표정이었다.

이와 달리 일반 사람들은 단군에 대한 환영을 표시하며 열렬하게 환호를 보냈다. 물론 처음에는 이들도 왜 지금 당장 새 세상을 만드는 일을 진행하지 않는 것인지에 대해 고개를 갸웃거렸다. 하지만 이내 그것이 새로운 세상을 맞이하기 위해 근본적인 변화를 추구하겠다는 단군의 의지임을 알고는 절대적인 찬성을 표시하기에 이른 것이다. 이것은 지금까지 자리를 차지하고 있던 수장들과 달리 새로운 세상을 염원하는 백성들의 뜻에 부합되었기에, 그들은 적극 환영할 수밖에 없었던 것이다.

이런 분위기가 형성되자 각국 수장들도 더 이상 반발하지 못하고 모두들 그렇게 하겠다고 다짐하기에 이르렀다. 결국 새로운 세상을 향한 변화는 내년 천신제에 달려 있었기에 사람들은 내년을 기약하며 하나둘씩 자리를 떠나가기 시작했다. 하지만 천부인의 주인이 등장하고 그에 의해 새로운 세상을 열겠다는 약속은, 사람들의 부푼 가슴속에 영원히 지워지지 않고 멀리까지 퍼져나가기에 이르렀다.

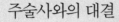

4

주술사와의 대결

단군은 곧바로 아사달로 돌아가지 않고 어머니 웅녀를 찾아뵈었다. 이미 웅녀도 단군이 천부인을 열었다는 사실을 알고 있었다.

"소자, 단군이옵니다. 그동안 어마마마를 찾아뵙지 못하고 이제야 온 불효자식을 용서해주시옵소서."

아버지 거불단 환웅이 돌아가신 뒤로, 어머니는 훨씬 더 늙어버린 듯했다. 하긴 그동안 누가 있어 어머니를 위로해드렸겠는가? 아들마 저 변변히 하례조차 올리지 못하고 있었던 형편이었으니 천신족과 웅 씨족의 상황이야 더 말할 필요도 없었다. 하지만 웅녀는 오히려 그런 아들을 나무라며 말했다.

"그 무슨 소리요? 사내대장부가 한번 뜻을 세웠으면 마땅히 이루어 야지요. 어쨌거나 이 어미가 불민하여 어느 것 하나 도와주지도 못했는데, 그리 큰 위업을 이루었다니 참으로 장합니다그려!"

"소자, 천부인을 열었다 하나 아직 크게 이룬 바는 없사옵니다. 실상 이제부터가 출발이옵니다."

"맞는 말입니다. 내 들자 하니 각국의 수장들이 크게 걱정하고 있다고들 합니다. 잘 할 것으로 믿지만 무엇보다 사람들의 마음을 하나로 모으는 것이 중요하니 그 점을 항상 염두해두세요."

"어마마마의 말씀을 꼭 명심하겠사옵니다. 그러니 심려 놓으시옵소서."

"내 괜한 말을 했나 봅니다. 어련히 알아서 할까봐……. 그러고 보면 웅씨족의 비왕으로 떠났을 때가 나이 열두 살이었는데, 벌써 10년의 세월이 훌쩍 지나갔으니……."

웅녀가 차마 말을 맺지 못하고 눈시울을 붉혔다. 자기 나라를 떠나 타국의 비왕으로 보내는 것도 가슴 아팠는데, 엄연한 왕자이면서도 왕위까지 이어받지 못할 줄은 꿈에도 상상하지 못했던 것이다. 웅녀가 가슴 아파한 것은 이 때문만이 아니었다. 실상 단군은 매우 어린 나이였을 때부터 거불단 환웅에 의해 혹독한 수련 과정을 밟아왔던 것이다. 그러니 다른 아이들처럼 응석 한번 제대로 부리지 못하고 자란 게 웅녀에게는 가장 마음에 걸렸다. 어쩌면 거불단 환웅은 이런 상황을 예견하고 자신의 아들을 그리 강인하게 키웠는지도 모를 일이었다.

"소자, 아버님의 뜻을 한번도 잊은 적이 없사옵니다. 반드시 그 뜻을 받들어 위업을 이루어내고야 말 것이옵니다."

"참으로 장하십니다! 내 아들이라고 이리 말하는 것이 아닙니다. 내 꼭 그리될 것이라고 믿습니다."

"어마마마! 소자 황송한 말씀이오나 상황이 여의치 못하여 어마마마를 모시지 못하고 그만 혼례를 치렀사옵니다. 그런데 이번에도 데려와 인사를 올리지 못했사오니 소자를 크게 꾸짖어주시옵소서."

"내 소식 다 들었으니 크게 괘념치 마세요. 내 아사달로 가게 되면 언젠가는 만나보지 않겠습니까? 마음 같아서는 지금이라도 당장 달려가고 싶습니다만……."

"그러시오면 이번 기회에 소자와 함께 아사달로 가시는 것은 어떻사옵니까? 소자가 모시겠사옵니다."

"언젠가는 그리해야겠지요. 허나 지금은 아닙니다. 지금 내가 가봤자 짐만 될 뿐입니다. 더욱이 난 천신족의 황후입니다. 내 어찌 천신족을 나 몰라라 하고 이곳을 떠날 수가 있겠습니까?"

그러고는 웅녀가 한숨을 쉬었다. 가고 싶은 마음이야 굴뚝같았지만, 정세가 유동적인 상황에서 새로운 세상을 열어나가려고 하는 자식에게 짐을 지우고 싶지 않은 것이 어미의 마음이었다.

단군도 그 마음을 알았기에 더는 권하지 않았고, 하루빨리 그런 상황을 만들어야겠다고 다짐하며 그 자리를 나섰다. 그러고는 다시 풍백과 우사, 그리고 운사를 찾았다. 어머니로부터 당신이 천신족의 황후라는 말을 듣고 나서 떠오르는 생각이 있었다. 아닌 게 아니라 그들은 신지의 설명에도 불구하고, 여전히 천신제를 천신족이 아니라 아사달에서 지내겠다고 하는 것에 대해 매우 섭섭하게 생각하고 있었다. 물론 천부인의 주인이 하는 말인지라 감히 거역할 수는 없었기에 겉으로 내색하지는 못했지만 말이다. 하지만 사석에서 그들은 단군 앞에 솔직하게 자신들의 생각을 표현하고 있었다.

"단군님, 꼭 천신제를 아사달에서 지내야 하는 것이옵니까? 단군님은 어차피 거불단 환웅의 왕자님이시니, 이곳 천신족을 이끌 수도 있는 것 아니옵니까? 우리 조정 신료들은 단군님을 새로운 환웅으로 추대하여 받들어 모실 준비가 되어 있사옵니다."

"천신족과 아바마마에 대한 충심에서 그런 말씀을 하신다는 것을 내 잘 알겠습니다. 헌데 제가 새로운 환웅의 자리를 이어야 할 것 같았으면 왜 아바마마께서 그리하지 않으셨겠습니까? 그리고 왜 천부인의 주인으로 하여금 새로운 세상을 열 것을 천명하셨겠습니까? 그것은 여러 대신들도 알다시피 태고의 전설을 실현할 시기가 무르익었다는 것을 의미합니다. 그런데 제가 환웅의 자리를 잇는다면 어떻게 되겠습니까? 그것은 아무런 변화도 시도하지 말고 옛 제도를 그대로 답습하는 것과 무엇이 다르겠습니까? 그건 바로 새로운 역사 시대를 개척하라는 백성들의 소망과 하늘의 뜻을 거역하는 것입니다."

"그것을 소신들이 어찌 모르겠사옵니까? 하오나 우리 천신족에서 천신제를 지내지 못한다면 그 전통을 어떻게 세울 수 있겠사옵니까? 그건 결국 오래도록 이어온 천신족의 역사가 사라지게 되는 것이 아니고 무엇이겠사옵니까? 저희들은 이것을 걱정하고 있음이옵니다."

다른 사람도 아닌 천신족의 왕자로서 어찌 그럴 수 있냐는 힐책이었다. 단군은 이런 그들을 오랫동안 바라보았다. 그들은 말로는 새로운 세상이라는 것을 얘기하고 있으면서도, 도무지 그 본질을 전혀 이해하지 못하는 것 같아서 답답하기만 할 뿐이었다. 이윽고 단군은 다시 차분하게 입을 열었다.

"뭘 걱정하시는지 알겠습니다. 하지만 그것은 전혀 문제 될 것이 없습니다. 자, 보십시오. 홍익인간의 세상을 열기 위해 환웅께서 신시개천한 것을 일컬어 환인 시대의 전통과 뿌리가 사라졌다고 할 수 있습니까? 그렇다면 왜 환인께서는 환웅께 천부인까지 물려주시면서 신시개천하라고 도와주었겠습니까? 이 사실을 통해 볼 때 천신족의 계통과 뿌리는 바로 환인으로부터 환웅으로 계승되었다고 할 수 있을 것입니다."

"그럼, 단군님께서 바로 천신족의 계통과 뿌리를 잇겠다는 뜻이옵니까?"

"당연하지 않습니까? 천부인이 바로 무엇입니까? 그걸 상징하고 있지 않습니까? 그러니 심려 놓으십시오. 도리어 환인께서 환웅께 신시개천하라고 물심양면으로 도와주었듯이 여러분이 저를 도와주십시오. 이제 제 뜻을 아시겠습니까?"

그제야 그들은 고개를 끄덕이며 환하게 웃었다. 그러고는 단군이 필요로 하는 것이 있으면 무엇이든지 요구하라고까지 청하기에 이르렀다. 이에 단군은 고마움을 표시하며 아사달로 돌아왔다.

한편 각기 자기 나라로 돌아간 수장들은 앞으로 전개될 사태의 추이에 매우 경계하고 있었다. 분명 단군의 말은 옛 제도를 그대로 인정하지 않겠다는 뜻을 다분히 담고 있었던 것이다. 그렇다면 수장으로서 자신의 위치가 인정받지 못하는 상황까지도 발생할 수 있었다. 이건 지금까지 누렸던 모든 영화를 한꺼번에 잃어버릴 수도 있는 위험한 상황이었다. 그렇다고 천부인의 주인임을 명백히 입증한 단군에 대해 드러내놓고 반발할 수도 없는 노릇이었으니 답답하기 짝이 없었다. 이런 가운데 아사달 지역에서는 내년의 천신제와 새 세상의 선포식을 열기 위한 대대적인 공사가 진행되고 있다는 소식이 계속 들려왔다. 그리고 어떻게 된 일인지 가장 반대할 것 같았던 천신족이 앞장서서 그 공사에 필요한 물자 등을 지원하고 있다는 소식도 들려왔다.

이 소식을 들은 여러 수장들 중에 특히 웅갈은 전전긍긍했다. 사실그는 자신이 천부인의 주인이라고 생각하고 도전했다가 실패하자 거의 정신을 놓아버렸다. 그토록 확신했던 곰 정령의 도움도 소용없었다는 사실에 대해 도무지 이해할 수 없었다. 그걸 알았다면 당연히 그 정령의 화신으로 화化하기 위해 그토록 안달하며 노력하지 않았을 것이다. 그런데 더욱 참을 수 없는 일은 단군이 천부인을 열어버렸다는 점이다. 게다가 그는 별다른 노력도 하지 않고 그것을 해낸 것이었다. 그러고 보면 그자의 깊은 속은 알다가도 모를 일이었다. 어쩌면 진짜로 음흉할지도 몰랐다. 겉으로는 전혀 관심이 없는 척하다가 실제론 사람들로부터 추대를 받아 도전하는 것을 보면 뭔가 천부인의 내막을 알고 있는 것 같기도 했다. 그렇다면 그놈은 그걸 어떻게 알았을까? 그럴수록 단군에 대한 그의 질투는 걷잡을 수 없이 폭발하고 있었다. 그를 부정하고 싶었으나 자기 눈앞에서 천부인을 연 데다 사람들마저 그를 받들어 모시는 상황에서 어찌할 수 없었다. 이제 어차피 모든 일은 단군이 요구하는 대로 돌아갈 수밖에 없을 것이라고 생각했다. 하지만 웅갈이 단순하게 생각한 것보다 현실의 상황은 더욱 좋지 않았다. 지금 웅씨족의 수장 자리도 온전하지 못한 상태로 흘러가는 것만 같았다. 단군이 이런 방향으로 몰고 가는 것이야 이해할 수 있는 일이었다. 하지만 그 정도가 아니었다. 웅씨족 사회 내부에서마저 그의 지위가 흔들리고 있었다. 그의 권위가 땅으로 추락하면서 그를 업신여기듯 대하는 사람까지도 나타날 정도였다. 모든 것이 단군의 눈치를 보는 상황으로 귀결되어가고 있었다. 이런 상황 속에 천신족의 소식이 들려오자마자 대신들은 웅갈에게 주청하고 있었다.

"수장님, 천신족에서 그리 나왔다면 다른 나라들의 움직임은 볼 필요도 없을 것이옵니다. 분명 너나 할 것 없이 모두 지원 물자를 보낼 것이 명확하옵니다."

"맞사옵니다. 차라리 그럴 바에는 빨리 보내는 게 옳을 것이옵니다. 괜히 늑장 부려 혹 눈총이라도 받게 된다면 좋을 게 하나도 없지 않겠사옵니까?"

대신들이 하나같이 도와야 한다고 청하는 말에 웅갈도 반대할 수만은 없었다. 이미 그의 영은 그들에게 먹혀들지 않고 있었던 것이다. 하는 수 없이 그들의 요청에 따라 되물었다.

"좋소이다. 그래 무엇을 보내면 좋겠소이까?"

"아무래도 지난날 천부인을 열기 위해 모집한 장인들을 보내는 것이 좋을 줄로 여겨지옵니다."

"뭐요? 지금 그것을 말이라고 하는 것이오?"

웅갈이 발끈하며 역정을 냈으나 신료들은 물러서지 않았다.

"그리만 생각할 것이 아니온 줄로 아옵니다. 어차피 필요한 물자야 다른 나라에서도 모두 보낼 것이 분명하지 않사옵니까? 그럴 바에는 아예 우리 쪽에서 크나큰 것을 내주어 단군의 선심을 사는 것이 맞을 것이옵니다."

"그렇사옵니다. 솔직히 이제 천부인도 열린 마당에 그런 것이 무에 필요하겠사옵니까? 이미 다 끝난 일이옵니다."

"아무리 그래도 그렇지. 그건 우리 웅씨족을 강성하게 만들기 위해서 꼭 필요한 것이오. 그런데 그걸 덥석 내준단 말이오?"

"그러면 수장님께서는 언젠가 단군과 맞서겠다는 생각이시옵니까?"

"그건 아니지만 앞으로 어떻게 될지도 모르는데 그걸 바친다는 것은 아무래도······."

"그리 생각하시면 아니 되옵니다. 이제 지난날은 다 잊으시고 단군의 선처를 기대하며 살길을 찾는 것이 최상인 줄로 아뢰옵니다. 그리하시옵소서."

　실상 단군과 대적하여 싸운다는 것은 지금의 상황에서 거의 불가능에 가까웠다. 이미 천부인을 쥔 상태에다가 천신족이 그쪽에 합류하였고, 또 범씨족의 수장 호한이 그의 손에 잡혀 있으니 범씨족도 그의 말을 따를 수밖에 없을 것이었다. 그러니 그 누가 있어 그에게 대적한단 말인가? 허나 대신들의 의도는 거기서 끝나지 않고 있었다. 이건 아예 자기 권력 기반을 뿌리째 뽑으려고 하는 것이나 다름없었다. 그는 바로 그 장인들이 만든 강력한 보검을 기반으로 웅씨족에서의 위치를 유지하려고 했던 것인데, 그것마저 대신들의 반대에 직면하게 되었다. 결국 웅갈은 자기 권위가 서지 못한 상태에서 끝내 그들에게 반대하지 못하고 그 의견을 수용할 수밖에 없었다.

　그의 머릿속에서는 정말 이렇게 계속 진행되다가는 지금의 자리도 온전히 지켜내지 못한 채 쫓겨나고 말 것이라는 생각까지 들었다. 아무리 생각해도 다른 나라들 가운데서도 가장 힘이 있는 웅씨족의 수장인 자신을 그 누구보다 단군이 경계할 것이 뻔한 이치였다. 그러니 대신들도 이를 알고 미리 경계하고 있는 것이며, 그 와중에 혹시나 자기에게 떨어질 떡고물을 기대하고 있는 것이었다. 물론 지금이라도 모든 나라의 수장들이 힘을 단결하여 단군에 반대한다면 무슨 활로가 열릴 것이겠지만, 아마 그리하자고 해도 움직여줄 사람이 없을 것이었다. 이러지도 저러지도 못하고 웅갈은 속앓이를 할 수밖에 없었다.

　그럴수록 지난날의 자기 처신에 대한 회한만이 솟구칠 뿐이었다.

이렇게 단군이 경계할 만한 인물이었다면 그가 호한에게 당하도록 내 버려두었어야 하는 건데 괜히 도와주려고 했다는 것이었다. 물론 그의 군사력이 범씨족을 물리치는 데 가장 큰 역할을 한 것은 사실이었으나 천신족이나 자신이 군사를 보내지 않았다면 호한을 사로잡을 수 없었을 것이었다. 그러면 호한과 단군은 서로 원수가 되어 싸웠을 텐데, 그런 호기를 놓쳐 도리어 자신이 당하게 되었으니 아무리 봐도 자신은 멍청하기 그지없었다.

그나저나 이렇게 아무런 대응도 없이 속수무책 당해야만 한단 말인가? 어차피 쫓겨날 거라면 차라리 남자답게 한판 대결을 하는 것이 낫지 않는가? 차라리 호한은 싸우기라도 했지, 자기는 손도 써보지 못하고 당하게 된다는 것에 화가 불쑥불쑥 치밀었다. 하지만 어떤 활로를 찾아보려 해도 도무지 그 길이 보이지 않았다. 싸우려고 해도 그만한 명분이 없었고, 또 사실상 싸움에서 승리한다는 보장도 없었다. 그의 참모 구무리는 은밀히 사람을 보내 단군을 암살해버리는 방법을 피력했으나 그것도 성공을 장담할 수 없는 데다가, 만약 실패했을 경우 그것으로 끝장일 수밖에 없었으니 결행하기도 어려웠다. 속 시린 마음에 어쩌지도 못하고 그는 모든 조정의 일을 대신들에게 맡겨버렸다. 하지만 대신들의 처사를 보고 있자면 부아가 나 참을 수가 없었다. 그리고 그는 아예 모든 것을 포기해버린 듯 술에 찌들어 세월을 보내게 되었다.

웅갈이 그런 모습을 보이자 신료들은, 이제 더 이상 그의 눈치를 보지 않고 더욱 단군에게 줄을 대려고 야단이었다. 지난날 단군이 비왕으로 있을 때 핍박했던 것도 따지고 보면 웅갈의 강요에 의해서 그리 된 것이라며 모든 책임을 그에게 떠넘기려 하였다. 그러니 웅갈의 수족들은 더욱 궁지에 내몰리게 되었다. 결국 웅갈의 참모 구무리는 자신이 살기 위해서는 웅갈을 움직여야만 한다는 결론에 도달하고는, 그를 부추겨 음모를 꾸미기에 이르렀다.

"수장님, 좋은 소식이 있사옵니다."

"좋은 소식이라고? 누가 나에게 상금이라도 주겠다고 했단 말이냐? 그게 아니라면 난 관심이 없으니 물러가거라. 난 이미 조정 일에 관심을 놓은 지 오래됐단 말이다."

"수장님의 마음을 어찌 소신이 모르겠사옵니까? 하오나 지금 대신들이 어찌하고 있는지 아시옵니까? 단군께 아부하면서 모든 책임을 수장님에게로 떠넘기려 하고 있사옵니다. 이를 방관하신다면 결코 책임을 면키 어려울 것이옵니다."

"뭐? 책임을 면키 어려울 것이라고? 내가 무슨 책임을 져야 한단 말이냐? 난 이미 조정 일에서도 손을 뗀 지 오래됐는데 말이다."

"설사 그게 사실이라고 해도 누가 그걸 믿겠사옵니까? 이미 대신들은 수장님을 저버린 지 오래이옵니다. 더욱이 단군은 수장님께 악감정을 가지고 있을 것이 분명하지 않사옵니까? 그렇다면 누가 있어 수장님을 보호해주겠사옵니까? 이를 생각하면 소신은 잠을 이룰 수 없사옵니다."

웅갈은 더 이상 반문하지 못했다. 어쩔 수 없이 죽어지내려 했지만, 그렇게 해도 살아남지 못할 것은 분명해 보였던 것이다. 지금 대신들의 행태를 보건대 도리어 이들은 단군이 무슨 조치를 취하면 얼씨구나 하고 더욱 그에게 충성심을 보이기 위해 웅갈 자신을 잡아먹지 못해서 환장할 터였다.

"그렇다고 내 무슨 힘이 있어 그걸 막는단 말인가? 이미 칼자루는 단군이 쥐고 있고, 조정의 일은 대신들이 다 농단하고 있는데……."

"아니옵니다. 어찌 뻔한 결과가 나올 것을 알면서도 눈뜨고 그저 당하고 있어야만 하겠사옵니까? 지금이라도 결단을 내리셔야 하옵니다. 만약 그리한다면 분명 길은 있을 것이옵니다."

"길이 있다고? 분명 그리 말했느냐?"

그제야 웅갈이 반응을 보이기 시작했다. 어차피 상황이 이리되었다면 차라리 부딪쳐보기라도 하는 것이 최선의 방안이었다.

"그렇사옵니다. 직접 손을 쓰지 않고도 단군을 없앨 수 있는 방법이 있사옵니다."

깜짝 놀라는 웅갈의 모습을 본 구무리는 더욱 열을 올리며 말했다.

"유명한 주술사가 있사온데, 그는 모든 만물의 영혼과 교류하며 그 힘으로 상대와 똑같은 형상을 만들어놓고 거기에 저주를 내린다고 하옵니다. 그러면 직접 상대를 해치는 것과 똑같은 효과를 가져올 수 있다 하옵니다."

"정말 그런 능력을 가진 사람이 있단 말이냐? 네가 정녕 그것을 확인해봤느냐?"

"소신의 두 눈으로 직접 확인하였사옵니다. 실제 쥐를 놓고 직접 실험하게 했사온데, 정말로 그리되었사옵니다."

"그렇다면 여기서 단군의 형상을 만들어놓고 저주를 내린다면 그런 결과를 가져올 수 있다는 말이냐? 아니야! 아무리 그래도 그렇지, 저 멀리에 있는 단군을 어찌 여기서 해할 수 있단 말이냐?"

"그 주술사의 말로는 자신은 곰의 정령과도 소통할 수 있다고 하였사옵니다. 곰의 정령이라고 한다면 그만한 힘을 가질 수 있는 것 아니겠사옵니까? 충분히 그리할 수 있을 것이옵니다."

"뭐? 곰의 정령과도 소통할 수 있다고? 아니지. 곰의 정령의 힘으로도 안 될 거야. 내 꼴을 보면 알 수 있지 않느냐?"

웅갈은 처음과 달리 반문했다. 사실 그가 바로 곰 정령의 화신으로 변하는 경지에 도달했었기 때문이었다. 그러나 결국 그렇게 하고도 천부인을 열지 못했던 것이다. 그런데 주술이니 뭐니 하는 것을 가지고 어찌하려는 것을 보니 회의적인 생각을 품지 않을 수 없었다. 하지만 구무리는 끝까지 자신의 뜻을 굽히지 않고 밀어붙였다.

"소신을 한번 믿어보시옵소서. 우리가 만나본 사람들 또한 모두 그 주술사를 신령스러운 사람으로 여기며 두려워하고 있었사옵니다. 더구나 아무도 몰래 일을 벌이는 데는 이 방법이 최고지 않겠사옵니까?"

결국 웅갈은 어차피 지금 어찌해볼 수도 없는 상황에서 한번 믿져본다는 생각으로 그를 불러들였다. 그런데 만나보니 주술사는 그가 생각한 것 이상이었다. 시호령이라는 주술사는 모든 것에 도통한 듯 얼굴에서는 신령스러운 기운마저 넘쳐흐르고 있었다. 그래서인지 웅 갈은 그에게 말조차 함부로 하대하지 못했다.

"정말 그대가 그 일을 해낼 수 있다는 말이오?"

"저를 믿지 못하겠다면 지금이라도 그만두시는 것이 좋을 것 같습 니다. 저는 이만 물러가도록 하겠습니다."

시호령은 당장이라도 돌아서 나가려 하였다. 그런 그를 붙잡은 건 웅갈이었다.

"아니, 그건 아니고……. 단지 그것이 사실인지 확인해보자고 했을 따름인데, 그대가 이리 자신만만하니 믿을 수밖에요."

"좋습니다. 그럼, 단도직입적으로 묻지요. 만약 그리해준다면 수장 님께서 제게 무엇을 해주실 수 있겠습니까?"

"그리만 해준다면 내가 무엇인들 못해주겠소? 무엇을 원하는 게 요? 음…… 내 천신제와 관련해 모든 권한을 그대에게 주겠소이다. 이만하면 될 것 같은데, 더 바라는 것이라도 있다면 말씀하시구려."

사실 제사장이나 주술사들의 가장 큰 소망은 천신제를 주관하는 것이었다. 그만큼 천신제는 모든 백성들의 정신을 주관하는 행위로서 그 권위가 상당했다. 그렇게 된다면 사실상 제국을 정신적으로 지배하는 모든 일들을 그의 관할 하에 맡기겠다는 것이나 다름없었다. 웅갈로서는 쫓겨날 수도 있는 판에 그것을 막는 것은 물론이고 도리어 잘만 하면 자신이 천하의 주인이 될 수도 있는 일이었다. 그러니 그 어떤 것이든 약속해주지 못할 이유가 없었다.

시호령도 흔쾌히 만족을 표시함으로써 결국 두 사람의 동맹은 맺어졌다. 시호령은 그때부터 모든 준비를 진행하여 적절한 때를 잡아 그리하겠다고 대답했고, 웅갈은 만약 필요한 것이 있을 경우 요구하면 무엇이든지 지원해주겠으니 꼭 성공만 하라고 거듭 부탁했다. 더욱이 누구에게도 들킬 염려가 없었으니 그것은 가장 안전한 방책이기도 했다.

웅갈은 이제나저제나 시호령이 일을 시작할 날만을 기다렸다. 그러나 좀체 연락이 오지 않았다. 도리어 아사달 지역에서는 웅갈이 지원을 보낸 것에 고마움을 표시하고, 이번엔 그쪽에서 먼저 각국의 제사장들을 파견해달라는 사신을 보내왔다. 새 세상을 열기 위한 천신제에 모든 제사장들의 힘이 필요한지라 그들의 도움을 받기 위해서이니 꼭 그리해달라는 청이었다. 이에 대해 대신들은 볼 것도 없이 대찬성이었다. 오히려 찬사를 보내기까지 했다.

사실 이들은, 단군이 새 세상을 열기 위한 혁신이라는 미명 하에 지난날의 모든 전통을 단절시켜버릴지도 모른다며 불안해하고 있었다. 그런데 이로 미루어 보건대 최소한 각국의 전통을 인정하겠다는 것이니, 이것이야말로 자신들을 버리지 않고 함께 새 세상을 열어나가겠다는 뜻으로 충분히 받아들일 수 있었다. 어쩌면 이것은 단군이 자신들의 우려를 불식시켜주기 위해 취한 조처라고 생각했다. 차라리 이럴 것이었다면 미리 아사달에 지원을 보냈을 수도 있었으나, 그것이 도리어 단군의 뜻에 어긋날까봐 그리하지 못했던 바였다. 그러니 너도나도 웅씨족에서 최고의 제사장을 보내어 단군의 새 세상 건설에 큰 힘을 보태야 한다고 이구동성으로 주장했다.

웅갈은 이러나저러나 별반 관심이 없었다. 도리어 마음속으로 시호령이 단군만 제거해준다면 그땐 저들을 가만 놔두지 않을 것이라며 벼르고 있었다. 하지만 시호령에게서 계속 소식이 없는지라 의심이 들기 시작했다. 아무리 만물의 영혼과 교통할 수 있을지라도 먼 곳에 있는 단군을 음해할 수 있다는 사실이 믿기지 않았던 것이다. 그래서 그는 확인해볼 겸 시호령을 불러들이려 하였는데, 어떻게 그것을 알았는지 시호령이 먼저 그를 찾아왔다.

"이번에 저를 제사장의 일원으로 아사달에 보내주십시오. 제가 그쪽으로 가서 일을 진행해야 할 듯싶습니다."

"아니, 그건 왜 그렇소? 그 일이라면 이곳에서 하기로 하지 않았소? 만약 그쪽에 가서 일을 하다가 들키기라도 하는 날이면 목숨이 온전치 못할 텐데……. 혹시 잘 안 될 것 같아 그러는 게 아니오?"

순간 시호령의 낯빛이 움찔하며 변했다. 사실 그는 단군을 음해하기 위해 힘을 써보았으나 그가 예상한 정도를 완전히 뛰어넘고 있었다. 도무지 그가 사용한 주술이 전혀 먹혀들지 않았던 것이다. 그렇다고 여기서 물러날 수는 없었다. 도리어 어떻게 해서든지 단군을 해쳐 자신의 능력을 과시하고 싶은 욕망이 치솟았다. 그러자면 그가 있는 아사달로 가야 했다. 하지만 이런 사실을 웅갈에게 곧이곧대로 알릴 수는 없었다.

"그런 것이 아니오라 지금은 아무래도 그자의 기운이 왕성한지라, 그곳에 가서 직접 해야 될 것 같아서 그렇습니다."

듣고 보니 웅갈도 이해가 되었다. 단군은 누가 뭐래도 천부인을 가지고 있는 자였다. 어쩌면 그 힘이 저주조차 막아주고 있는지도 몰랐다. 하지만 웅갈은 망설일 수밖에 없었다. 실수가 없어야 하는데, 만에 하나 들키기라도 한다면 자신은 결코 살아남을 수 없었다.

"그래도 여기서 하는 것이 안전하지 않겠소? 좀 좋은 날을 택하면 되지 않겠소? 여기서야 모든 것을 내가 지원해줄 수 있지만 그곳에서는 그리할 수가 없지 않소?"

"어차피 내 약속했으니 그 일을 말끔하게 처리해야지요. 사실 이거야 그들이 요청해서 가는 것이니만큼, 그들의 의심을 살 일은 없지 않겠습니까? 제사장의 일원으로 넣어주기만 한다면 내 분명히 일을 성공시키고 오겠으니, 아무 걱정하지 마시고 기다리기만 하십시오."

이것 또한 말이 되는 듯했다. 웅갈은 조금 생각하다가 어차피 천하의 주인이 되는데, 이만한 각오도 하지 않고서야 되지 않을 것이라면서 그렇게 하기로 하였다. 그리고 그는 시호령을 제사장의 일원으로 끼워넣었다.

마침내 시호령은 웅씨족의 일행이 되어 아사달로 향했다. 그곳에 도착하니 각 나라의 제사장들이 이미 와 있었고, 저마다 자기들이 세상의 영혼과 소통하는 데 있어 내로라하는 사람들이라고 뻐기면서 새 세상을 여는 데 큰 역할을 할 수 있을 것처럼 은근히 자부심을 드러내고 있었다. 이것을 본 시호령은 코웃음을 쳤다. 그들이 아무리 고생하고 노력해봐야 결국은 단군의 일개 제사장에 불과하겠지만 자신은 그게 아니라는 것이었다. 단군을 저주하여 음해하는 일을 성공시키기만 한다면 자신은 천신제를 주관하는 최고의 제사장이 될 것이었다. 더욱이 웅갈 같은 자는 어수룩하기 짝이 없어 나중에 자신이 조종하는 대로 움직일 것이니 사실상 자기의 허수아비나 다름없을 터, 곧 자신의 세상이 되는 것이나 다름없다고 보았다. 그럴수록 그는 자신의 음모를 실행하기 위한 준비로 마음이 들떠 있었다.

그런데 이상한 것은 단군 쪽에서 전혀 제사장이 나타나지 않고 있다는 것이었다. 먼저 그자의 힘을 가늠한 상태에서 일을 착착 실행하려고 마음먹고 있었는데, 그 모습이 보이지 않았던 것이다. 단지 그 모든 일의 담당을 제사장도 아닌 평범한 관료들이 맡아서 진행하고 있었다. 이에 각 제사장들은 어찌 된 일이냐는 등 수군거렸다.

모두들 궁금해하고 있는 가운데, 마침내 모든 제사장들에게 한자리에 집결하라는 지시가 내려왔다. 역시 이 자리에도 아사달 지역의 제사장이 나오지 않고 대신 관료가 나왔다. 그러자 각 제사장들의 입에서는 불평이 쏟아져나왔다. 아무리 그래도 그렇지 각 나라에서 제사를 실질적으로 책임지고 담당하는 자신들을 너무도 홀대하는 것 아니냐는 소리였다. 사실 지금껏 이들이 이런 대접을 받아보기는 처음이었던 것이다.

웅성거리는 속에 이 일을 책임지고 있는 듯한 관리가 나와 입을 열었다.

"여기에 오신 분들은 각 나라에서 제사를 책임지고 있는 훌륭한 분들이라는 것을 잘 알고 있습니다. 그래서 여러분들을 모시기 위한 준비를 제대로 하느라 좀 지체된 점 거듭 사과드리니 부디 양해해주시기 바랍니다."

그제야 사람들은 고개를 끄덕였다. 그러고는 관리자의 말이 다시 이어졌다.

"모두들 잘 아시겠지만 여러분의 역할이 매우 중요합니다. 여러분들은 새 세상이 온 것을 자축하며 하늘에 제를 올리는 역할을 가장 앞장서서 해야 할 뿐만이 아니라, 앞으로 이번 천신제의 일이 끝난 다음엔 각 나라로 돌아가서 이를 맡아서 해야 하기 때문입니다."

그러고는 이제 그것을 잘 배우도록 하기 위한 교육이 진행될 것임을 알리면서 그들이 각기 조를 짜 그 준비를 하도록 하였다. 이에 제사장들은 자신들을 가르치겠다는 것에 대해 어안이 벙벙했지만, 어차피 천신제를 모시는 나라에서 주관하는 만큼 가타부타할 수 없었기에 순순히 따르게 되었다.

첫째 날에는, 새 세상이 열렸으니 이제 그에 맞는 의례에 따라야 한다는 교육이 진행되었다. 한마디로 지금껏 각 나라들은 자신들이 섬기는 정령이나 토템에 대해 의식을 치러왔지만 앞으로는 철저히 하늘을 중심으로 한 새로운 세상의 법칙과 의식에 따라야 한다는 주장이었다. 이렇게 되는 것은 이 세상의 모든 법칙이 바로 하늘에 의해서 규제되고, 하늘이 그 뜻을 보여주고 있기 때문이라는 이유에서였다. 그리고 이렇게 했을 때 하늘의 뜻이 땅에서도 이루어지고, 바로 천부인이 약속한 새로운 인간의 역사 시대에 맞게 사람을 이롭게 하는 홍익인간의 이념이 실현되는 세상이 펼쳐질 수 있다는 것이었다.

제사장들은 다소 기분이 상했지만 천부인이 열렸다는 자체가 새 세상에 대한 선언인 데다가, 그 표징은 어차피 천부인을 소유한 자가 제시할 수밖에 없는 것이기에 거부할 수 없었다. 게다가 서로 통일된 법칙과 의식을 마련하지 않으면 각자의 의식에 따라 치를 수밖에 없을 테니 혼란만 가져올 것이라는 말에 달리 반박할 수도 없었다. 탐탁지 않았지만 제사장들은 그럭저럭 첫째 날을 넘겼다.

그런데 둘째 날이 되어서도 어김없이 교육이 실시되었는데, 이번엔 아예 제사장으로서 그들의 위치를 부정하는 듯한 내용이었다. 즉 세상의 일은 그 무슨 정령이나 귀신이 있어서 그렇게 되는 것이 아니라 천지 간에 가득 차 있는 만물의 변화에 의해서 일어나는 것이며, 그 만물의 변화를 주재하는 것은 다름 아닌 하늘이라는 것이었다. 그러니 각기 나라에서 정령이니 토템이니 하는 것으로 세상이 변화되는 것처럼 알고 있지만 겉으로만 그리 보일 뿐이지, 실질적으로는 하늘이 주관하는 것이며 오직 하늘의 뜻을 따르는 하나의 일부분에 불과하니 그것을 너무 과신하지 말아야 한다는 것이었다. 오히려 하늘을 세상의 유일신으로 정성껏 섬기고 바로 모셔야 한다고 했다. 그래도 여기까지는 참을 만했다. 하지만 다음의 대목에 이르러서는 더 이상 그대로 있을 수가 없었다.

"만물을 주재하는 하늘은 그중에 사람을 가장 으뜸인 존재로 삼았습니다. 그렇다면 사람을 가장 귀하게 대하는 것이 하늘을 정성껏 섬기는 것이 아니겠습니까? 그런데 어떤 사람들은 자신들이 그 무슨 귀신이나 정령과 소통할 수 있다고 하면서 백성들을 현혹하거나 기만하고 있습니다. 이것이야말로 얼마나 잘못된 행동입니까? 결코 이런 일은 하늘이 용서치 않을 것입니다. 여러분들은 누구보다도 빨리 이것을 바로잡아 더 이상 이런 일이 없도록 해야 할 것입니다."

이것은 제사장인 자신들을 공격하는 것을 넘어 아예 자신들의 뿌리 자체를 인정하지 않는 것처럼 보였다. 말로는 제사를 책임진 사람들로서 차출되었으니 이를 배워 자기 나라로 돌아가서 시행하라고 하고 있으나, 듣고 보면 이제 자신들은 아무 필요도 없다고 말하는 것이나 다름없었다. 어차피 하늘이든 만물이든 더 이상 소통할 수 없다면 자신들은 일반 사람과 별 차이가 없게 되는 셈이었다. 즉 자신들의 기득권을 주장할 근거가 모두 사라지는 것이었다. 결국 그들 사이에서 불만이 터져나오면서 많은 질문들이 제기되었다.

"만물에 영혼이 있다는 것이야 모두가 알고 있는 사실이고, 우리 제사장들은 각기 그것과 소통할 수 있는 능력을 가진 사람이라고 자부하고 있습니다. 그런데 왜 그것을 모조리 부정하는 것입니까?"

"맞아요, 맞아! 어떻게 만물을 주재하는 하늘이 이럴 수가 있답니까? 이건 뭔가 잘못되었어도 한참 잘못되었습니다."

여기저기서 터져나오는 말들을 관리자는 진정시키려 애썼다. 하지만 이미 마음이 상해버린 제사장들은 그런 소리는 들은 척도 하지 않고 단군께 직접 설명을 듣겠다고 아우성이었다. 이에 하는 수 없이 관리자는 신지에게 이 소식을 전했다. 사실 신지는 이 모든 것을 뒤에서 책임지고 진행하고 있었다. 어차피 한번 부딪쳐야 하는 일이라고 여긴 신지는 직접 그들 앞에 나섰다.

"여러분들께서 뭔가를 오해하시는 모양인데, 사실 여러분들은 하늘의 뜻을 전하는 전령으로서 막중한 임무를 가지고 있습니다. 그렇다면 여러분들이야말로 하늘의 뜻을 누구보다 잘 알고, 새로운 시대상에 맞게 새로운 법칙과 제도를 세우기 위해 가장 앞장서서 노력해야 하지 않겠습니까? 우리는 여러분들이 그 일을 잘하시도록 돕기 위해 최선을 다하고 있다는 점을 분명하게 알아주셨으면 좋겠습니다."

"좋습니다. 그렇다면 도무지 이해되지 않는 엉뚱한 논리를 들어 우리를 설득하려는 까닭은 무엇입니까?"

제사장들의 질문이 쏟아지면서 신지와 제사장들 간에는 논쟁이 벌어지게 되었다. 곧바로 신지의 답변이 이어졌다.

"전혀 엉뚱하지 않습니다. 흔히 만물에 혼령이 깃들어 있어 그것이 조화를 부린다고 알고 있는데, 그것은 잘못 아신 겁니다. 사실은 모든 만물에 생명이 있기 때문에 자연스럽게 그러한 활동이 이루어지는 것이라고 할 수 있습니다. 물론 생명이 다하게 되면 그것은 사라져 없어지고 마는 것이지요. 자, 보세요. 한창 잘 자라던 수목도 죽게 되면 결국 말라 비틀어지면서 썩어가지 않습니까? 개나 돼지와 같은 동물들도 마찬가지입니다. 그들 또한 왕성하게 자라 뛰어다니다가도 결국 생명을 잃게 되면 한 줌의 재로 썩어 사라지지 않습니까? 여기에는 그어떤 예외가 있을 수 없습니다. 이것이 바로 하늘의 이치이니까요."

"그것은 생명 작용이 아니라 영혼으로 설명해야 옳지 않습니까? 영혼이 옮겨갔기 때문에 그것은 더 이상 활동을 하지 못하고 사라지게 되는 것이지요. 그래서 지금껏 우리는 영혼을 두렵게 여기며 섬겨온 것이 아닙니까?"

"영혼이 옮겨간다고요? 그런 경우는 없습니다. 생명이 죽었는데, 거기서 무슨 활동이 이루어지겠습니까? 그렇다면 혼령이 옮겨질 때마다 새로운 생명이 탄생해야 한다는 것인데, 그런 경우가 있을까요? 자, 사물의 이치를 따져보세요. 암소가 송아지를 낳고, 암말이 망아지를 낳는 것이 당연하지, 어떻게 암캐가 송아지를 낳는 일이 벌어질 수 있겠습니까? 여러분 또한 이것을 잘 알지 않습니까? 설마 암말이 망아지가 아닌 송아지를 낳는 것으로 착각하시는 것은 아니겠지요. 어쨌든 이 모든 과정을 살펴보면, 새로운 생명의 탄생이란 혼령이 옮겨다녀서 그런 것이 아니라 바로 무궁무진한 생명 활동의 작용으로부터 비롯되는 것이라고 볼 수 있습니다."

"그럼, 우리가 잠을 자다가 옛 조상들을 만나는 일은 어떻게 된 겁니까? 만약 영혼이 없다면 그것을 어찌 설명하겠다는 것이지요?"

질문을 받은 신지가 잠시 말문을 닫은 채 제사장들을 바라보았다. 어차피 새 세상을 맞이하자면 가장 중요한 것은 새 시대에 맞는 사고방식을 갖게 만드는 것이었다. 아무리 새로운 질서를 세워보아야 예전과 똑같은 사고를 가지고 있다면 변할 것은 아무것도 없었다. 그래서 단군은 이것을 무엇보다 중요하게 생각했고, 이에 대한 일을 전적으로 신지가 맡아서 수행하도록 지시했던 것이다. 그만큼 단군은 신지를 신임하고 있었다. 신지 또한 이 일을 진행하려는 계획 아래, 우선 백성들의 생각을 좌지우지하는 제사장들부터 변화시키려고 한 것이었다. 그런데 계속되는 질문 앞에서 참으로 말 몇 마디로 이 모든 것들이 달라질 수 있을까 하는 생각이 불현듯 스쳤던 것이다.

막막하게 생각하며 신지가 잠시 주춤하고 있는 사이, 제사장들은 소란스럽게 지껄였다. 지금까지 신지가 계속 현상을 예로 들어 설명하긴 했지만, 정작 자신들의 질문에 그가 대답하지 못했기 때문에 오히려 자신들의 생각이 옳다는 것이 증명되었다며 한껏 우쭐해하고들 있었다. 잠시 후, 다시 신지의 답변이 이어졌다.

"만물에는 생명이 깃들어 있어서 모든 작용이 일어나지만 그 활동의 형태는 전부 똑같지가 않습니다. 즉 서로 간에 차이가 존재한다는 것이죠. 예를 들어 수목은 생명이 있으되 걸어다니지 못하는 반면 동물은 제 발로 움직일 수가 있습니다. 이 모든 만물 중에서 가장 으뜸인 존재는 사람입니다. 사람은 다른 만물이 할 수 없는 정신 작용까지 할 수 있기 때문이지요. 여러분이 지금 나에게 질문할 수 있는 것도 모두 사람이 사고를 할 수 있기에 가능한 일입니다. 자, 보세요. 여러분은 여기에 없는 다른 동물이나 친구를 떠올리며 생각할 수 있지 않습니까? 바로 그런 것과 같은 것이지요. 그런데 사람의 정신은 어떨 때는 환각 같은 것을 보여주기도 하고, 또 꿈 같은 것을 꾸게도 합니다. 이 모든 것이 다 정신 작용이라고 할 수 있습니다. 여러분이 꿈속에서 조상을 봤다거나 하는 것이 다 그런 것이지요. 어쩌면 이것은 사람이 만물의 가장 윗자리를 차지하고 있는 관계로 사람의 정성이 지극하면 하늘이 감동하여 그에 반응을 보여주는 것과 같습니다. 이번에 천부인이 열린 것도 무엇 때문이겠습니까? 바로 단군 폐하를 하늘의 주인으로서 받들어 모시려는 백성들의 정성이 하늘을 감동시켜 그리된 것입니다."

천부인을 거론하고 나서자 제사장들은 더 이상 말을 하지 못했다. 그들이 아무리 영혼이니 정령이니 하며 만물과의 교통을 강조하지만, 하늘의 상징인 천부인을 연 단군과는 감히 정면으로 대적할 수 없었던 것이다. 이에 신지는 쐐기를 박듯이 다시 말을 이었다.

"모든 만물이 변화하는 이치는 하늘의 섭리에 따르는 것이며, 그것은 무엇보다 천상의 별자리에서 나타납니다. 왜 그러는 줄 아십니까? 그것은 바로 천부인의 이치가 하늘의 뜻이 땅에서도 이루어진다는 하늘의 엄명이기 때문입니다. 자, 환웅께서 어디서 내려오셨습니까? 바로 하늘입니다. 그곳에서 환인께서 내려주신 천부인을 가지고 왔던 것입니다. 그러니 천상의 별자리에서 먼저 그 징조를 보여주신 것이야 당연하지 않겠습니까? 자, 하늘의 별자리를 생각해보세요. 항상 자기 위치에서 방향을 밝혀주는 별이 무엇입니까? 그것은 북두칠성이 있는 큰곰자리입니다. 이 별이 있음으로 하여 각기 다른 별자리의 위치를 파악할 수 있지 않습니까? 그러니 우리가 봄, 여름, 가을, 겨울 등의 사계절이 변화하여도 동서남북의 방향을 정확히 알고 길을 찾아갈 수 있는 것이고요. 그럼 이것은 무엇을 말해줍니까? 하늘의 섭리를 보여주는 그 천상의 별자리 중에서도 가장 으뜸인 것은 큰곰자리라는 것이 아닙니까? 이 큰곰자리가 있어 하늘의 섭리도 바로 서고 자리 질서를 잡아가는 것이지요. 그래서 우리가 지금껏 받들어 모셨던 환웅님의 존칭에 큰곰자리라는 뜻의 웅 자가 붙어 있는 것입니다. 그리고 다시 반복해서 말하지만, 천부인이 열렸던 것은 하늘의 뜻이 땅에서도 이루어지라는 하늘의 엄명에 의해서 그리되었다는 것입니다. 그렇다면 여러분은 어찌해야 하겠습니까? 바로 큰곰자리가 자리를 잡을 때 천상의 별자리가 제 위치에 맞게 각자 역할을 하는 것처럼, 여러분은 하늘을 주재하신 단군님의 뜻을 받들어 그분의 전령사로서의 역할을 다하는 것이 마땅한 소임이 아니겠습니까?"

신지와의 논쟁이 거듭되면서 제사장들은 처음에는 도저히 그럴 수 없다고 생각했으나 점차 혼란을 겪게 되었다. 하루하루가 지나가면서 그들의 생각은 점차 순화되어갔다. 그만큼 그들은 꿈과 몽상은 물론이고 환상과 현실의 차이 및 천상의 별자리를 두고 하늘의 순행 현상과 법칙을 논리 정연하게 설명하고 있는 신지에게 압도당했던 것이다. 물론 여기에는 그들이 거부할 수 없는 명백한 사실이 있었다. 그것은 천부인이 바로 단군에 의해 열렸다는 사실이었다. 이 사실 앞에서 그들은 혼령이니 정령이니 토템이니 하는 것에 의해 세상이 움직이는 것이 아니라, 하늘의 섭리에 따라 이루어지고 있다는 사실을 첨차 받아들이게 되었다. 물론 그렇다고 하여 지금까지 그들이 가진 사고방식이 갑자기 한 치의 의혹도 없이 풀어질 수는 없는 법이었으니, 여전히 한쪽에서는 정말 그런 것인가 하는 의혹의 눈초리를 보내는 이들이 있었다.

시호령도 예외는 아니었다. 한편에서는 신지의 논리가 옳은 것 같기도 했지만 지금껏 자신이 정령과 소통하여 저주를 내렸을 때 그것이 효과가 있었던 경험을 상기하면 그의 논리는 단순한 말장난처럼 여겨졌다. 사실 시호령은 여기서 이런 교육을 받을 것으로는 예상하지 못했다. 단군 측에서도 가장 수준 높은 제사장이 나와 그들과 함께 의례 준비를 할 것이라고 보았다. 어쩌면 그만이 아니라 여기 온 모든 제사장이 그리 생각했을 것이다. 시호령은 오랜 시간 의례의 책임자가 나올 것이라고 여기고 기다렸지만 지금껏 하는 양태로 봐서 그건 애초부터 계획에 없었다는 것을 알게 되었다. 그렇다면 더 이상 지체할 필요가 없었다. 어쩌면 지금껏 그들이 얘기한 것이 사실인지 아닌지 확인하기 위해서라도 단군에 대한 음해 작업은 진행되어야 했다. 더구나 그가 성공시키기만 한다면 웅갈이 약조한 최고의 제사장으로서의 위치가 보장되는 것이기도 했다.

결국 그는 그런 논쟁이 치열하게 진행되는 과정에서 틈틈이 준비를 진행하였고, 마침내 주술을 걸기 시작했다. 볏짚으로 단군의 형상을 만들어놓고는 곰 정령의 위대한 힘으로 단군을 괴롭히며 죽이도록 하는 주문을 외었다. 만약 영험한 효과가 나타난다면 분명 단군은 삼 일 후 죽을 것이었다. 첫째 날은 무사히 흘러갔고, 둘째 날도 어김없이 지나갔다. 그동안 누구도 시호령이 주술을 걸고 있다는 사실을 깨닫지 못했다. 그만큼 그가 비밀스럽게 행한 까닭도 있었지만, 사람들은 지금 같은 상황에서 시호령의 행동 따위에 신경을 쓸 겨를이 없었던 것이다.

마침내 삼 일 째 되는 날이 돌아왔다. 그런데 갑자기 단군 쪽의 사람들이 바삐 움직이면서 뭔가 근심하는 표정이 역력했다. 알고 보니 갑자기 단군이 말을 타고 가다가 낙마했다는 것이었다. 비록 생명에는 지장이 없을 정도로 사소한 것이었지만 그것 자체가 놀라운 일이었다. 어린 시절 기린마까지 타며 위용을 자랑했던 단군이었던 데다가, 그 누구도 아닌 천부인의 주인인 그가 말에서 떨어진다는 것은 거의 상상할 수 없는 일이었다. 이 소식을 전해 들은 시호령은 이제 주술의 효험이 나타난 것이라 확신했다. 이대로라면 마지막 삼 일 밤만 넘긴다면 단군의 목숨은 끝장난 것이나 다름이 없었다. 그렇다면 지금껏 이들이 말한 것은 다 허풍이었고, 아무것도 아니었던 셈이었다.

시호령은 속으로 콧방귀를 뀌며 다른 사람들의 눈치를 볼 것도 없이 삼 일 째 밤에 전심을 기울이며 주술을 행했다.

그런데 한순간의 방심이 그 모든 것을 앗아가버렸다. 바로 범씨족의 제사장이 며칠 동안 시호령이 이상한 행동을 보이는 것에 의구심을 품고 있었던 것이다. 그는 그날 밤 시호령의 방을 찾았다가 그만 시호령이 행하고 있는 주술의 현장을 목격하고 말았다. 범씨족의 제사장은 자신도 이런 일을 해본 경험이 있던 터라 그것이 무엇을 의미하는지 즉각 알아보았다. 그는 곧장 그곳을 나와 이 사실을 관리에게 지체 없이 알렸다. 보고도 못 본 체했다가 어떤 후환이 뒤따를지도 모르거니와 더욱이 주술을 행한 것이 다름 아닌 웅씨족의 제사장 일행이라는 것에 대해 경쟁심이 작용하기도 했다. 물론 단군 측으로부터 후사를 받을 수도 있는 일이었다.

곧장 단군의 군사들이 시호령의 처소를 급습하였다. 거기서 겉으로는 목각으로 단군의 형상을 만들어 모시는 것처럼 해놓고는 그 뒤로 교묘하게 볏짚으로 또 다른 형상을 만들어 저주를 가했던 증거물들이 대거 쏟아져나왔다. 시호령은 급히 그곳을 빠져나와 도망을 치려했으나 멀리 가지도 못하고 뒤쫓아온 군사들에게 사로잡히게 되었다. 곧 그에 대한 신문이 이루어졌고, 그 결과 웅씨족의 수장 웅갈과 짜고 단군을 해하려는 음모가 진행되었다는 사실이 백일하에 드러나게 되었다.

이에 모두들 이구동성으로 시호령의 처벌을 강변했다.

"다른 문제도 아니고 천부인의 주인을 음해하려고 하였다는 것은 결코 봐줄 수가 없는 문제이옵니다. 더욱이 하늘의 법도를 앞장서서 전파하여야 할 자가 도리어 이런 흉계를 꾸몄다는 것은 절대 용서할 수가 없사옵니다. 마땅히 처형함으로써 일벌백계로 하늘의 준엄함을 보여주어야 하옵니다."

"이놈뿐만이 아니옵니다. 그 배후가 웅씨족의 수장 웅갈이었다는 사실이 명백히 밝혀진 이상, 웅갈 또한 마땅히 그 죄를 물어야 할 것이옵니다. 당장 웅갈을 소환하시옵소서."

어차피 상황이 이렇게 흘러간 마당에 시호령은 살아날 길이 없게 되었다. 그러자 시호령은 마지막으로 할 말은 하고 죽겠다는 심정으로 주장했다.

"내가 미처 주술을 끝마치지 못해 이리 죽게 되었으나 실상 내가 들키지만 않고 진행했다고 한다면 단군은 죽고 말았을 것이다. 그러고 보면 너희들이 하늘의 이치니 질서니 주장하는 것도 다 허무맹랑한 것이 아니고 무엇이겠느냐? 만약 너희들이 주장하는 것이 맞다면 나의 저주는 효험이 없어야 할 것이 아니냐? 그런데도 이리 벌벌 떠는 것을 보면 아무래도 그게 아닌 모양이구나!"

시호령이 이렇게 주장하고 나자 참으로 상황이 이상하게 변했다. 혹시 정말 그럴지도 모르겠다는 의심들이 갑작스레 생겨나게 되었던 것이다.

이렇게 상황이 흘러가게 되니, 그토록 단군의 생각을 잘 읽고 일을 깔끔하게 처리하던 신지도 난감해할 수밖에 없었다. 어쩌면 처음부터 말로 설득할 것이 아니라 실제로 눈으로 보게 할 필요가 있다고 생각하였던 것이다. 하지만 이 일을 가지고 새로운 세상의 주인으로 섬기는 단군을 놓고 시험해볼 수는 없었다. 신지가 곧바로 결정을 내리지 못하자, 더욱더 의심은 눈덩이처럼 불어나더니 아예 확신으로 변해갔다. 단군이 말을 타다가 다친 것도 저주 때문이라는 것이었다. 단군도 그 저주에 의해 죽을지도 모르니 그것을 회피하려 한다는 것이었다.

결국 이 결정은 단군이 내려야만 했다. 모든 사람들의 이목은 단군의 결정에 쏠리게 되었다. 이 소식을 전해 들은 단군은 그저 호탕하게 웃으며 대수롭지 않게 넘어가려 했는데, 사람들이 의심의 눈초리를 보내고 있다는 것을 듣고는 시호령에게 말을 덧붙였다.

"그러면 할 수 없구먼. 자, 며칠이면 할 수 있겠느냐? 서두를 필요는 없고 충분하게 여유를 두고 얘기하라."

"제 주문에 효험이 있다고 한다면 삼 일이면 충분합니다. 그 이상은 필요 없사옵니다."

"그래, 필요한 것은 없는가? 모든 것을 도와줄 것이니 개의치 말고 말해보거라."

"압수했던 것을 도로 돌려주면 될 것이옵니다. 더 이상 필요한 것은 없사옵니다."

시호령은 분명 단군이 낙마한 것은 자신의 주문이 효험이 있었기 때문이라고 여겼다. 그래서 그는 다른 것은 필요 없고, 자기가 준비한 것만 있으면 된다고 주장했다.

"내 기꺼이 그 시험에 응하도록 할 것이니 맘껏 해보도록 하라."

단군이 너무도 흔쾌히 수락하는 바람에 사람들은 역시나 그런 주술 따위가 어찌 천부인의 주인에게 통하겠냐고 생각했다. 그러면서도 혹시나 모를 일이었기에 삼 일 후에 그 결판이 어떻게 날 것인가에 대해 촉각을 곤두세웠다.

첫째 날에 이어 둘째 날, 셋째 날까지도 아무 일이 일어나지 않았다. 단군은 여느 때처럼 건재했던 것이다. 모든 것은 단군의 승리로 끝나는 듯했다. 그런데 셋째 날 밤에 이르러 단군은 이상하게 몸이 찌뿌듯하면서 기분이 심히 나빠졌다. 아니, 그 정도가 아니었다. 지금껏 그 주술사에 대해 신경도 쓰지 않고 지냈는데, 그날따라 주술에 대한 생각이 자꾸만 들면서 그가 괘씸하다고 여겨지기 시작했던 것이다. 순간 단군은, 바로 자신이 주술사의 시험에 들고 있다는 판단이 들었다. 어쩌면 이런 생각이 드는 것 자체가 주술에 빠져들고 있다는 것을 의미했다. 마음의 평정심을 잃고 분노와 증오를 가지는 것 자체가 벌써 귀신의 장난을 의미했다. 그는 그런 것을 애써 무시하려 했으나 그럴수록 더욱 주술 쪽에 신경이 곤두서게 되었다.

마침내 단군은 더는 안 되겠다고 생각하고 심법을 전개하였다. 하늘의 힘이 통하기 위해서는 무엇보다 순백처럼 깨끗한 마음을 지니고 있어야 했다. 만약 여기에 작은 티라도 섞이거나 혼란스러운 감정이 일었을 때는 결코 힘을 발휘할 수 없었다. 그래서 귀신이 사람을 가지고 장난을 치려고 할 때는 온전한 정신을 가지지 못하도록 하기 위해 엉뚱한 증오나 분노, 혹은 시기나 질투심을 유발하는 경우가 많았다.

단군은 곧바로 마음을 바로잡았다. 그는 이미 도통의 경지에 도달해 있었다. 그러니 지난날 엄청난 수마의 난도 피할 수 있었던 것이다. 벌써 단군의 눈에는 주술사의 흉계가 낱낱이 떠올랐다. 정말 이 주술사의 힘은 보통이 아니었다. 엄청난 곰 정령의 힘을 이용할 수 있는 것은 물론이고 수많은 것들까지 자신의 손아귀에 주무르며 움직이고 있었다. 단군은 그것들을 전혀 개의치 않고 그대로 품어 안았다. 텅 비어 있으나 실은 그 어떤 빈틈도 없이 꽉 찬 하늘 같은 마음으로 품어버렸다. 그 귀신과 맞서 싸우려고 하기보다는, 없는 듯 모든 것을 채우고 있는 하늘의 이치로 상대했던 것이다. 그러자 얼마 지나지 않아 그때까지 엄청난 괴력을 발휘하던 그 귀신은 아무것도 없는 허공을 맴돌며 헛발질을 계속 해대다가 제풀에 지친 듯 나가떨어졌다. 그때 단군은 그 귀신이 땅에 곤두박질쳐 다칠까봐 가만히 손을 뻗어 조심스레 내려다주었다. 사실상 이로써 승부는 명백하게 끝나버렸다.

다음 날 아침 사람들은 어떻게 되었는지 단군을 보러 나왔다가 이상한 광경을 목격하게 되었다. 바로 시호령이라는 주술사가 궁궐 앞에서 머리를 풀어헤치고 죄를 청하고 있는 모습이었다.

"소인이 하늘의 주인을 몰라보고 그만 실성하여 엄청난 무례를 지었사옵니다. 그러하오니 소인을 벌하여 주시옵소서. 소인 비록 이 자리에서 죽는다 하더라도 하늘의 주인을 알아보고 죽게 되었으니 아무런 여한도 없사옵니다. 소인을 벌하여 주시옵소서."

시호령은 단군과의 정신 싸움에서 자신은 상대가 되지 않았다는 사실을 깨달았던 것이다. 그런데다 자신이 다칠 수도 있었는데, 기꺼이 손을 뻗어 도와준 것을 보고는 단군의 너그러운 성품에 감격하여 기꺼이 죄를 청한 것이었다.

"그 가상한 용기는 다 어디로 가고……. 허나 이제 자신의 잘못을 솔직하게 인정하고 죄를 청하는데, 어찌 용서해주지 않을 수 있겠느냐? 이제 세상이 하늘의 이치에 따라 순행한다는 사실을 똑똑히 깨달았다면 앞으로는 망상을 품지 말고 새 세상의 전령사로서의 자신의 책무를 다하도록 하라."

단군은 웅갈에 대해서도 미혹하여 잠깐 실수를 한 것이니 더 이상 그 잘못을 논하지 말라고 하면서, 그의 죄를 묻지 않을 것임을 분명히 선언했다.

너무도 명백하게 판가름 난 결과 앞에서, 제사장들은 모두들 이제까지 가졌던 혼란과 의심을 깨끗이 씻을 수 있었다. 그리고 다른 수장들 같았으면 자기를 음해하려던 자를 벌써 죽이고도 남았을 텐데, 기꺼이 문제 삼지 않고 용서해주는 단군의 아량에 대해서도 감복하게 되었다. 사실상 어쩌면 단군이야말로 하늘이라는 사실을 눈으로 목격한 것이나 다름이 없었다. 이것은 신지가 의도했던 바가 실현된 것이기도 했다.

제사장들은 어딘지 미심쩍어하며 마지못해 교육에 임해오던 지금까지의 태도와는 달리, 이제는 자신들이 적극 나서서 임하게 되었다.

새로운 세상의 전령사로서의 책무를 잘 수행하는 것이 자신의 참다운 역할이라는 사실을 스스로 받아들이게 되었던 것이다. 그들은 더욱 열을 내며 교육에 나서게 되었다. 세상에 대한 이해가 가장 높다고 알려진 제사장들이 이리 나서게 되니 새로운 세상에 대한 전망은 급속도로 밝아지게 되었다. 바야흐로 태고의 전설로 내려온 이상 세계가 어떻게 펼쳐질지 부풀어오르는 감정으로 너도나도 기대하게 되었다.

5

주신의 나라를 선포하다

제사장들은 이제 천신제를 지내기 위한 막바지 준비 절차에 들어갔다. 지금껏 충분히 교육까지 받았던 데다가 이것을 실전에 적용하고 있었다. 어느덧 천신제를 지내기 위한 시일이 다가오고 있었다.

실상 어떻게 보면 이번 천신제는 거의 제사장들에 의해 진행되고 있다고 해도 과언이 아니었다. 물론 예전에도 그 준비나 의례 절차는 제사장들이 담당하고 있었기에 그것과 별반 차이가 없다고 하면 그렇게 말할 수도 있었다. 하지만 여기에는 명백히 차이가 있었다. 그것은 제사장의 역할이 예전과 확연히 달라졌던 것이다. 예전에는 사실상 제사장들이 각각의 토템을 내세우며 그 정령과 소통할 수 있는 것은 자신들이라고 주장하고는 그들이 천신제의 전반을 좌우했다. 그러나 이번엔 그들의 중심에 하늘과 다름없는 단군이 있었고, 단지 그들은 단군의 전령사로서의 소임을 다할 뿐이었다. 이렇게 된 것은 시호령과 단군의 대결을 통한 결과로부터 기인한 측면도 있었지만, 무엇보다 새로운 시대상에 대한 철저한 교화에 의한 결과였다.

사실 단군 진영 쪽에서는 새로운 인간 세상을 만드느냐 하는 관건은 제사장의 생각을 새로운 세상에 맞게 바꿀 수 있는가 하는 것에 달려 있다고 보았다. 어차피 제도와 질서를 새롭게 세우더라도 사람의 생각이 바뀌지 않으면 아무런 쓸모가 없었던 것이다. 이미 국가 체계를 세울 수 있을 정도가 되었지만 그것을 선포하고 있지도 않았고, 꼭 필요한 관직도 자리를 비워두고 있었다. 모든 세력을 통합하여 인간 세상의 역사를 개척하자고 했던 것이다. 그런데 그것은 결국 새로운 세상에 맞는 사고방식의 확립에 달린 문제였는데, 이는 필연코 지난날의 낡은 사고방식과의 단절을 필요로 했다. 더욱이 토템이니 정령이니 하는 것들은 소국들을 유지시키고 있는 사상의 원천이자 정신적 기반이었다. 바로 이를 허물어뜨리지 않고선 새 세상의 개척은 불가능했다. 그런 까닭에 단군은 각 나라의 제사장들을 불러 정면 승부를 벌였던 것이다.

결국 제사장들의 승복을 받아낸 것은 물론이고 새 시대상의 전파자로서 자신의 역할을 다하려는 의지까지 세우게 한 단군 진영에서는, 천신제의 시일이 다가오면서 본격적으로 그 준비에 박차를 가하게 되었다.

상황이 이렇게 흘러가자 웅갈의 입장은 더욱 난처해졌다. 시호령을 보내 단군을 음해하려고 한 모든 일이 들통 나긴 했지만 이에 대해 단군이 불문에 부치며 지금은 어떤 조치도 취하고 있지 않았다. 그러나 분명 자신을 그대로 놔둘 리가 없다는 생각이 들었다. 벌써 대신들은 그와의 관계를 멀리하며 단군에 잘 보여 제 살길을 찾고자 하고 있었다. 게다가 아사달 지역에서 들려오는 소식들은 한없이 그에게 불리한 소식들뿐이었다. 제사장들은 물론이고 그가 파견했던 시호령마저 완전히 단군의 편이 되어 찬사를 보내기에 여념이 없다는 것이었다. 한마디로 단군이 환인과 환웅의 법통을 이어받아 다스리는 것은 하늘의 엄명이니 각국의 수장들은 단군을 받들어 모셔야 한다는 것이었다. 게다가 각 나라가 자신들의 토템이나 정령들을 모시는 행위를 근절하고 오로지 이 세상을 주재하고 있는 하늘을 섬기는 것으로 통일시켜나가야 한다고도 했다. 이것은 실상 각 나라가 존재할 수 있는 기반을 부정하는 것이나 다름이 없었다. 이를 확인이라도 해주듯 앞으로 제사장들이 새 세상을 상징하는 하늘에 제를 올리는 것처럼, 이제는 각 나라의 수장들 또한 단군의 뜻에 따라 새로운 인간 세상의 기치인 홍익인간의 이념을 받아들여 다스려야 한다고 했다. 만약 그러지 못할 때에는 언제든지 수장이 교체될 수 있다는 말까지 들려왔다.

이런 정황을 보건대 만약 천신제를 올리기 위해 참석했다간 자신이 무슨 화를 입지나 않을지 걱정스럽기만 했다. 그로서는 꼭 아사달 지역에서 흘러나오는 말들이 자신을 겨냥하고 있는 것처럼 여겨졌다. 그럴 수밖에 없는 게 그는 지금껏 단군을 계속 경계하여왔던 사람이었다. 단군이 웅씨족의 비왕으로 있을 때 백성들보다는 고관들의 권리를 내세웠고, 심지어 도적 떼들을 죄수로 몰아서는 노예로 삼아야 한다고 하면서 그것을 핑계로 단군을 웅씨족에서 쫓아내기까지 하였던 것이다. 그러니 단군이 홍익인간이니 사람이 중심이니 하는 것들이 꼭 자신의 잘못을 질책하기 위한 말로 들릴 수밖에 없었다. 이것은 옛날 일이라며 쉽게 넘어갈 수 있는 문제일 수도 있었다. 허나 단군을 음해하려고 한 것이 들통 난 이상 자신이 살아날 길은 없어 보였다.

어쨌든 단군이 누구보다도 자신을 본보기로 삼아 권력을 쥐게 될 것이 명백하다고 생각하니 자신이 당할 일이 두렵기만 했다. 그렇다고 이미 이빨과 발톱을 다 잃어버린 지금에 와서 대항할 수도 없었으니 심장은 타들어가는 것만 같았다. 아무리 생각해봐도 아사달로 가지 않는 것이 상책이었다. 천신제의 날이 다가올수록 그의 머리는 지끈거리기만 했다. 괜히 단군이 미워졌다. 아니, 분통이 터져 견딜 수가 없었다. 지금껏 아버지 웅지백과 신료들에게 단군과 비교되어왔기에 그것을 경계하며 반드시 그를 이기고자 했는데, 결국 이런 처지가 되고 말았다는 게 더더욱 비참했다.

하지만 어김없이 그날은 다가왔고, 아사달 지역에서는 이번 천신제에 필히 참석하라는 전갈을 보내왔다. 그것도 옛날과 달리 수장과 신료들은 물론이고 참석하고자 하는 백성들까지 함께 데리고 오라는 것을 특별히 주문하고 있었다. 이에 대해 웅씨족에서는 얼마나 많은 사람들을 데리고 갈지에 대해 대책회의를 열게 되었다. 하지만 누구나 입에 올리지 않고 있었지만 가장 그들에게 걸리는 문제는 바로 웅갈 수장의 문제였다. 결국 웅갈은 자신의 건강을 핑계 삼아 가지 않을 생각을 밝히기에 이르렀다.

"아무래도 이번 천신제엔 내가 가지 못할 것 같구려. 몸이 안 좋아 움직이기가 여간 불편한 게 아니라서 말이오."

사실 웅갈의 몰골은 근래에 말이 아니게 변해 있었다. 그렇다고 참석하지 못할 정도는 아니었기에 대신들은 그저 그의 말을 좇을 수는 없었다. 실상 그들은 지난번 웅갈이 단군을 음해하려 했다는 소식을 접하고서 그를 체포해 단군에게 바쳐야 한다느니, 어떻게 우리의 수장을 그리할 수 있겠느니 하면서 옥신각신 말들이 많았다. 하지만 단군이 용서하겠으니 더 이상 언급하지 말라고 엄명했다는 것과 함께, 아무래도 자신들의 수장을 자신들의 손으로 없앤다는 것은 옳지 않다고 여겼기에 그렇게 하지는 못했다. 거기에는 이미 천부인을 가진 단군과 갈등을 크게 겪고 있는 웅갈보다는 차라리 단군과 친분이 두터운 동생 웅달을 내세우는 것이 웅씨족을 보존하는 데 더 유리할 것이라는 생각까지 작용하고 있었다.

어쨌든 그 일도 있었던 판국에 수장이 참석하지 않는다는 것은 결코 그냥 넘어갈 수 있는 문제가 아니었다.

"수장님이 처한 상황은 저희들에게도 마음 아픈 일이지만, 지금껏 웅씨족의 수장이 천신제에 참여하지 않았던 전례는 없었사옵니다. 이건 필히 문제 삼을 수 있는 소지가 있사오니 고생스럽더라도 참석하셔야 할 것이옵니다."

"도대체 대신들은 누구의 신하요? 내가 몸이 아파 움직이기가 힘들어서 그런다는데, 어찌 나를 이리도 핍박할 수 있단 말이오? 더욱이 제사장을 시켜 단군을 음해하려고 한 적이 없는데도 그런 소문이 들리는 것을 보면, 그쪽에서 나를 해하려는 의도가 없다고 단정할 수도 없는 일이 아니오? 그런데 나보고 어찌 눈 하나 깜짝하지 않고 사지로 들어가라고 강변할 수 있단 말이오?"

"천부인의 주인이 나타난 이상 수장님께서 그리 말씀하시면 아니 되옵니다. 어느 누구를 막론하고 천부인의 주인에게 복종해야 한다는 것은 오랜 옛날부터 내려온 하늘의 명이옵니다. 게다가 지금 수장님께서는 우리 웅씨족의 앞날을 생각하셔야 하옵니다. 만약 수장님께서 참석하지 않는다면 우리 웅씨족의 운명이 존폐의 기로에 설 수도 있사옵니다. 이 점을 염두에 두셔야 하옵니다."

"그렇사옵니다. 소신들이 이러는 것도 다 웅씨족을 위해서 그러는 것이옵니다. 이 점을 양해해주시옵소서. 더군다나 수장님께서 음해하지 않았다고 한다면 더더욱 피할 이유가 없지 않사옵니까? 오히려 가지 않으려고 하는 것이야말로 괜한 의심만 살 뿐이옵니다. 설사 그렇더라도 새로운 세상을 맞이하는 축제의 자리에서 벌을 내리는 일은 없을 것이옵니다. 그러니 심려 놓으시옵소서."

신료들은 웅갈의 참석을 사실상 강박했다. 그들로서는 단군에 대항하여 싸운다는 것이 거의 불가능하다면 웅씨족을 살리기 위해 웅갈 수장을 희생양으로 삼을 수밖에 없다고 판단하고 있었던 것이다.

대신들의 요구에 어쩔 수 없이 웅갈은 천신제에 참여할 수밖에 없는 궁지에 몰렸다. 생각할수록 분통이 터지는 일이었지만 지금의 그로선 아무런 대응도 할 수 없었다. 단지 하나의 방법만이 있을 뿐이었다. 혼자 멀리 도망치는 것이었다. 그러나 그건 영원히 도망자로 살아가야 할 험난한 길을 예고하고 있었다. 그것은 직접 부딪쳐 죽는 것만 못한 형벌이었다. 어쩌면 신료들의 말처럼 천신제가 열리는 경사스러운 날에, 단군이 자신에게 죄를 묻는 일은 하지 못할 것이라는 판단도 들었다. 하지만 그건 바람일 뿐, 만약 그들이 자신을 해하려고 한다면 당장에 아사달에서 빠져나올 방도를 마련해야 했다.

그는 측근들을 동원하여 자신의 신변 보호에 만전을 기할 것을 당부하고 또 당부했다. 자신들을 수행할 무사들을 정예병으로 뽑은 것은 물론이고 웅씨족의 국경 쪽에 무장한 군사들도 대기시킬 것을 지시했다. 그러면서도 막상 아사달로 떠나려 하니 두려움이 일어 계속 출발 날짜를 지체하기만 했다. 벌써 한두 번 연기한 것이 아니기에 대신들이 더는 늦출 수 없다고 들고일어났다. 이미 천신족에서도 출발했는데, 이번엔 아사달 사람들이 직접 와서 황후인 웅녀를 모시고 갔다는 소식도 들려왔다.

이런 소문이 있어서인지 사람들은 이때부터 아사달성을 단군의 이름인 왕검을 따서 왕검성으로 부르기 시작했다. 사실상 웅녀가 아사달 지역으로 갔다는 것 자체가 천신족의 정통 계승자가 단군으로 정해졌다는 것을 상징적으로 나타내고 있었다. 그러니 천신족의 환웅이 거처하고 있는 지역을 밝산(밝음, 광명)이나 태백산(삼위태백三危太伯)으로 불렀듯이, 이번엔 단군이 살고 있는 성이라는 뜻으로 자연스럽게 그렇게 호칭하기 시작했던 것이다. 실상 거불단 환웅이 사라진 이후 천신족의 계승자는 황후인 웅녀가 정할 것임이 분명했는데, 바로 그것을 보여주고 있는 것이었다. 이건 결국 천부인의 주인이 바로 천신족의 계승자가 되는 것이기도 하다는 것을 의미했다. 사람들은 누가 말하지 않아도 벌써 이를 알아차린 것이었다.

왕검성으로 출발하자는 성화에 못 이겨 웅갈은 마지못해 아사달 지역으로 향했다. 그러면서도 은밀하게 사람을 보내 아사달 지역의 움직임을 계속 보고하라고 지시하였다. 그들의 보고에 의하면 다른 나라 사람들이 이미 모두 도착하여 축제 분위기가 무르익고 있을 뿐, 웅갈 자신을 해하려는 움직임은 전혀 보이지 않는다는 것이었다. 도무지 이해할 수 없는 일이었지만 거듭 확인해봐도 똑같은 보고가 올라왔다. 웅갈은 그렇게 지체하다가 결국 왕검성이 있는 아사달에 도착하였다. 그러고는 그는 놀라움에 벌어진 입을 다물지 못했다. 왕검성도 아닌 아사달 지역 자체가 도무지 자신들과 전혀 다른 세상 같았던 것이다.

벌써 눈에 띄는 건 사람들의 옷차림이었다. 처음에는 웬 대신들이 왕검성에 가지 않고 이곳에 모여 있는가 생각했다. 그런데 알고 보니 그들은 이곳에서 살고 있는 일반 백성들이었다. 그만큼 그들이 입고 있는 옷들이 너무나 화려했고 휘황찬란했다. 실상 이렇게 된 것은 하백녀가 누에자로부터 옷감 만드는 방법을 배웠던 것에서 기인했다. 단군은 하백녀로 하여금 이를 전국적으로 확산시키도록 하였다. 이 명을 받들어 하백녀는 산누에를 쳐서 명주실을 뽑아내는 것과 함께 버들개지처럼 생긴 풀꽃 솜인 초면, 즉 백첩자로부터 실을 뽑아내는 방식을 사람들에게 가르치며 보급했던 것이다. 이의 성과로 백성들의 의복 상태가 획기적으로 개선되었던 것이다. 그뿐만이 아니었다. 이미 고시가 종자에 대해 일가견이 있는지라 풍작을 거두도록 하면서도 새로운 우량 종자를 계속 개발해 먹거리 또한 풍족하도록 만들었다. 여기에다가 사람들이 살고 있는 가옥 또한 성조에 의해 지난날 토굴에서 살았던 생활을 완전히 청산하고 누구나 온돌방을 갖춘 집에서 살게 되었던 것이다. 그러니 이들의 모습은 사실상 다른 나라의 궁궐 생활에 버금갈 정도에 이르고 있었던 것이다.

지난날 아사달 지역에 왔을 때도 이들의 생활이 풍족하다고 느꼈지만, 1년 남짓 지난 상황에서 이토록 번화가를 이루며 번창하리라고는 상상도 못했다. 부락의 수도 실로 엄청났을 뿐만 아니라 모두들 부를 축적한 듯 여유가 있었고, 생기 있게 살아가는 듯한 분위기였다. 그렇게 된 것은 천부인을 차지한 아사달이 세상의 중심이라는 소문을 듣고 살기 힘든 사람들이 너도나도 이곳으로 몰려왔기 때문이었다. 이들이 정착할 기반을 마련해주다보니 자연히 그 규모가 커지게 되었던 것이다. 물론 처음부터 땅을 넓혀갔던 기술이 있었던 데다가 나라에서 거둬들인 세금이 20분의 1조로 아주 적었으니 열심히만 일하면 누구나 잘살 수 있었다. 또 천부인의 주인을 모시게 되었다는 자부심에 기꺼이 어려운 사람들을 도와주는 풍속이 자리 잡게 되어 모두가 풍족하게 생활할 수 있었던 것이었다. 어쩌면 이를 예상하고 단군은 거대한 규모의 대수로 공사를 진행했는지도 몰랐다.

웅씨족의 사람들은 지금껏 한 번도 보지 못했던 세상이라는 듯 부러운 눈으로 바라보며 그 자리를 뜨지 못했다. 그만큼 그들은 큰 충격을 받았던 것이다. 이것은 새로운 세상이라는 말 백 마디보다도 더한 효과를 가져다주었다. 이런 게 새로운 세상이라면 구태여 이에 반대할 이유가 없었다. 오히려 빨리 받아들여 이렇게 사는 것이 더 좋은 것처럼 보였다.

웅씨족 사람들이 넋을 놓고 이곳저곳을 관찰하는 것을 본 그곳 사람들은, 그들이 천신제에 참여하기 위한 일행들임을 금방 알아보았다. 그리고는 다른 나라에서는 이미 모두 도착했는데, 좀 늦은 것 같다며 곧장 빨리 갈 수 있는 길을 가르쳐주었다. 그 태도에는 자기 나라에서 천신제를 지내는 것에 대한 긍지와 자부심이 묻어나왔다. 물론 그들 또한 참석하는 것을 당연시 여기는 분위기였다. 웅씨족 일행은 그런 그들의 모습이 부러웠고, 도리어 자신들의 처지가 더욱 초라하게 여겨지기까지 했다. 결국 그들 일행은 속도를 높여 왕검성으로 곧장 향했다.

가까워질수록 경축 분위기는 고조되고 있었다. 하지만 웅갈은 이것을 그저 즐거운 마음으로 보고 있을 수만은 없었다. 자신과는 너무나 먼 세계였다. 이런 분위기 자체가 자신의 목을 조르는 것처럼 느껴졌다. 저렇게 민심까지 잡아놓고 있는 단군이라면 자신은 아무런 반항도 하지 못하고 당할 것으로 여긴 것이다. 자신들과 함께 온 일행들만 봐도 벌써 아사달의 번창한 모습에 부러워하는 표정을 짓고 있었으니 더 말할 나위도 없었다. 그들은 고조된 축제 분위기에 자신들도 모르게 즐거워하는 모습들이었다. 허나 자신은 그렇게 할 수가 없었다. 벌써 그의 뇌리에는 호한 다음 차례로 자신이 경사스러운 날의 제물로 바쳐질 것이라는 생각만 가득했다. 그러나 여기까지 와서 어쩔 수 없는 노릇이었다.

웅갈은 왕검성에 도착하자마자 단군을 찾아갈 수밖에 없었다. 살길은 이것 이외에 다른 방법이 없었다. 가슴을 조이며 지난번에 들렀던 궁전에 들어가니, 거기에는 벌써 각국의 수장들이 도착하여 서로 간에 회포를 풀고 있었다. 이미 이들은 도착한 지 오래되어 모두 단군을 찾아뵌 뒤라 자기네들끼리 덕담을 주고받고 있었다. 하지만 어느 누구 하나 웅갈에게 다가오지도 않았고 오히려 본체만체했다. 그들 또한 웅갈이 단군을 음해하려 했다는 소식을 듣고 있었으니 괜히 그와 친근함을 표시했다가는 자신에게도 화가 미칠 수 있다고 타산했던 것이다. 지난날 같으면 그에게 굽실거릴 수장들이 이리 대하는 것만 봐도 지금 자기 처지가 어떤 것인지 충분히 느낄 수 있는 상황이었다.

그럴수록 그의 가슴은 조마조마했고, 애타게 단군만을 찾았다. 아무래도 칼자루를 쥔 자는 단군이었으니 그에게 조금이라도 잘 보이면 자신을 해하지는 않을 것이라는 안간힘이었다. 창피하기는 했으나 그게 자신이 살 수 있는 길이었으니 체면 따위를 가릴 처지가 아니었다. 하지만 어찌 된 일인지 단군은 보이지 않았다.

그즈음 단군은 웅녀와 풍백 등 천신족의 사람들과 만나 천신족을 이어받는 승계식을 진행하고 있었다. 따지고 보면 소국들도 천신족의 한 지파에 불과하기에 단군은 그들 모두를 천신족이라고 여기고 있었는지라 꼭 그리할 필요가 없다고 하였는데도 천신족의 대신들이 강력하게 요구하여 받아들였던 것이다. 어쩌면 이것이 바로 모든 소국들을 웅씨족이니 범씨족이니 녹씨족이니 칭하지 않고 천신족이자 단군족으로 명칭하기 위한 근거가 될 수도 있었다.

단군은 보이지 않고 모두들 웅갈을 외면하는 가운데 오직 그를 반갑게 맞이하는 사람은 호한뿐이었다.

"웅갈 수장도 왔구먼! 왜 이리 늦었소이까?"

"아니, 호한 수장이 여기엔 어떻게?"

뜻밖의 호한의 출현에 웅갈은 말을 잇지 못했다. 그가 생각하기에 호한은 혹독한 징계를 받고 사람으로서의 모습을 완전히 잃었을 것이라고 판단했던 것이다. 그런데 그는 여전히 건재했을 뿐만 아니라 도리어 얼굴에 웃음꽃까지 피우고 있었다.

"그렇게 놀랄 것 없소이다. 모든 게 다 단군 폐하의 성덕이니까요."

웅갈은 '단군 폐하'라는 호한의 호칭에 깜짝 놀라지 않을 수 없었다.

도대체 어떻게 했기에 저리되었단 말인가? 그런데 호한은 그런 것에 전혀 개의치 않고 당연하다는 듯이 말을 이어나갔다.

"어쨌든 이리 와서 다른 수장들과 함께 회포나 풀어봅시다. 이 경사스러운 날을 맞이해 지난날 우리들끼리 묵은 때나 벗어던져야 하지 않겠소이까?"

"아직 난 단군을……."

웅갈이 단군이라고 호칭하려다가 곧장 말을 돌렸다. 이미 각국의 수장들이 단군을 달리 부르고 있는 분위기를 감지했던 것이다.

"단군 폐하를 뵙지 못했는데……."

"허허! 그러니까 진작 올 것이지. 다른 수장들은 진작 와서 단군 폐하께 하례를 올렸고, 그래서 지금 회포를 풀고 있는 것인데……. 어쨌든 조금 있다가 단군 폐하께서 오실 것이니 그때까지 여기서 기다리면 되지 않겠소이까."

도무지 웅갈은 호한의 태도를 종잡을 수 없었다. 아무리 봐도 호한은 이럴 사람이 아닌데, 그는 마치 단군의 수하라도 되는 것처럼 행동하고 있었다. 도대체 두 사람 사이에 무슨 일이 일어났는지 궁금하기만 했다.

"그런데 호한 수장은 어떻게 된 겁니까?"

"나요? 뭐, 별일이 있었겠습니까? 지난날 내가 힘만 믿고 잘못 생각해서 그리된 것인데요. 참, 그때만 해도 내가 얼마나 어리석었는지……. 이걸 깨닫게 해주었으니 단군 폐하께 감사해야지요."

"무예와 군사력이라면 범씨족이 얼마나 강력했습니까? 모두들 무적의 부대라며 얼마나 벌벌 떨었습니까? 비록 단군 폐하께 지기는 했습니다만 정면으로 승부해서 그리된 것은 아니지 않습니까. 호한 수장의 무예라면 당해낼 자가 별로 없는데……. 그런데 어찌해서 이리 변하신 것인지 도무지 이해가 되지 않습니다."

"나도 감금되어서 한때 그리 생각했지요. 가슴에 원한과 분노를 담고서요. 어떻게 해서든 무예 실력을 더욱 키워 단군 폐하를 꺾어 다시 옛날의 범씨족의 기상을 되찾으려 했지요. 허나 그게 아니었소이다."

"아니라니요? 나는 호한 수장께서 충분히 그리하실 거라고 생각했는데……. 그만한 기백은 가지고 있는 분이 아니십니까? 그럼 혹시 단군 폐하께서 다시는 자신에게 대적하지 못하게 하기 위해 무슨 조치라도 취하신 겁니까? 그렇지 않고서야 어떻게……. 한번 솔직하게 말씀해주시지요."

호한과 대화를 나누면서 옹갈은 갑자기 생기를 되찾았다. 만약 호한이 다시 마음을 고쳐먹고 자신과 뜻을 함께한다면 충분히 단군에게 대적할 수 있다는 생각이 번뜩 들었던 것이다. 어차피 호한이나 자신은 단군을 해하려고 했으니 단군이 권력을 지고 있는 이 세상에서는 날개를 펴기엔 그른 몸이었다. 그러니 호한은 자기와 쉽게 마음이 통할 거라고 여겼던 것이다.

"만약 단군 폐하께서 그리 비겁한 수단을 사용했다면 내 끝까지 승복하지 않았을 것이오. 도리어 그게 아니라 모든 것을 다 풀어주고 자기와의 대결을 받아들였으니까요. 그런데 내가 지지 않았겠소이까. 솔직히 말해서 도저히 납득할 수 없었지요. 내 그래서 더욱 연마하며 대결을 벌였지만 번번이 졌소이다. 그런 나에게 단군 폐하께서 깨달음을 주었지요."

"깨달음을 주다니요? 뭐, 무예를 전수해주기라도 했다는 겁니까? 아니지요? 설마 그럴 리는 없을 터지요."

"실상 그리한 것이나 다름이 없지요. 왜냐하면 단군 폐하께서는 사람이 고도의 경지에 오르기 위해서는 무술만 연마해서는 안 되고 심법까지 닦아야 한다는 것을 가르쳐주었으니까요."

"심법을 닦아요?"

"그래요. 내 단군의 가르침에 따라 그것을 시도해보니 무예가 더욱 고강해졌지요. 그런데 그뿐만이 아니었어요. 내가 지금껏 보지 못했던 진정한 인간의 세계가 있다는 것을 깨달았지요. 동물 같은 약육강식의 세계만이 아니라 함께 어울려 사는 새로운 인간 세상을 보게 된 것이지요. 여기서 나는 사람의 진정한 행복과 기쁨이 어디서 비롯되는지도 알게 되었습니다."

그러고는 호한은 계속해서, 자신이 단군에게 허락을 받아 심법을 닦아가는 과정을 들려주었다. 실상 호한은 처음에만 감금되었지 심법의 수행 과정에서는 거의 자유스럽게 행동할 수 있었다. 단군은 과감하게 그것을 보장해주었다. 그래서 호한은 산천을 뛰어다니며 대자연의 기운을 받아들였다. 단군이 말한 것처럼 조식보정調息保精하듯 호흡과 숨을 고르며 기를 보충하는가 하면, 또 그 와중에 백성들이 힘들게 일하는 것을 보면 기꺼이 자신의 엄청난 힘을 이용해 도와주기도 하였다. 물론 처음에는 사람들도 호한이 나타나기만 하면 두려워하며 경계심을 드러냈다. 하지만 그가 달라진 모습으로 꾸준하게 사람들을 대하자, 이제는 호한을 악귀처럼 보고 무서워하지는 않게 되었다. 그만큼 호한은 무예는 물론이고 심법까지 깨달은 경지에 도달하게 되었던 것이다.

여기까지 말을 마친 호한이 다시 결론적으로 말을 맺었다.

"내 결국 백성들이 행복하면 그게 얼마나 나한테 기쁨을 주는가를 알게 된 것이오. 헌데 알고 보니 이것이 바로 새로운 인간 세상이었소. 이를 보면 이게 다 하늘의 뜻이 아니고 무엇이었겠소? 이를 안다면 웅갈 수장도 이제 무엇을 해야 하는지 깨닫게 될 것이오. 단군 폐하를 잘 모셔야 한다는 것이지요. 그렇지 않소이까?"

웅갈은 호한의 마지막 말에 대답하지 못했다. 그것은 자신이 단군을 음해하려 했다는 것을 염두에 두고, 만약 앞으로도 계속 그런다면 봐주지 않겠다는 뜻을 호한이 은연중에 드러낸 것으로 여겨졌기 때문이다. 상황은 더욱 그에게 불리하게만 돌아가는 것 같았다. 동병상련이라고 호한은 자기편이 되어줄 것으로 여겼는데, 도리어 적수만 늘어나는 꼴이었다.

더 이상 웅갈의 귀에는 아무것도 들리지 않는 것 같았다. 그런데 갑자기 무슨 일이라도 일어났는지 수장들이 하례를 취하듯 움직였다.

웅갈은 현기증이 난 듯 머리가 어지럽고 귀가 멍멍해졌다. 그만큼 그는 혼란스러웠고 도무지 어찌해야 할지 갈피를 잡을 수 없었다. 그때 누군가 그의 앞에 나타나 아는 체를 하는 사람이 있었다.

"웅갈 수장께서도 이리 왕림해주셔서 고맙습니다."

"단군 폐하!"

웅갈은 갑자기 나타난 단군을 보고는 순간 얼굴을 붉혔다. 단군을 해하려 했다는 사실을 누구보다 자신이 잘 알고 있었으니 그것이 엉겁결에 표정으로 나타난 것이었다. 하지만 그는 곧 단군을 받들어 모시듯 예를 취했다. 이것은 호한을 비롯한 모든 수장들이 그리하는 분위기에 압도되어 그도 따라할 수밖에 없었던 것이다. 그만큼 이곳의 상황은 단군을 섬기는 분위기로 바뀌어 있었다. 그도 그럴 것이 단군이 천부인을 손에 넣은 상황에다가 아사달 지역의 번창한 모습은 물론이고 웅장하고 화려한 궁궐 앞에서 그만 기가 죽어버렸던 것이다.

"오시느라고 아직 여독도 풀리지 않으셨을 텐데…… 그러고 보니 얼굴이 많이 상하신 것 같습니다. 어디 아프신 데라도 있는 것입니까?"

"사실은 몸이 안 좋아……. 빨리 왔어야 하는데, 그 때문에 늦어져 죄송하옵니다. 하해와 같은 아량으로 굽어 살펴주시옵소서."

웅갈은 지체된 원인을 핑계 대며 사실상 용서를 빌었다. 이것은 단순히 늦은 것에 대한 사과가 아니었다. 형식이 그러했을지 몰라도 그 이면에는 지난날 자신이 단군에게 했던 행동들에 대해 봐달라는 아부가 깔려 있었다. 웅갈은 굽실거리는 듯한 자세를 취하면서 단군이 자신을 봐줄지 않을지를 파악하고자 그의 다음 말만을 기다렸다.

"그 무슨 소리를 하십니까? 건강 때문에 그러신 것인데. 그런 몸으로도 이리 오셨으니 내가 더 감사해야지요. 어쨌든 빨리 쾌차하시기를 빌겠습니다. 그래야 웅갈 수장께서 새로운 세상을 열어나가는 데 힘을 보태주실 것이 아닙니까? 웅씨족의 수장이 도와주시지 않으면 도리어 제가 더 난감하지 않겠습니까?"

웅갈의 두 눈에는 자신도 모르게 눈물이 글썽거렸다. 나머지 말들은 정확히 알아듣지 못했으나 자신을 용서해준다는 것만은 확실하게 알 수 있었던 것이다. 이로써 조마조마해하며 벌벌 떨었던 마음을 해소하게 되니 갑자기 북받치는 듯한 감정이 울컥 솟아났다.

"단군 폐하께서 그리 말씀해주시니 몸 둘 바를 모르겠사옵니다. 감사하옵니다."

"허허! 이런 걸 가지고 뭐 그리 말씀을 하십니까? 당연한 것을요. 몸이 안 좋으신 것 같은데, 내일 천신제에 참여하려면 오늘은 이만 돌아가셔서 쉬는 것이 좋을 듯합니다. 그렇게 하십시오."

웅갈은 말을 잇지 못하고 고개만 끄덕이며 속으로 울먹거렸다. 도무지 자신으로서는 이해가 가지 않을 정도로 단군의 너그러운 태도가 상상을 뛰어넘었던 것이다. 그가 아무리 호인이라고 해도 자신을 죽이려고 한 사람을 용서하기란 쉽지가 않은 일이었다. 물론 웅씨족의 대신들이 말했듯이 경사스러운 일을 앞두고 어쩔 수 없이 그렇게 할 수는 있었다. 어쩌면 웅갈도 가슴 한편에 이런 생각을 가졌기에 불안 감을 감추지 못하면서도 여기에 온 것이기도 했다. 그런데 단군은 경 계심은커녕 거기서 더 나아가 아무 거리낌 없이 자신을 대할 뿐만이 아니라 건강까지 걱정해주고 있었다. 이러니 웅갈이 감동하지 않을 수 없었던 것이다.

결국 웅갈은 단군의 호의 속에 그 자리를 떠나 일찍 숙소로 돌아와 쉬게 되었다. 다른 수장들도 서로 간에 덕담을 나누다가 내일 있을 천 신제를 위해 일찍 자리를 정리했다. 물론 이렇게 수장들끼리의 자리 를 마련한 것은 단군의 배려였다. 지난날 오랜 감정의 앙금을 털고 새 롭게 출발하자는 뜻에서였다. 하지만 이것은 어차피 천신제가 어떻 게 진행되느냐에 달려 있었으니 자연 거기에 관심이 쏠릴 수밖에 없 었다.

마침내 다음 날 천신제를 올리는 날이 밝아왔고, 사람들은 너나없 이 제단에 구름 떼처럼 몰려들었다. 먼저 사람들은 천제단의 규모가 어마어마한 것에 놀랐다. 지난날 환웅 시기에 만들어진 것과는 비교 할 바가 아니었다. 거기에다가 제단에 올라가는 곳부터 화려하게 단 장되어 있는 것과 그 웅장한 규모에 사람들은 벌어진 입을 다물지 못 했다. 과연 천부인의 주인다운 배포를 능히 짐작할 수 있었다. 하지만 진짜 놀라움은 그 다음이었다. 서로가 서로를 보고 놀랐던 것이다. 지 금껏 천신제를 지내는 과정 중에 이렇게 많은 사람들이 참여한 사례 가 없었던 것이다. 환웅 시기만 하더라도 각국의 수장들과 신료들, 그리고 제사장들과 거기에 특별히 선별된 몇몇 사람들만이 그곳으로 들어갈 수 있었다. 그런데 지금은 참여하고 싶은 모든 사람들에게 개방되어 있었고, 또 사실상 그것을 처음부터 염두에 둔 듯 천신제를 지내는 곳에는 엄청난 사람들이 운집할 수 있는 거대한 뜰까지 꾸며져 있었다. 이렇게 단장한 취지는 모든 것을 사람에게 이롭게 한다는 홍익인간의 뜻에 걸맞도록 하기 위해서라는 것이었다.

서로는 어마어마하게 모인 사람들의 수에 놀라며 그 모습을 바라보았는데, 정말 어느 소국 하나 빠짐없이 참여하고 있었다. 아사달 지역 사람들이야 개최지이니 말할 것도 없고, 천신족, 범씨족, 웅씨족, 수신족, 우씨족, 웅씨족, 학씨족, 구씨족, 마씨족, 노씨족鷺氏族, 녹씨족, 사씨족 등 지금껏 흩어져 살거나 서로 분쟁을 일삼았던 모든 소국들이 각기 대오를 짓고 있었다. 물론 거기엔 수장이나 대신들만이 아니라 각 소국의 백성들도 자리를 차지하고 있었다. 이렇게 운집된 모습만 보더라도 새로운 세상이라는 것이 얼마나 사람들을 가슴 벅차게 만들었는가를 실감케 하였다.

모두들 자리를 잡은 가운데 마침내 단군이 웅녀와 하백녀 등과 함께 그곳에 모습을 드러냈다. 그 뒤에는 풍백, 운사, 우사 등의 원로와 신지, 고시, 팽우, 성조, 우 등의 대신들이 따르고 있었다.

단군의 모습을 보자마자 그곳 사람들은 열화와 같은 함성을 질렀다. 누가 시켜서가 아니라 이 모든 사람들을 하나로 모은 위대한 인물에 대한 찬사였다. 사실 이들은 이렇게 많이 운집한 사람들을 보고서 벌써부터 가슴이 뛰는지 잔뜩 흥분하고 있었다. 단군이 이들에게 손을 흔들며 답례를 하였고, 그러고는 제사장들로 하여금 절차를 밟으라고 지시하였다.

이에 제사장 중에 한 사람이 앞으로 나왔는데, 그는 다름 아닌 시호령이었다. 주문을 걸어 단군을 암살하려고 했던 자였는데, 어찌 된 일인지 그자가 천신제의 제례 절차를 담당하고 있었다. 이런 상징적 모습이야말로 바로 단군이 모든 제사장들의 으뜸이자 그들을 거느리고 있음을 보여주는 것이었다.

먼저 시호령이 나서서 오늘의 천신제를 열게 된 배경에 대해 설명했다.

"오늘은 천신제를 맞아 천부인의 주인이신 단군 왕검, 즉 단군 폐하께서 새 세상을 선포하는 성스러운 날입니다. 이 경사스러운 날을 맞아 먼저 왜 오늘에서야 이것이 실현되었는지 밝히고자 합니다. 사실 이런 날이 올 것이라는 것은 모두들 알다시피 태곳적의 전설로부터 내려온 것입니다."

그러면서 시호령은 그 유래에 대해 설명하기 시작했다. 원래 인간은 마고성麻姑城에서 살면서 어머니 뱃속의 태아처럼 오로지 지유地乳 외에는 아무것도 먹지 않고 입지 않아도 아프지도 병들지도 춥지도 않고 행복하게 살았다는 것이었다. 그런데 어느 날 포도 열매인 오미五味를 맛보면서 색·향·미·촉 등에 현혹되어 이 모든 평화와 행복을 잃고 서로 탐내고 질시하며 다투게 되었다는 것이었다. 그래서 황궁씨는 마고 이래로 궁희와 소희의 시대까지 행복하게 살았던 마고성을 폐쇄시키고 복본複本을 이루기 위해 수행의 길을 걸었고, 그것은 유인씨, 환인씨로 이어지게 되었다. 환웅씨는 지금까지의 수도의 길을 걸어온 성과로 홍익인간의 세상을 열기를 희망하였고, 이를 알아본 환인은 기꺼이 환웅에게 천부삼인天符三印을 내주었다. 이에 힘입은 환웅은 태백산에 신시개천을 이룩하였다. 처음 신시가 시작될 때만 해도 모든 만물과 뭇짐승들은 서로 어울렸고, 새의 둥지에서까지 놀면서 서로 의지하여 그 꿈이 실현되는 듯하였으나, 이 또한 사람들이 탐욕에 눈이 어두운 까닭에 조상의 뿌리가 같았음에도 불구하고 갈기갈기 찢어져 싸우게 되었다. 이에 천부인은 사라지고 하늘의 뜻이 땅에서도 이루어지도록 하는 주인을 기다리게 되었는데, 마침내 단군께서 하늘의 현신으로 나타나셔서 천부인이자 하늘의 경을 열어 이를 이룩하시고 새로운 세상을 선포하기에 이르렀다는 것이었다. 그러고는 결론적으로 다시 말을 이었다.

"오늘 우리가 이렇게 새로운 세상을 선포하게 된 것은 바로 지금껏 고생의 길을 마다하지 않고 걸으신 하늘 조상님의 공덕이 쌓였기 때문입니다. 바로 단군 폐하께서 마고의 성 이래로 황궁씨, 유인씨, 환인, 환웅의 법통을 정통으로 이어받으셨기에 오늘의 이 자리가 있게 된 것입니다. 그런 의미에서 먼저 모두들 하늘 조상님께 감사하는 마음을 담아 삼육구배의 예식을 거행하도록 하겠습니다."

이리하여 단군이 삼육대례 의식을 행하는 것을 시작으로 모두들 이를 따라했다. 그리고 몇 가지 의식이 끝나면서 마침내 오늘 천신제의 가장 핵심이라고 할 수 있는 새 세상의 선포식을 하게 되었다. 단군이 앞에 나서자 모두들 경건한 마음으로 맞이하며 숨을 죽였다. 이 자리에서 단군은 바로 하늘의 법통을 이어받는 그 주인이었다.

"저는 천부인의 주인으로서 막중한 책임을 안고 이 자리에 섰습니다. 그것은 바로 태고의 전설로부터 내려온 새로운 세상을 열기 위한 사명을 이어받아 새로운 인간의 시대, 역사 시대의 개막을 선언해야 하기 때문입니다. 이에 저는 명백히 말하고자 합니다. 이 세상을 주재하는 유일신이자 주신은 바로 하늘이고, 그 하늘의 법통은 바로 마고의 성 이래로 황궁씨, 유인씨, 환인, 환웅에 의해 이어져왔다고 말입니다. 이에 저는 하늘을 주재하는 법통을 이어받은 주인으로서 나라 이름을 단군조선, 즉 주신(朝鮮)의 나라라고 정하면서 새로운 인간 세상, 역사 시대가 비로소 개막되었다는 것을 온 세상에 당당히 선포하는 바입니다. 지금까지 신시神市 시대로부터 내려온 책력을 사용했다고 한다면 이제부터는 주신의 나라, 단군조선의 책력을 사용할 것이며, 오늘을 그 원년으로 삼을 것을 선포합니다."

무진년 그러니까 기원전 2333년(북에서는 기원전 2993년, 즉 기원전 30세기 초 전후)을 원년으로 삼아 단군조선의 개국을 선언하는 단군의 말에 사람들은 단군왕검, 단군조선, 주신의 나라 등을 잇달아 외쳤고, 그 함성은 쉬이 그칠 줄 몰랐다. 단군의 인간 세상의 선포는 바로 지금껏 전해 내려왔던 태곳적 전설의 종착 지점을 알리는 쾌거였던 것이다.

이것은 환웅이 환인 시대로부터 신시 시대를 개척하여 새로운 세상을 열었던 그 성과를 이어받음과 동시에 그것을 훨씬 뛰어넘어 이제 궁극적으로 하늘의 뜻이 땅에서 실현되는 그런 역사 시대, 인간 세상의 선포를 담고 있었던 것이다.

열화와 같은 함성 속에 단군이 제사장에게 뭔가를 지시했고, 이에 그들은 그 명에 따라 대형 깃발을 들고 나와 단군에게 바쳤다. 그와 동시에 각 소국들에게도 그보다 좀 더 작은 깃발이 하나씩 전달되었다. 그 깃발들에는 하나같이 봉황을 상징하는 그림이 당당하게 수놓아져 있었다. 사람들은 그것을 궁금하게 여겼고, 단군은 이에 화답이라도 하듯 봉황의 깃발을 펼쳐 보이며 외쳤다.

"새로운 인간 세상의 시대를 맞아 그 상징적 깃발이 없어서야 되겠습니까? 이에 나는 이 봉황의 깃발을 단군조선, 즉 주신의 나라를 상징하는 깃발로 사용하고자 합니다. 왜냐하면 봉황이야말로 가장 높이 또 멀리 날 수 있어서 하늘과 땅을 오갈 수 있는 신성한 존재이기 때문입니다. 그러니 환웅께서 하늘이면서도 땅에 내려와 신시를 개척하셨고, 또 그러다가 다시 하늘로 올라가신 것처럼 바로 하늘이자 하늘과 땅을 오가는 징표로 이 봉황이 가장 적합할 것입니다. 제 말을 시험하시겠다면 하늘이자 하늘과 땅을 오가는 상징인 봉황의 깃발, 그 자랑스러운 깃발을 한번 흔들어보십시오."

사람들이 깃발을 흔들자 그것은 바람에 나부끼며 춤을 추었다. 그런데 누가 요술을 부리는 것인지 정말 그 깃발이 움직일 때마다 봉황이 힘차게 하늘로 올라가는 것 같은 기운이 느껴지는 것이었다. 참으로 묘한 기분이었다. 단군의 음성이 그 기운을 따라 다시 울려퍼졌다.

"봉황의 깃발이 상징하는 것처럼 우리는 원래 천신족으로 그 뿌리가 하나입니다. 바로 환인, 환웅으로 이어져 내려온 하늘의 자손입니다. 그러니 바로 여러분이 새로운 인간 세상을 선포하는 단군조선, 즉 주신의 나라의 당당한 주인이 된 것입니다. 하늘은 세상을 주관하면서 그 뜻을 만물이 있는 대지에 비쳐 보입니다만, 그 뜻을 실현하는 당사자는 사람인 바로 여러분입니다. 여러분 앞에 새로운 인간 세상, 역사 시대가 펼쳐진 것입니다. 이 얼마나 경사스럽고 기쁜 날입니까? 그런데 어찌 오늘을 그냥 넘어갈 수 있겠습니까? 모두들 새 세상을 맞이한 오늘의 이 기쁨을 맘껏 노래하고 축복하며 만인과 함께 누리시기를 바랍니다."

단군의 말이 끝나자 천제단은 순식간에 함성으로 들썩거렸다. 물론 깃발도 사정없이 출렁거렸고, 그때마다 봉황이 날아다니는 듯했다. 그만큼 사람들의 가슴에는 벅찬 감동이 무럭무럭 솟아나고 있었던 것이다. 단군은 스스로가 주인이니 따르라고 말한 것이 아니라 바로 자신들을 하늘의 자손이라고 칭하면서 주인으로 내세우고 행복한 미래를 함께 열어가자고 요청하고 있었다. 그러니 사람들의 가슴이 뿌듯해지지 않을 수 없었던 것이다.

사람들이 새로운 세상을 맞이하려는 열의로 자신의 마음을 다지면서 환호하는 가운데, 이 경사스러운 날을 맞아 준비한 음식들이 푸짐하게 쏟아져나왔다. 그러자 더욱 흥을 돋우며 분위기가 고조되었다. 역시 사람의 기쁨을 배가 시키는 데에 먹을 것만큼 탁월한 효과를 발휘하는 건 없는 것 같았다. 흥겨운 기분에 자연스레 가무가 시작되었고, 지금껏 진행되어온 것처럼 각 나라의 기량과 재주를 펼치는 순서가 진행되었다.

모두들 단군에게 자신들의 기량과 힘이 어느 정도인지를 보여주려고 열심이었다. 어쩌면 이번 천신제를 끝으로 소국들이 사라질 수도 있는지라 각국의 수장들이 특히나 노력한 흔적이 역력했다. 잘 보여야 자신들의 입지를 유리하게 세울 수 있는 길이라고 여겼던 것이다. 그래서인지 지난날 환웅 시기에 했던 것보다 그 기량이 훨씬 진척되었다는 게 명백히 눈앞에 드러날 정도였다.

서로들 자신의 실력을 선보인 다음 자부심을 느끼고 있을 때, 진행자가 모두의 재량이 훌륭했다고 하면서 그 답례로 주신의 나라를 선포한 왕검성의 군무를 보여주겠다고 말했다. 이에 사람들은 호기심을 가지고 살펴보았다. 잠시 후 그들은 눈이 휘둥그레지며 깜짝 놀라고 말았다. 그 군무를 추려고 앞장서서 나온 이가 바로 지난날 범씨족의 수장인 호한이었던 것이다. 사람들은 너무 놀란 나머지 하나같이 입을 다물지 못했다. 하지만 호한은 전혀 그런 것에 개의치 않는다는 듯 단군에게 정중하게 예를 취하고는 군무를 추기 시작했다.

호한이 시범을 보인 것은 가히 엄청났다. 지난날 범씨족의 군대의 위용만 해도 대단하고 무섭기까지 했는데, 여기에 단군의 위용이 가

세되니 그것은 천하무적의 부대라고 해도 손색이 없을 정도였다. 수박기술, 창술, 검술, 마술, 거기에다가 단궁의 위력까지 가미하여 일사불란한 위용을 자랑하니 사람들은 경탄을 금치 못했다. 어느덧 사람들의 입에서는 "저것이야말로 천손 부대로구나!"라는 말이 저절로 나오게 되었다.

웅갈도 그 위용을 보면서 만약 단군이 자신을 죽이려고 했다면 손가락 하나 까딱하지 않고도 할 수 있었다는 것을 직감할 수 있었다. 그런데 그것도 모르고 국경 근처에 은밀하게 군대를 대기시켜놓고, 또 정예 군사를 대동해 자신의 신변을 보호하게 한다고 소란을 떤 것을 생각하면 정말 어리석기 짝이 없었다. 그럴수록 웅갈은 전전긍긍할 수밖에 없었다. 자신을 용서하겠다고 하는 것이야 분명히 단군이 말한 바이니 믿을 수 있겠지만, 그가 자신을 결코 우대하지는 않을 것이라는 것은 너무나 당연했던 것이다.

웅갈이 이런 생각을 하는 것처럼 다른 나라의 수장들도 더 이상 단군에게 대항할 생각을 품지 못했다. 원래 힘이 없었기에 그런 생각을 밖으로 표출하지는 않았지만 마음속까지 그런 것은 아니었다. 사실 단군이 새로운 세상을 선포하면서 모두가 천신족으로 하나라고 말한 것은 바로 소국을 인정하지 않고 통합하겠다는 의지를 나타낸 것이었다. 이것은 일반 백성들에게는 환영할 만한 일이나 수장들로서는 단군에 의해 임명되지 않으면 일반 촌부로 전락할 수밖에 없는 일이었으니 쉽게 받아들일 수 있는 것은 아니었다. 그러니 어떻게 하든 자신이 큰 자리를 차지하지 못한다면 나라의 존재라도 인정받아야겠다고 나름대로 타산하고 있었던 것이다. 그런데 호한의 군무를 보니 그런 의지까지 완전히 꺾여버린 것이었다.

이것은 바로 호한이 기대했던 바였다. 실상 사람들은 범씨족의 군대는 무서워하면서도 단군의 군사력은 얕보는 경향이 있었다. 물론 개인적으로야 단군의 무예가 뛰어난데다 인품도 훌륭하고 지략도 출중하지만 호한의 군대만큼 강성하지는 못하다고 여기고 있었다. 하지만 실상은 그게 아니라는 것을 호한은 나중에서야 알게 되었다. 그런데도 사람들이 그리 생각하고 있으니 그게 이만저만 걱정되는 것이 아니었다. 만약 주신의 나라가 선포된 마당에 관리들의 임명이 마음에 들지 않는다고 그들이 반항한다면 못 막아낼 것은 아니지만 이 경사스러운 날에 피를 보거나 혼란이 일 것이라는 거였다. 이를 막을 방도를 생각한 끝에 호한은, 자신이 바로 아사달 군사를 대동하고 군무를 보여주는 것이라고 판단했던 것이다. 이만큼 호한은 단군에 감화되어 그의 충복이 되어 있었던 것이다.

군무의 시범 이후 사람들은 더욱 적극적으로 단군의 뜻에 따르겠다는 움직임을 보였다. 먹고사는 생활과 문화의 수준이 월등히 높은 데다가 이제 군사력까지 막강하게 갖췄으니 감히 넘볼 수 없다는 것이었다. 그러니 이제 자신들이 단군에 의해 관리로 뽑히기만을 바라는 처지가 되어버렸다.

이런 가운데 각국의 수장들에게는 가장 중요한 시간이 다가왔다.

어쩌면 그것이 더 절실한 것은 일반 백성일지도 몰랐다. 마침내 주신의 나라로서 이를 참답게 이끌어가기 위한 진용을 발표하는 날이 다가온 것이다.

사람들의 관심은 온통 단군이 어떻게 결정할지에 쏠렸다. 어쩌면 관료들을 옳게 뽑아야 새로운 세상이 참답게 실현될 수 있는 것이었기에 이번 천신제에서 가장 중요한 것은 바로 이 대목인지도 몰랐다. 더욱이 이제는 지난날과는 달리 누가 어떤 자리를 차지하느냐 하는 것이 오로지 새 세상을 선포한 단군의 손에 좌우되는 상황이었다. 사실 지금껏 환웅 시기에는 천신제를 천신족에서 열긴 했지만 그 수장들의 임명권은 사실상 각 나라에서 행사되었고, 환웅은 그것을 추인하는 형식이었다. 하지만 이제 그 수장을 임명하는 권리는 물론이고 그 나라의 존폐마저도 단군이 결정하는 상황에 이르게 된 것이다.

마침내 모든 사람들이 주시하는 가운데 단군의 명을 받은 신지가 앞으로 나서서 주신의 나라의 위용을 드러내고 이끌어나갈 진용을 발표하겠다고 하였다. 진용 발표에 앞서 그는, 하늘의 법통을 이어받은 단군을 중심으로 일사불란한 국가 체계를 수립하는 것은 하늘의 이치에 걸맞은 것이니 각국의 수장들과 신료들은 이를 이해하고 새 세상 건설에 적극 협력해줄 것을 부탁하였다. 이것은 사실상 독자적인 소국들의 존재를 부정하더라도 반발하지 말 것이며, 만약 이를 어길 시 하늘의 법도에 따라 다스리겠다는 엄포를 담고 있었다. 그러니 분위기는 목구멍으로 침을 삼키는 소리만이 들릴 뿐 조용하기 그지없었다. 신지의 목소리가 다시 이어졌다.

"주신의 나라는 모든 천신족 사람들의 염원이 담긴 새로운 인간 세상의 시대입니다. 그러니 이 나라의 국가 체계는 단군 폐하를 중심으로 전체가 완전하게 다스려져야 한다는 의미에서 8가加 체계를 기본으로 하되 나머지 중앙 관직을 더 신설해나갈 것입니다. 물론 그렇다고 하여 환웅 시기의 전통과 완전히 단절하겠다는 것은 아닙니다."

신지는 그렇게 말하면서 그 방도로 지금껏 거불단 환웅을 도와주었던 풍백, 운사, 우사 등을 원로로 대접할 것이라고 밝혔다. 이것은 단군이 바로 천신족의 계통을 이어받고 있다는 것을 분명히 하면서도 새로운 인간 세상의 시대에 맞게 발전시킨 국가 체계였다.

지금껏 환웅 시기는 풍백, 운사, 우사 등 3부를 중심으로 식량, 인명, 질병, 형벌, 선악 등 무릇 세상의 360여 가지의 일들을 주관하며 세상을 다스렸는데, 새로운 인간 세상을 맞이한 지금의 시기에 와서 8가로 그 역할을 더욱 전문화하고 세분화하려는 것이었다. 어쩌면 3이라는 숫자가 상징하듯 환웅 시기에는 조화와 통일을 중시했다면, 8이라는 숫자가 온 사방을 암시하듯 8가의 체계는 완전성과 전면성의 의미를 담고 있었다. 이건 결국 소국들의 독립을 철저히 거부하고 그들을 단군의 임명 하에 다스리게 하겠다는 뜻이었다. 이를 보여주듯 신지는 앞으로 소국들의 수장 자리를 거수渠帥로 임명하겠다는 뜻을 분명히 했다. 지금껏 소국들은 자신들의 토템이나 정령들을 모시면서 독자적인 정치 체계를 가졌으나, 이제 이를 금하며 철저히 하늘을 모시고 단군의 뜻에 따라 나라를 다스려야 한다는 것이었다. 제사장들을 새롭게 교화하여 하늘신을 숭배하도록 그 정신적 기반을 와해시켜 놓고서는 이제 통치 체계를 완성시키려는 수순이었다.

하늘이 하나이듯 모든 것이 단군을 중심으로 국가 체계를 세우려는 것이 명백해진 상황에서 모든 사람들은 두 귀를 쫑긋 세웠다. 이제 관건은 누구를 어떤 자리에 임명하는가에 달려 있었던 것이다. 사실 아무리 그 제도가 훌륭하고 의도가 좋다고 하더라도 그것을 집행할 사람이 제대로 시행하지 않으면 아무런 쓸모가 없는 거였다. 그런데다 실상 제사장의 교화를 통해서든 아니면 단군의 말을 통해서든 이렇게 될 것이라는 것은 이미 누구나 짐작하고 있는 바였기에 크게 놀랄 것도 없었다. 단지 어떤 사람이 어디에 임명되느냐 하는 것만이 지금까지 누구도 몰랐던 비밀인 셈이었다.

마침내 가장 중요한 8가의 중앙 관직이 먼저 발표되기에 이르렀다. 이미 풍백, 운사, 우사 등은 원로로 상정된 상황이었으니, 가장 중요한 것은 8가의 우두머리이자 최고 관직에 해당하는 호가의 임명과 그 나머지였다. 어쨌든 8가에는 호가, 마가, 우가, 웅가, 응가, 학가, 노가, 구가 등이 있는데, 호가는 앞서 말했듯이 모든 관료들을 총괄하는 관직이고, 마가는 단군의 명을 아래로 전달하고 각 지방과 관청에서 올라오는 문서를 보고하는 관직이었다. 또 우가는 농업 생산을 주관하고, 웅가는 나라의 군사를 담당하며, 응가는 형벌을 담당하고, 학가는 도덕 규범과 각종 의례를 맡았으며, 노가는 보건 의료를, 그리고

구가는 지방 행정을 맡아 처리하는 관직이었다. 이 밖의 중앙 관직으로는 수공업이나 치산치수 및 누에치기나 길쌈 등과 관련된 관직이 더 있었다.

어쨌든 신지는 거침없이 이를 발표하였다. 이미 사실상 그 역할을 수행하고 있는 사람들은 그대로 등용되었다. 즉 좌장 격인 호가를 신지 자신이 맡으면서 마가까지 겸임하였고, 우가엔 고시가, 웅가엔 우가, 응가엔 학씨족의 수장 주인이, 학가엔 제사장인 시호령이, 노가엔 의술에 이름이 높은 기성이, 구가엔 나을이, 그 밖의 중앙 관직으로는 궁궐의 축성과 백성들의 살림터를 관장하는 역할로 성초가, 땅의 개척은 팽우가, 수공업 장인들의 관리는 수자고가, 그리고 누에치기와 길쌈의 책임자로 하백녀가 임명되었다. 아울러 각 나라의 수장들은 거수로서 새롭게 임명되어 단군의 통치를 받는 나라임을 분명히 했다. 그런데 여기서 한 가지 특이한 사실은, 바로 호한과 웅갈을 단군을 보좌하는 좌현왕과 우현왕으로 등용한다는 것이었다.

어쨌든 발표가 끝난 다음 임명식이 진행되었는데, 8가의 대신 관료와 중앙 관직의 관리, 그리고 거수들 등이 한자리에 모여 단군 앞에 나서니 그 위세가 어찌나 당당한지 사람들은 환호의 함성으로 화답하였다. 과연 새로운 인간 세상을 선포한 주신의 나라다운 면모였다. 사실 수장들도 거수로 새로 임명되었으니 전혀 불만이 있을 수 없었다.

임명식의 증표로 청동검이 각각 하사되었다. 이것은 천부인 중에 하나였는데, 단군이 태고의 전설로 내려온 새 세상의 건설을 다짐하자는 뜻으로 그 모형을 본떠 제작하도록 한 것이었다. 이 의식은 오직 단군의 뜻을 받들어 주신의 나라의 지배 질서를 세워나가겠다는 서약식과 같은 것이었다.

모두들 차례로 나와 단군에게 서약을 한 다음 청동검을 받아갈 때마다 힘찬 박수 소리가 터져나왔다. 그리고 마침내 좌현왕과 우현왕인 호한과 웅갈이 받을 차례가 되었음에도 그들은 앞으로 나서지 않고 있었다. 호한은 극구 사양하면서 말했다.

"소신은 그것을 받을 수 없사옵니다. 백성들을 못살게 굴었던 데다가 심지어 단군 폐하의 영토까지 공격한 소신이옵니다. 이런 제가 어찌 무례하게 그것을 받을 수 있겠사옵니까. 저에게 새로운 삶을 살도록 해주는 것만으로 충분하옵니다."

그러나 단군은 지난날의 호한은 없고 새로운 호한만이 있을 뿐이라고 말하면서 재차 요구했다. 이에 호한은 더는 사양하지 못하고 이런 영광에 감사를 표시하면서, 앞으로는 단군의 뜻에 따라 열심히 다스려나가겠다고 서약하였다.

이윽고 웅갈의 차례가 되었는데, 그는 도무지 정신을 차리지 못하고 있었다. 그는 분명 잘못 들은 것이라 여기면서 자신의 귀를 의심하고 있었다. 단군이 그에게 그렇게 중요한 우현왕의 직책을 내려줄 것이라고는 생각지도 못했던 것이다.

계속되는 호명 속에 모두들 나서라고 권하였지만 웅갈은 어찌할 줄 몰라하며 허우적거리기만 했다. 그만큼 그는 단군의 뜻을 도무지 납득할 수 없었던 것이다. 결국 주위에 있던 수하에게 이끌려 나와 임명식을 진행하려고 하자, 갑자기 웅갈은 단군 앞에 엎드리며 말했다.

"단군 폐하! 소신을 그만 조롱하시고 차라리 벌하여 주시옵소서."

"아니, 우현왕께서 지금 무슨 말씀을 하시는 겁니까? 이 경사스러운 날에 말입니다."

"조롱하지 않고서야 어찌 신에게 우현왕 같은 큰 직책을 맡기실 수 있겠사옵니까? 소신은 단군 폐하를 음해하려고 했던 사람이옵니다. 이런 사람을 벌하지 않고 그토록 큰 직책을 맡긴다고 한다면 어찌 새로운 세상을 선포한 주신의 나라가 바르게 설 수 있겠사옵니까? 이건 결코 있어서는 아니 되는 일이옵니다. 그 명을 거둬주시고 차라리 벌을 내리시옵소서."

"내 이미 다 알고 있는 바이오. 허나 나는 그대가 진심으로 뉘우치고 있다는 것 또한 알고 있소. 내 그것을 믿었던 바이고요. 지금 이리 얘기하는 것을 보니 더욱 그렇지 않습니까? 그러니 바로 그대에게 직책을 맡기려고 하는 것이지요. 내 뜻을 받들어 앞으로 새 세상을 건설하는 데 힘써주시오. 그것이 바로 지금까지의 과오를 씻는 길이 될 것입니다."

"단군 폐하!"

웅갈은 이리 말하면서 흐느꼈다. 이에 사람들은 단군의 명을 따르라고 소리치면서 웅갈에게 힘을 실어주었다. 진심으로 반성하는 사람 앞에 베풀어지는 축복이었다.

결국 웅갈은 염치없는 바이나 자신의 과오를 씻는다는 의미에서 임명을 받도록 하겠으며, 앞으로 단군의 뜻에 따라 홍익인간의 이념을 펼쳐나갈 것을 맹세하였다. 물론 사람들은 박수와 환호성으로 화답하였다.

그런데 이것은 사람들로 하여금 더욱 미래에 대한 희망으로 벅차오르게 만들었다. 그 어떤 강압적인 힘으로써가 아니라 감화와 감복으로 사람들을 하나로 모은 것 자체가 바로 새 세상의 선포의 위력이자 주신의 나라의 미래였던 것이다. 그럴수록 주신의 나라를 선포하는 열기는 더욱 고조되었고, 예정보다도 훨씬 연장되어 오래도록 진행되었다. 그리고 그 열기는 곳곳으로 퍼져나가기에 이르렀다.

6

분화되는 인간관계

　주신의 나라가 선포되면서 이를 기리기 위한 축제가 곳곳에서 열렸다. 처음에는 아사달을 중심으로 진행되었으나 점차 그 경계를 뛰어넘어 각 지역으로 번져나갔다. 그러면서 그 기쁨도 배가 되어갔다.

　태고의 전설이 실현됐네, 실현됐네.
　새로운 인간 세상이 열렸네, 열렸네.

　만나는 사람들마다 얼굴은 무슨 마술에라도 걸린 듯 불그스름하게 상기되었고, 입가에는 미소를 머금고 있었다. 그만큼 새로운 역사 시대, 새로운 인간 세상의 시대를 열어나가자는 단군의 호소가 사람들에게 흥분을 몰고 왔던 것이다.

물론 주신의 나라가 선포되었다고 해서 세상이 갑자기 달라진 것은 아니었다. 오히려 앞으로 어떻게 변해나갈지 아무도 알 수 없는 일이었다. 하지만 그들에게는 지금까지와는 전혀 다른 새로운 세상이 펼쳐질 것이라는 믿음과 희망이 있었다. 사람들은 이를 기꺼이 노래로 표현했고, 그 노래는 상승 작용을 불러일으켜 마치 단비로 풀잎들이 우후죽순 자라나는 양 그들의 믿음과 희망을 더욱 북돋아주었다. 그러다보니 사람들은 원래부터 자신들이 자연의 가공할 괴물로부터도 벗어나고 싶어했고, 또 전쟁 없이 모두가 평화롭고 행복하게 사는 세상을 절절히 염원했던 것처럼 느끼기도 했다. 정말이지 그토록 바라왔던 태고의 전설이 꼭 실현되어 새로운 인간 세상이 펼쳐질 것으로만 여겨졌던 것이다. 그럴수록 그들은 더욱 기쁨에 겨워 태고의 전설과 새로운 인간 세상을 노래하며 덩실덩실 얼싸안고 춤추었다.

우영달은 이런 사람들의 들뜬 모습에 기꺼이 화답하기로 작정했다. 그는 우씨족의 수장이었다. 아니, 단군이 주신의 나라를 선포하면서 각 제국들을 통합해버렸으니 우씨족 지역에 새롭게 임명된 거수였다. 사실 그는 우씨족 수장이었을 때도 백성들을 잘살게 하고 싶었고, 또 그것만은 자신 있어 했다. 그런데 범씨족의 무력적 압력을 받으면서 언제 전쟁이 벌어질지 모르는 상황에 직면해서는 거기에 전념할 수가 없었다. 그래서 그는 이런 현실을 안타까워하기만 했다.

하지만 단군은 이런 자신을 위해서였는지, 더 이상 전쟁을 걱정하지 않아도 되도록 만들었다. 그는 그것이 얼마나 기뻤는지 몰랐다. 이

점에서 그는 단군을 대단한 사람으로 평가했다. 하지만 먹고사는 문제에는 여전히 자신이 최고라고 여겼다. 그런데 그는 주신의 나라의 선포식 때 아사달에 갔다가 너무나 큰 충격을 받았다. 어떻게 그렇게 빠른 시일 내에 아사달을 발전시켰는지, 마치 지상에서 천국의 생활을 하는 것처럼 보였던 것이다. 그들이 너무나 부러웠고, 자신이 얼마나 백성들에게 무책임했는지도 새삼 실감할 수 있었다.

하지만 다른 한편으로는 여전히 다른 것은 몰라도 먹고사는 문제만큼은 결코 단군에게 지고 싶지 않았다. 실상 우씨족 자체가 소를 토템으로 한 족속이었고 백성들 자체도 근면 성실했으니 그렇지 못할 이유도 없어 보였다. 그래서 우영달은 이 우씨족 지역을 주신의 나라에서 가장 발전된 지역으로 만들어야겠다고 결심했다. 이런 생각을 하니 그의 가슴은 마구 흥분되었다. 어쩌면 단군이 주신의 나라를 선포한 것은 자신의 뜻을 펼치라고 길을 만들어주는 것으로 여겨지기까지 했다.

마침내 그는 백성들의 달아오른 분위기에 맞춰 자신의 지역을 잘사는 곳으로 만들고자 신료들을 모아놓고 대책을 주문했다.

"여러 신료들 또한 아사달의 발전된 모습을 보았을 겁니다. 얼마나 부럽습니까? 내 우씨족의 거수로서 참으로 부끄럽기만 합니다. 그래서 우리 우씨족 지역을 하루빨리 아사달 수준으로 끌어올리고자 작정하였습니다. 어찌하면 좋을지 여러분의 고견을 듣고자 합니다."

우영달의 얘기에 신료들은 갑작스러운 주문이라는 듯 머리만 긁적거렸다. 그러던 중 지아파가 입을 열었다.

"참으로 훌륭하신 생각이옵니다. 우리 우씨족 지역이 어떤 곳이옵니까? 지난날까지 소를 정령으로 섬겨왔던 족속이 아니옵니까? 우리 백성들의 힘을 하나로 모아내기만 한다면 결코 아사달에 미치지 못할 바가 없을 것이옵니다. 이에 신은 귀천에 관계없이 재주 있는 사람들을 인재로 선발해야 한다고 생각합니다. 그러자면 인재 선발대회를 여는 것이 어떨까 하옵니다."

지아파의 말에 그때까지 쭈볏거리고만 있던 신하들이 하나둘 나서기 시작했다.

"소신이 보기엔 왕검성에 사자를 보내 농사짓는 것에 관해 그쪽의 도움을 받는 것이 제일 좋은 방안인 줄로 사료되옵니다. 발전된 기술을 빨리 받아들이면 그만큼 빨리 발전할 수 있지 않겠사옵니까?"

"왕검성에 도움을 받자고요? 그러면 그쪽에서 선뜻 도와주겠습니까? 만약 그렇지 않겠다고 하면 어찌할 것입니까?"

우영달이 언짢은 듯 되물었다. 곡물 재배만큼은 결코 우씨족이 아사달에 견주지 못할 바가 아니라고 자부했는데, 남의 도움을 받자는 말에 그만 자존심이 상했던 것이다. 허나 그렇게만 여길 것이 아니라는 듯 신료들 중에서 실권자였던 치타부가 나섰다.

"그 점은 염려하지 않으셔도 될 것으로 사료되옵니다. 주신의 나라로 통합되었는데, 단군 폐하께서 어찌 우리의 요구를 외면할 수 있겠사옵니까? 거부할 명분 또한 없으니 받아들일 수밖에 없을 것이옵니다."

"좋습니다. 허나 그쪽에서 도와준다고 하더라도 우리 쪽에서도 인재가 필요하니 인재 선발대회를 여는 것이 좋을 것 같습니다. 그러니 이를 준비해주시기 바랍니다."

선뜻 내키지는 않았지만 우영달이 이렇게 정리하려고 하였다. 그런데 또 다른 신료가 그게 아니라는 듯 다시 나섰다.

"인재 선발대회도 좋지만 추천을 통해서 인재를 모집해야 할 것으로 사료되옵니다."

"추천을 통해서 하자고요?"

"네, 그러하옵니다. 어찌 한 번의 시험만으로 사람의 재주를 판단할 수 있겠사옵니까? 그러니 사람의 면면을 잘 알 수 있는 추천을 통한 방식이 옳을 것으로 사료되옵니다."

우영달은 신료들과의 대화에서 뭐라고 꼭 꼬집어낼 수는 없었지만 뭔가 알 수 없는 벽을 느꼈다. 아사달의 도움을 기대하는 것도 그렇지만, 추천을 통해 인재를 뽑으려고 하는 것을 보면 그 추천권을 통해 자신들의 권력 기반을 잃지 않으려는 속셈으로만 보였던 것이다. 하지만 우영달은 앞으로 메치든, 뒤로 메치든 그게 다 백성들을 잘살게 만든다면 수용하지 못할 이유가 없다고 생각했다.

결국 우영달은 왕검성에 사자를 보내면서도 인재 선발대회와 추천을 통한 인재 모집 방안을 다같이 추진하는 것으로 결정하고, 이에 응하라는 소식을 각 고을에 내려보냈다.

이 같은 소식이 전해지자마자 우씨족은 매우 고무된 분위기에 들썩거렸다.

"새로운 인간 세상이 열린다더니 세상이 달라지기는 달라졌어. 안 그래?"

"그러게 말이여. 우리 같은 사람이 땅이나 팔 줄 알았지, 그 재주로 관리가 된다는 것을 언감생심 꿈이나 꿀 수 있었겠어?"

실상 이렇게 공개적으로 사람을 모집해 관리로 발탁하는 일은 일찍이 전례가 없었다. 그러니 일반 사람들이 관리가 되는 길은 평생에 한 번 있을까 말까 했다. 전쟁 같은 혼란의 상황을 맞이해 큰 공을 세우지 않으면 거의 불가능했던 것이다. 당시엔 대체로 그 부모의 지위를 그대로 물려받는 경우가 다반사였다. 그런데 다른 것도 아니고 곡물 재배 능력으로 사람들을 뽑아 발탁한다고 하니 희망에 부풀 수밖에 없었다. 우씨족 특성 자체가 그렇듯 그들 스스로가 농사짓는 일이라고 하면 일가견이 있다고 자부하는 사람들이었던 것이다.

그런데 참 일이 묘하게 풀려갔다. 관리가 되고픈 마음에 사람들이 인재 선발대회보다는 추천 방식을 더 선호했던 것이다. 추천자의 눈에만 들면 되는 것이었으니 어찌 보면 당연하기도 했다. 처음에는 그저 부탁하는 정도였는데, 점차 그 양상이 가열되다보니 뇌물을 바치는 상황으로 치달았다. 그 결과 사람들 사이에서는 부러움과 시샘은 물론이고 한탄조의 목소리까지 새어나왔다.

"자네, 소식 들었는가? 개도가 쌀 한 가마를 바쳤다는 소리 말이야."

"그 귀한 쌀을 한 가마나? 그러면 그 자리는 개도가 따논 당상이나 다름없겠네. 참 누구는 좋겠구먼."

"허허! 모르는 소리 작작하게! 지금 그만한 쌀 갖고 되는 줄 알아? 어림도 없을 걸세. 지금 사람들이 하는 소릴 못 들었는가? 아, 돼지를 바쳤다가 그것도 안 되니까 소까지 바친다고 하는 소문 말이여."

"정말 세상이 어떻게 돌아가는지 모르겠구먼."

추천을 받자면 재물이 많든가 권력과 연줄이 닿든가 해야 가능하다는 것이 확인되자 사람들은 실망스러움을 감추지 못했다. 그럴수록 사람들은 새로운 세상이라는 것이 단 한 번에 실현될 수 없다는 사실을 실감했다.

하지만 모든 것을 접기엔 아직 일렀다. 그래도 인재 선발대회라는 희망이 남아 있었던 것이다. 거기엔 재산이나 귀천에 관계없이 자신의 능력만 있으면 누구나 참가할 수 있었다. 어쩌면 이것이야말로 새로운 세상을 향하는 디딤돌이 될지도 모른다고 사람들은 생각했다. 잘만 하면 관리로 뽑힐 수 있다는 기대감에 사람들은 인재 선발대회를 손꼽아 기다렸다. 어차피 기댈 것은 그것밖에 없었다.

마침내 그날이 다가오자 사람들은 대회 장소에 속속 모여들었다. 얼마나 지대한 관심 속에 열렸는지 그 대열의 끝이 보이지 않을 정도였다. 인산인해를 이루는 사람들의 행색도 제각각이었다. 그야말로 땅만 파먹고 사는 사람이라는 것을 한눈에 알아차릴 수 있을 정도로 허름한 옷차림을 한 자도 있었고, 무슨 축제를 벌이는 모양으로 치장하고 나온 자도 있었다. 이렇게 많은 사람들이 모인 것은 처음인지라 그들 스스로가 놀랐다.

"많이 참여할 거라고 예상은 했지만, 정말 이 정도일 줄은 몰랐네."

"그러게 말이야! 젠장, 나는 언감생심 꿈도 꾸지 못하겠구먼."

"그래도 길고 짧은 건 대봐야 하는 것 아닌가? 농사짓는 게 뭐 별 게 있어? 한번 붙어는 봐야지."

"그렇다고 해도 이렇게 사람들이 많은데……. 이 가운데에서 뽑히는 사람은 아마 인재는 인재일 걸세. 그렇지 않은가?"

"어허! 시합에 참여하기 전부터 그 무슨 초 치는 소리여? 한번 잘들해보자고. 안 되면 구경이라도 하고 가면 될 거 아닌가?"

저마다 부푼 꿈에 젖은 가운데, 마침내 큰 북이 둥둥 울리면서 관리들이 대열을 정비해나갔다. 이윽고 대회를 주관하는 지아파가 단상에 나타났다. 지아파는 특별히 우씨족 거수 우영달로부터 직접 인재 선발에 관한 책임을 지고 수행하라는 명을 받았던 것이다.

지아파는 사람들이 대거 참여한 것에 큰 감명을 받은 양 의기양양하게 외쳤다.

"여러분도 아시다시피 우리 우씨족은 매우 부지런한 족속으로서 여러 작물을 재배하여 풍족하게 살아왔다. 그러면서 태고의 전설이 실현될 날만을 기다려왔다. 허나 그간 각국 간의 부득이한 전쟁으로 인해 그 기대는 처참하게 무너져내렸다. 창고에 쌓였던 곡식은 탕진되고 곳간은 텅 비게 되었다. 참으로 고통스러운 나날이었다……. 그런데 이제 모든 나라가 단군 폐하의 통치 아래 주신의 나라로 통일되었다. 더 이상 서로 싸우는 전쟁은 사라졌다. 오직 태고의 전설을 실현하는 길로 나아가는 것, 이것이 단군 폐하께서 주신의 나라를 선포한 뜻이기도 하다. 우리 우씨족은 어느 나라보다 이에 앞장서야 하고, 또 그럴 수 있는 역량을 가지고 있다고 나는 확신한다. 우리 우씨족은 지난날에 그랬던 것처럼 곡물을 더 풍성하게 재배하여 모든 사람이 배불리 먹도록 만들어야 한다. 이것이 오늘 이 대회를 여는 이유이다. 분명히 밝혀두지만 여기서 선발된 사람들은 나라의 동량으로 기용할 것이다. 이를 알고 모두들 마음껏 기량을 펼쳐 자신의 실력을 유감없이 보여주기 바란다."

인재 선발대회의 추진의 의미와 참가자들의 분전을 촉구하는 지아파의 일장 연설이 끝나자 대회가 본격적으로 시작되었다.

선발방식은 먼저 예선을 통과하는 사람들에 한해서 본선을 준비하는 형식으로 진행되었다. 누구라도 마음만 먹으면 참가할 수 있는 조건에서 그 많은 사람들의 재량을 전부 심사할 수 없으니 우선 어느 정도의 수준에 해당하는 사람들을 추려낼 필요가 있었던 것이다.

예선의 내용은 기본적으로 곡물을 재배하는 사람으로서의 근력 시험과 곡물에 대한 기본 지식을 묻는 것이었다. 큰 돌덩이를 들 수 있는가, 그리고 곡물의 특성에 대한 몇 가지 질문을 던져 알아 맞추는가에 따라 결정되었다.

참가하는 사람들이 모두 시험관의 지시 아래 차례대로 도열하였다. 미리 큰 돌멩이를 본 사람들은 제 풀에 포기하기도 하였다. 참가한 사람들이 너무 많은지라 근력의 강도를 원래 정했던 수준보다 상당 정도 높았기 때문이었다. 그래도 대부분은 밑져야 본전이라는 식으로 도전에 응했지만 예상대로 많은 사람들이 여기에서 탈락하였다.

예선을 통과한 사람들은 다시 시험관의 지시 하에 본선을 치르게 되었다. 사람들은 이들의 재주를 구경하기 위해 몰려들었다. 사실 선발되느냐의 관건은 바로 본선 시험에 달려 있었다. 그런데 이 시험이라는 것이 무엇을 하라고 정해진 것이 아니었고, 그렇다고 무술 경기처럼 상대방과 시합을 벌여 이기는 것도 아니었다. 그저 자기가 곡물 재배에 특기가 있음을 드러내 보이는 것이었다.

시험관의 지시에 따라 호명을 받는 사람들은 각기 재주를 펼쳐 보였다. 그 재주는 각양각색이었다. 정말 귀신도 곡할 정도로 손놀림이 빠른 사람도 있었고, 곡식의 이삭을 날렵하게 잘라낸 이도 있었다. 또 다른 사람들의 탄성을 자아낼 정도로 수많은 곡물들의 종류를 줄줄이 꿰고 있는 자도 있었다. 이렇게 곡물에 관련된 장기만 보여준 것은 아니었다. 무술과 접목시켜 그 기량을 선보이는 자들도 있었다. 다람쥐처럼 나무를 잘 탄다든가 돌멩이로 과일 나무의 과녁을 정확하게 맞히는 재주를 가졌다든가, 또 집채만 한 바윗덩어리를 들어올려 황소 같은 힘을 자랑하는 이도 나타났다. 이런 재주를 선보인 이들에 대해서는 사람들은 가감 없이 탄성을 자아내며 힘찬 응원의 박수를 보냈다.

이렇게 분위기가 고조되는 가운데, 갑자기 한 사람이 나타나면서 대회 분위기는 찬물을 끼얹은 듯 조용해졌다. 그는 순둥이라는 젊은이였는데, 주위 사람들 모두가 인정할 정도로 근면 성실한 인물이었다. 사람들은 그가 어떤 재주를 보여줄까 기대하고 있다가 그 행동이 특이해 숨을 죽이고 지켜보았다. 그는 자기 재량을 보여주려고 하지는 않고 단지 자신은 작물을 소중하게 여기며, 그것이 잘 자라도록 기를 수 있는 근면 성실한 재주를 가졌다는 말만 되풀이했기 때문이었다.

이런 모습에 구경꾼들은 물론이고 심사관들도 당혹스러워했다. 하지만 이내 실망한 기색이 역력하면서 웅성거리는 소리가 새어나왔다. 그러자 순둥이가 또다시 같은 말을 되풀이했다.

"재주가 필요하다는 것을 소인도 인정합니다. 허나 그 재주는 작물을 얼마나 소중히 여기고, 그것이 잘 자라나도록 근면 성실하게 가꾸는가에 달려 있는 것이지, 그 자체로는 별반 소용없다고 생각합니다. 곡물을 담당하는 인재는 이런 근면 성실함을 기본으로 가지고 있어야 한다고 봅니다. 이에 저는 그러한 자격을 갖췄다고 감히 주장하는 바입니다."

장내는 다시 조용해졌다. 순둥이의 말은 농사 일꾼을 뽑는다면서 단지 재주 자랑만 늘어놓으려 한다고 비판하는 말처럼 들렸던 것이다. 실상 오늘의 인재 선발은 무술 대회처럼 무슨 고강한 무술 실력을 가져야 한다거나 특출한 재주가 있어야 하는 것은 아니었다.

갑자기 구경꾼들의 무리 속에서 정적을 깨고 힘찬 박수가 쏟아져나왔다. 심사관들은 이런 분위기에 적이 당황했다. 그렇다고 뭐라고 할 수도 없었으니 잠시 물러나 있으라고 하고는 다시 대회를 속개시켰다. 그러나 분위기는 조금 전처럼 달아오르지는 못했다. 심지어 포기하는 자도 속출했다. 그런 관계로 얼마 지나지 않아 참가 선수들의 재주 자랑은 끝나게 되었다.

이제 누가 합격했느냐의 여부만이 남게 되었다. 사람들의 관심 사항은 예상대로 순둥이의 합격 여부에 쏠렸다. 그러다보니 이런저런 말들이 나오게 되었다.

"그 사람 참 말은 잘하더구먼. 꼭 내가 하고 싶은 말을 어쩌면 그렇게 해대는지 속이 다 시원하더라고."

"그렇게만 볼 것은 아니지. 그가 정말 재주가 있었다면 그리했겠어? 그런 것이 없으니 말만 번드르하게 하는 거지, 뭐. 솔직히 말해 입으로 지껄여서 된다면야 이 세상에 못할 게 뭐가 있겠어, 안 그래?"

"하긴 녹을 받는 관리가 되려면 한 가지 재주 정도는 있어야지. 헌데 그 사람이 제기한 것도 일리는 있다고. 농사라는 게 어디 재주만 가지고 짓는가? 그건 우리가 더 잘 알지 않는가?"

"그러고 보면 그 사람이 좀 안됐다는 생각이 들어. 기왕이면 한 가지라도 기량을 가지고 나왔으면 좋았을 걸 말이야."

"어쨌거나 나는 그래도 그 사람이 뽑혔으면 하네. 우리하고 똑같은 처지잖아."

이러한 말들이 오가면서 구경꾼들 사이에서는 순둥이를 동정하는 분위기가 우세해졌다. 이번 대회에서 농사 일꾼으로 뽑힌 사람들이 자신들 같은 처지를 이해해주었으면 하는 심정에서였다.

하지만 심사관들의 분위기는 이와 사뭇 달랐다. 다른 의견이 없는 것은 아니지만 순둥이를 합격시킨다면 기량을 선보인 사람들은 어떻게 되느냐며 반대 의견이 주종을 이루었다. 허나 이것은 표면에 내세우는 명분일 뿐이었다. 도리어 관리들을 비판하는 것 같은 순둥이의 말에 괘씸죄가 적용되고 있었다. 지아파는 이를 알아보고 재차 심사를 요구했지만, 아무리 그의 말이 타당하다고 해도 기량을 가지고 뽑아야 할 것 아니냐는 주장에는 어찌하지 못했다.

순둥이의 탈락 소식에 사람들은 웅성거렸다. 하지만 떨어뜨린 명분이 그럴 듯한지라 뭐라고 반박할 말도 없었다. 단지 꺼림칙할 뿐이었다. 달아오른 분위기가 다소 침울하게 가라앉았다.

그런데 아사달에 보냈던 사자가 돌아온 것을 계기로 이내 다시 우씨족의 분위기는 새롭게 고무되었다. 왕검성에서 그들의 요구를 흔쾌히 받아들여 종자와 여러 농사 도구는 물론이고 심지어 실질적으로 도움을 줄 수 있는 기술자까지 파견해주었기 때문이었다.

우씨족 거수 우영달은 단군의 지원에 거듭 감사를 표했다. 그는 인재도 선발된 데다가 아사달 기술자들의 도움까지 받게 되었으니 이제야말로 양곡 생산을 늘릴 수 있도록 모든 조치를 취하라고 지시하였다.

우영달의 지시에 우씨족은 곡물을 더 많이 생산하기 위한 준비로 활기차게 움직였다. 우씨족 태생 자체가 근면하기도 했지만 아사달에서 파견된 기술자들이 진행한 농법은 부지런하지 않으면 안 되었기 때문이었다. 아사달의 농법은 우씨족 사람들의 생각을 완전히 뛰어넘는 것이었다.

지금껏 우씨족은 주로 자연농법에 의거해 곡물을 재배하였다. 좋은 종자를 골라 씨를 뿌리고 그것을 거둬들이는 방식이었다. 그런데 아사달 기술자들은 지력을 높이기 위해 거름을 만들어 퇴비를 주는 것을 비롯해 종자도 땅을 깊게 갈아엎은 후에 심는 방식을 택했다. 게다가 곡물 재배의 주요한 관건은 물이라고 하면서 수로까지 뚫을 것을 주문했다. 수확량이 느는 것은 저절로 이루어지는 것이 아니라 처음부터 값진 땀방울이 있어야만 가능하다는 식이었다.

아사달 기술자들의 요구에 따르다보니 정말이지 쉼 없이 땀방울을 흘려야만 했다. 그 과정에서 불평불만이 나오지 않는 것은 아니었다. 그것은 주로 추천받은 자들 사이에서 나왔다.

"이건 노역이여, 노역! 우리가 이렇게 노역이나 하려고 여기에 응시한 것은 아니지 않는가? 이런 일들은 그냥 백성들한테나 시키면 될 것인데……."

"맞는 말이여. 그런데 말이여 이렇게 고생해서 소출이 늘면 얼마나 더 늘겠어? 아, 안 달릴 알곡이 어떻게 매달릴 것도 아닌데 말이여."

하지만 우영달의 강력한 지시가 있었기에 이런 불만은 밖으로 쉽게 표출될 수 없었다. 그런 관계로 새로운 곡물 재배 방식은 여러 사람들 사이로 빠르게 퍼져나갔다.

마침내 수확기에 이르자 사람들은 과연 아사달의 농법에 의한 농작물의 수확량이 어느 정도일까를 궁금하게 여겼다. 그러면서도 차이라고 해봐야 대략 낟알이 좀 더 열린 정도일 것이라고 여겼다. 하지만 그들은 아사달 농법으로 지은 작물을 보고는 벌어진 입을 다물지 못했다.

"참으로 귀신이 곡할 일이네. 어쩜 알곡들이 저렇게나 많이 매달렸단 말이여?"

"그러게 말이여. 우리 것보다 족히 서너 배는 더 많겠구먼."

"그것만이 아니어. 열매는 또 어떻고? 얼마나 실한지 배가 꼭 터질 것처럼 여물었다니까."

그해 아사달 농법으로 진행된 농사는 그야말로 대풍작이었다. 우씨족 거수 우영달은 이 모든 것이 단군의 적극적인 지원에 의해 이루어졌다며 그 고마움의 표시로 그해 농사지은 곡식 중 일부를 왕검성에 보냈다.

풍작의 기쁨에 축제를 대대적으로 벌이고 난 이후 우씨족의 분위기는 사뭇 달라졌다. 모두들 새로운 농법을 열심히 받아들였다. 그뿐만이 아니었다. 아예 아사달 지역에 직접 찾아가 농법 외에 다른 발전된 기술까지 적극 받아들이는 방향으로 나아갔다. 이 때문에 우씨족의 생활은 하루가 다르게 변해갔다.

한편 우씨족이 크게 발전했다는 소식을 전해 들은 각 지역의 백성들은 부러움을 감추지 못했다. 결국 그들 또한 우씨족처럼 아사달의 발전된 기술을 받아들이기 위해 앞서거니 뒤서거니 따라나섰다. 그 결과 우씨족 지역에서만 큰 변화의 물결이 일어난 것이 아니라 모든 지역으로 일파만파 확대되어나갔다. 그리하여 몇 년도 채 되지 않는 기간 동안에 주신의 나라는 어느 곳이든 예전과는 몰라보게 달라졌다. 어쩌면 어제까지와는 전혀 다른 풍족한 세상이 펼쳐졌다고 할까.

가령 농기구의 개량만 해도 그랬다. 그전까지 각국은 돌이나 뿔로 만든 괭이나 삽, 그리고 보습 등을 사용하고 있었다. 그런데 수공업의 기술에 힘입어 석제 농구보다 훨씬 발전된 나무 농구들로 그것들이 대체되었다. 이것은 일의 효율성을 높였을 뿐만이 아니라 농업 발전에 있어 거의 획기적이라고까지 할 수 있는 갈이농사법을 주된 방식으로 정착시키기에 이르렀다. 갈이농사가 되니 더 이상 땅을 놀릴 필요도 없게 되었다. 퇴비를 이용해 땅을 비옥하게 만들고, 또 땅을 깊이 갈아엎으니 연속적으로 경작할 수도 있게 된 것이다. 자연히 소출도 늘고 작물도 피·조·수수·콩·팥 등 여러 종류로 늘어났다.

하지만 그중에서도 가장 중요한 것은 벼 경작의 변화였다. 사실 벼는 다른 양곡보다 수확량도 많고 그 맛이 별미여서 사람들이 매우 선호하는 작물이었다. 하지만 화전에 벼를 뿌리는 밭벼가 기본으로 행해졌고, 논벼가 있어도 그 수가 많지 않았다. 수확량도 대체적으로 기후 조건과 같은 우연적인 요소에 크게 의존했다. 하지만 아사달에서 받아들인 기술과 종자를 토대로 하여 점차 그것은 실질적인 논벼로 변해갔다. 아사달의 우가 대신 고시는 벼를 계속 개량하면서 논벼에 적합한 종자를 정형화시켜왔었는데, 그 종자가 각 지역으로 보급되었던 것이다. 그리고 아사달에서 진행되었던 수로 사업도 참고하여

물길을 여는 공사를 각 지역의 거수들로 하여금 적극 밀고 나가게 했다. 이런 노력의 결과로 수확량도 더욱 늘고 알갱이도 더 굵직굵직하게 매달리게 되었던 것이다.

벼 경작에서의 획기적인 변화는 하나의 물꼬가 트인 양 다른 여러 분야로 계속 번져나갔다. 예전엔 먹고 남은 것이 별로 없었는지라 그 다음의 문제는 생각할 여력이 없었다. 하지만 여유분이 생기자 사정이 달라졌다. 그것을 어떻게 저장할 것이며 또 위생적으로 먹을 수 있을 것인가의 문제가 요구되면서 질그릇의 발달을 가져왔던 것이다. 예전에는 아가리가 밖으로 겹쌓이고 동체와 밑굽이 팽이처럼 생긴 그릇이나 이의 변형된 형태로 매우 투박하고 조악한 팽이그릇이 사용되었는데, 점차 실용성을 고려하면서도 눈으로 보기에도 세련될 정도로 예술성까지 가미하는 방식으로 발전해나갔던 것이다. 무늬 없는 토기가 늘어나고 목이 있는 단지가 개발되면서 화분형 단지 같은 수종의 질그릇으로 발전해갔던 것이다.

이렇게 먹는 문제가 점차 해결되어가는 가운데 의복에 있어서도 커다란 변화가 일어났다. 그동안 입는 문제를 해결하기 위해 지속적으로 노력해온 것은 사실이었지만 당장의 배고픔 앞에서는 그렇게 절박한 문제로 부각될 수 없었다. 그런데 소출을 늘려 시급한 과제인 식량 문제를 일단 해결할 수 있게 되자 본격적으로 이 문제에 매달리게 되었다. 사람들은 어떻게 알았는지 벌써 가가호호 누에치기 기술을 받아들이고 있었다. 이것 또한 하백녀가 누에자로부터 배워 아사달에 보급한 것인데, 그것이 이미 각 지역에까지 퍼져나갔던 것이다. 그 종자는 토종 석잠누에와 버들개지처럼 생긴 풀꽃 솜인 백첩자였다. 사람들은 토종 석잠누에를 기르기 위해 야생에서 자라고 있는 뽕나무를 대대적으로 재배하였고, 그것을 점차 야산이나 구릉 지대로까지 심어갔던 것이다. 그러면서 이를 옷감으로 만들기 위한 베틀이나 여러 도구들도 자연스레 등장하였다.

이렇게 기본적인 먹고 입는 의식衣食의 문제가 해결되자 사람들의 생활에는 여유가 생겨났고, 그것은 주거에 대한 관심으로 확장되었다. 실상 그들은 아사달 지역에 갔을 때 온돌방을 놓고 살아가는 모습을 부러워했다. 그건 거수들이나 그에 버금가는 권세가들도 쉽게 누리지 못하는 삶이었다. 실상 그들은 거의 토굴이나 다름없는 반지하 생활에서 벗어나지 못하고 있었다. 물론 토굴이라고 해도 온돌을 이용하고 있긴 했다. 한가운데에 자갈과 돌을 깔아놓고 그 위로 커다란 돌덩이를 올려 불을 때면, 달구어진 돌에서 열기가 훈훈하게 뿜어져 나와 혹한의 추위를 이겨낼 수 있었다. 하지만 완전한 지상 가옥이 아니었기에, 그 열기가 주변으로 빠져나갈 뿐이었다. 그에 반해 아사달 지역은 지상 가옥의 형태를 갖추면서도 온돌을 놓고 방을 만들어 불을 지피는 방식이었다. 이는 추운 겨울을 지내는 것을 뛰어넘어 모든 주거 생활 자체를 지상에서 이루어지도록 하는 획기적인 변화였다. 그러니 모두들 아사달 지역에서 보고 온 것들을 기초로 번듯한 지상 가옥을 짓기 시작했던 것이다.

이런 변화는 여기서 멈추지 않았다. 사람의 욕망이 끝이 없듯 더욱 풍족하고 편안한 삶을 추구하는 방향으로 나아갔다. 물질적 생산이 자극되어 그 생산물을 획기적으로 늘어나게 하였다. 이것은 예전과는 전혀 다른 새로운 변화의 물결을 가져왔다. 사람들이 서로 물건을 교환하기 시작했던 것이다. 자기에게 필요한 이상의 남는 물건은 미래를 위해 저장해두기도 했지만, 그것을 계속 저장하는 데도 문제가 있었던 데다가 자신에게 부족한 물건을 충당하기 위해 다른 사람과 맞바꾸려한 것이다. 이렇게 물물교환이 진행되다보니 어느덧 시장이 형성되기에 이르렀다.

시장의 형성은 생산물의 분배를 촉진시키고, 자급자족의 한계를 자연스럽게 풀어나가게 만들었다. 하지만 그 정도 선에서 멈추지 않았다. 어쩌면 시장의 형성이야말로 모든 변화의 물결을 일으킨 그 근본이라고 할 수 있었다. 부족한 물품을 해결하는 차원에서 더 나아가 시장이 하나의 신비스런 장소로 인식되어갔기 때문이다. 아무리 구하기 힘든 것도 시장에 가면 다 구할 수가 있었다. 점차 그 수요가 많아지면서 곳곳에 시장이 형성되었고, 급기야 시장은 단순히 생산물들의 교환만 담당했던 것에서 끝나지 않고 여러 물건들을 사고파는 기능으로 점차 확대되었다. 그럴수록 시장은 참으로 신기한 존재가 되어갔다.

이렇게 시장이 신비스러운 존재로 되어가자 반대급부로 사람들은 물질적 욕망에 빠져들었다. 그것은 단순히 윤택하고 풍족한 생활을 누리고자 하는 수준이 아니었다. 당장 먹거나 입지 않으면 안 되는 것과는 전혀 관계없는 형태의 사치와 향락을 누리려는 모습으로 변화되어갔다. 그만큼 더 많은 재물이 필요했고, 이것은 결국 부를 축적하고자 하는 욕망에 불씨를 당기는 꼴이 되었다. 사람들 간의 관계는 이해타산적으로 바뀌었고, 그 결과 누구도 알지 못하는 사이에 사람들 간의 간극을 벌리면서 갈등의 폭을 키워만 갔다.

예전에도 잘사는 자와 못사는 자가 있었던 것은 사실이었다. 하지만 그건 지배하는 자와 지배를 받는 자가 서로 존재하는 상황 아래서 불가피하게 발생하는 측면이 있었다. 그것도 추위와 배고픔에서 완전히 벗어나지 못했던 까닭에 많이 가져가고 싶어도 그럴 수 없는 일정한 한계가 있었다. 그런데 사회적 여유분이 늘어날 정도로 물질적 생산이 획기적으로 발전하자 이를 차지하려는 소유 경쟁이 무한 경쟁처럼 벌어졌다. 이런 변화는 지금껏 존재하지 않았던, 아니 어느 누구도 감히 상상할 수 없었던 모습이었다. 그만큼 그 변화의 폭이 컸던 것이다.

상황이 이렇게 되다보니 백성들 사이에서 자연스레 말들이 나오기 시작했다. 여기에는 세상이 참으로 좋아졌다는 말들도 있었지만 더욱 살기 힘들어졌다는 말도 있었는데 실로 중구난방이었다. 그러다보니 이런저런 말들이 단군의 왕검성에도 전해지게 되었다.

"뭐라고? 도대체 이런 세상이 어떻게 태고의 전설을 실현한 것이냐며 불평하는 이들이 있다고?"

신지가 되묻는 말이었다. 신지는 어안이 벙벙했다. 도무지 이해할 수가 없었다. 하지만 각 지역의 실정을 파악하고 돌아온 보고자는 분명하게 대답했다.

"송구스럽사오나 그러하옵니다."

신지는 보고를 받고 난 이후 충격에 휩싸였다. 이렇게 잘 먹고 잘살게 해주었으면 칭송해도 모자랄 판에 비판을 하다니……. 그것도 태고의 전설을 거론하면서까지.

실상 단군은 사람들이 먼저 배고픔과 추위에서 벗어나야 한다면서, 각 대신들에게 아사달 사람들만이 아니라 모든 백성들이 배부르고 따뜻하게 지낼 수 있도록 적극적인 조치를 취하라고 독려하고 있었다. 이에 신지를 비롯한 고시, 성조, 팽우, 하백녀 등은 각 지역의 생활 수준을 아사달만큼 끌어올리기 위해 온갖 지원을 아끼지 않고 있었다. 그 결과 모든 지역의 생활 수준이 몰라볼 정도로 발전한 것이다.

'그렇다면 칭송은 못하더라도 고마워하고 감사해야 할 텐데. 이건 뭔가가 잘못되어가고 있는 거야.'

신지는 세상이 어떻게 흘러가고 있는지 직접 확인해야겠다고 생각했다. 그토록 때를 기다려 이제야 태고의 전설을 이루겠다며 그 기치를 올렸는데, 벌써부터 이런 잡음이 생기다니……. 그렇다면 태고의 전설을 실현하고자 하는 꿈은 어림도 없을 것이었다. 첫 단추를 바로 끼워야 모든 것이 순리대로 돌아가듯 국가 건설의 초기 단계를 어떻게 다지느냐에 따라 그 모든 것이 좌우될 수 있었다. 아무리 사소한 것도 지금 이 시기에는 결코 그냥 넘길 수 없는 문제였다. 천년만년 버틸 수 있는 초석을 쌓아야 하는데…….

마침내 마음의 결정을 내린 신지는, 심복인 마부를 불렀다.

"지금 당장 길을 떠날 것이니 서둘러 채비를 하거라. 사룡 무사도 함께 갈 것이니 그리 알고."

사룡은 신지를 옆에서 호위하기 위해 단군이 직접 보내준 무사였다. 그러니 그의 무예는 이미 난다 긴다고 하는 사람들의 수준을 넘어서고 있었다.

"사룡 무사까지요? 그런데 어디로 가실 작정이옵니까?"

지금껏 단군을 보좌하느라고 아사달을 떠난 적이 없던 신지가 갑자기, 그것도 멀리 출타하려는 모습에 마부가 의아한 듯 되물었다. 하지만 신지는 대꾸하지 않고 출타 준비만을 재촉했다.

"어허, 말이 많구나. 빨리 준비하라고 하는데."

신지의 재촉에 사룡과 마부까지, 이 세 사람은 수수한 차림으로 갈아입고 아사달을 벗어나 각국을 주유하게 되었다. 물론 사룡은 신지와 마부를 멀리서 지켜보며 그림자처럼 따라다녔다.

그들은 각 지역을 순회하면서 깜짝 놀랐다. 옛날에 보았던 삶의 수준과는 완전히 다른 세상이기 때문이었다. 아마 신지도 자기 눈으로 보지 않았다면 믿지 않았을 것 같았다.

그 변화는 우선 사람들의 옷차림에서 확연히 느낄 수 있었다. 사람들이 모여 사는 지역에는 곳곳에 도시가 건설되어 있었는데, 예전의 거수들이 사는 왕궁보다도 훨씬 번화했으며 그곳 사람들의 차림새는 눈이 휘둥그레질 정도로 화려했다. 그저 옷은 몸을 가리기 위한 용도가 아니라 각기 특색에 맞게 자신을 꾸미기 위해 입는 사람들이 대다수였다. 색상도 화려하기 이를 데 없었다. 심지어 어떤 사람들은 머리쓰개, 귀고리, 팔찌 등으로 자신의 몸을 단장하고 있기도 했다. 오히려 신지와 마부의 차림새가 촌스러울 지경이었다. 이것만 봐도 사람들이 얼마나 여유롭게 살고 있는지 실감할 수 있었다.

"각 지역이 발전했다는 소식은 들었지만, 설마 이렇게까지 변해 있을 줄은 꿈도 꾸지 못했사옵니다. 이거야말로 천지개벽이 아니고 뭐겠습니까?"

이 모든 게 단군이 주신의 나라를 세워서 이렇게 되었다는 듯, 마부가 자랑스러워했다. 하지만 신지는 고개만 끄덕일 뿐 아무 대꾸도 하지 않았다. 오히려 의문이 풀리지 않고 깊어만 갔다. 이렇게 모든 생활 환경이 개선되었으면 백성들이 기뻐해야 당연한 일이었다. 그런데 왜 진정으로 태고의 전설이 실현되는 것이 아니라는 말이 나돌까? 아무리 따져봐도, 태고의 전설을 전면적으로 실현하기 위해 먼저 백성들의 삶을 풍요롭게 만들려 한 단군의 조치는 옳아 보였다.

신지는 여러 지역을 살피며 돌아보았다. 그럴수록 그의 얼굴에는 의혹의 그림자가 더욱 짙게 드리웠다. 이번에 찾아갈 곳은 녹씨족의 지역이었다. 이곳도 역시 앞서 살펴본 곳과 거의 비슷했다. 다만 시장이 열려서 그런지 장터에는 먹고 마시는 것을 비롯해 갖가지 상품들이 등장하여 활발하게 교류되고 있었다. 거기에는 옷, 귀고리, 팔찌,

머리 장식기구 등은 물론이고 살림 도구나 농기구, 그리고 식기와 항아리 등 없는 것이 없어 보였다. 그저 배부르게 먹고 추위를 피하면 그것으로 족했던 상태에서, 이제는 좀 더 여유롭고 자신을 꾸미면서 살고자 하는 단계로 접어든 것 같았다.

마부는 번화한 시장터를 지나면서 사람들이 흥정하는 모습을 즐거운 듯 쳐다보았고, 신지는 이런 모습 속에서 녹씨족의 거수 녹도기역시 단군의 명에 따라 홍익인간과 이화세계의 이치에 따라 잘 다스리고 있다고 판단할 수밖에 없었다. 하지만 그럴수록 의문은 커져만 갔다.

'이렇게 풍요롭고 편리한 세상을 두고 왜 그런 소리를 할까? 아무리 소수가 내뱉는 말이라고 해도 그 연유가 있을 텐데……'

신지가 답답해하며 연신 고개를 흔들다가, 허기가 진다는 듯 갑자기 마부를 향해 말을 건넸다.

"여기서 요기를 좀 하면서 쉬었다 가도록 하자."

"알겠사옵니다. 조금만 기다리시면 소인이 곧 알아보겠사옵니다."

먹자는 소리에 마부가 신이 나서 대답하고는 이곳저곳을 기웃거렸다. 그러더니 이윽고 사람들이 제법 드나드는 곳을 가리키며 말했다.

"저쪽이 주막집인 모양이옵니다. 저리로 가는 것은 어떠실지……."

마부의 안내에 신지는 사람들 사이를 비집고 주막집 안으로 들어갔다. 주막 안은 혼란스러울 정도로 붐비고 있었다.

"이거야 원……."

주막에서 시중드는 사람들이 손님들의 주문을 받기 위해 잠시도 서 있을 틈이 없을 정도로 바삐 몸을 움직이고 있었다. 신지와 마부는 빈 자리를 찾아서 앉은 다음 옆 사람들이 먹고 있는 음식들을 살펴보았다. 궁중과 비교할 정도로 여러 종류의 음식들이 있는 것은 아니었지만, 그래도 제법 군침을 돌게 했다. 밥과 국은 따로 있지 않고 큰 그릇에 한꺼번에 말아놓았는데, 거기에는 여러 나물은 물론이고 고기 조각도 몇 점 들어 있었다. 이런 것을 평상시에 먹는다는 것은 예전에는 꿈도 꾸지 못할 일이었다.

마부가 제법 입맛을 다시며 서둘러 주문했다. 그러나 어찌 된 영문인지 주막집 사람은 그들을 홀대하는 것만 같았다. 한참을 기다려도 밥상이 나오지 않았다. 먼저 주문했음에도 불구하고 그들보다 나중에 온 사람을 먼저 차려주고 있었다.

마부가 못마땅하다는 듯 일어나 따지려고 하자, 신지가 그것을 막았다.

"조금만 더 기다려보게. 저렇게 바쁘니 어디 정신이 있겠나. 조금만 기다리면 줄 게 아닌가?"

하지만 이런 기대는 곧바로 무너졌다. 또 다른 패거리가 들어왔는데, 주인장은 벌써 그들에게 다가가 알랑방귀를 뀌며 그들의 시중을 들고 있었다. 신지 일행은 또다시 뒷전으로 밀려났다.

더 이상은 못 참겠다는 듯 마부가 주인장을 불렀다. 명색이 주신의 나라의 좌장 격인 신지 대신을 모시는 사람으로서 이렇게 홀대받는 것을 그대로 지켜볼 수는 없는 일이었다. 이번에는 신지도 제지하지 않았다. 그 연유나 알고자 함이었다.

마부의 부름에 다가온 주인장은 먼저 신지 일행의 행색부터 살폈다. 그러고는 그저 형식적인 태도로 물었다.

"뭣 때문에 그러십니까?"

"뭣 때문이라니요? 도대체 지금 이런 법이 어디 있소? 우리가 먼저 와서 주문했으니 당연히 우리에게 먼저 음식을 내어주어야 할 것이 아니요? 그런데 우리들보다 더 늦게 온 저 사람들에게 먼저 갖다주다니, 도대체 이런 경우가 어디 있느냔 말이오!"

"아? 그리됐습니까? 이거 정말 죄송하게 됐습니다. 조금만 기다리시면 금방 차려 올리도록 하겠습니다."

주인장은 연신 허리를 굽실거렸다. 그러나 그 태도는 정말로 미안해서 그런다기보다는 그저 다반사로 겪는 일인 양 형식적인 태도에 다름 아니었다. 그러고는 곧 그 자리를 떠나서는 이쪽 일은 봐주지도 않고 또다시 다른 쪽의 시중만을 들고 있었다.

"아니, 주인장! 지금 뭐하고 있는 겁니까? 지금 여기가 어느 안전이라고! 어서 냉큼 여기부터 음식을 내오지 못하겠소?"

마부가 끝내 화를 참지 못하고 명령조로 소리쳤다. 그러자 옆자리에 앉아 있던 노인 하나가 힐끔힐끔 쳐다보더니 딱하다는 듯 신지와 마부를 향해 말을 걸었다. 그 사람은 이들의 행동을 줄곧 지켜보고 있었던 모양이었다.

"내가 끼어들 자리는 아닌 것 같지만…… 괜찮다면 내 한마디 하려고 하는데, 그리해도 되는지……"

마부가 가당찮게 감히 끼어들려고 한다며 노인을 노려보자, 신지가 정중하게 대답했다.

"노인장께서는 뭔가 아시는 모양 같은데, 한번 말씀해보시지요."

"보아 하니 여기 사람들이 아니어서 이곳 사정을 잘 모르시는 모양인데……. 그러니까 내 말은 주인장한테 따져서 될 문제가 아니라는 겁니다."

"주인장한테 따지지 않으면 누구한데 따져 묻는단 말입니까? 그러면 이런 일도 이 지역의 거수에게 가서 허락이라도 받아야 한단 말입니까?"

마부가 무슨 시답지 않은 소리를 하느냐는 태도로 비죽거렸다.

"그렇게 골만 내지 말고 내 얘기를 들어보시구려. 사실 주인장이 저러고 싶어서 저리하겠소. 저들도 어쩔 수 없으니 그리하는 것이지. 지금 저쪽에 앉아 있는 분들이 누구신지 아시오? 이곳에서는 모두가 알아주는 쟁쟁한 사람들이라는 말씀입니다."

"그러니까 이 지역의 권세가라는 말씀이시죠. 도대체 그 권세가 얼마나 높기에 그런단 말이오?"

"허허! 가만 있지 못하고!"

신지가 마부를 타일렀으나 마부는 이곳의 행태가 도무지 마음에 들지 않는다는 듯 연신 씩씩거렸다.

"이거야, 참 나! 번데기 앞에서 주름잡는 격이니, 이걸 어찌하면 좋아!"

내 성질 같아선 당장 저놈들의 버르장머리를 고쳐놓고 싶건만……."

"허허, 젊은이 그리 말하지 말게나. 사실 나도 지금 기다린 지 한참이나 되었소. 하지만 어찌하겠소?"

노인의 말을 듣고 난 후, 신지는 저쪽 편에 있는 사람들을 유심히 살펴보았다. 그러고 보니 그들의 차림새는 자신들과는 현격한 차이가 있었다. 한눈에 봐도 대단한 권세가 출신이라는 것을 알아차릴 수 있었다.

그제야 신지는 뭔가 느껴지는 바가 있었다.

'잘나가는 사람들이 행세하는 세상! 세상이 좋아졌다더니, 이게 다 권력과 재력을 지닌 사람이 대접받는 세상을 의미했단 말인가?'

이런 생각이 머리에 스치고 지나가자 신지는 자기도 모르게 얼굴이 빨개졌다. 그때부터 신지는 자신이 어떻게 밥을 먹었는지 모를 정도가 되었다. 뭔가 잘못되고 있다는 느낌에 가슴마저 철렁 내려앉았다. 빨리 왕검성으로 돌아가 단군께 사실을 고하고 싶었다. 하지만 가장 중요한 곳이 아직 남아 있었다. 그곳은 우씨족의 지역이었다. 가장 먼저 발전을 이룩하여 변화의 물결을 일으킨 곳이 바로 그 지역이었으니, 그곳은 꼭 살펴보고 가야만 했다. 어쩌면 그곳은 다른 어떤 지역보다 이 모든 사실을 확연히 보여줄 것만 같았다.

신지는 그 길로 곧장 우씨족 지역으로 발길을 돌렸다. 역시 우씨족 지역은 다른 지역보다도 가장 우수했는데 아사달의 수준에 버금갈 정도로 발전해 있었다. 하지만 신지도 마부도 이제 이런 것에 그저 기뻐하기만 할 수는 없었다. 녹씨족의 주막집에서 겪은 충격이 그들의 가슴을 내리누르고 있었던 것이다. 착잡하고 우울한 기분 때문인지 발걸음도 무거웠다. 그러나 하늘은 아무것도 모르는지 언제나 그랬던 것처럼 그들의 발길을 비춰주었다.

신지 일행은 시장터도 아닌 어느 한적한 마을에 들어섰다. 그런데 저만치 앞의 길모퉁이에서 소란스러운 소리가 들려왔다. 살펴보니 어깨가 딱 벌어진 다부진 체격의 무리들이 한 젊은이의 앞길을 가로막으며 실랑이를 벌이고 있었다. 하는 행동으로 보아 곧 무슨 일이 벌어질 것만 같았다.

"이봐, 순둥이! 그동안 그렇게 누차 경고했는데, 우리 말이 말 같지가 않단 말이지."

"너희들이 뭔데, 내 길을 막고 그래. 빨리 비켜."

"정말 보자 보자 하니까 안 되겠구먼."

제법 힘깨나 쓸 만한 사내가 손봐주겠다는 듯 젊은이의 멱살을 잡으려고 하자, 무리 중에 한 사내가 그것을 뜯어말리며 자기가 처리하겠다고 나섰다. 행동하는 것으로 보아 두 젊은이는 잘 아는 사이 같아 보였다.

"순둥아! 네 마음은 알지만 이제 그만 포기해라."

"기주, 네가 어찌 나한테 이럴 수가 있냐? 다른 사람은 몰라도 너만은 이러면 안 되지. 도리어 나를 이해해주고 도와주어야 하는 거 아니야, 안 그래?"

"나도 어쩔 수 없다는 걸 너도 잘 알잖아."

힘없이 대답하는 사내의 목소리였다. 그 내용으로 보아 이 사내는 뭔가 피치 못할 사연으로 젊은이를 궁지를 몰아넣고 있음이 분명했다. 다시 안타까운 듯한 사내의 음성이 서글프게 이어졌다.

"순둥아! 네가 이럴수록 내 마음도 쓰라려. 하지만 아라는 너보다 더 피눈물을 쏟아낼 거야. 그러니 여기서 그만 끝내도록 하자. 지금 상황에서 어떡하겠어? 그렇게 해. 그게 모두가 사는 최선의 방법이라고. 내 이렇게 부탁할게. 네가 계속 이러면 나도 더 이상 어떻게 해줄 수가 없어."

"나도 네 처지 아니까 그만 얘기하고 너는 여기서 빠져라. 그게 내 부탁이다. 그러니 그만 길을 비켜줘."

결코 포기하지 않으려는 의지 앞에 한 사내가 어쩔 수 없다는 듯 물러났고, 이것을 신호로 그 패거리들이 한꺼번에 달려들어 그 젊은이를 내동댕이치며 몰매를 가하기 시작했다. 하지만 발길질이 쏟아지는 중에도 그 젊은이는 "안 돼, 절대 그렇게는 안 될 것이야."라고 소리치며 결코 포기하지 않겠다는 뜻을 비쳤다.

이들의 행동에 깜짝 놀란 마부가 온몸으로 뜯어말렸고, 신지가 훈계하듯 타일렀다.

"무슨 일인지 모르겠지만 이러면 안 되지요."

"당신이 누군데 이리 나서시는 게요. 봉변을 당하고 싶지 않거들랑 남의 일에 상관 말고 빨리 뒤로 물러나시오."

"아무리 그래도 그렇지, 떼거지로 몰려와 사람을 이리 때리다니……. 무슨 돼먹지 못한 행패란 말이오? 어서 그만두지 못하겠소?"

"뭐야? 이 노인네가? 죽으려고 환장을 했구먼. 우리가 누구인지도 모르고."

협박에도 물러서기는커녕 도리어 신지가 꾸짖고 나서자 안 되겠다 싶었는지, 그들 중에 가장 힘깨나 쓰게 보이는 한 사내가 신지를 잡아채며 주먹을 날리려고 했다. 하지만 어느 순간에 나타났는지 사룡의 억센 손이 그 사내의 주먹을 움켜쥐었다. 얼마나 세게 쥐었는지 사내는 뼈마디가 으스러지는 듯 연신 비명을 질러댔다.

그제야 상황 파악을 했는지 사룡의 모습을 훑어본 무리들은 슬금슬금 뒤로 물러났다. 한눈에 보기에도 대단한 무예 실력을 갖춘 고수라는 것을 직감한 것이었다. 아무리 덩치 좋고 수적으로 우세하다고 하더라도, 그들 중에 가장 힘깨나 쓴다는 자가 사룡에게 맥도 못 추는 걸 보고는 그만 덤벼들 엄두를 내지 못했던 것이다. 그래서인지 한 사내가 나서더니 쓰러져 있는 젊은이를 보고는 한마디 내뱉었다.

"오늘은 운 좋은 줄 알아라. 하지만 다음에 또 아라의 집 근처에 얼쩡거리면 아마 살아남지 못할 것이다. 이 말을 꼭 기억해라. 우리는 한다면 하는 사람이니 빈말로 들어서는 안 될 것이야."

이 말을 남기고는 패거리들은 도망치듯 그 자리를 떠났다. 신지와 마부는 바닥에 넘어져 있는 젊은이에게 다가가 부축했다. 그러나 젊은이는 일어나지도 않고 한참 동안 오열하듯 흐느끼기만 했다. 북받치는 서러움을 쏟아내는 울음이었다. 이윽고 울음을 멈춘 젊은이가 자리에서 일어났는데, 멍한 눈동자를 보니 완전히 넋이 나간 듯했다.

"이리 도와줘서 고맙기는 헌데……. 차라리 죽게 내버려두지 그랬어요. 그러면 이토록 속은 쓰리지 않았을 것이니 말입니다."

"젊은이, 그리 말하면 안 되지요. 소중한 목숨인데……. 자, 힘을 내시구려. 그런데 도대체 무슨 사연이 있기에 그러는 게요?"

"사연이요? 뭐, 사연이랄 것도 없지요. 이게 다 재산도 없고 힘이 없어서 당하는 것이니까요."

"그럼, 재산이 없고 힘이 없다는 이유만으로 저들이 저렇게 행패를 부린단 말입니까? 내 엿듣자고 해서 들은 것은 아니지만, 아까 보니까 저들 중에 당신을 잘 아는 사람도 있던 모양이던데……."

"하긴……. 세상이 참 우습지요. 친구라는 녀석이 저러고 있으니. 그러고 보면 참 그 애도 불쌍하지요. 그놈의 빚 때문에 친구 앞에서 못된 짓을 하게 되니 말이니까요. 하긴 그런 짓을 시킨 놈이 나쁜 놈이지만……."

젊은이가 긴 한숨을 쉬었다. 그러면서 자신의 답답한 가슴을 누구에라도 하소연하고 싶은지 얽힌 사연을 털어놓기 시작했다. 젊은이는 자기 이름을 순둥이라고 밝히면서 가진 거라곤 손바닥만 한 땅 뙤기밖에 없다고 했다. 그렇지만 천성이 근면 성실해 남의 일도 억척같이 하면서 근근이 먹고살아 갈 수 있었다. 하지만 사건은 바로 자기 마을에 사는 처녀 아라 때문에 발생하게 되었다.

아라와는 어렸을 때부터 잘 알던 사이로, 어느덧 나이가 들어서는 서로 마음을 주고받으며 미래까지 약속하게 되었다. 그들 부모도 이를 인정했는지라 순둥이는 자연스럽게 그 집에 가서 집안일까지 거들어주었다. 그런데 아라의 아버님이 병환으로 눕게 되면서 상황이 달라져버렸다. 병이 깊어지면서 그가 거의 두 집 살림을 하게 되니 생활이 더욱 고달파지게 된 것이다. 이를 해결하기 위해 인재 선발대회에도 참가했으나 거기서도 떨어지고……. 분명 작물의 소출은 늘었는데, 그만큼 더 많은 비용이 들어가니 어찌 해볼 수도 없고…….

결국 안 되겠다 싶었는지 아라의 어머니가 이 지역의 권세가인 치타부에게 돈을 빌려 썼는데, 그게 그만 화근이 되고 말았다. 빌린 돈을 제때에 갚지 못하자, 이를 계기로 치타부의 아들 머장이가 아라의 미모에 반해 흑심을 품고 접근하기 시작했다. 이를 기주라는 친구가 눈치채고 알려주어 순둥이는 아라와 빨리 결혼식을 올리려 했지만, 머장이라는 놈의 협박 때문에 아라 집안에서는 이러지도 저러지도 못하고 머뭇거리다가 결국 아라가 돈에 팔려가는 신세가 되기에 이르렀다는 것이었다.

그러니 이를 가만히 두 눈 뜨고 볼 수 없어서 그걸 막으려고 머장이를 찾아가 온갖 사정도 하고 하소연도 했지만 소용없었고, 도리어 아라의 집 근처에는 얼씬거리지 못하게 하는 결과만을 낳고 말았다. 허나 그런다고 해서 포기할 수 없는지라 날마다 아라를 만나려고 찾아갔는데 그때마다 못 만나도록 방해하였다. 그런데 오늘은 급기야 패거리들까지 동원해, 그것도 빌린 돈을 갚지 못한 친구까지 이용해 이렇게 행패를 부렸다는 것이었다.

여기까지 이야기를 마친 순둥이가 세상에 대한 한탄에 서려서는 말을 쏟아냈다.

"참, 세상 한번……. 그깟 돈이 뭔지……. 내 정말 주신의 나라가 선포되었을 때 얼마나 기뻐했는데……. 또 백성들을 잘살게 해준다고 해서 얼마나 신이 나서 일을 했는데……. 그런데 그 결과가 고작 이렇게 사랑하는 여자를 빼앗기고, 친구마저 잃은 것이었으니……. 도대체 무슨 세상이 이렇단 말이오……."

신지는 차마 아무 말도 하지 못했다. 면전에서 태고의 전설과는 전혀 다른 세상이 펼쳐지고 있다는 말을 이렇게 직접 들을 줄 몰랐던 것이다. 그는 답답한 가슴을 억누를 길이 없었다.

'물자를 풍족하게 생산해 행복하게 살고자 했더니 도리어 그 재물 때문에 사람이 천대받게 되다니……. 도대체 이를 어찌 푼단 말인가? 돈을 빌려 썼는데 갚지 말라고 할 수도 없는 노릇이고…….'

순둥이는 지금 자신의 처지에서 어떻게 해야 할지 모르겠다는 듯 멍하니 하늘만 쳐다보았다. 실상 이런 상황에서 그가 할 수 있는 일이라는 건 그저 쓰린 가슴을 안고 몸부림치는 것밖에 없을 것이었다.

신지 일행은 그런 순둥이를 물끄러미 지켜볼 수밖에 없었다. 저 멀리 하늘에서는 먹구름이 짙게 몰려오고 있었다.

7

법금의 선포

우씨족 거수 우영달은 신지 대신의 방문 이후 깊은 고민에 빠져들었다. 사실 그는 다른 어떤 지역보다도 우씨족을 빨리 발전시켰던 것에 큰 자부심을 갖고 있었다. 그래서 그는 내친김에 여기에 만족하지 않고 아사달을 뛰어넘을 정도로까지 발전 수준을 끌어올리려고 마음먹고 있었다. 그런데 신지 대신이 갑자기 찾아와 순둥이 사건을 아느냐면서 원만하게 처리해줄 것을 부탁하고 떠난 것이었다. 처음에는 당혹스럽기만 했다. 아사달 지역에서도 파악하고 있는 사안을 이 지역을 다스리는 거수가 모르고 있었다는 데 대해 안이하게 대처하고 있다는 질책으로만 느껴졌던 것이다. 허나 일이 이렇게 된 이상 빨리 해결하는 것이 묘안이라고 보고, 지아파에게 순둥이 사건을 조사할 것을 지시했다. 어쩌면 이를 기회로 삼아 단군에게 자신의 역량을 과

223

시하고픈 마음도 있었다. 그는 그만큼 이 사건을 어쩌다 파생한 하나의 일쯤으로 여겼던 것이다.

그런데 지아파의 보고는 이와 완전히 달랐다. 순둥이 일은 지금 도처에서 비일비재하게 벌어지고 있는 사건 중 하나에 불과하다는 것이었다. 지아파가 보고한 사례에 의하면, 고관대작들은 물론이고 돈깨나 있는 자들의 횡포가 말이 아니어서, 엄청난 이자에 까다로운 조건을 붙여 돈놀이를 하여 땅을 빼앗는 경우가 다반사이고, 심지어 처자식까지 팔려나가는 경우도 있다고 했다.

이에 우영달은 고심하지 않을 수 없었다. 그 누구도 아닌 주신의 나라에서 가장 좌장 격인 신지 대신이 부탁한 것을 적당히 처리할 수도 없고, 그렇다고 모든 사람들의 문제까지 고려해 합리적으로 풀기 위해 마냥 시일을 끌 수도 없었던 것이다. 그야말로 진퇴양난이었다. 초조감에 사로잡힌 나머지 우영달이 지아파에게 넌지시 운을 떼었다.

"일단 순둥이 사건부터 먼저 처리하는 게 어떨까 하오. 이렇게 시일만 보내고 있다가 왕검성에서 어떻게 처결했는지 물어오면 어찌하겠소? 참 난감한 일이 아니오. 그러니 그 빚만 갚도록 조치합시다. 그러면 해결될 것이 아니오?"

"그 문제만 따지면 그리될 것이옵니다. 신도 그리하고 싶지만……."

사실 지아파는 순둥이에게 내심 미안한 마음이 있었다. 순둥이는 다름 아닌 인재 선발대회 때 자신이 뽑으려고 했지만 결국 다른 관리들의 반대로 선발되지 못한 인물이었다. 그때 자신이 더 강력히 밀어붙였다면 뽑힐 수도 있었다. 그 대회의 책임자는 자신이었던 것이다. 그러나 그때도 만사공평하게 일을 처리해야 한다는 이유 때문에 강력하게 주장하지 못했다. 이번에도 역시 그 공평성이라는 이유가 또 걸림돌이 되었다. 그러니 지아파는 자기가 꼭 순둥이만 배척하는 것만 같아 내심 미안한 생각이 들기도 했던 것이다. 하지만 관리는 공평무사해야 한다는 게 그의 원칙이었다.

"하오나 일에는 형평성이라는 게 있지 않사옵니까? 만약 순둥이의 빚을 청산해준다면 그 친구인 기주는 뭐라고 하겠으며, 또 그와 비슷한 처지에 있는 다른 사람들은 어찌 나올는지……. 만약 모든 사람들이 이런 방식으로 해결해달라고 청하면 어찌하겠사옵니까? 이거야말로 더 큰 화를 자초하는 격이 아니오니까? 신은 그것이 더 염려되옵니다."

"그럼, 어찌하자는 겁니까? 이 사건 하나를 처리하기 위해 모든 사람들에게 그리할 수도 없고……. 그렇다고 마냥 시일만 끌 수도 없는 노릇이니 말이오."

"소신의 소견으로는 아무리 시간이 걸리더라도 뭔가 근본적인 방책을 세워 해결하는 것이 옳을 것으로 사료되옵니다. 그렇게 처리한 다음 왕검성에 보고하여도 큰 문제가 없을 것이옵니다. 차라리 근본방도를 내어 처리하는 모습을 보여준다면 왕검성에서 더욱 신뢰하지 않겠사옵니까?"

겉으로야 지아파의 말이 옳았다. 하지만 그게 만만치 않았다. 그 대책으로 볼 때 빈부의 차이를 없애야 하고, 또 빚으로 사람을 사고파는 현상을 막아야만 했다. 그런데 이것을 통치 방식으로 밀고 나갈 수 있을까? 바로 이 점에서 우영달은 자신이 없었다. 돈깨나 있는 자와 고관대작들이 한통속이라면 이들이 반대하고 나설 것이 뻔한 이치였다. 게다가 농토를 개인이 소유하고 매매하는 것은 자연스러운 현상으로 받아들여지고 있었다. 그런데 무슨 근거로 이를 부정할 수 있을까? 그렇다고 수많은 사람들을 구렁텅이로 몰아넣고 있는 상황을 방치할 수도 없으니 난감할 따름이었다. 어떻게든 대책을 세워야 했다.

하지만 아무리 생각해도 순둥이 사건을 편법으로 처리할 수는 없었다. 여기엔 신료들의 우두머리 격인 치타부가 관계되어 있었다. 게다가 지아파의 말대로 원칙적인 방안을 마련하여 처리하지 않으면 사회의 기강마저 흔들릴 수도 있는 문제였다. 그렇다면 결국 신료들과 부딪쳐 그 방안을 찾는 수밖에 없었다.

고심 끝에 우영달은 결국 신료들을 소집하였다. 죽이 되든지 밥이 되든지 여기에서 결정을 내려야만 했다.

"지금 백성들 사이에서는 매일매일 아우성치는 소리가 들려오고 있소이다. 이것은 우리가 그간 양곡을 더 많이 생산하는 것에만 관심을 기울이고 그 분배에 관해서는 등한시했기 때문입니다. 그 결과 어떤 부락에서는 돈을 모은 한 사람이 주위의 논밭을 모조리 차지해버리는 일도 벌어지고 있다고 합니다. 그리고 또 빚을 내어 생활하다가 그것을 갚지 못해 처자까지 노예로 팔려가는 현상도 속출하고 있다고 하니 이를 어떻게 보고만 있을 수 있겠습니까? 그래서 이에 대한 근본 대책을 세우고자 하니 기탄없이 여러분의 고견을 밝혀주었으면 합니다.”

우영달의 주문에 대부분의 신료들은 서로 눈치를 보며 머뭇거렸다. 그들은 벌써 우영달과 지아파가 신지 대신이 오간 후 대대적인 조사를 벌였다는 사실을 알고 있었다. 그래서 자신들의 잘못이 마음에 걸려 쉽게 입을 열지 못했던 것이다. 이를 눈치챈 지아파가 분위기를 다잡기 위해 앞으로 나섰다.

“지금의 상황을 그대로 방치했다가는 나중에 더 큰 우환거리가 될지도 모르옵니다. 그러하오니 지금부터라도 우선 고리대 이자부터 근절하도록 대책을 강구하여야 하는바, 그 이자를 규율로 정해 엄히 지키도록 해야 하옵니다. 아울러 생계에 꼭 필요한 농토는 사사로이 매매를 엄금하는 것은 물론이고 설사 빚을 졌다고 하더라도 그 땅만큼은 빼앗지 못하도록 하는 조치를 취하는 것이 마땅하다고 사료되옵니다.”

“아무래도 그럴 수밖에 없겠지요.”

우영달이 지아파의 말을 맞받아 서둘러 결론을 내리려 하자, 그동안 멈칫거리고 있던 치타부가 반박하고 나섰다. 치타부는 바로 순둥이 사건과 관련된 사람이었다. 만약 이렇게 결론을 내렸다가는 나중에 자신이 문책받을 소지가 있었으니 그저 순순히 물러날 수 없었다.

“논밭을 개인적으로 소유하고 매매하는 일은 이미 단군 폐하께서 시행하였고, 지금도 실시되고 있는 바이옵니다. 그런데 그 매매를 부정한다 함은 곧 단군 폐하를 부정하는 것과 같사옵니다. 어찌 주신의 나라에서 감히 단군 폐하를 부정하는 규범을 만들려고 하는 것이옵니까? 이는 절대 있을 수 없는 일이옵니다."

"맞사옵니다. 지금껏 우리 우씨족이 이리 발전한 것도 사실 따지고 보면 개인의 농토 소유를 전면적으로 허용한 것에 연유하고 있사옵니다. 그런데 이를 제약한다는 것은 다시 옛날로 돌아가자는 것과 마찬가지이옵니다. 그러면 우리 우씨족이 못사는 지역으로 전락해도 괜찮다는 말씀이옵니까?"

한번 반대 의견이 나오자 봇물이 터지듯 계속 반대하는 목소리가 주를 이루었다.

"지금껏 곡물의 생산량을 높이는 데에만 전력을 기울이다보니 한편에서는 빈부의 격차가 크게 벌어진 것이 사실이옵니다. 허나 이러한 부정적 현상은 단지 일시적일 뿐이옵니다. 보다 생산량이 많아진다면 결국 백성들이 혜택을 누리게 되지 않겠사옵니까? 그러면 이 또한 자연히 해소될 수 있을 것입니다. 보십시오. 지금이 예전과 비교해 얼마나 풍요로워졌습니까? 그러하오니 당장의 어려운 상황만 보고 그리 결정해서는 아니 되오며, 더 큰 미래를 보고 결단하셔야 하옵니다."

"아니, 지금 그대의 귀에는 백성들의 아우성치는 소리가 들리지도 않습니까? 그 소리는 다른 것이 아니라, 권세와 돈깨나 있는 사람들의 횡포로 인해 못살겠다는 원성입니다. 그렇다면 이를 어떻게든 해결할 방도를 찾아야 할 것이건만, 오히려 생산만 많이 하면 저절로 해결될 것이라는 해괴한 소리만 늘어놓을 수 있단 말입니까?"

지아파가 못 참겠다는 듯 다른 신료들을 향해 쏘아붙였다. 하지만 그들 또한 호락호락 물러나지 않았다.

"그럼, 우리가 그 사람들을 못살게 하기라도 했단 말입니까? 우리야 백성들의 생활 수준을 높이라는 거수님의 뜻을 따른 것뿐인데……. 이런 우리의 행동이 잘못되기라도 했단 말입니까?"

이들은 아예 우영달 거수까지 거론하며 이 논의에 쐐기를 박고자 했다. 이에 지아파가 다시 핏대를 높였다.

"지금 거수님을 빌미로 책임을 떠넘기려는 겁니까? 그럼, 거수님께서 고리대 이자놀이를 하라고 지시하기라도 했다는 겁니까?"

"누가 언제 그렇게 말했습니까? 단지 모든 사람이 그런 일로 논밭을 빼앗긴 것도 아니고 남의 노예가 된 것도 아니라는 말이지요. 몇몇 사람에 불과한 일을 가지고 모든 사람이 그리되기라도 하는 양 과장하지 말라는 것입니다. 그리고 이 문제의 해결 방안은 더욱 생산량을 끌어올리는 데에 있다는 겁니다. 그렇다면 개인의 농토 매매는 자연 불가피하니 이를 제약해서는 안 된다는 것이지요."

"맞습니다. 그리고 이왕 말이 나온 김에 하는 얘기지만, 이자가 비싸면 빌리지 않으면 그만 아닙니까?"

"지금 그것을 말씀들이라고 하십니까? 정말 한심들 합니다. 아무리 그래도 그렇지 최소한 지켜야 할 상식의 도라는 것이 있지 않습니까? 지금의 상황이 도를 뛰어넘고 있으니 이를 규제하자는 것인데 그것을 한사코 반대하는 연유가 도대체 뭡니까? 지금 고리대 놀이를 하는 것이 옳다고 보시는 겁니까?"

"누가 옳다고 했습니까? 그 이자가 비싸면 안 빌리면 되고, 그러면 자연히 이자가 떨어지게 된다는 것이지요. 그러면 남에게 빌린 돈을 갚지 말라는 것인가요? 빌려 쓸 때는 그런 것 따지지 않고 무작정 사용한 사람들을 보고서 말이오."

우영달은 신료들 사이에서 오가는 말을 들으면서 할 말을 잃었다. 지아파로부터 이들 모두가 한통속이 되었다는 말은 들었지만 이 정도일 줄은 몰랐던 것이다. 그들은 토지 매매를 제약해서는 안 된다는 논리를 펴고 있지만 실상 자기가 확보한 땅이나 재물을 절대 내놓지 않겠다고 버티고 있는 것이나 다름없었다. 칼만 들고 싸우지 않을 뿐이지 서로 재물을 놓고 전쟁을 벌이는 것이나 매한가지였다.

어쩌면 이 모든 것이, 무조건 곡물을 더 많이 생산해내면 백성들이 행복하게 살 것이라고 여긴 자신의 아둔한 생각 때문인지도 몰랐다. 실상 아사달에서는 여기 우씨족보다 더 발전한 상황이었지만 이렇게 빈부 차이가 크게 나지 않고 있었다. 그것은 어려운 건설의 시기를 함께하는 가운데 서로 상부상조하는 전통이 어느 정도 자리 잡게 되었기 때문이었다. 생산량을 빨리 끌어올리는 것만 생각했지 거기에 스며들어 있는 바람직한 정신을 받아들이는 것에는 관심을 기울이지 못함으로 해서 이런 결과가 나왔음에, 우영달은 스스로를 책망하지 않을 수 없었다. 그럴수록 이 문제를 신료들이 요구하는 방향으로 끌고 갈 수는 없는 노릇이었다.

"아, 그만들 하십시오."

우영달이 매우 짜증스럽다는 듯 신료들의 얘기를 제지했다. 그러고는 조용하지만 단호한 어조로 다시 입을 열었다.

"이 모든 게 다 내 부덕의 소치입니다. 이 점 우씨족 지역의 거수로서 참 부끄럽게 생각합니다. 하지만 이렇게 빈부의 격차가 심하게 벌어지는 것을 방치할 수만은 없습니다. 이건 백성들을 이간질시켜 서로 싸우게 만드는 일과 하등 다를 바가 없습니다. 그러니 무슨 대책이든 세워야 하겠는데, 여러분의 말씀대로 개인의 농토 매매를 제약하는 것은 이 주신의 나라의 규범과 관련된 일이므로 우리가 단독으로 결정하여 처리할 수는 없을 것입니다. 내 그래서 이 문제를 단군 폐하께 정식으로 보고하여 처리하도록 하겠으니, 그리 알고 이 문제는 여기서 마무리 짓도록 합시다."

우영달의 결단에 신료들은 서로의 얼굴을 바라보다가 안 되겠다 싶었는지 치타부가 다시 나섰다.

"단군 폐하께 아뢰는 건 재고하심이 마땅한 것으로 사료되옵니다. 이만한 일로 단군 폐하께 보고한다는 것은 거수님의 위신과 관련된 일인지라……."

"이만한 일이라니요? 단군 폐하께서는 백성들을 홍익인간과 이화세계의 이치로 다스리라고 엄명하셨습니다. 그런데 지금 백성들이 못살겠다며 아우성치고 있는데, 이를 보고도 모른 체한다면 어찌 되겠습니까? 이거야말로 단군 폐하로부터 내가 문책을 받을 사유가 아닙니까? 그럼, 나더러 단군 폐하께 불려가 경을 치라고 하는 말씀입니까?"

"어찌 그런 말씀을……. 단지 신은 이 문제를 우리 우씨족 자체 내에서 해결하는 것이 거수님의 권위는 물론이고 우리 우씨족의 위신에도 좋을 것 같아 그리하시라고 말씀 올리는 것이옵니다."

"그렇사옵니다. 재고하여 주시옵소서."

"그럼, 다른 방책이 있어야 할 텐데 딱히 생각해둔 대비책이라도 있다는 말씀들입니까?"

신료들은 또다시 서로의 얼굴을 쳐다보며 음흉한 눈빛들을 나누었다. 우영달이 이렇게 배수진을 치고 나올 줄은 예상치 못한 일이었다. 실상 왕검성으로까지 이 문제가 불거지면 그들로서는 결코 되돌릴 수 없는 상황에 처할 것이 분명해 보였다. 그렇다면 조금 양보하는 게 최선이었다.

"그거야 고리대를 근절할 수 있는 대책 같은 것을 마련하면 되지 않겠사옵니까?"

"맞사옵니다. 지금 많은 백성들이 어려워진 것은 무엇보다 이자가 너무 비싼 데에 있습니다. 그러니 이를 막는다면 많은 부분 백성들의 처지가 개선될 것이옵니다."

지아파는 손바닥을 뒤집듯 말을 바꾸는 저들의 모습에 기가 막혔다. 그렇다면 또 언제 말을 바꿀지 모르니 이 대목에서 분명하게 짚고 넘어가야 했다.

"고리대만 근절한다고 해서 해결되지는 않을 것입니다. 조금 전에 분명히 말했던 것처럼 아무리 빚을 졌더라도 최소한의 생계를 위한 땅은 빼앗지 못하도록 해야 할 것입니다. 이뿐만이 아니라 지금껏 도를 넘어서까지 거둬들인 이자는 되돌려주도록 하여 어려움에 처한 백성들이 다시 일어설 수 있도록 만들어야 합니다."

"아무리 그래도 그렇지, 그렇게까지 한다는 것은……. 아마 그렇게 한다면 이자 돌려달라고 사방에서 들고일어날 것이 분명합니다. 그러면 이 얼마나 혼란스러운 일이겠습니까? 그러니 그것까지는 불가하다고 봅니다."

"그렇다면 단지 이자를 조금 낮추는 방법밖에는 없는데, 그것 가지고 지금의 상황이 해결되겠습니까?"

"그럼, 이렇게 하는 것이……. 이미 지나버린 것은 그대로 두고, 지금부터라도 지아파의 제안대로 시행하면 어떻겠냐는 것이지요."

단군 폐하께 아뢴다는 말 한마디 앞에 신료들은 스스로 절충안을 적극적으로 제시했다. 그 결과 서로 타협할 수 없는 관계처럼 보였던 신료들에 의해 일사천리로 그 합의안이 마련되기에 이르렀다. 이로써 고리대 이자 금지와 최소한의 생계형 농토는 특별한 사유가 없는 한 수탈이 엄금되었다. 또한 관리들이 솔선수범해서 이 안들을 지켜나가기로 하였고, 만약 관리들이 이를 어길 경우 특히 엄벌에 처하기로 하였다.

우영달은 이 결과를 토대로 순둥이 사건을 원만하게 해결했음을 아사달에 보고하게 되어 지극히 만족스러웠다. 여기에는 치타부의 양보가 큰 역할을 했다. 치타부는 다른 무엇보다도 왕검성에 자신의 아들이 저지른 잘못이 알려지게 될까 매우 두려워했다. 그래서 아들 머장이가 벌이려던 일을 그가 직접 가로막고 나선 것이었다.

사실 우영달로서도 이런 문제 하나 해결하지 못하고 왕검성에 직접 아뢴다는 것은 큰 부담이 될 수밖에 없었다. 게다가 신료들이 완강하게 나오는 상태에서는 자신도 어쩔 수 없는 선택이기도 했다. 그는 모든 것을 버린다는 심정으로 결단을 내린 것이었는데, 그게 효험을 발휘한 것이었다.

우영달은 근본적인 대책은 아니라고 해도 이제 백성들이 숨을 쉴 수 있을 것이라고 생각했다. 하지만 그것은 그의 바람이었다고 하는 편이 옳았다. 물론 처음에는 신료들도 동의한 것이기에 모두들 적극적으로 협조하는 것처럼 보였다. 하지만 겉으로만 그렇게 보였을 뿐이지 실상은 그렇지가 않았다. 지금 상황이 좋지 않으니 당분간 몸을 움츠리자는 심산이었다. 얼마간만 버티면 다시 원래대로 돌아갈 것이라고 타산했던 것이다. 그래도 한 가지 변한 것은 있었다. 다름 아닌 관리들이 드러내놓고 그런 짓을 할 수 없게 되었다는 점이었다. 그 결과 그들은 다른 사람들을 대리로 앞세워 그 결과물을 얻는 방식으로 전환하였다. 오히려 이전보다 방식이 교묘해졌다고 할까. 한마디로 자신들은 직접 나서지 않으면서 다른 사람의 뒷배를 봐주는 방식으로 잇속을 챙겼던 것이다.

그래도 백성들은 환호했다. 우영달 거수가 앞으로 고리대는 없을 것이라고 단언했고, 또 막강한 실력자인 치타부가 우영달의 요구를 받아들여 순둥이의 사건을 그에 따라 처리한 것은 하나의 상징으로서의 효과를 가져왔기 때문이었다. 이 일을 통해 그들에게 있어서 단군은 절대적인 의지처가 되었다.

하지만 돈깨나 있는 사람이 모두 그리한 것은 아니었다. 그 대표적인 사람이 무대리였다. 무대리는 주위 인근의 논밭을 거의 차지했다고 해도 과언이 아닐 정도로 부자였다. 그는 재산가들이 이자를 내리면서 농군들의 눈치를 보는 것을 보고 콧방귀를 뀌었다. 어차피 이 주위의 농군들은 자신에게 돈을 빌리지 않고서는 못살 것이라고 판단했다. 도리어 그는 지금 상황에서 재산을 더 불리려는 호기까지 부렸다. 그는 돈을 빌리려고 찾아오는 사람들을 향해 높은 이자를 불러놓고는 배짱을 부렸다.

"빌려가기 싫으면 말게. 나도 요즘은 상황이 상황인지라 돈놀이를 하고 싶지 않으니까."

큰소리치는 무대리 앞에서 대부분의 사람들은 아쉬운 소리를 할 수밖에 없었다. 급한 사람은 바로 그들이었던 것이다. 이렇게 천연덕스럽게 고리대 놀이를 하면서도 무대리는 사람들에게 단단히 못을 박았다.

"이건 내가 요구해서 한 게 아니고, 자네의 사정이 하도 딱해서 내가 마지못해 봐주는 걸세. 그러니 자네와의 거래는 비밀에 부쳐야 할 것일세. 만약 이를 어길 시는 즉시 돈을 갚아야 하는 것은 물론이거니와 앞으로 자네와의 거래는 일절 없을 터이니, 잘 알아서 처신하게."

무대리의 횡포에 사람들은 울며 겨자 먹기 식으로 응했으나 그렇다고 비밀이 그대로 지켜질 수는 없는 일이었다. 다른 자산가들과의 이자 차이를 자연스레 비교하면서 주위 농군들은 무대리라는 놈을 아주 독종이라고 욕하면서 끙끙 앓았다. 하지만 대놓고 그의 행동을 밝힐 수 있는 처지는 못 되었다.

무대리도 농군들 속에서 불만이 팽배하고 있다는 사실을 잘 알고 있었다. 그렇다고 해도 그들이 별수 있겠느냐며 그는 여전히 고리대 이자놀이를 강행했다. 그러면서도 만사 불여튼튼이라고 이럴수록 자신의 뒤를 봐줄 사람을 잘 챙겨놓아야 했다.

그래서 그는 치타부를 찾아가 일반 사람들은 일생에 단 한 번도 만져보기도 힘든 값 비싼 보석을 포함해 엄청난 뇌물을 바쳤다. 이에 치타부는 체면상 뭐 이런 걸 주느냐는 말을 하면서도 어느새 뇌물을 손으로 움켜쥐고선 은근히 무대리를 걱정하는 투로 다음의 말까지 덧붙였다.

"자네의 통은 알아준다니까. 헌데 자네에 대한 소문도 있고 하니……. 사실 지금 상황에서 말썽이 나서 좋을 게 뭐 있겠나? 잘 알아서 하게."

"소인이야 대인께서 계시는데 뭘 걱정하겠습니까? 그리고 제까짓 것들이 뭐라고 떠들어봤자 별수 있겠습니까?"

무대리는 이렇게 말하면서도 치타부의 속내를 비웃었다. 겉으로는 관리라고 해서 농군들의 눈치를 보지만 실상은 이렇게 뇌물이나 챙기고 있는 그야말로 더 구린내 난다는 것이었다.

무대리는 치타부에게 지난번보다 훨씬 더 많은 뇌물을 바쳤으니 이제 걱정할 것이 없어 보였다. 마음이 홀가분하면서도 뭔가 허전하기도 했다. 그러던 차에 집으로 돌아오는 길에 그의 눈에 띄는 게 있었다.

"저 처자가 누구인지 아느냐?"

무대리가 그를 따르는 일꾼을 보고 묻는 말이었다. 그러자 일꾼이 처자를 살펴보더니 곧장 아부하듯 대답했다.

"홍복의 딸 홍아라고 하는데, 이 인근에서는 그 미모가 제일 뛰어날 것입니다. 어째 맘에 드십니까?"

"으음, 어찌하면 되는지 한번 알아보거라."

이리하여 무대리는 홍아를 어떻게든 품을 생각만 하게 되었다. 실상 부유한 재산을 가진 그가 이 인근에서 하지 못할 일이란 것은 거의 없었다. 지금 거느린 여자만 해도 벌써 여러 명이었다. 그런데도 아리따운 여자만 보면 그냥 넘어가지를 못했다. 사치와 향락의 끝엔 항상 색욕이 끼어들었던 것이다.

무대리는 집으로 돌아와서는 홍아라는 처녀를 데려올 일을 꾸미게 되었다. 아니, 그럴 필요도 없었다. 재물을 넉넉히 준다고 하면 귀가 솔깃해서 넘어올 것이 분명했다. 지금껏 데려온 여자들 대부분이 실상 그러했으니 그가 그리 여긴 것은 당연하기도 했다.

하지만 돌아온 일꾼의 말은 그의 예상을 벗어났다.

"아, 말도 마십시오. 그 홍복이라는 놈이 얼마나 깐깐하게 나오는지…… 어떤 경우가 있어도 딸을 팔아넘기는 일은 없을 것이니 그런 일은 언감생심 꿈도 꾸지 말라고 못을 박는데…… 아무래도 이번 일을 포기하시는 것이……"

"무슨 소리? 홍복 이놈이 지금 나하고 흥정하려는 모양인데……. 그렇다면 좀 더 재물을 얹어주고, 만약 그래도 응하지 않으면 당장 빚을 갚으라고 독촉하며 협박해라. 알아듣겠느냐? 어떡하든 성사시키란 말이다."

무대리는 이 정도 하면 홍복이 틀림없이 응할 것이라고 보았다. 하지만 일꾼은 도리어 물벼락만 맞고 쫓겨나왔다고 하면서 도저히 그럴 태세가 아니라고 전했다.

반항하면 할수록 더 품고 싶은 것이 사람의 심리였던가. 그럴수록 무대리는 안달이 나 어떻게 해서든지 그 홍아라는 계집을 품을 생각만을 하였다. 결국 그는 홍복에게 빚을 갚으라고 요구했고, 만약 갚지 못하면 그 대신에 홍아를 자기 집에 데려와서 허드렛일을 하게 하라고 요구했다. 이에 홍복은 그 빚은 올해 농사를 지어서 갚겠으니 그때까지만 기다려달라고 통사정했다. 허나 이미 마음을 굳힌 무대리는 허락하지 않았다.

하지만 홍복은 홍아를 결코 스스로 무대리의 집에 보내지 않았다. 결국 무대리는 장정을 보내 강제로 홍아를 데려오게 하였다. 여러 명의 장정이 달려드는 몸싸움 끝에 홍복은 홍아가 끌려가는 것을 막지 못했고, 목 메어 울었다.

홍아를 강제로 데려온 무대리는 마실 차까지 준비시켜놓고는 그녀를 불러들였다. 홍아는 방문 앞에서 소리 내어 여쭈었다.

"홍아이옵니다. 무슨 분부하실 일이라도 있으신지……."

무대리는 방문을 열고 홍아를 살펴보았다. 멀리서도 한눈에 알아본 것이지만 역시 가까이서 보니 그녀의 미모는 더욱 그의 색욕을 자극했다. 갸름한 얼굴에 잘 익은 사과와 같은 붉은 입술, 거기에다가 탐스럽게 솟아오른 봉우리는, 건드리기만 하면 벌써 터져버릴 것 같은 그의 욕정을 자극했다. 그럴수록 그는 짐짓 다정다감한 목소리로 가장했다.

"자. 이리 들어와 앉아라."

하지만 홍아는 경계의 눈빛으로 바라보면서 방으로 들어서지는 않았다.

"시키실 일이 있으면 그냥 분부하시지요."

"어허! 어서 이리 들어오라니까. 내 긴히 할 말이 있어서 그렇다."

여전히 홍아는 망설였고, 그런 홍아를 무대리는 좋은 말로 해서는 안 되겠다고 여기며 큰소리로 윽박질렀다.

"지금 네가 내 말을 거역할 참이냐? 네가 여기 온 것은 빚을 갚지 못해 그 대신으로 내 시중을 들려고 온 것이다. 그러니 잔말 말고 어서 들어와 내 시중을 들도록 하라."

그제야 홍아가 마지못해 방으로 들어와 앉았다. 그런 그녀를 무대리는 어떻게든 얼러서 자기 말에 따르도록 만들고자 했다. 하지만 홍아는 더욱 경계의 빛을 띠며 몸을 움츠렸다.

"할 말이 있으시면 어서 말씀하십시오."

"자자, 차도 한잔 들고. 너는 손도 예쁜데 그 손으로 힘든 일을 하다니, 쯧쯧! 네가 내 말만 들으면 이제 그런 일을 하지 않아도 될 텐데. 또 네 부모는 어떻고? 내가 어련히 알아서 잘 해주겠느냐? 그러니 네가 내 마음을 받아들이도록 해라. 내 말뜻을 알아듣겠느냐?"

이렇게 무대리가 구슬렸는데도 홍아는 요지부동으로 그런 얘기라면 더 이상 듣지 않겠다고 하면서 밖으로 나가려고 하였다. 이에 안 되겠다고 싶은 무대리는 홍아에게 강제로 자신의 몸을 주무르게 하고는 결국 홍아를 덮치고 말았다. 아무리 버틴다고 해도 몸을 내준 이상 결국엔 어쩔 수 없이 자신의 뜻을 따를 것이라고 보았던 것이다.

하지만 일은 이것으로 끝나지 않았다. 한참 눈물을 흘리며 흐느끼던 홍아가 결국 무대리 집에서 목을 매어 자살하고 말았던 것이다.

"참으로 독한 것. 쯧쯧!"

그러면서 무대리는 못내 아쉬워하였다. 그러고는 말썽이 날까봐 재물을 얼마간 얹어주고는 일이 힘들어서 자살했다면서 홍아의 시체를 홍복의 집으로 돌려보냈다. 홍복은 싸늘하게 식은 홍아의 시신을 붙잡고는 대성통곡하였다. 그놈의 노리갯감으로 보내지 않기 위해 그토록 발버둥쳤건만 결국 그놈의 색욕 때문에 죽게 되었다며 하염없이 눈물을 흘렸다. 그러다가 홍복은 분이 풀리지 않는지 홍아의 시신을 업고는 무대리의 집 앞으로 가서 고래고래 소리쳤다.

"무대리 이놈아! 우리 홍아를 살려내라, 살려내!"

이 소동에 사람들이 모여들었고, 시신을 본 그들은 눈시울을 붉히며 무대리가 이 처녀를 죽인 것이나 다름없다고 욕질을 해댔다. 그러나 그뿐이었다. 어느 누구 하나 나서는 사람은 없고 그저 지켜보기만 할 뿐이었다.

무대리는 사람들이 모여 있다는 소리에 벌컥 화를 내면서 홍복을 빨리 쫓아버리고 사람들까지 해산시키라고 장정들에게 지시했다. 이에 장정들이 홍복을 두들겨 패면서 사람들에게 빨리 흩어지라고 소리쳤다. 하지만 사람들은 쉽게 발걸음을 옮기지 못했고, 홍복은 자신을 밀쳐내려는 장정들에게 피투성이가 되도록 두들겨 맞으면서도 자신의 딸을 살려내기 전까지는 절대 여기서 한 발짝도 움직이지 않겠다며 버텼다.

이렇게 참혹한 광경이 벌어지자 그때까지 잠자코만 있던 사람들 중에서 몇몇이 따지고 덤볐다.

"사람을 죽였으면 장례는 치러주어야지. 어찌 너희들은 인간의 탈을 쓰고 이럴 수가 있냐? 너희들은 사람도 아니냐?"

그러자 장정들은 빨리 꺼지라고 했는데 가지 않고 참견까지 하면서 결국 구경하러 나온 사람들에게까지 몽둥이질을 가했다. 갑작스런 장정들의 몰매에 사람들이 다치고 넘어지면서 사건은 걷잡을 수 없이 커지게 되었다. 장정들의 행동에 분노한 사람들이 그들과 맞붙어 싸우기에 이르렀던 것이다.

처음에는 장정들에게 밀렸지만 곧 상황은 반전되었다. 실상 그들의 불만은 이미 한계를 넘어서고 있었다. 그것이 그만 여기서 폭발해버린 것이었다. 사람들은 장정들을 제압하자마자 지금껏 악질적 행위를 해온 무대리까지 혼내주자면서 너나 할 것 없이 망설이지 않고 집 안으로 밀치고 들어갔다.

무대리의 집은 정말이지 대궐 같았다. 사람들은 이를 보고 놀라면서도 이것이 다 자신들의 피를 빨아서 마련한 것이라고 여기고는 이곳저곳으로 몰려다니며 무대리를 찾아 헤맸다. 그들은 눈에 띄는 것이면 가차 없이 물건들을 부숴버렸다. 물론 무대리는 잡히지 않았다. 벌써 이쪽 상황을 전해 듣고는 달아나버렸던 것이다.

이 사건이 벌어졌다는 소식에 우씨족 수장 우영달은 즉시 철저히 조사할 것을 지시하였다. 고리대 이자를 근절하라고 지시하였건만 감히 자신의 명을 어겼다는 것에 그는 크게 분노하였던 것이다.

한편 무대리는 집에서 빠져나와 몸을 숨기고 있다가 결국 치타부의 집으로 향했다. 그의 가슴은 복수심으로 가득 차 있었다. 감히 자신한테 도전하다니, 이건 있을 수 없는 일이었다. 게다가 어떻게 해서 모은 재산인데, 이렇게 쫓겨 달아날 수는 없었다. 치타부가 도와만 준다면 이 모든 것을 한번에 해결할 수 있을 터였다. 조금만 기다리면 네놈들이 크게 실수했다는 것을 알게 될 것이다. 보복할 생각만으로 가득 찬 무대리는 지금 자신의 처지가 어떠한지를 제대로 파악하지 못했다. 그냥 치타부만 만나면 모든 것이 해결될 것으로 여겼다. 허나 구명줄로 여긴 치타부는 그를 대하는 태도부터 이미 달라져 있었다.

그가 치타부의 대문을 두드렸는데, 지난날 같았으면 문을 활짝 열어젖히고 반갑게 맞이했을 하인들이 얼굴만 슬쩍 비추고는 잠시 기다리라고만 하였다. 그러고는 한참 후에도 나타나지 않았다. 이에 당황한 그는 어서 문을 열라고 재촉했다.

"나는 무대리라는 사람이오. 나를 모르겠소? 어서 문을 열라니까요."

허나 역시 대답은 잠시만 기다리라는 것뿐이었다. 그제야 무대리는 치타부가 자신을 버리려 한다는 생각을 머릿속에 떠올렸다. 이러다가는 재산은 고사하고 생명마저 부지할 수 없을지도 몰랐다. 그는 제발 한 번만 치타부 대인을 뵙게 해달라고 애걸했다.

얼마 후 문이 열리고 치타부의 일을 시중드는 사람이 나타났다. 그러나 무대리의 간절한 애원에도 그를 집 안으로 들이지도 않고 보따리 하나만 발치에 내던져주더니 대뜸 말하는 것이었다.

"이것은 그동안의 정을 생각해서 치타부 대인께서 특별히 온정을 베풀어주는 것이니 그리 알고, 앞으로는 이곳에 얼씬도 하지 마라."

그러고는 다시 문을 닫아버렸다. 너무도 얼떨결에 당한지라 무대리는 한동안 멍하니 그 자리에 서 있었다. 그러다가 치타부가 제 목숨을 부지하기 위해 자신을 배신하는 것에 치를 떨었다. 언젠가 꼭 되갚아주고 싶었다. 하지만 지금 자신이 이럴 상황이 아님을 떠올린 그는 곧장 그 자리를 떠났다.

한편 우영달은 사건을 파악한 후 곧장 무대리를 체포하라고 명하였다. 사회의 기강을 확립하는 차원에서 본보기로 무대리를 엄히 처벌할 심산이었다. 하지만 무대리는 어디로 숨었는지 좀처럼 잡히지 않았다. 대신에 무대리 집에 난입한 죄로 체포한 사람들을 어떻게 처리하는가 하는 문제가 남아 있었다. 신료들은 하나같이 강력한 처벌을 주장하고 나섰다.

"집단적으로 집 안에 난입해 폭력을 행사하고 기물을 파괴하는 행위는 결코 가벼운 죄가 아니옵니다. 만약 이들의 죄를 묻지 않는다면 어떻게 나라의 기강을 바로 세울 수 있겠사옵니까? 그러니 이들의 죄를 엄히 물어야 할 것이옵니다."

하지만 우영달은 이를 일축했다.

"비록 그들이 폭력을 행사하고 기물을 파괴한 죄가 있기는 하나, 이 것은 무대리의 장정들이 무자비하게 폭행을 가하는 과정에서 우발적으로 발생한 것이었으며, 그 원인 또한 전적으로 무대리의 횡포에 있다고 하겠다. 무대리는 고리대 이자를 엄히 금했음에도 이를 어겼다. 그러니 그들에게 죄가 있다 하나 경미하다고 봐야 할 것이다."

그러면서 우영달은 이들이 다시는 이런 죄를 범하지 않겠다는 서약을 받고 풀어주도록 명하였다. 우영달의 이런 결단에는 신료들에 대한 불만과 함께 강한 불신이 깔려 있었다. 도대체 백성들을 잘살게 하라고 했더니 자신들의 잇속만 차리는 행태들이 전혀 마음에 들지 않았던 것이다.

신료들의 반대에도 불구하고 우영달이 이리 단행할 수 있었던 데에는 바로 왕검성의 강력한 지지가 뒷받침되어 있었기 때문이었다. 왕검성에서는 순둥이 사건에 대한 처리를 매우 만족스럽게 여김과 동시에 우영달 거수가 홍익인간과 이화세계의 이치로 지역을 잘 다스려가고 있다는 사실에 큰 신임을 표명하였던 것이다. 그러니 우영달 거수에 대해 신료들이 드러내놓고 대들기는 힘들었다.

이 사건이 일단락된 후 관리들과 재산가들의 횡포는 어느 정도 정리가 되는 듯했다. 우영달의 결심이 얼마나 확고한지 이 사건을 통해서 확인된 셈이었다. 시간이 지나면 자연스레 예전 상태로 돌아갈 것으로 여겼던 재력가나 권세가들도 잔뜩 몸을 움츠릴 수밖에 없었다. 이에 따라 고리대와 같은 횡포는 현저하게 줄어들게 되었다.

허나 한번 꼬인 문제는 그렇게 간단하게 풀어지지 않는 모양이었다. 권세가나 재력가들의 횡포가 줄어드는 듯하자 이제는 관리들이나 재산가들이 나라의 기강이 흔들리는 세상에서는 도저히 못살겠다는 식의 청원을 올리기 시작했다. 이번에는 정반대되는 일이 벌어진 것이었다.

우영달은 처음에는 이를 심각하게 받아들이지 않았다. 권세가들과 재력가들이 한통속이 되어 자신을 반대하기 위해 작당을 벌인다고 여겼던 것이다. 그러나 곳곳에서 계속 청원이 올라오자 그저 무시할 수만은 없었다. 그래서 도대체 어찌 되어가는지 진상을 파악하도록 지시했다.

그 보고는 그의 귀를 의심케 했다. 빚을 얻어놓고도 갚지 않은 현상이 속출하고 있다는 것이었다. 빌린 돈을 갚으라고 해도 배짱을 부리며 버틴다는 것이었다. 그래도 강제로 빚을 받고자 힘을 행사했다가는 나라로부터 처벌을 받을까 두려워 어찌할 수 없으니 부유한 자들은 가급적 돈을 빌려주지 않는다는 것이었다. 그러니 당장의 생계를 위해 남의 집에 들어가 물건을 도적질하거나 공유지에 들어가 마구잡이로 훼손하는 경우가 다반사로 발생하고 있다는 것이었다. 심지어는 남에게 상해를 가하면서까지 물건을 빼앗는 자도 나타나고 있었다.

고리대가 사라져 한시름 놓았다고 좋아했는데, 이제는 나라의 근간을 흔드는 현상이 도처에서 나타나고 있으니 우영달로서는 이만저만 걱정하지 않을 수 없었다.

신료들은 하루빨리 국가의 기강을 문란케 하는 행위에 대해 엄벌에 처해야 한다면서 우영달이 지금껏 취해왔던 대책들이 잘못되었다는 식으로 몰아갔다. 우영달로서는 진퇴양난이었다.

실상 우영달은 이런 백성들의 행위가 납득이 되지 않았다. 자신은 그들을 위해서 고리대 이자 근절과 관리들의 부패를 엄금시켰다. 그런데 도리어 이를 이용하려 하다니, 답답함을 넘어 좀 괘씸하다는 생각마저 들었다. 아무리 봐도 이건 그들이 욕심을 버리지 못했기 때문이라고 볼 수밖에 없었다. 자신의 처지에 따라 먹고살기만 하면 될 것을, 자신의 도를 넘어서 생활하려고 하니 이런 폐단이 나타난다는 판단에서였다.

우영달은 이렇게 생각하면서도 이들의 행위에 대해 적극적으로 체포하라는 명을 내리지는 않았다. 상황이 혼란스럽기도 하거니와 그동안 자신이 취해온 대책과 정면으로 배치되었기 때문이었다. 그래서 사람들을 향해 자신이 직접 호소하는 방식을 택하였다.

"사람에게는 지켜야 할 법도가 있는 법, 이를 어길 시에는 나라의 기강이 무너지고 그것은 또 우리 모두에게 피해를 입힐 것이다. 하기에 아무리 생계가 막막하다 해도 도둑질을 하거나 남에게 상해를 가해서는 아니 될 것이다. 내 이를 백성들에게 호소하는바, 모두가 이를 따르도록 하라."

허나 이런 호소가 먹혀들 리 없었다. 도리어 죄를 묻지 않겠다는 것으로 받아들여져 범죄의 발생 빈도는 하루가 다르게 높아만 갔다.

이에 신료들은 우영달을 압박하기 시작했다.

"죄를 엄벌하지 않으니, 이를 두려워하며 경계하는 자가 없게 되었사옵니다. 심지어는 대낮에도 남의 물건을 빼앗아가고 있는 형국이라 하니, 도대체 이런 나라에서 어떻게 선량한 백성들이 마음 놓고 살아갈 수 있겠사옵니까?"

이제 우영달도 신료들의 간언을 더는 물리칠 수 없었다. 결국 그는 죄를 지은 자들을 체포하여 문란해진 나라의 기강을 바로잡으라고 지시했다.

명이 떨어지기가 무섭게 신료들은 군사를 동원하여 적극적으로 죄인을 색출하기 시작했다. 조금만 이상한 행동을 보여도 즉각 체포되기가 일쑤였다. 어떤 사람은 남의 집 앞을 기웃거렸다고 해서 잡혀왔고, 또 어떤 이는 도저히 그럴 형편이 아님에도 진귀한 물건을 가지고 있는지라 남의 것을 훔친 것이 분명하다 하여 체포되었다. 이렇게 도둑질과 연관되어서만 사람들이 잡혀온 것은 아니었다. 이제는 남에게 빌린 돈을 갚지 않는 것도 도둑질이나 매한가지라며 죄를 받기에 이르렀다. 물론 모든 사람이 이러지는 않았다. 실질적으로 죄를 범해 들어온 자도 있기는 했다.

우영달은 날마다 어제는 몇 명, 오늘은 몇 명 하는 식으로 계속 사람들이 체포되었다는 보고에 속수무책일 수밖에 없었다. 참으로 답답한 노릇이었다. 이렇게 되면 결국 이 우씨족 지역엔 죄인들만 넘쳐나게 되는 꼴이 아닌가? 어찌해볼 수도 없었지만 그렇다고 이런 상황을 더 이상 지켜볼 수만은 없었다. 결국 그는 도대체 왜 이런 일이 발생한 것인지 그 진상을 직접 알아보기 위해 죄인들이 감금되어 있는 옥사를 찾았다. 죄인들의 말을 직접 들어볼 심산이었다.

우영달은 우선 잡혀온 죄인들의 수가 엄청나다는 것에 놀랐다. 하지만 그것은 그들의 몰골을 보고 놀란 것에 비하면 아무것도 아니었다. 그들의 행색은 거의 사람의 모습이라고 할 수 없을 정도였다. 다 해진 옷은 간신히 몸의 중요 부위만 가리고 있었고, 얼굴에는 살점 하나 붙어 있지 않아 광대뼈가 앙상하게 그대로 드러나 있었다. 그들의 모습은 이들이 과연 하루에 한 끼라도 제대로 먹었는지 의심스럽게 만들었다. 풍요로운 세상이 되었다고 했는데 도대체 어찌 된 영문인지 알 길이 없었다.

그는 안쓰러운 마음이 들어 직접 죄수들에게 어찌 된 사유로 여기에 들어오게 되었는지 물었다. 하지만 대다수 사람들은 제대로 말도 못하고 고개를 숙이거나 그렇지 않으면 한 번만 봐달라고 잘못을 빌었다. 그런데 이들 중에 유독 한 사람이 이들과는 전혀 달리 대꾸하고 나섰다.

"그런 것은 뭐하러 물으시는 것이옵니까? 이러나저러나 어차피 죄를 엄히 물으실 것이 분명하지 않사옵니까?"

우영달은 어떤 죄책감도 느끼지 않는 듯한 그의 태도에 적잖이 놀라며 따져 물었다.

"그럼, 너는 남의 물건을 몰래 훔치고, 또 상해를 가하면서 빼앗는 행위가 전혀 잘못되었다고 생각하지 않는단 말이냐?"

"지금 여기 잡혀와 있는 사람들의 행색을 보고도 그런 말씀을 하신단 말이옵니까? 도대체 사람이 살아갈 수 있게 해야 도적질을 하지 않을 것이 아닙니까?"

"그럼, 누가 너에게 못살게 강짜라도 부린단 말이냐?"

"그런 말씀을 하시는 걸 보면……. 하기야 먹고살 만한 양반들이 우리네 삶을 어찌 이해하겠습니까? 말로야 죄 짓지 말고 착하게 살아야 한다고 입버릇처럼 말하지요. 허나 실제로는 자기네들이 도둑질하고 강탈하면서 말입니다."

우영달로서는 혼란스러울 수밖에 없었다. 도대체 한쪽에서는 도적들이 넘쳐나서 못살겠다고 하고, 여기서는 여전히 부유한 자들의 횡포 때문에 못살겠다고 하고 있으니, 도대체 어떤 게 사실인가? 그래서 확인하듯 다시 물었다.

"그럼, 아직도 권세가나 부자들이 횡포를 부리는 일이 벌어지고 있다는 말이냐?"

"답답하십니다. 겉으로야 어느 누가 감히 그것을 드러내놓고 하겠습니까? 허나 여기 있는 사람들 대부분의 처지가 어떤지 아십니까? 이들은 모두 땅 뙈기 하나 가지고 있지 못한 사람들입니다. 그러면 그 땅을 누가 전부 가져갔습니까? 이게 도둑질이 아니고, 강탈이 아니고 뭐겠습니까? 그게 저절로 생기지는 않았을 것이니 말입니다."

이미 세상이 가진 자와 못 가진 자로 철저하게 분화되었다는 지적에 우영달도 공감하는 바였다. 그렇다고 해서 이들의 말에 무조건 찬성할 수는 없었다.

"허나 이미 하늘의 명을 주재하고 계시는 단군 폐하께서도 개인이 농토를 소유하는 것을 허락했을 뿐만이 아니라 그 매매까지도 허용했다. 너희들도 분명 그것을 소유할 수 있었다. 그런데 너희들은 노력하지 않았기에 그걸 얻지 못했던 것이 아니냐? 그렇다면 자기 잘못은 인정하지 아니하고 왜 남의 탓만 하려고 드는 것이냐?"

우영달의 추궁에도 그자는 자신들에게 게으르다고 탓하지만 말고 세상을 똑바로 바라보라고 소리쳤다. 지금 그 어떤 곳도 빈자리 없이 전부 땅 주인이 있는데 어떻게 하느냐는 것이었다. 한마디로 먹고살

길이 막막하다는 것이었다.

한편으론 이해가 되면서도 통치자로서 사회를 문란하게 하는 행위를 묵과할 수 없었기에, 우영달은 그래도 그런 행위는 잘못되었다고 준엄하게 꾸짖었다.

"아무리 그래도 그렇지 어찌 사람으로서 그런 죄악을 저지를 수 있단 말이냐? 만약 너희의 행동을 그대로 묵과한다면 이 나라는 죄악으로 가득 차고 말 것이다. 그래서야 어찌 세상의 질서가 잡히겠으며, 우리가 그토록 바라는 태고의 전설이 실현되겠느냐? 그러니 너희는 그런 죄를 범할 것이 아니라 보다 정당한 해결 방법을 찾아야 했다."

"정당한 방법을 찾아야 했다고요? 말씀 한번 잘하셨사옵니다. 땅한 뙈기도 없는 저희들에게 어느 누가 돈과 먹을거리를 빌려주겠습니까? 운 좋게 빌렸다 해도 그것을 되갚을 수도 없는 것이 지금의 형국입니다. 그러니 저희들이 뭘 먹고 살겠습니까? 입에 풀칠이라도 하려면 말이옵니다. 여기 있는 사람들이 정말 무엇을 바라는지 아시옵니까? 바로 먹고살아 갈 길을 마련해달라는 것입니다. 그리만 해준다면 어찌 남의 물건이나 훔치면서 구차한 삶을 연명하려고 하겠습니까? 제발 우리가 범한 죄는 달게 받겠으니 살 방도를 열어주시옵소서."

이 말이 끝나기가 무섭게 그 주위에 있는 사람들이 언제 그랬냐는 듯이 한꺼번에 "살길을 열어주시옵소서."라고 외치는데, 그것은 거의 울부짖음에 가까웠다.

우영달은 그곳에 더는 있지 못하고 자리를 박차고 나와버렸다. 여전히 그의 귓가에는 살길을 열어달라는 사람들의 흐느끼는 목소리가 쟁쟁 울리고 있었다. 무엇이 문제였는지 그 진상이 분명히 밝혀진 것이었다.

하지만 이를 어찌할 것인가? 이들의 말대로 문제를 풀자면 땅을 떼주어야 했다. 허나 이미 주인이 있는 사람의 땅을 어떻게 빼앗아준단 말인가? 이건 나라의 근간과 관련된 중대한 사안이었다.

결국 우영달은 고심 끝에 이 문제는 자신의 선에서 해결할 수 없다고 판단하고는, 단군에게 이에 대한 대책을 세워줄 것을 요청하기에 이르렀다.

왕검성에서는 우영달의 질문에 그 해답을 찾기 위한 토론이 대신들 사이에서 활발하게 진행되었다. 하지만 그 어떤 합일점을 도출하지 못하고 있었다.

실상 아사달 지역 또한, 단군이 직접 다스리고 있기에 도둑질까지는 벌어지고 있지 않았지만, 이미 빈부의 격차가 크게 벌어지고 있는 상황이었다. 어찌 보면 오십보백보였다. 이런 상황이었으니 왕검성의 대신들도 서로 편이 갈리어 다른 주장을 폈다.

"단군 폐하! 이 모든 병폐의 근원을 따져보면 농토를 사적으로 소유하게 된 것에서부터 기인하고 있사옵니다. 그러하오니 이 문제를 근원적으로 해결하기 위해서는 이제부터라도 토지에 대해 개인의 소유를 엄금해야 한다고 사료되옵니다."

"그건 아니 될 소리입니다. 우리 주신의 나라가 이토록 빨리 발전하게 된 것은 모두가 열심히 일하는 사람들이 그 혜택을 누리도록 한데에 있습니다. 그런데 이를 폐지해버리자니? 말도 안 되는 소리입니다."

"그리 말씀하시면 안 되지요. 대신도 아시다시피, 개인에게 농토를 소유하게 한 원래 목적은 열심히 일하는 자와 능력이 있는 자가 더 많은 소득을 가져가도록 하여 보다 빨리 재부를 늘리자는 것이었습니다. 그런데 그것이 도를 넘어 소득의 분배를 왜곡시키고 있단 말입니다. 즉 상황이 달라진 것입니다. 그리하여 몇몇 사람에게만 옥토가 집중되는 반면에 수많은 사람들은 한 뙈기의 땅도 갖지 못하는 형편에 이르렀으니, 그 수많은 사람들이 어찌 살아갈 수 있겠습니까? 지금 백성들이 못살겠다고 아우성을 치고 있는 것은 전부 이 때문입니다. 그런데 이를 보고도 그런 말씀만 하시는 겝니까?"

"허허! 어찌 빈대를 잡으려고 초가삼간을 모조리 태우는 우를 범하시려는 겝니까? 만약 그리 조치했다가 먹고사는 문제를 해결하지 못한다면 어찌할 작정이십니까? 이거야말로 더 큰일 아닙니까? 실상 지금 빈부의 격차가 심하게 벌어지게 된 것은 사람들의 탐욕에도 원인이 있다는 점을 인정해야 합니다. 그러니 무조건 개인의 토지 소유를 엄금하자고 할 게 아니라 나라의 발전을 이룩하게 하면서도 그 병폐를 막을 수 있는 조치를 강구하여야지요."

"그 정도 대책으로 될 것 같았으면 뭘 걱정하겠습니까? 허나 지금 사람들의 물욕은, 멈출 수 없는 수레바퀴처럼 그 자체가 거대한 괴물이 되어가고 있단 말입니다. 사람들은 갈수록 사치와 향락에 물들어가고 있으며, 그로 인해 인간관계까지도 삐그덕거리는 심각한 사태까지도 발생하고 있어요. 이를 보고도 그런 태평한 소리를 계속하고 계시면 어떡합니까? 이래서야 어디 태고의 전설을 실현할 수 있겠습니까? 아니지요. 그러니 오히려 사람들의 탐욕을 완전히 제거할 근본적인 대책을 세워야 합니다."

　서로의 논박이 오가는 중에도 단군은 듣기만 할 뿐 어떤 의견도 표시하지 않았다. 한참 후에야 그는 입을 열었는데, 좀 더 심사숙고한 후에 결론을 내자는 말만 했을 뿐이었다. 물론 단군도 고심하고 있었다. 하지만 우씨족 거수가 직접 요청한 문제에 시일만 끌고 있을 수는 없는 일이었다. 사실 단군은 신지가 전국을 주유하고 돌아와 보고한 바를 듣고는 대책이 필요하다고 느끼고 있었다.

　실상 사람들은 주신의 나라가 선포되었을 때, 곧 태고의 전설이 이 세상에 도래할 것처럼 받아들이는 경향이 많았다. 그러나 단군은 주신의 나라의 선포 자체는 아무것도 아니며 더 험난한 고비가 기다리고 있다는 사실을 잘 알고 있었다. 그만큼 나라의 토대를 쌓아가는 과정은 그것을 파괴하는 과정보다 훨씬 힘든 것이었다. 마고麻姑의 성성城 자체가 그랬다. 오미五味의 변變으로 천상의 세계가 깨져버리기는 쉬웠으나 다시 복본複本을 이루려는 여정은 정말이지 험난하였던 것이다.

　게다가 태고의 전설은 옛날의 과정으로 단순히 돌아갈 수 있는 문제도 아니었다. 설사 천상의 낙원 세계로 돌아가려고 해도 이제는 다시 돌아갈 수가 없었다. 오직 답은 하나, 이 인간 세상에서 태고의 전설을 실현하는 것이었다. 그것도 그 무슨 힘의 도움을 받아서가 아니라 바로 인간 스스로의 힘으로 새로운 인간 세상을 개척해야만 했다. 실상 주신의 나라를 선포하는 것 자체가 이 세상에서 참다운 인간으로서 살아가겠다는 선언에 다름 아니었다. 그렇다면 결국 이 문제를 해결하는 데 있어 관건은 얼마나 많은 사람들을 인간으로서 깨우치게 만드느냐에 달려 있었다.

단군은 스르르 눈을 감았다. 지금껏 배고픔과 추위에서 벗어날 수 있도록 재부를 늘려가는 데 주안점을 두었다면, 이제는 그로 인해 파생된 문제를 해결하면서도 사람들의 자각 수준을 끌어올리는 조치를 취해야만 했다. 이건 과감한 결단을 필요로 하였다.

단군의 결심을 가장 먼저 알아본 사람은 신지였다. 신지는 대전에 들렀다가 단군의 결연한 눈빛을 보고서 그의 의중을 떠보듯 물었다.

"드디어 결단을 내리셨사옵니까?"

"그리 보입니까? 그런데 신지 대신은 어찌 생각합니까? 다른 대신들은 의견을 밝히는데 대신만 아무 말 않고 있으니 말입니다."

"그거야 단군 폐하께서 어련히 알아서 처리하실 것인데 소신이 무엇을 걱정하겠사옵니까?"

신지가 여전히 즉답을 피하자 단군이 재차 물었고, 신지는 그거야 단군의 결단만이 남은 것 아니냐는 듯 당연하게 대답했다.

"소신의 소견인지 모르겠사오나, 그거야 사람들이 더는 서로 다투지 않을 본질적인 대책을 내는 것이 아니겠사옵니까? 만약 주신의 나라 내부에서 분열이 생긴다면 태고의 전설을 실현하는 것은 어림없는 일일 것이고, 도리어 각 나라 간에 전쟁을 일삼았던 지난 시기보다도 더 참혹한 결과를 초래하고 말 것이기 때문이옵니다."

"본질적 대책이라? 언젠가는 그래야겠지요. 헌데 그 본질적 대책을 제시한다고 해서 사람들이 그걸 따를 수 있을지, 무조건 강박한다고 해서 그리될 수 있을지……. 그런데 신지 대신은 복본을 통해 그 옛날 태고의 전설로 돌아갈 수 있다고 보시는 겁니까?"

모든 인간이 고통도 불행도 모르고 행복하게 사는 세상은 지금껏 모든 사람들의 이상향이었고, 그 구체적인 모습은 태고의 전설로 내려오고 있었다. 그런데 태고의 전설로 되돌아갈 수 없다는 단군의 말에 신지는 깜짝 놀라지 않을 수 없었다.

"그럼, 단군 폐하께서는 태고의 전설을 실현할 수 없다고 보시는 것이옵니까?"

"그게 아니라 지금은 인간 세상을 개척하는 새로운 시대라는 것이지요. 그런데 어찌 이런 세상에서 그 옛날 방식으로 태고의 전설을 실현할 수 있겠느냐 하는 것입니다. 그래서는 불가능하지 않겠습니까? 그렇다면 왜 태고의 전설이 지금껏 실현되지 못했겠습니까? 그토록 우리의 선대 조상들이 복본을 이루기 위해 온갖 고초를 겪으며 노력해왔는데도 말입니다."

"그야 인간이 욕심과 욕망을 완전히 버리지 못했기 때문이 아니옵니까? 그로 인해 서로 질시하고 싸우고, 심지어 죽이기까지 하니……. 그래서 소신은 지금 이를 방지할 근본적인 대책을 마련해야 한다고 생각하는 것이옵니다."

"그런 점이 없지는 않겠지요. 허나 그게 전부일까요? 그러면 인간이 욕망을 갖지 못하도록 조치를 취한다면 과연 그토록 원하는 태고의 전설이 실현될까요?"

"네? 그게 도대체 무슨 말씀인지……."

신지의 눈동자가 커졌고, 단군은 계속 말을 이어나갔다.

"자, 보십시오. 천상의 낙원에서 우리 인간은 지유地乳를 마시면서 배고픔도 고통도 모르고 행복하게 살았습니다. 그런데 오미의 변을 일으켜 그보다 더한 세상이 없는 그 천상의 세계를 혼란에 빠뜨렸습니다. 그 이유는 인간 스스로에 대한 의문 때문이었습니다. 이건 결국 인간으로서의 근원적인 깨달음을 얻지 못하고서는 태고의 전설도 실현될 수 없다는 것이 아니겠습니까?"

신지는 갑자기 정신이 아득해질 만큼 큰 충격을 받았다. 그는 실상 고통과 불행을 겪지 않는, 아니 그런 것이 아예 없는 태고의 전설을 떠올렸지 인간으로서 자각해야만 태고의 전설이 실현된다는 생각을 해보지 못했던 것이다. 단군의 말이 계속 이어졌다.

"천상의 세계가 실현되었다가 오미의 변에 의해 그 세상이 무너지고, 다시 복본을 이룩하기 위한 태고의 전설이 내려오는 것은 그저 그 옛날의 세상으로 돌아가자는 것이 아닐 것입니다. 인간이라는 깨달음을 통해 새로운 인간 세상에서 태고의 전설을 실현하라는 것일 겁니다. 그 때문에 나는 주신의 나라를 선포하였던 것이고, 이 새로운 인간 세상에서 태고의 전설을 실현하겠다고 약속하였던 것입니다. 그 어떤 곳도 아닌 바로 이 인간 세상에서 말입니다. 그러자면 신지 대신이 주장하는 것처럼 근본적인 대책만이 능사가 아닐 것입니다. 인간이 살면서 겪게 되는 생사고락을 잘 알아야 하니까요. 고통과 불행, 그리고 번뇌 등을 겪어내는 인간의 힘만이 새로운 인간 세상을 개척할 수 있으니 말입니다."

욕망에 물든 이 세상의 인간에게 거의 절대적 신뢰를 표명하는 단군 앞에서, 신지는 갑자기 자신이 작아지는 느낌을 받았다. 이건 지금껏 한 번도 느끼지 못했던 기분이었다. 그만큼 새로운 인간 세상을 확신하는 단군이 거대한 산으로 보였던 것이다.

신지가 돌아간 이후에도 대신들 간에는 여전히 갑론을박하며 논쟁이 전개되었다. 하지만 목소리를 높였던 처음과 달리 점차 합일점을 찾아가고 있었다. 긍정적이든 부정적이든 이런 논박 과정을 통해 자신은 물론이고 상대방의 입장을 더 잘 이해하게 되었던 것이다. 허나 그 종지부는 역시 단군이 찍어야만 했다.

마침내 단군이 대신들을 모아놓고 입을 열었다.

"그동안 참 많은 얘기들이 오갔습니다. 허나 그 얘기들의 요점은 하나같이 탐욕을 인정하느냐 마느냐, 아니면 개인의 토지 소유를 엄금하느냐 마느냐 하는 것이었습니다. 하지만 분명한 것은 새로운 인간 세상은 사람이 열어나가야 한다는 것입니다. 그렇다면 결국 어떻게 하면 사람으로서의 자각을 드높여 새로운 인간 세상을 열어나갈 것인가의 차원에서 심사숙고하여 그 방안을 찾아야 하지 않겠습니까?"

단군의 말이 이어지면서 대신들의 얼굴이 붉게 상기되었다. 단군의 접근 방식이 명확하다는 것을 느낌과 동시에 그동안 자신들이 얼마나 좁은 사고의 틀 안에서 논쟁을 벌여왔는가를 깨달았던 것이다. 그럴수록 그들은 단군의 말에 귀를 기울였다.

"대신들도 아시다시피, 새로운 인간 세상을 개척하기 위해 주신의 나라를 세운 이래로 수년이 흘렀습니다. 그동안 우리는 우선 추위와 배고픔에서 벗어나기 위해 온갖 심혈을 기울여왔습니다. 다행히 그러한 노력의 성과는 컸습니다. 다 여러분과 백성들이 고생한 보람입니다. 허나 지금에 이르러 우리 주신의 나라는 이로부터 새로운 단계로 전진해가느냐, 아니면 중도반단하여 하차하느냐 하는 중대한 갈림길에 처하게 되었습니다. 나는 여기서 우리 앞을 가로막고 있는 고비가 어떠하다 할지라도, 기꺼이 앞으로 나아가 새로운 인간 세상의 단계를 열기 위해서 중대한 조치를 취하기로 결심하였습니다."

결심했다는 말 앞에 대신들은 숨을 죽였다. 이건 고심하여 결정한 것이니 그 어떤 반론도 허락하지 않고 무조건 지키게 하겠다는 뜻을 내포하고 있었기 때문이었다. 그 뜻을 분명하게 보여주듯 갑자기 단군이 단호한 목소리로 엄명했다.

"너희들 열 손가락을 깨물어보아라. 어디 아프지 않은 손가락이 있더냐? 소나 말을 살펴보아도 서로 먹이를 나누어 먹지 않더냐? 그렇듯 이 세상의 모든 만물은 하늘의 것으로서 하늘의 주인이 이용하는 것이다. 그래서 누구나 이 만물을 이용할 수 있는 것이다. 어찌 대기 속에 있는 공기를 누구만 사용하고 누구는 사용할 수 없겠는가? 공기는 누구나 사용해도 결코 부족함이 없다. 뿐만 아니라 스스로 필요한 만큼만 사용하면 그 이상은 가질 필요도 없다. 이것은 쓰임이 한정되고 그 양은 무한하기 때문에 그렇다.

하지만 땅은 일정하게 한계가 있다. 그러니 어떤 사람이 이를 무한정하게 가진다면 다른 사람은 이로부터 하늘의 혜택을 받을 수가 없다. 그런고로 하늘로부터 부여받은 땅을 혼자서 무한정 가지려고 욕심을 부리는 것은 허용할 수 없다. 마찬가지로 하늘로부터 부여받은 땅을 성심껏 경작하지 아니하거나 남의 것을 훔치거나 사람을 해치는 것 또한 하늘의 혜택을 받을 수가 없다. 이에 모두가 서로 사랑할지언정 헐뜯지 말 것이며, 서로 도울지언정 다투는 일이 없어야 할 것이다. 만약 이리한다면 하늘의 혜택을 받아 집안도 나라도 전부가 크게 융성하게 될 것이다."

자신이 말하고자 하는 원리를 차분히 설명한 다음, 단군이 잠시 말을 멈추고 대신들의 얼굴을 하나하나 살펴보았다. 뭔가를 확인하고자 하는 의도 같았다. 그런 단군의 태도에 대신들은 마른 침을 삼키듯 긴장하며 그의 하명만을 기다렸다. 이윽고 단군의 입에서 계율이 발표되었다.

"나는 오늘부로 모든 사람이 하늘의 혜택을 받도록 정전제를 가급적 지키도록 명할 것이며, 그 대가로 나라에 20분의 1조를 바치도록 명하노라. 아울러 앞으로 주신의 나라에서 꼭 지켜야 할 금법禁法을 제정하는바, 남을 죽인 자는 그도 같이 죽여서 다스릴 것이며, 남을 다치게 한 자는 곡식으로 그것을 배상케 할 것이며, 남의 물건을 도둑질한 자는 그 집의 노비가 되게 할 것을 정하니, 이를 엄히 시행토록 하라."

단군의 엄명이 떨어지자 대신들이 부복하며 소리쳤다.

"명을 따르겠사옵니다, 단군 폐하!"

그날 이후 왕검성은 부산하게 움직이기 시작했다. 단군의 계율은, 인간 세상을 개척하는 새로운 단계로 전진하자는 선포인 데다가 그 조항이 매우 엄격했으니 그럴 수밖에 없었다.

하지만 단군이 그토록 망설였던 것에서 드러나듯, 명 하나만으로 세상이 바로잡아질 수 있을지는 모를 일이었다. 어쩌면 계율을 지킬 것을 명한 법금法禁의 선포는 단지 모든 일의 시작에 불과한지도 몰랐다. 각 지역의 거수들에게 연이어 파발마가 떠나갈 즈음, 하늘에서 불어온 바람도 제 방향을 잃고 떠돌기만 했다.

짐승에겐 철퇴를, 인간에겐 교화를

계율을 엄히 지키라는 단군의 하명에 각 거수들은 난처해했다. 지엄한 명을 내렸으니 따르지 않을 경우 징계를 각오해야 했기 때문이다. 허나 무조건 따르기에는 계율이 너무나 혁신적이었고 또 상당히 가혹하기까지 했다. 그래서 각 지역의 거수들은 어찌할지를 두고 전전긍긍했다.

사씨족의 거수 사우라 또한 마찬가지였다. 그 누구도 아닌 단군의 명이라고는 하지만 아무리 봐도 이건 엄청난 강권을 동반해야 했기에 섣불리 시행했다가는 여러 가지 반발을 초래할 것임이 분명했다. 그래서 그는 신료들을 모아놓고 의견을 구했다.

"단군 폐하께서 계율을 엄히 지키라고 명을 내리셨는데, 나는 어찌해야 할지 모르겠네요. 뭐 좋은 방안이 있으면 말씀해주세요."

하지만 어떤 신료도 입을 열려고 하지 않았다. 이들의 대부분은 단군의 명이 너무 지나치다고 생각하고 있었던 참이었다. 하지만 만약 잘못 발언했다가는 그 후과가 어디까지 미칠지 모르는 일이었다.

이에 사우라가 은근히 신료들의 발언을 유도했다.

"단군 폐하께서는 분명 깊은 뜻을 가지고 이런 대책을 내셨을 것입니다. 하지만 내 짧은 소견으로는 좀 이해가 되지 않아요. 홍익인간과 이화세계의 이치로 다스리라고 하시면서 어찌하여 이런 조치를 시행하라고 하시는지 말입니다. 그렇지 않습니까?"

"소신도 그리 여겨지옵니다. 그 방안대로 시행하면 필시 혼란을 초래하고 말 것이옵니다. 이제야 겨우 자리를 잡아가는 마당인데 말이옵니다."

"맞사옵니다. 정전법井田法을 실시하려면 토지의 소유권을 재분배해야 하는데, 어느 누가 이를 받아들이겠습니까? 필시 땅을 내놓아야 할 사람들이 불만을 제기할 것이고……. 그리고 형벌 조항은 또 얼마나 가혹합니까? 이런 계율로 어떻게 백성들을 다스리라는 것인지……."

신료들이 기다리기라도 했다는 듯 단군의 방안을 부정하고 나섰다. 그러자 매고자라는 신하가 반대 의견을 표명했다.

"그렇게만 볼 것이 아닙니다. 언뜻 보면 모두에게 불만스럽게 보이지만 실상 그 내막을 따지고 보면 모두에게 이로운 안이기도 합니다. 서로가 상생하려면 자기 것만 고집해서야 되겠습니까? 조금씩 양보해야지요. 그리고 이 안은 직접 단군 폐하께서 엄명하신 겁니다. 그런데 이를 따르지 않으려고 하시다니요? 그랬다가 어떤 문책을 받으려고 그러시는 겝니까?"

"아무리 그렇더라도 이건 지금까지 시행해온 질서의 근간을 흔드는 안이에요. 그러니까 결국 모든 사람들을 적으로 만들 수도 있다는 겁니다. 그런데도 이 방안을 그대로 시행해야 하겠습니까? 아닌 말로 사람들을 설득시켜서 이치대로 다스려가자면 점진적으로 하나씩 고쳐나가야지요. 비록 그 명이 지엄하다 해도 재고를 요청하심이 옳을 것으로 사료되옵니다."

"시행도 안 해보고 재고라니요? 단군 폐하의 신하된 자로서 그런 말을 함부로 입에 올리다니……. 그건 있을 수 없는 일이옵니다."

"그렇다면 곧바로 시행하기보다는 다른 거수들의 움직임을 보면서 진행하는 것이 어떻겠사옵니까?"

"아무래도 그리하는 것이 좋겠지요."

사우라는 이렇게 결심하고는 곧장 다른 거수들의 움직임을 파악하기 위해 나섰다. 다른 거수들 역시 난감하기는 마찬가지인지라 그들 또한 눈치를 보아가며 결정하려 하고 있었다.

사우라는 자기 혼자만 그런 것이 아니라는 사실에 우선 안도했다. 하지만 안심하기엔 아직 일렀다. 다른 거수들이 계속 단군의 명을 따르지 않는다고는 장담할 수가 없었다. 그래서 그는 이를 해결해볼 생각으로 다른 거수들에게 은근히 자기 뜻을 피력했다. 차일피일 미루면 흐지부지될 것이고 결국 단군도 어쩔 수 없지 않겠느냐는 주장이었다. 다른 거수들 역시 사우라의 생각과 비슷했는지라, 그가 앞장서면 자신들도 따르겠다는 의중을 내비쳤다.

그러다보니 우씨족의 거수 우영달을 제외하고는 대부분의 거수들이 단군의 명을 적극 이행하지 않으려는 현상으로 번져갔다. 어찌 보면 우영달 또한, 신료들이 다른 거수들의 반대 움직임에 영향받아 잘 따르지 않아서 어려움을 겪고 있기는 매한가지였다.

이런 상황의 전개에 왕검성의 대신들은 즉각 거수들에 대해 응징을 해야 한다고 거듭 상소를 올렸다.

"지금 즉시 거수들을 소환하여 문책하여야 하옵니다. 그러지 않는다면 어느 누구도 그 명을 이행하려고 하지 않을 것이옵니다. 단호한 조치를 내리시옵소서."

"맞사옵니다. 이대로 가다가는 이 주신의 나라는 사분오열되고 말 것이옵니다. 빨리 결단을 내려주시옵소서."

하지만 단군은 고개만 끄덕일 뿐 그 어떤 징계를 내리려고도 하지 않았다.

이런 왕검성의 반응에 사우라는 더욱 과감하게 자신의 숨은 의도를 드러냈다. 거수들이 자신을 확실히 밀어주기만 한다면 그가 앞장서서 단군께 재고를 요청하겠다는 것이었다. 이렇게 자기주장을 관철하려는 움직임을 전개하여 자신이 새로운 권력자로 등극할 수 있는 기반을 닦아놓고자 했던 것이다.

실상 명령 체계로 보면 단군이 모든 군사의 통솔권을 가지고 있었다. 하지만 여전히 각 거수들이 군사를 직접 거느리고 있었기에 실질적인 힘은 거수들에게 있었다. 그러니 이들 모두가 자신을 지지하면 단군도 어쩔 수 없을 것이라고 타산한 것이었다. 그가 보기에 단군의 지시는 결코 거수들이나 재력가들은 물론이고 백성들조차 찬성할 리 없는 안이었다. 한동안 이행하지 않고 버티기만 하면 승산이 있었다. 어차피 사람들 모두가 자기의 뜻에 동조할 수밖에 없는 처지라고 여겼던 것이다.

이러다보니 아사달을 제외한 대부분의 지역에서 사씨족의 거수 사우라의 종용에 따라 단군의 명을 차일피일 미루며 거부하려는 움직임까지 나타나게 되었다. 그뿐만이 아니었다. 단군이 너무 급진적이고 가혹한 형벌 조항까지 신설해 사회를 혼란에 빠뜨리려는 것을 사우라 거수가 점진적 개혁안을 제안하여 가능한 한 혼란을 막으려 한다는 소문까지 나돌았다. 한마디로 사우라 거수야말로 진실로 백성을 생각하는 새로운 지도자이며 이제 대세는 그에게 기울어지고 있다는 것이었다.

이런 움직임에 가장 큰 충격을 받은 이는 호한이었다. 실상 호한은 단군을 그 누구보다 부정하고 그에게 대항한 사람이었다. 그런데 단군과 겨루고 난 후에는 그가 얼마나 위대한 영웅인지를 깨달았고, 그 후부터는 누구보다 충심으로 그를 섬기고 있었다.

그런데 자신보다 한참 모자라 보이는 자들이 감히 단군에게 도전하려들다니……. 이건 충격이라기보다는 오히려 모멸감에 가까웠다.

사씨족의 사우라 거수만 해도 그랬다. 그자는 호한이 단군에게 패하기 전에는 자신에게 머리를 조아리며 아부를 해대는 자였다. 그런데 이놈이, 지금 하는 짓을 보면 호랑이가 없다고 여우처럼 왕 노릇을 하려드는 격이었다. 성질 같아서는 이놈들을 당장 혼구멍을 내주고 싶었다. 허나 단군은 폭력으로 해결하려는 사람이 아니었다. 저렇게 대신들이 상소를 올려도 꿈쩍도 하지 않고 있으니……. 어차피 상소해봐야 책망만 들을 것이 뻔해 호한은 그저 속만 태웠다. 그러면서도 저런 자들을 그대로 두고 보는 단군의 심사를 도무지 이해할 수 없었다.

한편 단군은 이런 사태의 전개에도 불구하고 조용히 눈을 감았다. 토지 소유권의 재분배를 요구한 데다 또 가혹한 형벌 조항까지 신설하여 지키라고 하였으니 어쩌면 그들이 이리 나오는 것은 당연한 일인지도 몰랐다. 이를 예상하지 못한 바는 아니었다. 그래서 결단코 지키라고 엄명하였던 것이고, 또 그 때문에 거수들이 태만하여도 곧장 문책하지 않았던 것이다. 허나 이제 그 진상이 확연히 드러난 이상 머뭇거릴 이유가 없었다. 칼을 뽑아야 했다. 이런 사태 하나 해결하지 못한다면 새로운 인간 세상은 한낱 꿈에 불과할 수밖에 없기 때문이었다.

마침내 때가 되었다고 판단한 단군은 좌현왕 호한을 불러들였다.

"좌현왕께 긴히 부탁할 일이 있어서 이리 불렀습니다."

"부탁이라니요? 그저 하명하시옵소서. 그런데 소신이 할 일이라는 게……. 설마 지금 벌어지고 있는 거수들의 움직임을 두고 말씀하시는 것은……."

"바로 맞췄습니다. 내 그 일을 부탁하고자 함입니다."

단군이 너무도 선선히 인정하자 호한이 도리어 얼떨떨한 기분이 들었다. 실상 백성들을 가혹하게 다스려온 것은 바로 호한 자신이었다. 강한 자만이 살아남는 것이 자연의 순리라고 생각했고, 그 자신이 가장 강한 자로서 온 세상을 다스리는 것이 당연하다고 여기며 단군에게 대항했다. 그런데 이 방식이 잘못되었다고 지적한 사람이 바로 단군이었는데, 이제 와서 자신에게 거수들을 내치라고 하는 것만 같아 그에겐 너무도 의외였던 것이다.

"그 일을 하자면 단호하게 내쳐야만 하는데, 그리하라는 말씀이온지……."

"역시 좌현왕답습니다. 내 그래서 이 일을 좌현왕께 맡기고자 하는 겁니다. 이 일을 하실 수 있는 분은 바로 좌현왕밖에 없으니까요."

"그리 말씀하신다면 소신 충심으로 받들어 그 일을 처리하겠사옵니다. 소신이 이미 바라던 바이고, 사실 주청드리려고 한두 번 벼른 것이 아니었사옵니다. 그러니 이제 심려 놓으시옵소서. 그런데 소신은 의문이 풀리지 않는지라……."

"어떤 게 말입니까?"

"지금껏 단군 폐하께서는 홍익인간과 이화세계의 이치로 세상을 다스리라고 말씀하시고, 또 강권으로 통치하지 말라고도 하셨습니다. 게다가 그토록 대신들이 각 거수들을 엄벌에 처하자고 주청하였는데도 묵묵부답이셨습니다. 그런데 왜 이제 와서 이렇게 단호한 조치를 취하라고 하시는지…… 예전과 좀 달라 보이는지라……."

"으음! 내 행동이 모순되어 보인다는 말씀이지요. 허나 그렇지가 않습니다. 내가 지금껏 기다려온 것은 누가 짐승이고 누가 사람인지 확인하기 위해서였습니다. 왜냐하면 짐승에게는 짐승의 법칙을 적용하고, 사람에게는 사람이 살아가는 법도로 다스려야 하니까요. 사람에게 짐승의 법칙을 적용해서야 되겠습니까? 그러니까 홍익인간과 이화세계의 이치는 사람을 다스리는 법도이지 짐승에게 적용되는 법칙이 아니라는 겁니다. 그런데 지금 거수들은 말로는 백성들을 위한다고 현혹하고 기만하면서 사나운 짐승의 발톱을 드러내고 있습니다. 바로 저들의 세 치 혓바닥에는 사나운 짐승의 비수가 숨겨져 있단 말입니다."

어조가 다소 격양되었다고 느꼈는지 단군이 잠시 말을 멈추었다. 그러고는 호흡을 가다듬고 다시 말을 이어나갔다.

"새로운 인간 세상을 열어 모든 사람이 복되고 행복하게 사는 그런 태고의 전설을 실현하자면, 우리가 앞으로 나아가야 할 길은 아주 멀고도 험합니다. 그런데 그 과정에서 가장 경계해야 할 것은 바로 짐승의 법칙을 강요하려고 하는 자들입니다. 짐승의 법칙에서 벗어나야만 인간이 될 수 있기 때문에 우리는 과감하게 그들을 내쳐야 합니다. 참인간이 되지 못하면 새로운 인간 세상을 결코 열어갈 수가 없습니다. 그들은 겉으로는 분란을 조성하지 않겠다고 번드르하게 말하지만 실상은 힘 있고 부유한 자만이 모든 것을 차지할 수 있도록 하고 있습니다. 만약 이것이 통용되면 어떻게 되겠습니까? 인간은 필시 먹이를 놓고 다투는 사나운 짐승처럼 서로 싸우게 되고 말 것입니다. 이건 약육강식의 법칙으로, 다시 짐승의 생활로 되돌아가자고 하는 것이나 마찬가집니다. 그들이 지금 짐승의 사나운 피 냄새를 속이려 하지만 그 피 냄새는 사방으로 퍼지지 않을 수가 없습니다. 그 속셈이 이러할진대 어찌 저들을 그대로 놔둘 수가 있겠습니까? 그래서 나는 새로운 인간 세상을 열어나가기 위해 단호하게 이런 짐승의 무리들을 제거하고자 결심한 것입니다."

짐승의 무리를 내치려 한다는 단군의 말에 호한의 얼굴이 화끈 달아올랐다. 지난날 짐승의 굴레에서 벗어나지 못한 자신의 모습이 떠올랐기 때문이었다. 힘만을 놓고 보면 자신이 단군을 이기지 못할 바는 아님에도, 실상 대결에서 번번이 졌던 이유는 자신이 인간의 도를 깨우치지 못한 데 있었다.

"소신 우둔하여 다는 이해하지 못하겠습니다만, 그래도 짐승의 무리를 용서해서는 안 된다는 말씀만은 잘 알겠사옵니다. 이제 소신이 나서서 짐승의 무리를 쓸어버리겠사오니 그만 심려 놓으시옵소서."

"내 좌현황을 믿습니다. 이제 새로운 인간 세상을 개척하는 운명은 좌현왕의 두 어깨에 달려 있습니다. 다시는 짐승의 무리들이 날뛰지 못하도록 초석을 다져주세요. 자, 그러면 이걸 받으세요."

단군이 청동검을 꺼내들어 호한에게 건넸다. 검을 준다는 건 단군이 가지고 있는 권한을 호한에 일임하겠다는 뜻이었다. 단군의 의지가 얼마나 확고한지를 알아차린 호한이 두 손으로 검을 받아쥐며 복명하였다.

"단군 폐하! 보잘것없는 신을 이렇게 믿어주시고, 이런 막중한 임무까지 맡겨주시다니…… 신, 단군 폐하의 뜻을 충심으로 받들어 기필코 그 믿음에 보답할 것이옵니다."

호한은 단군을 만나고 나온 후, 그 길로 곧장 청동검을 허리에 차고 천손 부대를 대동하고서는 범처럼 날렵하게 바람을 가르며 왕검성을 떠났다.

그가 먼저 도착한 곳은 사씨족의 지역이었다. 단군의 명이 이행되지 않고 나라의 기강이 해이하게 된 근원지가 바로 사우라 거수라고 보았기에 이곳부터 처리하기 위함이었다. 우선 그는 정탐꾼을 먼저 파견하여 그 실상을 낱낱이 파악하여 오도록 하였고, 그들이 돌아와 상황을 보고하자마자 지체하지 않고 사우라가 머물고 있는 궁성 앞으로 군대를 이끌고 나아갔다. 그리고 천손 부대를 도열시켜놓고는 사씨족의 거수 사우라를 향해 호령하였다.

"사우라는 어서 나와 무릎을 꿇으라!"

호한의 호령 소리를 들은 사우라는 기절초풍할 지경이었다. 그는 자신이 뭔가를 잘못 들은 게 분명하다고 생각했다. 그가 알기로는 단군은 결코 무력을 보내, 그것도 이렇게 급습을 가할 사람이 아니었다. 사우라는 안절부절못하면서도 호한이 혼자 나선 일인지, 아니면 단군의 뜻에 따라 움직이는 것인지를 재차 파악하고자 했다. 이렇게 된 상황에서는 호한이 영웅심에 젖어 혼자 저지른 일이기를 바랄 뿐이었다. 그래야만 앞으로 살아남을 수 있는 한 줄기 실낱같은 희망을 품을 수도 있었다. 하지만 그의 바람은 여지없이 어긋났다. 호한은 다름 아닌 단군이 하사한 검을 들고 있었기 때문이었다.

그 사실을 알기가 무섭게 신료들은 하나둘씩 그곳을 빠져나갔다. 사우라도 이대로 있다가는 죽음을 면치 못할 것이라고 생각하고 달아날 시간을 벌기 위해 절대로 성문을 열어주지 말라고 재차 엄명한 다음 허둥대며 그곳을 떠났다.

호한은 자신의 호령이 곧 단군의 지엄한 명에 의거한 것임을 밝혔음에도 문을 열지 않자 지체 없이 단호하게 공격 명령을 내렸다. 그러자 사씨족의 병사들은 곧바로 항복하고 말았다. 그 무서운 호한이 두 눈을 부릅뜨고 호령하는 데다가 단군의 영을 받든 천손 부대와 대적하게 되었으니, 사씨족의 병사들은 이미 전열을 흩뜨린 채 싸울 엄두조차 내지 못했던 것이다.

성문을 열어젖힌 호한은 천손 부대를 대동하고 곧바로 궁성을 장악하였다. 그런데 대전에는 단 한 명의 신료만이 부복하고 있었고, 사우라 거수를 비롯한 나머지 신료들은 어디로 꽁무니를 뺐는지 도통 보이지 않았다.

"허허! 이놈들이 하는 꼬락서니를 보니 정말 가관이구나. 거수와 신료라는 작자들이 자기 병사들이 죽었는지 살았는지 신경도 안 쓰고 혼자만 살자고 내빼는 꼴이라니……."

사우라 거수와 신료들의 행동이, 약자 앞에서는 온갖 행패를 다 부리다가도 강자가 나타나면 재빨리 꽁무니를 내리고 도망치는 짐승의 모습과 하등 다를 바가 없다는 생각에, 호한은 그들의 작태가 더 역겹게만 느껴졌다. 그럴수록 봐주어서는 안 된다는 생각에 그자들을 하나도 남김 없이 체포하라고 명을 내렸다. 그러고는 대전에서 죄를 청하고 있는 신료를 불렀다. 그는 다름 아닌 매고자였다.

"다른 작자들은 생쥐처럼 모두 도망쳤는데, 그대는 무슨 배짱으로 이곳에 남아 있는가? 이 호한이 무섭지 않단 말인가?"

"무섭고 안 무섭고가 어찌 문제가 되겠사옵니까? 단지 사우라 거수를 제대로 보좌하지 못하여 단군 폐하의 지엄한 명을 받들지 못했사오니 그 죄를 청할 뿐이옵니다."

"허허! 이곳엔 쥐새끼들만 득실거리고 있는 줄 알았더니, 사람도 살고 있었기는 한 모양이군."

그리 말하면서 호한은 매고자의 손을 잡아 일으켜 세웠다. 호한은 벌써 보고를 통해 매고자가 단군의 명을 따르자고 주장했던 인물이라는 것을 알고 있었다. 게다가 사람이 아니라 짐승의 무리를 응징하라는 단군의 말을 가슴에 새겼기에, 그는 응당 매고자를 용서하려고 마음먹고 있었다.

호한이 이러고 있는 사이 천손 부대의 군사들은 포위망을 좁히며 도주하려는 자들을 일망타진하였다. 너무도 빠른 급습이었던 데다가 곧바로 성문으로 밀고 들어왔기 때문이었다. 게다가 이들이 그 누구인가? 바로 천손 부대가 아닌가. 아무리 도주하려 해도 이들의 손아귀를 빠져나갈 수는 없었던 것이다.

군사들에게 체포된 사우라는 호한 앞으로 끌려왔다. 도망치려다가 벌써 사로잡혀온 신료들은 줄줄이 무릎을 꿇린 채 고개를 숙이고 있었다.

"어서 무릎 꿇지 못할까? 어느 안전이라고!"

군사들이 호통 치며 사우라에게도 똑같이 강제로 무릎을 꿇게 했다. 인정사정없기로 유명한 호한에게 걸렸으니 이제 꼼짝없이 죽게 되었다는 생각에 사우라는 고개를 숙였다.

"네 죄를 네가 알렸다."

호한의 목소리가 귀청을 때리자 사우라는 두려움에 떨었다. 하지만 이대로 죽기에는 너무나 억울했다. 그래서인지 그의 혓바닥은 머리보다도 더 빨리 날름거리고 있었다.

"사씨족의 거수로서 단군 폐하의 명을 곧바로 시행하지 못한 죄, 죽어 마땅하옵니다. 하오나 이리된 것은 신료들이 한사코 반대하고 따라주지 않는지라 저 또한 어쩔 수가 없었기 때문이옵니다. 그러니 모든 죄가 저에게 있는 것처럼 여기시는 것은 부당하옵니다. 정말이지 저는 억울하옵니다."

사우라의 변명에 무릎을 꿇린 신료 중에 하나가 어이없다는 듯 비웃음을 날리며 곧바로 반박하고 나섰다.

"흥, 뭐라고요? 지금 우리에게 죄를 덮어씌우는 겁니까? 허, 참⋯⋯ 단군 폐하의 명을 따르지 말자고 꼬드긴 게 바로 거수님이 아닙니까? 그거야 하늘이 알고 땅이 알고 여기 있는 모든 사람이 다 알고 있는 사실인데⋯⋯. 그런데도 그렇게 뻔뻔하게 거짓말을 해댈 수 있단 말입니까? 좌현왕 전하! 사실 저희들이야말로 정말 억울하옵니다. 이 모든 것은 사우라 거수가 다 시킨 것이고, 우리는 그 지시를 따를 수밖에 없는 처지였기에 그리된 것이옵니다. 그러니 하해와 같은 아량을 베푸시어 저희들을 한 번만 용서해주시옵소서. 앞으론 단군 폐하의 명을 절대 엄명으로 알고 신명을 다 바쳐 따르겠사옵니다."

"뭐야? 지금도 너희들이 죄를 뉘우치지 못하고 감히 세 치 혓바닥을 놀려 나를 기망하겠단 말이냐? 내 그래도 너희들에게 일말의 양심을 기대했건만⋯⋯. 허나 이제 보니 더는 너희들의 말을 들을 필요가 없겠구나."

호한이 눈을 부라리며 몸을 일으켰다. 도저히 봐줄 수 없다는 태도였다.

"너희들의 그 날름거리는 혓바닥은 구린내가 나고 짐승의 썩은 고기 냄새가 진동하고 있어, 도저히 더는 듣고 있을 수가 없구나. 너희들의 죄상이 그토록 크고 엄연한 데도 여전히 나를 기망하려 드는 것을 보니 참을 수가 없구나. 이런 짓을 못하도록 하자면 이 방법밖에는 없겠다. 여봐라!"

"예."

"이들의 목숨을 거두고 싶은 마음이야 굴뚝같지만 함부로 사람의 목숨을 해하지 말라는 단군 폐하의 뜻을 어길 수 없어 이들을 살려두기는 할 것이다. 허나 이들의 혓바닥은 짐승과 하나도 다를 바가 없다. 그러니 이들의 혓바닥을 잘라버리도록 하라. 이는 단군 폐하께서도 짐승의 무리를 퇴치하라고 한 만큼 용인하실 것이다. 당장 시행토록 하라!"

호한의 불같은 명령에 군사들은 먼저 사우라의 혓바닥부터 잘라냈다. 그러자 그곳은 순식간에 솟구치는 핏줄기와 비명소리로 아수라장이 되어버렸다. 마지막 신료까지 혓바닥을 자르고 나자 호한이 다시 입을 열었다.

"너희들의 사나운 짐승 같은 발톱이자 구린내 나는 혓바닥을 제거했으니, 이제부터라도 부디 반성하고 뉘우쳐서 사람으로 재탄생하기를 바란다. 여봐라! 더는 이자들의 꼬락서니를 보기 싫으니 당장 하옥하도록 하라."

그러고는 단군이 하사한 청동검을 내보이며 호한은 사씨족의 새로운 거수로 매고자를 임명하였다. 호한은 매고자에게 단군의 명을 즉시 이행하라는 지시만 내리고는 모든 것을 그에게 맡겨놓고 유유히 그곳을 떠났다. 이미 매고자가 어떤 인물인지 알았기에 그를 믿었던 것이다.

다음 목적지는 우씨족의 지역이었다. 호한은 우씨족 지역의 실상을 파악하도록 지시해놓고 있었기에 이미 그곳 정황을 꿰뚫어보고 있었다. 참 특이하게도 그곳에서는 우영달 거수가 단군의 명을 따르려고 해도 신하들이 거부하고 있었다. 그러다보니 백성들은 계율이 있는 지조차 모른 채 막무가내로 그것을 어기고 있었다. 그러니 다른 곳보다 이곳을 바로잡는 것이 시급했다.

호한이 천손 부대를 대동하고 도착하자, 그곳 신료들은 어떻게 사씨족 쪽의 소식을 전해 들었는지 자진해서 자신들의 땅과 재물을 내놓고 있었다. 단군의 명을 무조건 따르는 것이 자신들의 소임임을 잘 알고 있다는 듯 서로 목청을 돋우기까지 했다. 허나 호한은 그런다고 해서 죄를 묻지 않을 사람이 아니었다. 이런 위선적인 행위 자체가 또 다른 짐승의 비겁한 탈이라고 여겼던 것이다.

호한은 우선 우영달 거수가 지금까지 해온 일들을 단군 폐하께서도 잘 알고 계시고, 그것을 기쁘게 여기신다며 치하하였다. 그러고는 지아파만 제외하고 환영 나온 신료들 모두를 잡아들이도록 지시하였다. 그러고는 단죄하였다.

"너희들은 단군 폐하의 신하로서 지켜야 할 도리를 어겼을 뿐만 아니라 단군 폐하께서 신임하시는 우영달 거수의 명마저 어기는 크나큰 대죄를 범했다. 그 죄 죽어 마땅하나 비록 뒤늦게나마 반성하는 모습을 보인바 정상을 참작할 것이다. 허나 아무리 용서한다고 해도 너희들은 관리가 될 자격이 없다는 사실에는 변함이 없다. 그만큼 단군 폐하의 영은 지엄한 것이다. 이에 너희들 모두를 삭탈관직할 것이다."

이리하여 호한은 단군의 명 집행에 태만한 죄를 물어 우씨족의 관리들을 모두 갈아치우도록 지시하였다.

하지만 우영달은 자신의 부덕한 소치로 발생한 일이니 관리들을 용서해달라고 요청했다. 그러나 호한은 끝내 허락하지 않았다.

"우영달 거수의 마음은 잘 압니다만, 단군 폐하께서는 짐승의 무리를 완전히 박멸하라고 내게 엄명하셨습니다. 그런데 어찌 짐승의 사고방식을 가진 자들을 관리로서 그대로 등용하도록 할 수 있겠습니까? 게다가 이런 일은 내가 책임지고 해야지, 우영달 거수의 손에까지 피를 묻힐 필요는 없지 않겠소이까?"

이렇게 관리들 문제를 처리하고 난 호한은, 그 다음으로 도둑질이나 남의 재산을 훔친 자들을 처벌하였다.

"비록 너희들이 먹고살기 위해 어쩔 수 없이 그리할 수밖에 없다고 주장하나, 그것은 인간의 도리가 아니라고밖에는 할 수 없다. 내 이제 너희들의 처지를 고려하여 앞으로 그런 짓을 하지 않아도 되도록 땅을 내려주도록 할 것이다. 허나 그렇다고 해서 지은 죄까지 용인될 수는 없는 법. 그러니 그 죗값을 치러야 한다."

그러고는 죄의 경중을 따져 곤장을 치도록 명했다. 이후 호한은 다시 엄명하였다.

"이번에는 이런 정도로 넘어가지만 앞으로 이런 짓을 다시 저지른다면 그때는 계율에 따라 짐승과 마찬가지로 처리할 것이라는 걸 명심하라."

호한의 영은 서릿발 같았다. 하지만 지난날처럼 무조건 강권으로 목숨을 거두는 행동은 하지 않았다. 그만큼 호한은 사람이 아닌 짐승의 무리를 징계하라는 단군의 명에 충실하고 있었다. 이런 호한의 행동은 입소문을 통해 바람보다도 더 빨리 사방으로 퍼져나갔다. 아니, 그만큼 호한이 동에 번쩍 서에 번쩍 하는 식으로 바삐 움직였다고 할 수 있었다.

호한의 보고를 전해받고 단군은, "역시, 호한이야"라고 하면서 고개를 끄덕였다. 거기에는 단군이 바라는 바대로 시행하고 있다는 신뢰가 담겨져 있었다. 사람들은 아직도 예전의 사납고 난폭한 호한만을 기억하고 있었으나, 실상 호한은 단군과 일전을 겨루기 위해 수양하면서 새로운 경지에 도달해 있었다. 이를 잘 알고 있었기에 단군은 그 누구도 아닌 호한을 지목하여 이 일을 맡겼던 것이다. 어쩌면 짐승의 무리를 다스리는 데에는 범이 제격이란 측면도 있었다.

호한이 일을 성공적으로 진행하고 있으니 이제는 자신이 나설 때가 다가오고 있음을 단군은 직감했다. 새로운 인간 세상을 개척하자면 먼저 고통과 불행, 그리고 슬픔과 아픔 등의 번뇌를 겪어야만 했다. 이런 것을 모르고서는 새로운 인간으로 탄생할 수가 없는 것이었다. 그래서 단군은 지금껏 사람들이 자기 욕심을 채우려고 하는 행동을 그저 지켜보기만 했다. 이 과정을 통해서만 그 깨달음으로 짐승이 아닌 인간은 도대체 무엇일까 하고 의문을 제기하게 되기 때문이었다.

하지만 욕망에 지배받는 것에 머물러버린다면 그건 또 다른 짐승의 행위와 별반 다를 게 없었다. 번뇌하지만 그것을 극복해야만 인간이 되고, 이런 인간들의 힘에 의해 새로운 인간 세상이 열리는 것이었다. 그래서 계율을 지키라고 엄명했고, 누가 걸림돌인지 확연하게 드러나자 호한으로 하여금 단호하게 응징하라고 명을 내렸던 것이다.

하지만 참다운 인간이 되는 길은 그런 조건을 조성하는 것만으로 이루어지는 것이 아니었다. 사람들 스스로가 바로 참다운 인간으로 바로 서야만 했다. 어쩌면 여기에 새로운 인간 세상을 열어가느냐 마느냐의 성패가 판가름 날 것이었다. 태고의 전설이 이토록 오랫동안 실현되지 못한 이유도 여기에 있었다. 그렇다면 어떻게 해서든 사람을 참다운 인간으로 고양시켜내야만 했다. 주신의 나라의 운명도 여기에서 결정될 판이었다. 그런데 어떻게 인간을 교화한다?

단군은 우선 차분하게 마음을 가다듬고는 그것을 깨끗이 비우듯 목욕재계에 들어갔다. 그는 몸에 덕지덕지 달라붙은 때를 벗겨내듯 온갖 번뇌에 시달리면서 겪었던 마음의 찌든 찌꺼기를 개운하게 씻어냈다. 그러고는 의복을 단정히 차려입은 다음 신지를 불렀다.

신지는 의관을 정제한 단군의 차림새에 적잖이 당황했다. 꼭 어딘가로 떠날 것 같은 모양새였던 것이다. 번뜩이는 눈동자만 봐도 뭔가 단단히 결심한 듯 보였다. 신지가 조심스럽게 물었다.

"무슨 일이라도 있으신 것이옵니까?"

"무슨 일은요…… 그건 아니고요. 내 말했지 않습니까? 이 세상의 인간을 믿고 그 인간의 힘으로 새로운 세상을 개척해야 한다고 말입니다. 그래서 우선 내 자신을 시험해볼까 합니다. 과연 인간이 선인의 경지에 도달할 수 있는지, 과연 하늘의 뜻이 무엇인지를 알아보고자 말입니다. 내 그래서 100일간에 걸쳐 폐관하고 수련에 들어갈까 하니, 그동안 신지 대신께서 이 주신의 나라를 이끌어주셨으면 합니다."

신지는 직접 맞부딪쳐 깨달음의 경지에 도전해보겠다는 단군의 배포 앞에서 더는 물을 수가 없었다. 욕망으로 가득 찬 인간을 그대로 받아들이고서 그런 인간을 참다운 인간으로 고양시켜 새로운 세상을 개척한다? 탐욕을 알아야만 탐욕을 극복할 수 있다? 그건 말이 쉽지 인간에 대한 절대적인 사랑과 믿음을 갖지 못한 사람에게는 결코 가능할 수 없는 일이었다. 이 대목에서 신지는 단군의 꿈이 얼마나 원대하고 장대한지 그 깊이를 짐작하기가 어려웠다. 자신으로서는 가늠할 수 없으니 그가 할 수 있는 건, 단지 단군이 어떻게 새로운 세상을 열어가는지 지켜보는 일뿐이었다.

"알겠사옵니다. 신, 단군 폐하의 명을 받들겠사옵니다. 하기야 좌현왕께서 잘하고 계시는데……. 그러니 여기 조정 일은 심려 놓으시고 부디 성공을 거두어 돌아오시기를 고대하겠사옵니다."

이리하여 단군은 폐관에 들어갔고, 신지가 단군의 직무를 대행하게 되었다.

한편 호한은 여전히 단군의 명을 집행하기 위해 곳곳을 누비고 다녔다. 그것도 기습적으로 돌격하였기에 "설마 이런 데까지 오겠어?" 하고 방심하고 있던 자들은 호한에게 가차 없는 응징을 당했다.

"자네, 소문 들었어? 호한이 그 오지까지 가서 일 쳤다는 거 말이야!"

"벌써 들었지. 아이고 우리도 이렇게 있다가는 언제 당할지 모르겠구먼."

그 어떤 곳도 안전하지 못하다는 소문이 일파만파로 퍼져나가면서 지방 말단의 관리들과 지역 유지들조차도 자진해서 정전제의 시행에 적극 나섰다. 그러니 가난한 사람들은 자연히 먹고 살 수 있는 최소한의 땅을 확보하게 되었고, 그 결과 남에게 상해를 입히거나 물건을 훔치는 일도 눈에 띄게 줄어들었다. 결국 호한의 징계 조치가 효력을 발휘하면서 계율을 지키라는 단군의 명이 시행되기에 이르렀고, 그에 따라 문란해진 나라의 기강도 바로 세워지게 되었다.

호한이 나타나면 많이 가진 자는 빼앗기고 가지지 못한 자는 갑자기 산삼이라도 발견한 듯 뭔가를 얻을 수 있었다. 그래서인지 호한이 선한 사람들을 해치는 경우가 없었음에도 불구하고 그에 대한 평가는 서로 상반될 수밖에 없었다. 한쪽에서는 천손 부대의 깃발만 보면 사나운 호랑이가 나타났다며 호한에게 당하지 않으려는 양 달아나 숨기에 바빴고, 다른 한쪽에서는 호랑이 산신령이 나타났다며 그 신령스러움에 감사해하였다.

아무리 그렇다고 해도 엄격한 처벌을 가하는 호한의 칼바람 앞에 서게 되면 무섭기는 매한가지였으니, 사람들이 이를 좋아할 리 없었다. 원래 짐승이 아닌 사람에게는 법이 최소한으로 가해지고 나머지는 참인간으로서의 도리에 맞게 다스리는 것이 가장 좋은 방법이었다. 법 조목이 많다는 건 그만큼 사나운 발톱을 숨기고 있는 짐승의 무리가 많다는 것을 의미했다. 법은 짐승을 다스리는 강력한 몽둥이였다. 그래서 단군은 이를 알고 최소한의 조항만을 정해 계율로 지키라고 명했던 것이었다.

호한이 이렇게 짐승의 무리를 제거하기 위해 철권을 휘두르니 사람들은 점차 불만을 품었다. 아니, 그 정도가 아니었다. 계율을 지켰는가 하는 것이 주된 관심 사항으로 되면서 모두들 문제가 생기면 곧바로 법으로 해결하려는 풍조마저 생겼다. 사람으로 살아가기 위해 법을 만든 것인데, 법을 무서워하며 살아야 하는 모순된 상황이 발생한 것이었다. 어찌 보면 짐승의 무리들이 법이라는 또 다른 형태를 들고 나와 사나운 발톱을 세우며 싸우는 꼴이었다.

여기서 가장 난감한 처지에 놓인 사람은 다름 아닌 신지였다. 단군을 대행하여 일을 처리해야 했으나 이런 상황은 그의 권한을 넘어선 것이었다. 그 누구도 아닌 단군이 하사한 검을 가지고, 단군이 직접 지시한 명을 집행하고 있는 호한을 불러들일 수도 없었다. 게다가 기강을 잡는 건 주신의 나라의 근간을 세우는 일이었으니 반대하기도 힘들었다.

허나 이것은 신지가 곤란하게 여기는 문제의 본질에 비하면 아무것도 아니었다. 실상 신지는 마땅한 대책을 내놓을 수가 없었던 것이다. 인간의 무한한 탐욕을 제거하지 않는 한 그 어떤 대책을 내어도 종국에는 마찬가지 현상이 나타날 것인데…… 그 탐욕을 막고자 저렇게 호한이 강권으로 밀어붙였는데도, 그게 바로잡아지지 않고 도리어 법이라는 형식을 통해 자신의 욕심을 채우려 하다니…… 그렇다면 도대체 그 무엇으로 해결할 수 있을까? 욕망으로 가득 찬 인간을 어떻게 새로운 인간으로 거듭나게 할 수 있을까? 이 난제를 풀어야만 태고의 전설은 실현되는데……. 차라리 천상의 낙원처럼 욕망 자체를 알지 못하도록 하는 편이 낫지 않을까? 그럴수록 신지는, 현실에서의 인간을 인정하는 것이야말로 새로운 인간 세상을 개척하는 출발선이라고 말한 단군이 어떤 해답을 가지고 나올지가 궁금했다.

신지는 긴 한숨을 쉬었다. 어차피 이 문제를 풀 수 있는 사람은 단군 한 사람밖에 없었다. 단군은 바로 하늘의 기운을 받아 천부인이자 하늘의 경을 열어 주신의 나라를 세운 분이었다. 만약 단군마저 그 해답을 찾지 못한다면 태고의 전설을 실현하는 것은 오직 머나먼 꿈일 수밖에 없었다. 단군은 이런 상황을 예견하고서 폐관에 들어간 것일까? 결국 신지는 단군이 폐관에서 나올 때까지 기다리는 수밖에 없었다. 그로서는 어떻게 손을 쓸 방도가 없었던 것이다.

마침내 100일간의 수련 과정이 끝나는 날이 되자, 대신들은 숨을 죽이며 단군이 나오기만을 기다렸다. 이윽고 문이 열리고 단군이 모습을 드러내는 듯싶었다. 그런데 알 수 없는 커다란 원광이 빛을 발하며 자신들 쪽으로 다가오는데, 그 광채가 어찌나 눈부신지 똑바로 쳐다볼 수가 없었다. 그 순간 대신들은 눈을 감았는데, 어느새 원광은 사라지고 그 속에서 단군이 아무 일 없었다는 듯 태연하게 걸어나오고 있었다. 갑자기 "아!" 함성이 쏟아졌고, 그런 가운데 어느 누가 '하늘의 현신'이라고 소리치자 모두들 부복하며 외쳤다.

"하늘의 현신, 단군 폐하!"

"다들 왜 이러십니까? 어서 일어나세요. 그동안 고생이 많았지요. 신지 대신이 참으로 마음고생이 컸겠습니다."

상황이 어떻게 전개되고 있는지를 꿰뚫어보기라도 하는 듯한 단군의 말에 대신들은 눈을 번뜩였다. 시원스럽게 나오는 단군의 태도에서 분명 해답을 찾은 것이라 여긴 것이었다. 이제 근심거리가 해결되겠구나 하는 안도감에 대신들의 얼굴에는 저마다 생기가 감돌았다. 이런 대신들을 보고 단군이 대전으로 향하자며 이끌었다.

단군을 위시한 대신들이 대전에 도착하여 자리를 잡은 다음, 먼저 신지가 그간에 일어난 일들을 소상하게 보고하였다. 단군은 이해한다는 듯 연신 고개를 끄덕였다. 신지의 보고자 끝나자 대신들은 하나같이 기다렸다는 듯 대책을 주문했다.

"지금 주신의 나라는 일찍이 보지 못했던 큰 혼란 상황에 빠져 있사옵니다. 이를 하루빨리 바로잡지 못하면 나라는 더욱 혼란의 수렁으로 빠져들고 말 것이옵니다. 단군 폐하께서 비책을 내려주시옵소서."

"비책을 내려주시옵소서."

"비책이라고요? 대신들은 지금 비책이 있다고 말씀들을 하시는 겁니까?"

단군이 이리 말하고서는 대신들을 유심히 내려다보기만 하였다. 이에 대신들은 어찌 된 영문인지 몰라 서로의 얼굴만 보며 눈을 깜빡거렸다. 단군께서도 답을 찾지 못했단 말인가? 그렇다고 단군을 탓할 수도 없으니 이를 어찌한다? 그들의 얼굴에는 검은 그림자가 다시 짙게 드리워졌다. 이를 본 단군이 답답하다는 듯 다시 입을 열었다.

"포악한 짐승의 무리에겐 서로 할퀴고 잡아먹는 약육강식의 법칙이 적용되지만 인간에게는 사람의 도리가 있지 않습니까? 이것이 하늘의 법칙입니다. 대신들은 이를 누구보다 잘 알고 있지 않습니까? 그런데 어째서 엉뚱한 곳에서 그 비책을 찾으려고만 하시는 겝니까?"

비책을 기대하고 있다가 도리어 책망만 듣게 되자, 대신들은 아직도 이유를 모르겠다는 듯 단군만 쳐다보았다. 그들은 그저 어리둥절한 표정만 지을 뿐이었다. 단군의 말이 다시 이어졌다.

"하늘의 뜻은 하나이므로 그 문도 둘이 아니라 하나입니다. 그러기에 스스로를 살펴 참인간으로 고양시켜나갈 때 비로소 하늘의 뜻을 알게 될 것입니다. 그런데 어찌하여 대신들은 여기에서 답을 찾을 노력은 하지 않고 그 어떤 비책만을 기대하는 것입니까? 이것이야말로 하늘의 뜻을 어기는 행위가 아니고 무엇입니까? 하늘의 이치는 다른 데에 있지 않습니다. 참인간으로 거듭나고자 끝없이 노력하는 그 길에 있습니다. 참인간의 길이 하늘의 뜻이고 바로 하늘 그 자체라는 말입니다."

신지는 고개를 들 수가 없었다. 궁하면 통한다고 했는데 왜 찾으려고 노력하지 않았느냐는 단군의 책망에 대답을 할 수가 없었던 것이다. 새로운 인간 세상을 개척하자면 참인간이 되어야 하고, 참인간으로 거듭나려면 각고의 노력밖에 없는 것이거늘……. 그토록 세상의 이치를 통달하고 깨달은 분이 이 단순한 이치를 왜 이행하려고 하지 않았느냐는 질책이었던 것이다. 결국 단군은 하늘의 도움을 받아 비책을 마련하려고 폐관에 들어간 게 아니라, 대신들이 어떻게 하는지 지켜보기 위해 잠시 자리를 피한 것이었다.

스스로가 찾으려고 노력해야 하듯 나 자신부터 그리하면 될 것인데……. 신지는 그제야, 인간의 현실적인 욕망을 그대로 받아들이면서도 그러한 인간의 힘으로 새로운 세상을 개척해야 한다는 단군의 말이 무슨 의미인지 알 것 같았다. 생사고락의 참의미를 알아야 그걸 극복할 수 있지 않겠는가? 그것도 묘책에 의해서가 아니라 짐승의 무리에겐 철퇴를 가하고, 사람에겐 끝없이 교화해가는 과정을 통해서 말이다. 이런 부단한 노력만이 그 해결책이었다. 그러니 홍익인간과 이화세계의 이치를 주장하면서도 호한에게 철퇴를 가하도록 한 것은 너무도 당연한 조치였던 셈이다.

신지가 고개를 떨어뜨리며 머리를 조아렸다.

"단군 폐하! 소신이 아둔하여 단군 폐하의 뜻을 미리 헤아리지 못하고 이 지경에 이르게 하였사오니, 소신의 책임이 크옵니다. 소신을 벌하여 주시옵소서."

"그만 일어나십시오. 그게 어찌 신지 대신의 탓이겠습니까? 봄이 다하고 나서야 여름이 오고, 여름이 다하면 가을이 오듯 이렇게 천변만화하는 가운데에서 하늘의 법칙이 관철되니 말입니다. 때가 무르익지 못해서 그런 것이니 너무 자책하지 마십시오. 자, 어서 일어나십시오."

신지가 몸을 일으켜 자리를 잡자 단군이 다시 말을 이었다.

"하지만 봄과 여름이 오가는 데에 사계절의 자연 순행의 법칙이 관철되는 것처럼, 저마다의 시기에도 모두 하늘의 법칙이 담겨 있으니 어찌 하늘의 뜻을 저버릴 수 있겠습니까? 내 그래서……."

드디어 대책을 표명하려는 단군의 태도에 신료들이 마른 침을 삼키며 귀를 쫑긋 세웠다.

"이 왕검성을 신지 대신을 위시해 여러 대신들에게 맡기고, 나는 순행을 떠날까 합니다."

"네에? 그건 아니 될 말씀이옵니다. 이 왕검성은 바로 주신의 나라의 상징이옵니다. 그러하오니 폐하께서 자리를 비우시면 절대 아니되옵니다. 차라리 소신들에게 폐하의 명을 받들도록 하명하여 주시옵소서."

"하명하여 주시옵소서. 단군 폐하!"

"아닙니다. 대신들도 아시다시피 지금 인간 세상은 큰 혼란에 휩싸여 있습니다. 이렇게 된 연유는 하늘의 법칙이 조화롭고 질서 있게 작용하지 못하고 있기 때문입니다. 이로 인해 하늘의 뜻이 통하지 못하고 백성들은 혼돈 속에 헤매며 고통을 겪고 있는 것입니다. 하늘의 참뜻이 통하지 못하고 백성들이 고통을 겪고 있는데, 이 왕검성에 내가 앉아 있어본들 무슨 소용이 있겠습니까? 그러니 더는 이에 대해 언급하지 말고 다만 자기 직분을 성실히 이행해주셨으면 합니다."

단호하게 잘라 말하는 단군의 태도에 신료들은 더 이상 간청하지 못하고 애만 태웠다. 그런데 뜻밖에도 신지가 이들 대신들과 전혀 다른 태도를 보였다.

"신도 단군 폐하를 따르겠사옵니다. 소신이 직접 모실 기회를 윤허하여 주시옵소서."

"아니, 가장 앞장서서 막으셔야 할 분이 어찌 그런 말씀을 하시는 겁니까? 그건 안 됩니다, 안 돼요. 신지 대신까지 떠난다면 여기 왕검성은 어찌하라고요?"

고시가 손사래까지 치며 가당치 않다고 얘기하자, 팽우와 성조 등 다른 대신들도 이구동성으로 입을 모았다. 허나 신지는 자신의 주장을 꺾지 않았다.

"어차피 이 왕검성의 일은 수시로 전령병을 통해 해결하면 될 것이니 그건 심려하지 않으셔도 됩니다. 그러니 저를 붙잡으려고 하지 마세요. 단군 폐하! 소신의 청을 가납하여 주시옵소서."

"허허! 신지 대신이 이리 고집을 부리시니……."

어쩐 일인지 단군도 적극 반대하지 않고 도리어 마지못해 허락한다는 투로 신지의 동행을 받아들였다.

그리하여 단군의 순행길에는 신지 대신을 비롯해 전령병 등 여러 사람이 따르게 되었다. 물론 단군은 길을 떠나기에 앞서 호한에게 전령을 보냈다. 거기에는 좌현왕의 공로로 하여 지금 주신의 나라는 그 질서 체계가 일사불란하게 세워지고 기강 또한 확립되었으니, 이제는 그 암행 활동을 계속하되 단지 최소한으로 줄이라는 지시가 담겨 있었다.

실상 호한의 활동 과정은 거수들과 관리들을 단군의 영을 적극적으로 집행하는 인사들로 교체시키는 결과를 가져왔다. 그만큼 주신의 나라의 관리 체계가 질서 정연하게 서게 되었다. 이런 상황에 이르렀으니 단군은 가급적 징벌을 줄이고 사람들을 교화시키는 방식을 위주로 진행하려고 하였던 것이다.

이제는 그 자신이 세상을 주유하며 백성들을 상대로 직접 교화하는 작업을 진행해야만 했다. 단군 일행은 소리 소문 없이 왕검성을 빠져 나왔다. 일행들은 괴나리봇짐을 하나씩 짊어졌는데 거기엔 간단한 소품들만이 들어 있을 뿐이었다. 단군이 기본적인 옷가지와 먹을거리조차도 최소한으로 줄이도록 하면서 모든 것을 여정에서 보충하고 처리하도록 지시하였기 때문이다. 이번 순행은 말로만이 아니라 직접적인 수행과 고행의 길이었던 것이다.

이들 일행은 하늘의 구름이 바람 따라 머물다 흩어지듯 자연을 따라 머물며 이동하였다. 산에 이르러서는 초록빛 냄새에 취하기도 하거나 산열매를 따먹기도 하였고, 강가나 냇가에서는 물고기를 잡기도 하였다. 때때로 사냥도 벌였다. 자연과 어울려 조화롭게 먹고사는 것 또한 하늘의 뜻이었다.

물론 이런 것만 했던 것은 아니었다. 이런 행위에는 백성들에게 피해를 주지 않기 위한 목적도 있었으니, 어려운 처지에 놓인 사람들을 보면 적극 도와주는 것은 당연하였다. 무거운 짐을 메고 가는 사람들에겐 그 짐을 함께 들어주었고, 생계가 곤란한 사람들에겐 자신들의 음식을 나눠주었다. 심지어 들판에서 힘들게 일하는 사람들이 있을 땐 두 팔을 걷어붙이고 자기 일처럼 적극 거들어주었다. 이들은 이렇게 하면서도 자신들이 단군의 일행이라는 사실을 밝히지 않았다. 그런데 이런 일이 거듭되면서 사람들 사이에서는 선인의 무리가 나타났다는 소문이 퍼져갔다.

이런 나날을 보내는 가운데 단군 일행은 우씨족 거수 우영달이 거주하는 궁성으로부터 멀지 않은 거리에 이르게 되었다. 거기에는 수많은 사람들이 북적대고 있었다. 주변을 훑어본 단군이 뭔가를 결심한 듯 일행을 멈추게 하고는 입을 열었다.

"오늘 여기에서 직접 강론을 펴고 가겠으니 그리 알고 준비시켜주세요."

"네에? 여기서 말이옵니까? 차라리 더 좋은 장소를 골라서 하는 게 좋지 않겠사옵니까?"

일행 중에 하나가 놀랍다는 듯이 되물었다. 사람을 교화하기 위해 강론이 필요하다는 것은 인정하나, 명색이 단군 폐하인데 좀 품위가 있는 곳에서 강론을 해야 하지 않겠느냐는 의견이었다. 허나 단군은 그런 것에 전혀 개의치 않는 표정이었다.

"이곳이 어때서요? 사람들도 많고 저 넓은 공터도 있는데······. 이만하면 제격이지 않습니까? 자, 빨리 준비를 서둘러주세요."

단군의 지시에 따라 일행들은 단군이 직접 강론할 것이니 저 공터에 모이라고 사람들에게 소리치고 다녔다. 하지만 사람들은 처음에는 콧방귀도 뀌지 않았다. 그런데도 그들이 계속해서 외치고 다니자 도리어 사람들은 그들을 의심의 눈초리로 바라보았다. 뜬금없이 단군이라니 그 자는 분명 단군을 사칭하고 다니는 자가 틀림없을 거라는 것이었다. 그래도 단군의 일행들이 믿어도 된다고 주장하자 그들 사이에서는 호기심이 발동하기 시작했다.

"정말 단군이 왔을까? 설마……. 아니겠지."

"그래도 저들이 진짜라고 우기는데……."

"그걸 정말 믿어? 허허! 지금 세상이 어떤 세상인지 알고도 그런 말을 해. 어디 돈깨나 있고 작은 권력이라도 쥔 작자들이 우리 같은 사람들을 상대해주려고 하던가? 아니잖아. 도리어 거들먹거리지 못해 안달 나 있는데……. 하물며 하늘의 경을 연 하늘같이 높은 분이 이런 데 와서 강론을 편다고? 어림도 없는 수작이지."

"그건 그래. 그럼, 혹시 요즘 선인이 나타났다고 하던데 그들일까?"

"맞아, 그들일지 몰라. 그런데 뭣 때문에 그 사람들이 저러고 다닐까? 어허, 한번 가서 구경이나 해보자고."

호기심에 이끌린 사람들이 하나둘씩 모여들더니, 급기야 그 수가 엄청나게 불어났다. 그 넓은 뜰은 순식간에 이들의 웅성거림으로 소란스러워졌다. 그런 가운데 단군이 모습을 드러내자 주위는 삽시간에 조용해졌다. 그러더니 다시 여기저기서 소곤거리는 소리가 들려왔다.

"저분은 예전에 자네를 도와준 사람이 아닌가?"

"정말 그러네. 그럼, 저분이 선인인가 보네. 단군 폐하는 아니겠지? 아무리 그래도 단군 폐하 같은 높은 분이 우리 같은 사람들을 도와주고, 우리처럼 일을 한다는 게 도무지 믿을 수가 없어서……."

"그거야 모르지. 아사달 지역이 제일 발전한 게 모두 단군 폐하께서 그들과 생사고락을 같이한 결과라고 하니 말이야."

"에이, 그렇더라도 단군 폐하는 왕검성에 있어야지, 왜 이런 곳에 오겠어?"

사람들은 여전히 자신들 앞에 서 있는 사람이 누구인지 속 시원히 풀어주기를 바랐다. 마침내 단군이 입을 열었다.

"내가 누구인지 그렇게 궁금하십니까? 이미 가르쳐드렸는데. 그럼, 내가 천부인을 징표로 보여주면 믿겠습니까? 하지만 가장 자신을 잘 알고 있는 내가 단군이라고 말하는데, 그것보다 더 확실한 증거가 어디에 있겠습니까?"

이렇게 자신을 소개하면서 단군은 자신이 여기에 찾아온 이유를 설명하기 시작했다.

"태고의 전설을 실현하여 이 땅에 새로운 인간 세상을 열어나가는 것은 우리 모두의 간절한 소망이자 오랜 꿈이었습니다. 그런데 그 근본 방도는 바로 사람이 새로운 인간으로 거듭나는 데에 있지, 다른 데에 그 비결이 있지 않습니다. 이에 나는 이런 고심을 안고 어떻게 하면 인간이 성통공완性通功完할 수 있는지에 대해 여러분에게 얘기하고자 이 자리에 선 것입니다. 자, 그럼……."

이리 말한 다음 단군은 곧장 설파에 들어갔다.

"이 세상은 오직 하늘의 법칙에 의해 주재되느니라. 있는 듯하고 없는 듯하고, 시작도 없고 끝도 없지만, 하늘의 법칙은 너무나도 넓고 커서 모든 만물에 통하지 않는 바가 없느니라."

강론이 시작되자 사람들은 놀라움으로 눈동자가 휘둥그레졌다. 단군의 입에서 울려나온 음성은 그저 범인들이 목소리와는 전혀 달랐던 것이다. 음조와 가락에 맞춰 낭랑하게 울려퍼진 그 목소리는 꼭 천상에서 울려나오는 음악소리인 듯하면서도 마치 전파를 타고 온 듯 사람들의 뇌리에 강력한 기운을 불어넣어 그들의 뇌를 신선하게 자극시켜주었던 것이다.

어느새 사람들은 자신들이 의심했던 사실조차 잊어버리고 단군의 얘기에 흠뻑 빠져들어갔다. 그러면서 지금껏 무의식 속에 잠자고 있던 뇌가 갑자기 깨어나 하늘의 기운과 호흡하면서 육체가 하늘로 붕붕 떠오른 것처럼 몸과 마음이 저절로 고양되어갔다. 이런 가운데 단군의 강론은 계속되었다.

"하늘의 법칙은 천지인天地人, 즉 삼재三才에 의해 운행되니 하나가 셋을 낳고, 그 셋은 다시 하나로 통하게 되어 있느니라. 다만 이런 만물들의 온갖 성품과 특성들이 서로 조화와 질서를 이루도록 실질적으로 행하는 건 바로 사람이니, 사람이 바로 가장 으뜸이고 소중한 존재이니라. 온전한 참인간이 되는 길에 하늘의 법칙과 뜻이 있으니 인간이 곧 하늘이니라. 그러하니 이 이치를 알고 자기 자신을 수양하며 몸을 보육하는 길로 나아간다면 누구나 다 선인이 될 수 있느니라."

단군이 강론을 이어가다가 잠시 말을 멈추었다. 수십여 필의 말들이 이곳으로 내달려오는 광경이 눈에 띄었던 것이다. 하지만 하늘의 기운에 심취해 있던 이들은 그것을 알아차리지 못했다. 이건 신지를 비롯한 다른 수행인들도 마찬가지였다.

말을 타고 달려온 이들은 곧장 단군 앞으로 향했다. 순식간에 벌어진 일이었다. 그러다보니 어느 누구도 이들의 행동을 제지하지 못했다. 이들은 우영달 거수를 비롯한 우씨족 지역의 신료들이었다. 우영달은 단군이라는 사람이 강연한다는 소리를 듣고 그 진위 여부를 확인하기 위하여 신료들을 대동하고 직접 달려나왔던 것이다.

사람들은 아직도 하늘의 기운에 취해 우영달 거수 일행이 행동하는 것을 멍한 상태로 지켜보았다. 그런데 그들은 단군을 보더니 하나같이 엎드려 부복하는 것이었다.

"단군 폐하! 어찌 이런 곳에서……. 소신이 거수로서 이 지역의 백성을 잘 다스리지 못하여 이런 불충을 저지르게 되었사오니, 어찌 소신이 용서를 바라겠사옵니까? 소신을 벌하여 주시옵소서."

너무나 돌발적인 상황 앞에 잠시 어리둥절하던 사람들은 그제야 정신을 차리고서는 하나같이 부복하며 소리쳤다.

"저희들을 용서하여 주시옵소서."

"아니, 지금 뭣들 하시는 겁니까? 어서들 일어나세요, 어서요."

아무 죄도 묻지 않겠다는 단군의 태도에 도리어 사람들은 어리둥절하였다. 그런데도 단군은 아무 일 없다는 듯 우영달에게도 좀 기다리라고 하면서 장내를 정리하고는 다시 강론을 이어나가려고 하였다. 이런 단군의 모습에 사람들은 "역시 단군 폐하"라면서 웅성거렸다. 그러자 단군이 더 강론하기가 힘들다고 판단했는지 갑자기 사람들을 향해 질문을 받겠다며 나섰다.

"오늘의 강론은 여기까지 하도록 하겠습니다. 대신에 여러분들의 질문을 받도록 하겠습니다. 강론이 이해되지 않거나 궁금한 것이 있으면 기탄없이 제기해주시기 바랍니다."

단군의 뜬금없는 제안에 사람들은 어리둥절해했다. 자기 같은 사람들과 직접 대놓고 대화한다고 하니 믿기지가 않았던 것이다. 사람들은 처음에는 서로의 눈치만 살폈다. 그런데 한 노인이 정말 그래도 되냐고 물으면서 질문하기 시작하자 이내 여러 사람으로 이어지기 시작했다. 그 질문들에는 사람은 자기 운명을 개척할 수 있는지, 세상에는 수많은 정령과 귀신, 그리고 토템 등이 있는데 정말로 사람이 가장 귀하고 힘 있는 존재인지, 그렇다면 왜 복술이나 점 같은 것이 있는지, 정말 태고의 전설이 실현되어 새로운 인간 세상이 개척될 수 있는지 등 천차만별의 것들이 쏟아져나왔다.

이에 대해 단군은 여러 개의 질문들을 종합해 하나씩 설명하는 방식으로 대답해주었다. 단군은 먼저 하늘과 땅의 기운을 안고 태어난 사람 속에 천지가 하나로 이루어져 있으니, 삼신三神을 하나로 알고 모시며 살았을 때 인간의 참운명이 열리게 된다며 삼신론三神論을 들어 설명한 다음, 아직도 정령이나 귀신, 심지어 토템 등에 기대어 살아가려고 하는 이가 있는데 이는 잘못된 태도라고 지적했다.

"정령, 토템, 귀신은 모든 만물에 깃든 하늘의 법칙 그 자체가 아니며 개별 사물이나 동식물의 특성과 성품에 지나지 않습니다."

하늘의 뜻을 받고 태어난 인간보다도 더 못한 사물이나 동식물의 성품을 믿는다면 얼마나 어리석은 짓이냐는 비판이었다. 그러면서 이 세계가 어떻게 형성되어 지금에 이르게 되었는지, 그 변천 과정에 대해서도 구체적으로 얘기하였다.

이 세상은 태초에 혼돈 상태에 머물러 있었으나 처음에 하늘이 열리고 점차 비와 구름, 바람이 형성되다가 드디어 육지가 드러나고 만물이 자라나 동물과 식물 등의 구별이 뚜렷하게 이루어지게 되었다. 이때에 하늘의 뜻을 받아 태어난 사람들은 부도지符都地라는 천상의 낙원인 마고의 성에서 아무런 욕망을 모른 채 지유를 먹고 행복한 나날을 보냈다. 그런데 오미의 맛을 보면서 욕망과 감정에 휩싸여 마고의 성이 깨지는 오미의 변을 겪게 되었다. 이에 모든 사람들의 좌장이었던 황궁씨가 천부의 신표를 통해 복본을 이룩하고자 노력하였고, 그 뒤를 유인씨, 환인씨가 이어오다가 마침내 환웅 시기에 이르러 홍익인간의 세상을 개척하기 위해 신시에 개천하기에 이르렀다. 허나 여기서도 그 완전한 실현을 보지 못하고 그토록 오랫동안 태고의 전설이 이루어지는 때를 기다려오다가, 마침내 천부인이자 하늘의 경을 열어 주신의 나라를 세우고 새로운 인간 세상의 꽃을 피워나가고 있는 과정이라는 것이었다. 허나 이 또한 쉽게 되지 않아 지금 여러 가지 혼란이 발생하고 있다는 것이었다. 하지만 이제부터라도 태고의 전설을 실현하려는 각고의 노력을 진행하는 과정에서 전해 내려오는 〈천부경天符經〉과 〈삼일신고三一神誥〉, 그리고 〈참전계경參佺誡經〉의 삼대경전에 의거해 세상의 도를 깨닫고 몸과 마음을 닦아나간다면 능히 해결할 수 있다고 밝혔다.

아울러 단군은 이 삼대경전에 의거하지 않고 사슴이나 거북이 등을 보고 점을 쳐서 해결하려는 복술에 대해서도 설명하였다.

"지금 어떤 사람들은 복술을 그저 요행을 바라고 하는 행위로 여기는데 그건 잘못 알고 있는 겁니다. 원래 복술이 나오게 된 것은, 하늘의 뜻을 알고자 수련하지만 그 과정이 험난한지라 단번에 모든 이치를 꿰뚫을 수가 없었기 때문입니다. 온 정성을 기울여도 어찌해야 할지 판단이 서지 않는 경우가 발생하는데, 그때에 이르러 비로소 자신의 욕망을 다 버리고 지극히 깨끗한 마음으로 점을 치는 겁니다. 따라서 복술의 실지 목적은 하늘의 뜻을 따르기 위한 하나의 방법에서 유래한 것이라 할 수 있습니다. 그렇다면 참인간으로 거듭나면 어찌 되겠습니까? 하늘의 뜻을 자연히 알게 되니 복술이 필요치 않게 되지 않겠습니까? 역시 중요한 건 끝없이 수련을 쌓아가는 것이겠지요."

단군은 계속해서, 지금 비록 탐욕에 젖어 짐승의 무리처럼 할퀴고 싸우는 사태가 발생하고 있지만, 하늘의 뜻을 배우고 깨달으며 실행하는 참인간이 많이 나타나면 사람 간에 지켜야 할 윤리와 도덕도 자연스레 지켜질 것이고, 태고의 전설로만 내려오던 그런 인간 세상의 새로운 역사가 활짝 피어날 것이라고 확신하며 얘기해주었다. 결국 인간의 참운명이 열리고 새로운 인간 세상이 개척되느냐 하는 것은 다른 어디에 해답이 있는 것이 아니라 참인간의 완성에 달린 것이라는 거였다.

단군의 거침없는 답변에 사람들은 쥐 죽은 듯 조용했다. 그만큼 그들은 단군의 얘기에 몰입되어 있었다. 마침내 단군이 얘기의 결론을 내려는 듯 말을 멈추고 사람들을 둘러보았다. 그러더니 두 팔을 벌려 하늘로 뻗었다. 그러자 갑자기 하늘의 기운이 그의 몸을 덮치면서 원광이 형성되는 동시에 낭랑한 음성이 새어나왔다.

"하늘의 뜻을 깨닫기 위해 삼대경전에 의거해 진심으로 마음을 닦고 신체를 보양하는 단계까지 고양시켜내기만 한다면 어느 누구를 막론하고 능히 참인간에 이를 수 있느니라. 세상의 참된 진리와 법칙은 시작이 있는 것도 아니고 끝이 있는 것도 아니고 언제나 그대로 있는 것이기에, 천지인의 삼신을 하나로 알고 모시며 살았을 때 여러분은 능히 한울님을 볼 수 있게 되느니라."

단군이 강론을 끝냈는데도 장내는 숨소리 하나 없이 고요하기만 했다. 그것은 오히려 뇌성이 울리기 직전의 정적감이라고 하는 편이 나았다. 사람들의 가슴은 감동으로 들끓어오르고 있었다. 이것은 단군이 설법을 잘했기 때문만은 아니었다. 지금껏 이들은 이런 대접을 받는 소리를 한 번도 들어보지 못했던 것이다. 사람을 세계에서 가장 귀중한 존재로 올려놓고, 게다가 누구나 하찮게 여기는 자신들을 보고 참인간으로 거듭나기만 하면 한울님이 될 수 있다고 하니, 이건 아예 커다란 감동 그 자체였다. 하늘 같은 분이 자신들을 하늘로 대우하니 이보다 더 큰 영광이 있을 수 없었다. 그러니 그들은 벌써 하늘이 된 것 같은 기분에 사로잡혔다. 그것은 흥분이자 감격이었다. 그래서인지 갑자기 폭풍이 몰아치듯이 한꺼번에 사람들의 목청에서 단군을 환호하는 함성이 터져나왔다. 마치 열광과도 같았다.

하지만 단군은 열렬히 환호하는 사람들 사이에서 하늘의 구름이 자연스레 떠돌 듯 유유히 그 자리를 떠났다. 우씨족의 거수 우영달이 단군을 모시고자 하였으나 이 또한 사양하고 다시 발길을 돌렸다.

하지만 단군이 떠나간 뒤에도 여러 사람들의 목청에서 한꺼번에 터져나온 하늘의 소리는 오랫동안 여운으로 남았고, 그건 결국 하나의 불씨로 타올랐다. 바로 단군의 강론을 들었던 사람들 중에서 지금껏 구전으로 내려왔던 〈천부경〉과 〈삼일신고〉, 그리고 〈참전계경〉의 경전에 의거해 참인간으로 거듭나기 위해 실질적으로 노력하는 이들이 나타난 것이다. 그들은 수련하는 과정에서 그것들을 자연스레 주위 사람들에게 전파하였다. 그러니 단군이 떠난 그 자리에는 또 다른 단군이 활동하게 된 격이었다. 하늘의 뇌성벽력이 불꽃을 튀겨 들불을 놓은 것처럼 말이다.

9

풍류도

단군의 순행은 계속되었다. 그에 따라 단군에 관한 소문은 꼬리에 꼬리를 물면서 파장을 일으켰다.

"그 소문 들었는가? 단군 폐하께서 직접 설법을 펼친다는 소리 말이여!"

"애들도 다 아는 소리를 나만 모르겠나. 그러니 그분더러 하늘의 현신이라고 하는 거지. 그렇지 않으면 우리 같은 사람에게 누가 그리하겠어."

"그러고 보면 세상이 정말 완전히 달라졌어."

이런 소문이 돌면서 단군이 발길을 옮기는 곳마다 사람들이 구름 떼처럼 몰려들었다. 꼭 들불이 바람을 타고 거세게 타오르며 이곳저곳으로 옮겨 붙는 듯한 분위기였다. 사람들은 이제 강론까지 자신들 스스로 요청했다. 그러니 단군의 순행 일정도 빡빡해질 수밖에 없었다.

하지만 단군은 이 모든 것을 묵묵히 소화해냈다. 도리어 강론을 실천적인 내용으로 심화시켜가고 있었다. 참인간으로 거듭나자면 단지 머릿속으로만 알 것이 아니라 실제 삶에서 구현해야 한다고 강조했던 것이다. 단군은 사람들 앞에서 그 근원적인 이유를 먼저 다음과 같이 설파했다.

"너희가 태어남은 오로지 부모에 연유하였고, 그 부모의 부모로 계속 거슬러올라가면 결국 하늘에 이르게 되니라. 그러니 하늘의 뜻을 진심으로 받들어 실행하는 것이 참인간의 삶이니라."

그러고는 어떻게 살아야 하는지에 대해서도 구체적으로 강론했다.

"너희들이 아무리 두껍게 싸서 감추려고 해도 썩은 냄새는 반드시 새어나오게 되어 있는 법이니라. 너희들은 항상 바른 성품을 공경스럽게 지니도록 해야 할 것이니라. 사악한 마음을 품지 말 것이며, 나쁜 짓을 감추지 말 것이며, 재앙을 감추지 말 것이니라. 너희들은 오직 마음을 다스려 하늘을 공경하라. 이로써 끝없는 행복을 누리게 될 것이니라."

그러고는 경천애인敬天愛人, 즉 하늘을 공경하고 사람을 사랑하라고 하면서 환인 시기의 오훈五訓과 환웅 시기의 오사五事가 있었듯 충忠·효孝·신信·용勇·인仁 등 오상五常의 길을 지키라고 하였다.

하지만 이것은 결국 사람이 얼마나 참인간으로 거듭나는가 하는 것에 달려 있었다. 그러니 사람 자체를 어떻게 고양시켜나가느냐가 관건이었던 것이다. 여기에는 참인간으로 거듭나기 위한 수련이 요구되었다.

이에 대해서도 단군은 감(感, 느낌), 식(息, 호흡), 촉(觸, 촉감)의 수련법을 제시하였다. 하늘의 뜻을 부여받았으나 아직 깨어나지 못하고 무의식의 세계를 헤매고 있는 인간들을 고양시켜내기 위한 수련 방식으로 지감止感과 조식調息, 금촉禁觸의 방법을 제시한 것이다. 지감은 느낌을 그치는 것이고, 조식은 호흡을 고르게 하는 것이며, 금촉은 촉감을 금하는 것이었다. 이것은 정신수양만을 요구하거나 몸의 보양만을 뜻하는 것이 아니었다. 오히려 어느 한쪽에 치우치거나 편협하게 추구하는 것은 하늘의 법칙과 뜻에 어긋났다. 그러니까 감식촉의 수련법은 그야말로 하늘의 기운(氣)을 받아 몸(身)과 마음(心) 모두를 참인간으로 상승시키고 고양하는 방법이었던 것이다.

하지만 강론을 한 번 들었다고 해서 이 모든 문제가 해결될 수는 없었다. 그처럼 쉬웠다면 태고의 전설은 벌써 실현되었어야 했다. 그만큼 어려운 문제였기에 지금에 와서야 천부인이자 하늘의 경이 열린 것이고, 이제야 인간 세상을 개척하기 위한 첫걸음을 내딛고 있는 것이었다.

그런데 여기서 문제가 발생하게 되었다. 설법에 감동하고 감화를 받은 자들이 돌아가려 하지 않고, 단군을 계속 따르려는 현상이 나타났던 것이다. 단군 밑에서 직접 참인간으로 거듭나는 수련 과정을 거치겠다는 것이었다. 그들은 벌써 단군의 설법 자체가 그들의 뇌파를 자극시켜 몸과 마음을 고양시켜준다는 사실을 알아차리고 있었다. 그러니 직접 교화를 받고 수련한다면 어떻게 되겠는가?

사람들이 몰려올수록 신지의 고민은 깊어졌다. 이들의 수련을 어떻게 단군 혼자서 모두 책임지고 풀어갈 것이냐 하는 것이었다. 허나 단군은 신지의 고민에는 아랑곳하지 않고 도리어 더 기뻐하며 반겼다. 그러고는 이들의 수행을 직접 지도하며 심신을 수련하는 구체적인 방법까지 일일이 전수하도록 하였다. 아침 일찍부터 하늘에 공경을 표하는 것에서부터 출발해 산에 오르면서 체력을 기르기도 하고, 율려律呂의 음률에 맞춰 춤을 추기도 하고, 경전을 독경하며 암송하기도 하였다.

단군을 따르는 수행자들의 모습은 하나의 거대한 물결을 이루는 것처럼 보였다. 이런 와중에도 단군은 강론을 요청하는 곳이 있으면 어김없이 그곳에 가 설법을 펼쳤다. 단군의 강행군에 참인간으로 거듭나기 위한 노력들이 여러 지역에 걸쳐 나타나면서 분위기가 점차 고조되어갔다. 그 결과 이제는 각 지역의 거수들이나 관리들도 단군의 강론에 관심을 보일 수밖에 없게 되었다. 자기 지역의 백성들이 모두 참인간으로 거듭나기 위해 노력하니 거수나 관리들로서는 그 자체가 압박으로 느껴졌던 것이다.

이건 녹씨족의 녹도기 거수와 관리들도 마찬가지였다. 물론 녹씨족의 입장에서 봤을 때 단군은 범씨족의 지배로부터 벗어나게 해준 은인이었다. 허나 강론까지 들어야 한다는 것이 그리 탐탁지 않았던 것이다. 그래서 그들은 단군이 자기네 지역으로 들어섰다는 소식에 떨떠름한 표정부터 지었다.

"허허! 이거 안 갈 수도 없고, 그렇다고 아랫사람들하고 같이……."

"그러게 말이오. 하지만 어쩌겠어요? 단군 폐하께서 저리 나오시니 그 앞에서 폼 잡을 수도 없고……."

"이거야 원, 요즘 세상 같아선 관리 해먹기가 겁난다니까요. 꼭 사람도 안 된 놈이 녹봉이나 받아먹는다고 말하는 것 같아서 말입니다."

이런 분위기에 떠밀려 녹도기도 강론에 참여했다. 하지만 설법을 들으면서 녹도기는 점차 그에 매료되어갔다. 그 내용이 얼마나 풍부한지 그 끝을 가늠할 수가 없었다. 태고의 전설로부터 구전으로 내려왔다는 조화경造化經인 〈천부경〉과 교화경敎化經인 〈삼일신고三一神誥〉, 치화경治化經인 〈참전계경〉을 설명하는 대목에 이르러서는 입을 다물지 못할 정도였다. 이 세상의 법칙이자 하늘의 법칙이 하나의 기호와 수리 체계로 엄연하게 정리되었을 뿐만 아니라 하늘의 뜻에 맞게 어떻게 교화하고 치화하여야 하는지, 또 어떻게 자기 수련을 전개하여 참인간으로 고양시킬 수 있는지에 대한 방법까지 전부 담고 있었다. 그저 구도의 길을 걸어 참인간이 되어야 한다는 등의 듣기 좋은 소리나 늘어놓을 것으로 생각했는데, 관리로서 어떻게 처신해야 할지 그 내용까지 설파하고 있었던 것이다. 홍익인간이나 이화세계의 이치는 억지로 만들어낸 것이 아니라 그 자체가 하늘의 법칙이자 뜻이라고도 했다. 여기서 그는 자신이 지금껏 얼마나 알량한 지식과 마음가짐으로 백성들을 대해왔는가를 깨닫고 얼굴을 붉힐 수밖에 없었다. 실상 관리들이 백성들을 하늘처럼 모시고 다스렸다면 이런 혼란은 나타나지 않았을 것이었다.

녹도기는 강론이 끝난 뒤에도 쉬 자리를 뜨지 못했다. 그는 강론의 여운을 계속해서 되씹고 있었다. 그러다가 무슨 기운에 취한 듯 자신도 모르게 발걸음을 옮겼다. 어디로 향하는지, 얼마나 걸었는지도 몰랐다. 그저 뭔가에 끌린 듯 걸었다. 그런데 어느 순간 그 앞에서 갑자기 무슨 소리가 들리는가 싶더니 주위가 환하게 밝아오는 것이었다. 살펴보니 단군으로부터 직접 교화를 받는 사람들이 수련하는 모양이었다. 어찌하는지 두고 보자며 보고 있는데, "아니 저럴 수가!" 그의 입에서는 경탄이 절로 쏟아져나왔다. 어떻게 수련하는지 그 주위의 만물들이 모두 다 하나같이 생기가 감돌고 있는 게 이건 꼭 별천지 같았다. 이것은 지금껏 전설로만 내려왔던 접화군생接化群生의 경지로, 아주 하찮은 미물에 이르기까지 감화 보응시켜 조화를 이루어 살아가는 삶을 뜻했다.

아니, 그러면 저들이 벌써 선인이 되었단 말인가? 녹도기는 자신보다 한참 못 미친다고 여긴 사람들이 저런 경지에 올라 있다는 사실을 도무지 믿을 수가 없었다. 그래서 자신이 지금 꿈을 꾸고 있는 게 아닌가 해서 몸을 꼬집어보았는데 몹시 아픈 것으로 보아 엄연한 현실이었다.

녹도기는 그 길로 단군을 찾아가 자신도 수련생으로 받아달라고 주청하였다. 허나 단군은 거수로서 해야 할 막중한 일이 있다면서 받아주지 않았다. 대신에 직무를 수행하면서 수련할 수 있는 정통 수련법을 가르쳐주었다.

녹도기는 자신의 직무실로 돌아온 다음, 단군의 설법을 떠올리면서 곧장 삼칠일간의 수련에 들어갔다. 마음 같아서는 100일 정도나 혹은 그보다 더 오랜 시간을 갖고 진행하고 싶었으나, 녹씨족의 거수로서 그렇게 많은 시간을 할애할 수가 없었다. 호흡을 고른 다음 단군이 가르쳐준 대로 수련에 들어가자, 곧장 심신이 편안해지면서 달콤한 잠에 빠지듯 몰입되어갔다. 그러고는 얼마 후 곧 깨어났다. 꼭 몇 시간 단잠을 자고 난 것 같은 기분에 젖어 밖으로 나왔다.

밖에서는 신료들이 삼칠일이 지났는지라 그가 나오기만을 기다리며 웅성거리고 있었다. 그러다가 그들은 녹도기의 모습을 보고는 모두들 벌어진 입을 다물지 못했다. 그의 모습이 전과 확연히 달라 보였던 것이다. 환골탈태한 양 얼굴에 기가 흐르면서 몸 주위로는 아련한 빛의 기운마저 감돌았던 것이다.

"아무리 그래도 그렇지 어떻게 삼칠일 만에 저렇게 될 수 있을까?"

그래서 그런지 그에 관한 소문은 금방 퍼져나갔다.

"녹도기 거수님 소식 들었는가? 삼칠일 만에 사람이 완전히 딴 사람이 되었다고 하지 않는가?"

"그러니까 단군 폐하의 설법대로 수련하면 누구나 다 선인의 경지에 이른다고 하지 않는가?"

"그러고 보면 단군 폐하가 하늘이여, 하늘."

이런 소문이 나돌면서 녹씨족의 거수는 그전보다 훨씬 더 큰 권위를 갖게 되었다. 하지만 그는 결코 거들먹거리지 않았다. 도리어 사람들에게 단군의 설법을 따라 배우라고 앞장서서 권장하였다. 그러면서 탐욕에 젖은 생활은 참인간의 삶이 아니며 모든 인간이 복을 누리고 살게 하는 것이 하늘의 뜻이고, 이를 어겼을 때에는 누가 보지 않더라도 하늘은 다 알고 있기에 결코 그 죄를 면치 못할 것이라는 말로 사람들을 교화하며 다스려나갔다.

이렇게 거수와 관리들까지 나서서 적극 보급시켜가니, 주신의 나라의 모든 지역은 그야말로 참인간으로 거듭나고자 수련하는 풍류風流의 열풍이 불어닥치는 분위기가 되었다. 이런 분위기에 제일 앞장서서 호응하는 이들은 청년들이었다. 그들은 넘치는 힘과 기백으로 이런 새로운 시대의 분위기에 예민하게 반응하면서 풍류를 익히고자 스스로 무리 지어나갔다. 얼마나 힘 있게 확산되었는지 유소년들은 그 무리의 일원이 되는 것을 자랑스럽게 여기고 가담하지 못하는 것을 부끄럽게 여길 정도였다.

신지는 이런 상황을 보면서 감탄을 금치 못했다. 좌현왕 호한이 그토록 법으로 강제했어도 잘 되지 않았던 것을, 이렇게 빠른 시일 내에 수많은 사람들이 자발적으로 나서게 하리라고는 상상도 하지 못했던 것이다. 결국 사람을 믿으라고 하는 건, 하늘의 뜻을 믿으라고 하는 것과 같았다는 걸 다시금 확인한 셈이었다.

이렇게 감복하면서도 신지는 한결 마음이 편하기도 하였다. 이제야
말로 단군이 환궁하지 않겠느냐 하는 생각 때문이었다. 왕검성을 떠
난 지도 거의 반년이 넘어서고 있었다. 단군도 이제는 궁으로 돌아가
야만 했다. 전령병을 보내 수시로 상황을 점검하고, 또 대신들이 자기
직무를 성실히 수행하고 있다고는 하나 이건 일시적이어야만 했다.

차라리 이런 이유 때문이라면 신지가 그렇게 초초하게 고민하지 않
았을 것이다. 실상 단군의 순행 활동은 거의 빈틈이 없을 정도였다.
아마 보통 사람이 이런 강행군을 했다면 벌써 나가떨어졌을 것이었
다. 하늘의 현신이자 선인의 경지에 이른 단군이었기에 가능했던 일
이다. 하지만 아무리 자신의 정기를 보충하는 경지에 이르렀다고 해
도, 이런 강행군을 오랫동안 지속한다면 자연 몸에 무리가 갈 것은 뻔
했다. 하늘에 태양이 떠 있는 그 자체만으로 만물이 소생하듯 단군이
오랫동안 왕검성에 버티고 있어야 했다. 이것이 바로 주신의 나라가
영원히 허물어지지 않도록 그 토대를 확고히 마련하는 길이었다.

그런데 어찌 된 일인지 단군은 도통 돌아갈 생각을 하지 않는 것 같
았다. 모든 사람들을 다 교화할 때까지 순행하자는 것인가? 이건 끝
도 없는 과정일 것일진대 설마 그리 생각하지는 않겠지. 마침내 신지
는 더 이상 환궁을 미룰 수 없다는 생각에 단군을 알현하였다.

"단군 폐하! 감축 드리옵니다. 지금 각 지역마다 우후죽순처럼 풍
류를 배우려는 무리가 생겨나고 있으니 말이옵니다. 이제 불이 붙은
격이옵니다. 그러하오니 이제 그만 왕검성으로 환궁하시는 것이 마

땅한 줄로 사료되옵니다."

"불이 붙는 격이다? 참으로 멋진 표현입니다. 허나 불이 붙을 때 활활 타오르게 해야 하지 않겠습니까?"

"당연히 그리해야 할 것이옵니다. 그러자면 왕검성으로 돌아가서서 인재를 양성해야 할 것이옵니다. 한 사람이 하는 것보다는 여러 사람이 하는 것이 낫지 않겠사옵니까?"

"인재 양성이라? 그리해야 하겠지요. 그런데 신지 대신의 말마따나 여러 사람이 하자면 중앙에서만 할 것이 아니라 각 지역에서도 그리하게 하는 게 좋지 않겠습니까? 그러자면 각 지역에서 수련하고 교화할 기반이 마련되어야 할 것인데……. 그런데 그 장소를 아무 데나 지정할 수도 없고……."

"어디 마음에 두고 계신 곳이라도 있으시옵니까?"

"글쎄, 내 생각엔 각 제사장이 거처하는 곳들을 그 장소로 삼으면 좋겠다고 보는데…… 신지 대신은 어찌 생각하십니까?"

신지는 어이없다는 듯 단군을 빤히 쳐다보았다. 실상 주신의 나라에서 그 사상이 가장 미치지 못하는 곳이 바로 제사장들이었다. 주신의 나라를 세울 때 이들 제사장들을 제일 먼저 교육시키는 조치를 취하였으나, 머릿속에 뿌리박힌 사고방식은 단 한번에 고쳐지지 않았다. 지속적으로 그들을 교화해야만 했다. 하지만 먹고사는 문제에 매달리다보니 이 문제에 큰 신경을 쓰지 못했고, 그 결과 그들은 예전의 사고방식이 완전히 단절되지 않아 단군이 직접 순행하는 교화에 적극

가담하지 않고 있었다. 그런데 하필 이런 사람들이 모여 있는 곳을 장소로 지목하니, 신지에게는 결국 이번 순행길에서 아예 모든 것을 뿌리 뽑아버리자는 말로 들렸던 것이다.

"지금 그쪽 사람들이 제대로 참여하지 않고 있음을 단군 폐하께서도 잘 알고 계시지 않사옵니까? 그런데 그곳을 선정하시는 무슨 특별한 이유라도 있는 것이옵니까?"

"신지 대신의 말씀대로 참여하지 않는 게 문제입니다."

"참여하지 않는 게 문제라니요? 어차피 모든 사람이 처음부터 다 참여할 수야 없지 않사옵니까? 지금 충분히 기반은 조성되었으니 언젠가는 그들도 참여하게 될 것이옵니다. 그러하오니 심려 놓으시옵소서."

"단순히 참여 차원의 문제라면 신지 대신의 말씀이 옳겠지요. 허나 그들이 누굽니까? 그들이야말로 사람들의 사고방식에 지대한 영향을 미치고 있는 자들입니다. 바로 그런 사람들이 적극적으로 움직이지 않고 있다는 겁니다."

"그거야 차차 풀면 되는 문제가 아니겠사옵니까? 그런데 어찌하여 이렇게 조급하게 한꺼번에 해결하려고 서두르시는지 신은 모르겠사옵니다."

"조급하다? 어쩌면 그런 면이 없잖아 있겠지요. 허나 꼭 그렇게만 볼 것이 아닙니다. 참인간으로 거듭나는 것과 토템이나 정령에 기대어 해결하려는 사고방식은 서로 양립할 수가 없다는 것은 신지 대신

도 잘 알고 있을 것입니다. 모든 만물을 감화 보응시켜 조화롭게 살아
가야지 미물들의 지배를 받아서야 어떻게 참다운 인간으로서의 삶이
보장될 수 있겠습니까? 그런데 문제는 이 정도에서 끝나지 않는다는
데에 있습니다. 바로 그것이 사나운 짐승 떼가 우글거리게 만든 근본
이고, 관리들이나 재력가들이 이기심에 사로잡혀 탐욕을 부리는 원
천이 되고 있다는 것입니다. 그러니 이런 사고방식이 존재하는 가운
데서는 참인간으로 거듭날 수 없다는 것이지요. 사람들을 교화하는
길로 나가게 하느냐 마느냐는 본질적으로 이들 제사장들의 처리 문제
와 직결되어 있습니다. 이를 해결하지 못하고서야 어떻게 교화의 불
이 활활 타오르겠습니까?

"단군 폐하의 말씀이 지당하시옵니다. 하지만 그리하자면 좀 더 시
간이 필요할 것이옵니다. 그러하오니 우선 그 장소를 나라의 명으로
지정한 다음 차차 해결해나가는 것이 어떻겠사옵니까? 지금 어느 누
가 감히 단군 폐하의 지엄한 명을 거역할 수 있겠사옵니까?"

"강요하자고요? 그렇게 강박하여 해결하려고 했을 것 같았으면 왜
이리 고생하며 순행을 하겠습니까? 그건 아니지요."

단군이 단호하게 고개를 내저었다. 그러자 이를 본 신지가 어쩔 줄
몰라하며 다시 여쭈었다.

"그렇다면 그들이 자발적으로 받아들일 때까지 순행을 계속하자는
것이옵니까? 지금 상황에서 어떻게 말이옵니까?"

"어찌하든지 해결할 묘안을 찾아야지요. 다른 방식이 없지 않습니

까? 그 사람들의 사고방식을 바꾸게 하자는 것이지, 그들을 없애버리자는 것은 아니니 말입니다. 게다가 지금 또 해결해야 할 것이 있는데……."

신지는 단군의 얼굴을 빤히 쳐다보았다. 제사장 문제만 해도 내일을 기약하기가 힘든데, 또 다른 과제까지 언급하려는 태도에 기가 막혔던 것이다. 하지만 단군은 신지가 그러거나 말거나 개의치 않고 입을 열었다.

"마침 신지 대신께서 인재를 양성하자고 말씀하셨는데……. 그렇다면 무슨 내용이 있어야 할 것이고……. 그나저나 신지 대신은 내가 강론한 내용을 전부 다 기억할 수 있겠습니까?"

"대부분은 알 수 있겠지만 정확히 다 기억한다고는 장담할 수 없사옵니다."

"신지 대신께서 그 정도라고 하면 어느 누구를 믿고 교화를 체계적으로 할 수 있도록 하겠습니까? 그렇다면 이것을 다 기억할 수 있는 방안이 있어야 할 것인데……."

"어느 누가 교화해도 모든 것을 기억할 수 있어서 그 내용이 달라지지 않을 방안을 찾아야 한다는 말씀이옵니까?"

"바로 맞췄습니다. 이를 신지 대신이 찾아보았으면 합니다. 그래야 여기로 순행 나온 보람이 있지 않겠습니까?"

신지는 당혹감을 감추지 못했다. 이건 지금 상황에서 환궁하자는 말을 꺼내지 말라는 것이나 다름이 없었다. 이게 어찌 당장 풀어지는 문제인가? 지금으로선 기약할 수 없는 일이었다. 하지만 신지는 더이상 따지지 않았다. 단군이 이미 순행을 떠날 때부터 이런 상황을 예감했다는 걸 느꼈다. 자신이 순행길에 합류하는 것을 적극 막지 않았던 연유도 여기에 있었다는 것을 비로소 알게 되었다. 이리하여 신지는 단군의 강행군에 대해 말을 꺼내기도 어려운 처지에 처해 고민에 빠지지 않을 수 없었다.

그런데 아사달에서 급한 파발마가 도착하면서 더 지체해서는 안 되는 상황이 발생했다. 단군의 어머니 웅녀의 건강이 극히 악화되고 있다는 소식이 전해졌던 것이다.

신지는 이를 명분으로 삼아 단군에게 재차 환궁을 요청했다. 거대한 물결이 일어나고 있는 중에 그 활동을 중지한다면 효과가 반감되겠지만 어쩔 수 없지 않느냐는 것이었다. 이에 단군은 대답하기가 난처했는지 신지를 물끄러미 바라보기만 하였다. 이윽고 신지가 단호하게 입을 열었다.

"단군 폐하! 소신 꼭 폐하의 심려를 덜어드릴 것이옵니다. 우선 유능한 인재들을 뽑아 이들이 사회의 기둥으로 자라나게 만들 것이옵니다. 또 제사장들에 대한 조치도 취해나갈 것이옵니다. 아울러 교화의 방도가 언제나 달라지지 않고 서로 똑같이 진행될 수 있도록 할 방안도 기필코 강구해내겠사옵니다. 그러하오니 그만 심려 놓으시고 환궁하셔서 병구완을 하시옵소서."

여기서도 단군은 반문하지 않았다. 어찌해야 할지 신지가 모두 파악하고 있음을 알았기 때문이었다. 문제를 직시했다면 이미 절반은 풀린 것이었다. 아무런 말이 없는 단군의 모습에 신지가 다시 입을 열었다.

"그럼, 지금 당장 유능한 인재를 구한다는 파발을 각 지역에 보내도록 조치를 취하겠사옵니다."

모든 것을 알아서 처리할 것이니 곧바로 환궁을 서둘러달라는 신지의 압박이었다. 그제야 단군이 고개를 끄덕였다.

이로써 단군 일행은 다시 왕검성으로 돌아오게 되었다. 거의 반년이 넘는 기간의 강행군이었다. 단군은 환궁하자마자 어머니 웅녀를 찾았다. 단군이 없는 동안 하백녀가 웅녀를 지극 정성으로 간호하고 있었고, 아직 너댓 살에 불과한 왕자 부루가 곁에서 돕고 있었다. 단군은 부루를 대견하게 생각하면서도 먼저 누워 계시는 어머니의 용안부터 살폈다. 나이가 들면서 부쩍 기력이 쇠약해져 더 병환이 깊어진 듯싶었다. 죄스러운 마음에 단군이 웅녀의 손을 꼭 잡자 웅녀가 어느새 정신이 들었는지 단군을 알아보고 입을 열었다.

"언제 왔습니까? 내 왔는지도 모르고……."

웅녀가 묻더니 이내 시선을 돌려 단군의 얼굴부터 몸 구석구석을 살폈다. 거기엔 어미로서의 안쓰러운 마음이 담겨 있었다. 실상 웅녀는 단군을 보면 꼭 죄인의 심정이 되었다. 응석을 부릴 만한 어린 나이에 단군을 웅씨족 지역으로 떠나보낸 데다 거불단 환웅이 하늘로 승천하자 서로들 환웅의 뒤를 이으려고 난리를 쳤을 때도 단군을 지켜주지 못했다. 그런데도 단군은 스스로의 힘으로 이 모든 것을 개척하였으니 한편으로는 대견하게 생각하면서도 또 다른 한편으로는 미안한 마음이 드는 것은 어쩔 수 없었다. 그래서 웅녀는 왕검성으로 온 이후 다른 것은 몰라도 단군이 새로운 인간 세상을 개척하고자 하는 일에 짐은 되지 않겠다고 다짐하고 있었다. 그래서 그런지 단군의 옷차림새로부터 그가 순행길에서 급히 달려왔음을 알아채고는 다시 입을 열었다.

"내 연락하지 말라고 그리 일렀건만……. 일을 끝내면 어련히 알아서 오실 것을."

"아니옵니다. 마침 돌아오는 길이었사옵니다."

"그리 말씀하지 않아도 내 다 압니다. 어미로서 큰 도움도 주지 못했는데 지금에 이르러서까지 이렇게 짐만 되고 있으니……."

"무슨 말씀을 그리하시옵니까? 어마마마께서 계시지 않으셨다면 소자가 어찌 지금에 이르렀겠사옵니까? 어마마마께서 이리 계시는 것이야말로 나라의 큰 홍복이옵니다."

"허허! 어찌 그리 입에 맞는 단소리만 하십니까? 정말 이 어미가 원망도 안 된단 말입니까?"

이렇게 말하며 웅녀가 단군의 손을 꼭 잡았다. 그러고는 낮은 음성이지만 단호한 어조로 다시 입을 열었다.

"이 어미는 괜찮습니다. 나이가 들어 기력이 쇠약해진 것뿐입니다. 곧 괜찮아질 것입니다. 그러니 어서 나가보세요. 그래야 내 마음이 편안합니다. 아시겠습니까? 어서요."

단군은 어머니가 무엇을 바라는지를 알았기에 그 자리를 물러나왔다. 그렇다고 병환에 누워 계시는 어머니를 나 몰라라 할 수 없는지라 곧 의학을 담당하는 기성 대신을 찾았다. 이미 기성은 웅녀의 병환을 치료하기 위해 심혈을 기울이고 있었다. 그래서 그와 상의해 웅녀의 병을 호전시키기 위한 방도를 찾고자 했던 것이다.

한편 신지는 눈앞이 깜깜하기만 했다. 단군에게 자신이 직접 나서서 해결하겠다고 호언장담했지만 인재 양성이나 제사장들의 처리, 그리고 강론 내용을 영구히 기억할 수 있는 방안을 마련하는 것은 하나같이 쉬운 문제가 아니었다. 그러나 그중에서도 영구히 기억할 수 있는 방안을 찾는 것은 매우 어려운 문제였다. 이것만 해결하면 나머지 문제를 신속하게 진행할 수도 있었다. 허나 이 문제는 실마리조차 보이지 않고 도리어 머릿속만 더욱 복잡하게 만들었다.

신지는 우선 유능한 인재를 선별하는 데 만전을 기하라고 독려하였다. 벌써 인재를 양성한다는 소리를 듣고 아사달에는 젊고 유능한 인재들이 몰려들고 있었던 것이다. 단군이 강론을 한 이후 풍류를 익히려고 우후죽순 격으로 무리를 지었던 청년들이 대거 응해왔기 때문이었다. 이들은 단군으로부터 직접 체계적으로 교화받을 수 있을 것이라는 사실에 매우 들떠 있었다.

물론 이들만 참여하는 것은 아니었다. 여기에 뽑히기만 하면 탄탄대로의 앞날이 열릴 것이라는 욕심을 품고 있는 자도 있었다. 참인간으로 거듭나기 위한 바람이 거세게 불고 있더라도 모든 사람들이 한 꺼번에 변할 수는 없었던 것이다. 어떻게 변해도 결국은 힘 있는 자가 행세하기 마련이라는 사고방식은 여전히 남아 있었다.

당찬 포부를 안고 아사달에 몰려든 젊은이들은 아사달의 이곳저곳을 기웃거렸다. 그러면서 그들은 감탄을 금치 못했다. 아사달의 발전 수준은 그들이 상상한 것 이상이었던 것이다. 도로가 잘 닦여 있고 온돌방을 갖춘 살림집들이 널따랗게 즐비해 있는 것만 봐도 역시 이곳이 주신의 나라의 건국지라는 생각이 저절로 들었다. 허나 이것은 아사달이 배치해 있는 지형의 풍경에 비하면 아무것도 아니었다. 아사달 자체가 신천지인 양 자연 풍광과 잘 어울려 조화로운 질서 속에 살아가는 삶의 단면을 잘 보여주고 있었던 것이다. 그래서 그들은 저절로 부러움을 표시하였다.

"이런 곳에 산다면 저절로 선인의 경지에 이를 것만 같네그려."

"정말 그렇구먼. 그러니까 이 아사달이 새로운 인간 세상을 열어나가는 중심지가 되는 것 아니겠어?"

"그야 당연한 소리. 아, 이곳이 어떤 곳인가? 바로 단군 폐하가 계시는 곳 아닌가? 그러니 말 다한 것이지."

"그러고 보면 이번 인재 선발대회의 경쟁이 만만치 않겠어."

이런 분위기 때문인지 젊은이들의 행동거지가 사뭇 진지해지며 이번에 열리게 될 인재 선발대회에 신중을 기하는 모습이 역력하게 나타났다.

신지는 이런 젊은이들의 반응을 보고 새로운 인재를 선발하는 기준을 정해야겠다고 생각했다. 실상 지금까지 인재를 선발하는 방식은 얼마나 무예가 뛰어나느냐, 아니면 얼마나 능력과 재능을 가지고 있느냐에 따라 좌우되었다. 하지만 신지는 전에서부터 이런 기준은 미흡하다고 생각하고 있었다. 더구나 지금은 새로운 인간 세상을 열어나가는 시점이었다. 그렇다면 이번에 뽑힌 인재들은 나라의 동량이 되어 새로운 인간 세상을 활짝 꽃피워 나가야 할 사람들이었다. 그렇다면 답은 하나, 전인적인 인간을 양성하는 것을 그 목표로 제시해야만 했다. 결국 신지는, 인재를 선발하는 기준을 무예는 물론이고 태고의 전설의 내력을 포함한 역사 이해와 수련 정도 등 참인간으로서 갖춰야 할 요소들을 총체적으로 고려하여 뽑을 것이라고 밝혔다.

신지는 인재 선발대회의 준비가 착착 진행되어가자, 이제는 제사장들의 처리 문제를 해결하고자 했다. 그런데 이것은 아무래도 도덕규범과 제례를 담당하는 학가 대신인 시호령이 풀어가는 것이 더 좋겠다는 생각이 들었다. 시호령은 바로 제사장 출신이니 그들의 특성을 누구보다 잘 알 것이라고 여긴 것이다.

신지는 시호령을 찾아가 제사장들에 관한 문제를 처리해줄 것을 부탁하였다. 한마디로 제사장들의 거처 주변을 수련 겸 교화 장소로 만들어, 참인간으로 거듭나는 데 장애가 되는 토템이나 정령 등의 사고방식의 근원을 뿌리 뽑아내라는 것이었다. 그런데 시호령은 한사코 자신의 능력으로는 해결할 수 없는 문제라고 하면서 사양했다.

"단순히 제사장들과 관련된 문제라면 제가 담당할 수 있습니다만, 이것은 그런 정도가 아니지 않습니까? 바로 새로운 인간 세상을 열어나가는 풍류와 관련된 것인데 제가 어떻게 적임자가 될 수 있겠습니까? 이것은 신료들의 좌장이신 신지 대신께서 직접 맡으셔야 할 것이옵니다."

그러면서 시호령은 신지에게 제사장들은 말로 해서는 안 되고 직접 눈으로 보고 깨우치도록 해야 따를 것이라고 귀띔해주었다. 시호령의 말을 듣고 보니, 신지는 이번에 뽑은 인재들과 제사장들이 서로 마주치게 하는 것이 좋겠다는 생각이 문득 들었다. 그는 곧장 각 지역의 제사장들과 관계자들을 아사달로 초청하는 파발을 보냈다.

인재 선발대회와 제사장들의 처리 문제가 동시에 진행되니 아사달은 매우 북적거렸다. 인재 선발대회의 준비가 막바지에 이를 즈음에 각 지역의 제사장들과 관계자들이 아사달에 도착하였다. 신지는 그들을 귀빈으로 대접해주었다. 하지만 제사장들은 쉽게 마음을 열지 않았다. 도리어 이렇게 갑자기 초청한 것 자체가 단군의 교화에 적극적이지 않았던 자신들의 행위를 문책하기 위해서가 아닌가 경계하면서 그 숨은 의도가 무엇인지 파악하려고 들었다.

결국 신지는 이들을 한자리에 모아놓고 초청한 이유를 설명하였다. 어차피 사람을 속여서는 자발적으로 움직이게 만들 수는 없었기 때문이었다.

"모두들 초청한 이유가 궁금하신 것 같은데, 그것은 다름이 아니라……. 여러분들도 아시다시피 지금 시기는 새로운 인간 세상을 열어나가는 시기라는 것을 잘 알 것입니다. 그러니 여러분이 이에 맞게 합당한 역할을 해주었으면 한다는 것이지요. 그러자면 여러분이 그 누구보다 풍류에 대한 전문가가 되어야 하지 않겠습니까? 이 문제를 여러분과 상의하여 해결하기 위해서 이리 초청한 것입니다."

신지의 말이 떨어지기가 무섭게 제사장들이 웅성거렸다. 그런 가운데 한 사람이 반문해왔다.

"그렇게 말씀하시니, 우리가 무엇을 어떻게 해야 한다는 것인지 잘 알아듣지 못하겠습니다. 그냥 직접적으로 말씀해주시면 안 되겠습니까?"

상의라고 하지만 실상은 자신들을 강제로 교화시키겠다는 것이 아니냐는 불만의 표현이었다.

"하긴 뭐…… 말을 돌릴 것이 뭐 있겠습니까? 직접 말하지요. 그러니까 이 주신의 나라의 미래를 생각하면, 각 지역마다 풍류를 익히려고 노력하는 사람들이 안정적으로 수련하여 참인간으로 거듭나도록 해야 하겠는데……. 그러자면 이들을 교화할 인재를 양성하는 한편 그 필요한 장소도 마련해야 하지 않겠습니까? 바로 이것을 여러분이 수행했으면 한다는 겁니다. 단적으로 말해 여러분의 거처를 교화 장소로 삼아 이번에 선발된 인재들과 함께 여러분들이 책임지고 그 역할을 맡았으면 한다는 것이지요. 물론 이를 강제로 밀어붙일 의사는 없습니다. 단 여러분이 여기에 응한다면 그곳을 어느 누구도 함부로 침범할 수 없는 신성 지역으로 인정할 것입니다."

제사장들은 갑자기 벙어리가 된 양 입을 다물었다. 이만한 지위를 보장받는다는 건 엄청난 혜택이었다. 허나 그것은 풍류를 받아들여야만 가능했으니 그들로서는 쉬이 결정할 수 없었던 것이다.

이런 그들을 보고 신지가 서로 상의하여 결정하라고 요구하고는 그 자리를 떠났다. 제사장들의 의견은 분분했다.

"뭘 상의하라고 하는지……. 아, 우리가 풍류를 수용하면 더 이상 제사장이 아니게 되는 것 아니오? 그런데 그걸 어떻게 수용할 수가 있단 말이오?"

"어허! 지금 세상이 어떻게 돌아가는지 몰라서 하는 소리입니까? 우리가 계속 이렇게 고집만 피우고 있다간 아예 나중에 찬밥 신세가 될지도 몰라요. 그럴 바엔 차라리 살아날 방도를 찾아야지요."

"이거야 원……때리고 얼러주는 격이니, 어떻게 결정해야 할지……."

제사장들이 결정을 내리지 못하고 있는 가운데, 인재 선발대회가 시작되었다. 신지는 여기에 제사장들을 초청하였다. 어차피 제사장들이 응한다면 결국 이번에 뽑힌 인물들과 함께 일을 처리해나가야 했던 것이다.

인재 선발대회는 처음부터 치열했다. 풍류를 익히려는 열기가 확산된 가운데 치러진 관계로 하나같이 참여한 사람들의 수준이 전례 없이 높아져 서로가 만만치 않은 상대들이었던 것이다. 그런데 그중에서도 단연 돋보인 인물이 있었으니 그는 무도라는 젊은이였다.

그는 우선 수박이나 검술, 그리고 창술 등의 무예는 물론이고 말타기, 단궁을 이용한 활쏘기 등에서 특출한 기량을 선보였다. 여기까지라고 하면 사람들이 그리 탄복하지도 않았을 것이다. 아마 다른 사람들보다 좀 더 잘한다는 칭찬 정도를 받았을 것이다. 그런데 그는 그들의 상상을 뛰어넘었다. 태고의 전설을 비롯해 오묘한 하늘의 이치에 대해 거침없이 설명하는 그의 식견에 우선 놀랐다. 거기에다가 얼마나 내공 수련을 쌓아왔는지 기맥의 흐름을 자유자재로 조절하는 것 앞에서는 절로 탄성을 자아냈다. 제사장들도 눈이 휘둥그레지며 놀라지 않을 수 없었다. 모두들 하나같이 이구동성으로 무도라는 청년이야말로 이 시대에서 필요로 하는 인재라고 극구 칭찬하였다. 결국 무도는 이번 인재 선발대회에서 장원으로 뽑히게 되었다.

신지는 무도를 불러내 치하하고는 물었다.

"그만한 나이에 그런 경지에까지 오르다니 대단하구나. 그런데 너 혼자서 그리 터득한 것이더냐?"

신지는 무도가 보여준 것이 구전으로 내려온 〈천부경〉과 〈삼일신고〉, 그리고 〈참전계경〉에 의한 것임을 이미 알아보았다. 그래서 그의 사부가 궁금했던 것이다. 아니나 다를까 무도는 자신의 입으로 그것을 확인시켜주었다.

"아니옵니다. 저는 사실 저의 사부님에 비하면 아주 보잘것없는 사람에 불과하옵니다."

"그럼 너를 이렇게 키워준 사부가 누구인지 말해줄 수 있겠느냐?"

모두들 무도의 입을 바라보며 귀를 쫑긋 세웠다. 무도가 겸손해할 정도의 사람이라면 대단한 사람임이 틀림없었다. 그런데 무도의 입에서는 너무도 허무한 대답이 흘러나왔다. 자신도 잘 모른다는 것이었다. 단지 어릴 때 고아였던 자기를 돌봐주면서 언젠가 나라에서 긴히 쓸모가 있을 것이니 그때를 대비하라며 가르쳐주고는 어디론가 홀연히 떠나버렸다는 것이었다. 사람들은 그 사부의 행방을 더 이상 파악할 수 없음에 아쉬워했다.

"참, 그분이 조정에서 일을 하면 큰 도움이 될 텐데……."

"그러게 말이여. 그런데 태고의 전설에서부터 구전으로 전해 내려오는 경전에 의해 수련을 쌓으면 정말 선인이 될 수 있는가봐."

"당연하지. 단군 폐하께서 그리 말씀하셨는데 틀렸겠어. 저 무도만 봐도 그렇지 않은가?"

무도의 기량은 사람들로 하여금 더욱 수련의 길에 매진해야겠다는 분위기를 조성시켰다. 그뿐만이 아니었다. 제사장들의 결정에도 좋은 영향을 미쳤다. 제사장들은 인재 선발대회를 지켜보면서 자신들이 지금 버티고 있을 처지가 아니라 도리어 자신들의 지위를 보장해주겠다는 제안에 감사해야 할 처지임을 실감하였다. 그래서 제사장들의 대다수는 신지의 제안을 수용했을 뿐만 아니라 자신들도 수련의 길을 가겠으니 도와달라고 요청까지 하기에 이르렀다. 실력이 없으면 자신들이 살아남지 못할 것임을 깨달은 것이었다.

인재 선발과 제사장들의 처리 방향이 어느 정도 일단락되자, 이들에 대한 교화 과정이 본격적으로 진행되었다. 이를 총괄하며 진행한 사람은 신지였다. 신지는 자신이 직접 강연하기도 하였지만 어떤 때에는 단군이 강론을 펴기도 하였다. 그만큼 이들을 체계적으로 양성하는 것이 주신의 나라의 주춧돌을 놓느냐 마느냐 하는 문제와 관련되어 있다고 단군과 신지는 판단하고 있었던 것이다.

단군까지 가세한 상황에서 신지의 고민은 더욱 깊어지기만 했다. 이렇게 단군이 언제까지 직접 할 수는 없는 일이었다. 하루빨리 영구히 기억되는 방법을 찾아야 했다. 실상 이게 가장 어려운 문제라는 것을 신지는 처음부터 알고 있었다. 어차피 인재 양성이나 제사장들의 처리 문제는 이런 방향으로 해결될 것이라는 걸 단군과의 대화 속에서 이미 예견한 바였다.

영구히 기억할 수 있는 방안? 이 문제를 어떻게 해결할까? 이렇게 교화 과정도 진행되고 있으니 빨리 해결해야 하는데……. 암기 능력이 있는 자들을 여럿 지정하여 외우도록 하는 방법을 떠올렸으나 그것은 한계가 있었다. 암기한 사람이 없다면 결국 다른 사람은 알지 못할 것이었다. 암기한 사람이 없어도 다 알 수 있는 방법을 찾아야 하는데……. 하루빨리 해결하겠다는 생각에 마음만 조급해질 뿐, 그 실마리조차 보이지 않으니 답답한 노릇이었다. 해결하겠다고 장담한 마당에 점차 시일이 흐르자 단군을 볼 면목도 서지 않았다.

뾰족한 방안이 떠오르지 않음에 신지는 바람을 쐬면서 사냥이나 하려고 아사달을 빠져나왔다. 그러고는 사냥감을 찾아 헤맸는데 도무지 아무것도 보이지 않았다. 그래서 그는 흔적이라도 찾고자 이곳저곳을 살피던 중 우연히 모래 위에 선명하게 찍힌 사슴의 발자국을 발견하였다. 그 순간 뭔가가 그의 뇌리를 퍼뜩 스치고 지나갔다. 이 흔적처럼 기록하면 영원히 잊지 않고 알아볼 수 있을 것이라는 거였다. 그가 본 사슴의 발자국은 사슴이 며칠 전에 분명 이곳을 지나갔다는 사실을 증명해주고 있었다.

"바로 이것이다! 기록하는 거야."

신지는 너무도 기쁜 나머지 자신이 사냥하러 나왔다는 사실도 잊어버린 채 곧바로 집으로 돌아왔다. 헌데 다음 순간 이 발견이 일의 시작에 불과함을 깨달았다. 무엇을 적을까 하는 대목에서 그는 또다시 암담함을 느낄 수밖에 없었다.

실상 기록하는 방법이 없었던 것은 아니었다. 벌써 어떤 사람들은 동물이나 식물 등을 바위에다가 그려놓고 있기도 했다. 어쩌면 사람들이 쉽게 알아볼 수 있게 하는 방법은 그림으로 그려내는 것일 수도 있었다. 하지만 그가 기록하려고 하는 것은 사람의 말이었다. 그런데 그것을 어떻게 그림으로 그려낼 수 있단 말인가?

더구나 사람의 말이 어찌하나이겠는가? 세상에 수만 가지의 만물이 있듯 수만 가지의 말들이 있을 터인데, 이 모든 것을 각기 그대로 따로따로 적는다면 그것을 언제 다 배울 수 있겠는가? 아마 다 알기도 전에 죽고 말 것이었다. 그림은 아무리 단순화해서 그려도 그 번거로움이 만만치가 않고 사람의 말은 너무 많아 배우기가 어려우니⋯⋯. 쉽게 쓸 수 있으면서도 쉽게 배울 수 있는 것이 필요했다. 그래서 얻은 결론은 뭔가 압축된 기호들이 필요하다는 것이었다.

압축된 부호라? 여기에 생각이 미친 신지는 노끈의 매듭을 이용하여 셈을 계산하는 방법인 결승문자結繩文字를 떠올렸다. 결승문자는 1부터 9까지의 숫자를 사용하면서도 숫자가 놓인 자리의 배열에 따라 그 의미가 달라지는 매우 간단한 원리로 구성되어 있었다. 이것은 물자의 유통이 활성화되면서 쉽게 셈을 계산하기 위한 방법으로 등장하였으나 사람들은 자신들의 기억을 유지하기 위한 수단으로까지 이용하고 있었다. 그러나 이것은 셈법 같은 숫자를 기록하는 데는 유용해도 사람의 말을 대신해줄 수는 없었다. 그렇다면 하나의 약속된 부호로 사람의 말을 압축시켜 기호로 나타내어야 했다.

그런데 이것을 어찌 해결한다? 새로운 부호를 창안하자면 그 원리가 뚜렷하고 명확해야 할 텐데. 그건 결국 단군이 지금껏 강론했던 근본원리일 수밖에 없었다. 삼신사상인 하늘과 땅, 그리고 사람이 그것이었다. 세상이 이 원리에 따라 움직인다면 사람의 생각도 그리 움직일 것이고, 사람의 생각을 표현하는 말도 여기에 근거할 것이 분명했다. 그래서 그는 천지인의 원리를 압축시켜 부호화했다. 그러면서도 그는 사람이 곧 하늘의 뜻인 만큼 이를 분명하게 표현하려면 사람이 말할 때에 나타나는 입 구조의 모양을 본떠서 형상화해야 한다는 결론을 내렸다. 이때부터 신지는 천지인의 원리와 함께 사람이 말할 때에 나타나는 입 구조의 모양을 여러 방면에 걸쳐 살펴나갔다. 얼마나 탐구에 몰두했는지 그의 몰골은 볼품없어지고 안광만이 남아 있을 정도였다.

이런 각고의 노력 끝에 마침내 신지는 이를 몇 가지 부호들로 최종 정리하였다. 그러고는 정말 이 부호들로 모든 것을 표현할 수 있는지, 실제로 서로 더하고 빼며 연결하는 식으로 수많은 글자들을 만들어보았다. 과연 못 만들 글자가 없을 듯했다. 이것은 결승문자가 아무리 많은 숫자라도 다 표현할 수 있고, 또 몇 가지 정한 약속을 이해하면 나머지 것을 조합에 의해서 외우지 않아도 얼마든지 알 수 있는 이치와 같았다.

신지는 그제야 안도의 한숨을 내쉬었다. 앞으로 더 정교한 조합에 의해 글자를 차차 다듬어가야 하겠지만 당장 이용해도 편리할 것이라는 점을 확신할 수 있었다. 신지는 그 기쁨에 곧장 단군을 찾아 보고하였다.

단군은 신지가 만든 문자를 직접 이리저리 써보며 시험해보고는 큰 소리로 소리쳤다.

"과연 신지 대신입니다. 하늘의 이치에 따른 원리에 근거해 하늘의 뜻이자 사람의 말을 모자람이 없이 다 적을 수 있는 문자를 만들어냈으니, 이 얼마나 큰 업적을 세우신 것입니까? 이것은 전적으로 신지 대신의 공적입니다. 대신의 공적은 실로 새로운 인간 세상을 열어나가는 길에 크나큰 족적을 남긴 것이며 동시에 커다란 활로를 열어준 것입니다. 내 이에 신지 대신의 공적을 널리 알리고 기리고자 이 글자를 신지문자神誌文字로 명명하겠습니다."

단군의 극찬을 받았으니 이제 시급하게 해야 할 일은 이를 널리 보급시키는 것이었다. 신지는 곧바로 이 문자에 근거해 지금까지 구전으로 내려오는 〈천부경〉과 〈삼일신고〉, 그리고 〈참전계경〉의 견본을 먼저 기록하고는 사람들로 하여금 이를 필사하도록 지시하였다. 그 재료는 짐승의 가죽이나 나무껍질, 그리고 대나무 조각 등을 엮어서 만들었고, 거기에 여러 풀잎이나 색깔이 나는 것을 이용했다. 그러면서도 이 경전을 영구히 보존하기 위해 장인들을 시켜 이를 돌에 새기는 작업도 병행하도록 하였다.

마침내 필사본이 나오자 신지는 이를 교화 과정에 이용하였다. 이를 받아본 제사장들과 선발된 인재들은 매우 기뻐하면서 수련에 더욱 정진하였다. 그 결과 교화 과정은 그전과 비교할 수 없이 효과가 뚜렷하게 나타났다. 기억에만 의존했던 방식에서 벗어나 기록을 통해 체계적으로 배우게 되니 누구나 쉽게, 그것도 분명하게 깨칠 수가 있어 배움의 속도가 훨씬 빨라졌던 것이다.

교화 과정은 원래 예상했던 것보다 훨씬 빠르고 성과적으로 끝났다. 이제 이들을 각 지역의 요소에 배치해 풍류의 물결이 거세게 일어나도록 하는 일만 남게 되었다. 그래서 그런지 분위기는 벌써 들떠 있었다.

이런 가운데 무도가 신지를 찾아왔다. 그를 본 신지가 반갑게 맞이하며 말했다.

"내 그렇지 않아도 자네를 부를 참이었는데, 잘 되었구먼."

실상 신지는 누구보다 출중한 기량을 선보인 무도를 놓고 어찌해야 할 것인지 고민하고 있었다.

"무슨 일 때문에 그러시는 것이옵니까?"

"다름이 아니라 자네가 앞으로 이곳에서 나를 좀 도와주었으면 해서 하는 말이네. 지역에서 교화하는 과정도 있겠지만 지역에서 선발된 인재들을 중앙에서 교화하는 것도 필요하지 않겠는가? 그래서 그 일을 내 옆에서 자네가 해주었으면 하는데, 자네의 생각은 어떤가?"

"소인을 그렇게까지 봐주시니 황송할 따름이옵니다. 그런데 소인의 짧은 소견으로는 이번의 교화 과정처럼 꼭 그런 것이 필요한지 의문이옵니다. 그래서 단군 폐하께서 행했던 행적을 직접 따라 배우면서 교화할 수 있는 기회를 소인에게 주셨으면 하고 감히 청하옵니다."

"행적을 따라 배우면서 교화하겠다고?"

"그렇사옵니다. 단군 폐하께서도 직접 각 지역을 순행하시면서 사람들을 교화하지 않으셨사옵니까? 바로 그 때문에 지금 풍류의 물결이 이렇게 온 산하를 물들고 있는 것이라고 생각하옵니다. 그래서 소인도 각 지역에서 선발된 인재들을 데리고 단군 폐하께서 하신 행적을 그대로 따라 배우며 교화하고 싶사옵니다. 그리만 해주신다면 각 지역의 산천을 돌아다니면서 젊은이들의 심신을 단련시키면서도 전 지역이 풍류의 물결로 넘실대도록 만들어 보이겠사옵니다."

"그러니까 각 지역에서 선발 된 인재들을 데리고 곳곳을 돌아다니면서 교화함으로써 지역의 분위기까지 고양시키겠다고? 일리 있는 말이로구먼. 허허, 이거 내가 자네한테 한 수 배워야 하겠구먼. 과연 무도 자네답구먼."

신지가 흔쾌하게 고개를 끄덕였다. 새로운 젊은 세대가 이제 풍류의 물결을 일으키겠다고 당찬 포부를 밝힌 것에 대한 흡족한 마음의 표현이었다.

그 길로 신지는 단군을 찾아 모든 교화 과정이 끝났다고 보고하면서 무도의 제안도 덧붙였다. 단군 또한 그런 생각까지 한 무도를 기특하다고 치하해주었다.

그날 이후 아사달에서 교화 과정을 밟았던 제사장들과 선발된 인재들은 단군의 명을 받고 각 지역으로 향했다. 그들은 꼭 신천지를 찾아 떠나는 양 하나같이 희망에 부푼 모습이었다. 이런 분위기에 편승해 단군은 각 지역에 명을 하달하였다.

"오늘 이후로 제사장들이 거처하는 곳은 하늘의 법칙과 하늘의 뜻에 따라 풍류를 배우고 익히며 수련하는 장소가 되었음을 온 백성들에게 알리노라. 이에 나는 이곳이 하늘의 뜻이 머무는 장소인 만큼 이를 특별히 소도蘇塗로 칭할 것이며, 앞으로 어느 누구도 함부로 범접하지 못하는 신성불가침 지역으로 선포하노라. 따라서 참인간으로 거듭나고자 하는 자들은 몸과 마음을 정갈히 하고서 소도에 들어갈 것이며, 그 다음에는 정성을 다해 하늘의 뜻을 섬기도록 하라."

단군의 명이 떨어지자 각 지역에는 사람들이 거대한 물결을 이루었다. 그것은 소도에 들어가기 위한 움직임이었다. 하늘의 뜻이 머무는 신성불가침 지역으로 선포되었으니 여기에 들어가는 것 자체가 그만한 영예가 아닐 수 없었다. 제일 먼저 지난날 스스로 풍류의 무리를 지었던 젊은 사람들이 움직였고, 그 다음에는 뜻있는 자들이 하나둘 모여들었다.

이렇게 사람들이 모여드는 데다가 풍류의 정수를 전수받았던 사람들이 이를 이끌었으니 소도는 빠른 기간 동안에 교화하고 수련하는 장소로 자리 잡아갔다. 교화의 내용도 나라에서 유능한 인재를 발굴하려는 만큼 단순히 도만 터득하는 것이 아니라 실생활에서 필요로 하는 것을 비롯해 전인적인 인간 형성을 목표로 한 것들이 담겨 있었다. 그래서 독서를 비롯해 음률에 대한 이해는 물론이고 말타기, 활쏘기, 수박, 검술 등 총체적인 교화 과정으로 진행되었다.

각 지역에 소도가 서면서 교화 과정에 체계가 세워지자, 신지는 유능한 유자녀들을 선발해서 아사달로 보내라고 각 지역에 지시하였다. 왕검성에서 지시가 내려간 후 각 지역에서는 이에 적극 협조했고, 추천을 받은 미혼 자제들이 아사달에 속속 집결하였다. 그 수는 어림잡아도 수백은 넘어 보였다. 이들은 하나같이 자신들이 여기에 뽑혀 단군이 순행했던 행적을 따라 수련하게 되었음에 긍지를 가지고 자랑스러워하였다. 하지만 아무런 조직 체계가 잡혀 있지 않았기에 혼란스러워하며 우왕좌왕했다.

이를 본 무도는 곧바로 몇 명씩을 한 단위로 하여 그 장을 정하고, 또 그 몇 명의 장들 중에서 그 위 등급의 우두머리를 정하는 형식으로 조직을 정비하도록 지시하였다. 그러자 혼란스러웠던 행동들은 빠르게 정비되어갔다. 이런 가운데 무도는 이들을 집결시키고는 곧 길을 떠나겠다고 보고하였다.

이에 단군은 신지를 대동하고 직접 이들 앞에 나섰다. 이들을 대견하게 바라보는 단군의 눈에는 어느새 부모가 어린 자식을 멀리 길을 떠나보내는 안쓰러운 심정이 스며들고 있었다. 그래서인지 단군은 먼저 이들 모두에게 하늘을 뜻하는 꽃인 천지화天指花를 내려주었다. 언제 어디서나 하늘과 함께할 것이라는 신임의 표시였다. 그것을 알아서인지 그들이 단군을 향해 인사 올리듯 소리쳤다.

"황공하옵니다, 단군 폐하! 항상 하늘을 받들어 섬길 것이옵니다."

그러고는 받아든 천지화를 하나같이 정수리 근처의 머리에 꽂았다. 그러자 활짝 핀 천지화의 모습이 꼭 하늘을 향해 웃고 있는 것처럼 보였다. 그들을 보며 단군이 입을 열었다.

"여러분은 바로 하늘의 뜻을 배움과 동시에 전파하는 부대입니다. 그래서 나는 여러분을 앞으로 풍류도風流徒라고 부르겠습니다. 자, 풍류의 전사들이여! 온 세상에 바람이 불듯 풍류의 도가 물결치도록 하라."

단군의 하명에 수백 명의 풍류도들이 우렁찬 함성으로 화답하였다. 거기에는 단군의 믿음을 저버리지 않고 기필코 보답하겠다는 결의가 담겨 있었다. 그런 만큼 그들의 첫 장정의 길은 장대하고 웅장한 함성으로부터 시작되었다.

단군과 신지는 그들이 보이지 않을 때까지 그들의 뒤를 오랫동안 지켜보았다.

10

하늘의 뜻이 땅에서 이루어지리라

풍류도들이 각 지역을 누비고 다니자, 얼마 안 있어 그것은 큰 파장을 불러일으켰다. 여기에는 무도의 특출한 통솔력도 작용했지만, 무엇보다 그들이 미혼 자제들로 구성되어 있었다는 데에 기인했다.

"젊은 녀석들이 단군 폐하를 따라 배우려 하는 것을 보면 참 대견하다니까."

"정말 그래. 단군 폐하야 원래 하늘이 내리신 분이시니까 그렇다고 쳐도, 애들이 어른들도 하기 힘든 일을 하려고 하는 것을 보면 그저 어리다고만 볼 것은 아니어."

"당연하지. 그들은 단군 폐하께서 천지화를 하사해준 애들이니까 말이야."

"그러고 보면 이제 우리 어른들도 행동 조심해야겠어. 안 그랬다간 언젠가 큰코다칠 것이여."

　그 때문에 어른들은 스스로 선행을 쌓기 위해 노력했을 뿐만 아니라 자기 자식들에게도 풍류를 닦고 행하도록 권유하게 되었다. 풍류도들이 나타나는 곳이면 그들을 구경하기 위해 모여든 사람들로 들썩거렸다. 그런데 풍류도들은 항상 단군이 하사한 천지화를 머리에 꽂고 다녔는데, 그 모습은 꼭 하늘의 꽃이 환하게 피어오른 꽃동산이 움직이는 것 같았다. 이 때문에 사람들은 풍류도들을 일컬어, 천지화를 머리에 꽂고 수련한다고 하여 천지화랑天指花郎이라고 칭하기도 하였다.

　천지화랑들의 수련은 어떤 격식에도 얽매이지 않았다. 단 그래도 변함없이 지키려고 하는 것이 있다면 단군이 행한 바를 본받으려고 한다는 점이었다. 그래서 백성들을 돕기도 하면서 자신들의 수련을 쌓아갔다. 울창한 산악 지대에 이르면 그곳에서 체력을 연마하기도 하고, 심신을 극도로 고양시키기 위해 삼칠일간 내지는 심지어 100일간에 걸쳐 고행을 행하기도 하였다. 또 집단적으로 음률에 맞춰 독경하기도 하고 말타기, 활쏘기, 수박, 검술 등 무예를 익히기도 하였다.

　하지만 이들의 모습들이 사람들의 입에 회자되기 시작하면서, 그들은 어쩔 수 없이 어떤 지역에 도착하면 일정 기간 동안 소도에 머무르게 되었다. 풍류도들이 나라의 자랑으로 여겨질 만큼 인기를 끌게 되었던 것이다. 그래서 부모들은 이런 분위기에 맞춰 자신의 어린 자제들을 소도에 보내 풍류를 익히도록 하였는데, 소도의 유소년들은 이들로부터 배우면서 수련하고자 하는 바람을 강렬하게 표출하였다.

그러니 더욱 그 요구를 내칠 수 없었다.

풍류도들은 소도에 도착하면 먼저 하늘을 상징하는 꽃인 천지화부터 그 주변에 널리 심었다. 그러니 소도는 하늘의 꽃이 활짝 피어난 별천지처럼 보였다. 이렇게 분위기부터 확 바꾸는 것에서 시작하니 교화 과정은 훨씬 고양된 기운으로 진행되었다. 그러면서 소도의 유소년들은 너도나도 풍류도에 가입하기를 희망했다. 허나 풍류도를 이끌고 있던 무도로서는 자신이 임의대로 처리할 수 없는지라 이를 신지에게 보고하였다.

이에 신지는 단군과 상의한 후 소도에서 그 실력을 인정받은 자에 한에 받아들여도 된다는 답변을 보내왔다. 이렇게 되자 소도의 유소년과 각 지역의 미소년들은 풍류도의 일원으로 뽑히고자 더욱 수련에 열중하게 되었다. 풍류도의 일원이 되는 것 자체가 자랑이자 긍지가 되었던 것이다. 그러다보니 각 지역은 더욱 풍류의 열풍으로 들끓게 되었고, 소도는 교화하는 장소로서 그 위치를 확고히 다지게 되었다. 교화 또한 그만큼 체계화되었다.

그 결과 소도는 지난날의 토템이나 정령들을 모시는 잔재가 깨끗이 사라지고, 하늘의 제를 지내는 곳으로 역할이 바뀌었다. 하늘의 뜻을 받들고 섬기면서 참인간으로 거듭나는 전인적인 교화 장소가 되었으니 이는 당연한 결과였다. 그렇다고 토템이나 정령을 떠받드는 것처럼 하늘을 숭배하는 형식을 취하지는 않았다. 지난날의 토템이나 정령은 무섭고 두려운 존재였기에 그들이 노하지 않도록 비위를 맞춰야 했다.

하지만 하늘은 그런 대상이 아니었다. 도리어 참인간의 삶이 하늘의 뜻이었고, 하늘의 기쁨이 사람의 기쁨이었다. 그래서 하늘에 제를 올릴 때에는 하늘을 기쁘게 하기 위해 음주와 가무를 즐기며 축제 분위기를 연출했다. 이의 주관은 제사장이 담당했는데, 여기서의 제사장은 더 이상 지난날처럼 토템이나 정령을 숭배하는 사람이 아니었다. 바로 하늘의 뜻을 받들어 모시는 소도의 책임자였다. 이로부터 사람들은 그들을 더 이상 제사장이라 부르지 않고 천군天君이라고 호칭하게 되었다.

제사장이 천군으로 자리매김하게 되자 주신의 나라는 그 근본 통치 체계가 안정적으로 뿌리내리는 방향으로 나아갔다. 나랏일을 맡은 거수들과 관리들은 물론이고 제를 올리는 제사장까지 모두가 단군의 통치를 받아들이게 되었다.

물론 환웅 시기에도 환웅 자신이 정치적 군장이면서 동시에 토템이나 정령의 요소를 지니고 있던 제사장의 우두머리였으니 그들 모두가 환웅의 통치 아래에 있었다고 할 수 있다. 하지만 풍류도들에 의해 확립된 주신의 나라의 통치 체계는 그 내용이 질적으로 달랐다. 정치적 군장도 하늘이고 제사장, 즉 천군이 섬기는 것도 천신으로 서로 일치하였다. 오로지 하늘의 현신인 단군의 다스림을 받는 일원적인 통치 체계가 자연스럽게 확립되었던 것이다. 새로운 인간 세상을 열어나가는 시대에 맞는 통치 체계의 정비라고 할 수 있었다.

이렇게 통치 체계가 정비되고 곳곳에 풍류의 물결이 일어나니, 어떤 갈등이나 불협화음도 없이 만사형통으로 풀려나갈 것처럼 보였다. 유유히 흘러가는 강물을 막을 수 없듯 태고의 전설이 실현되어 곧 새로운 인간 세상의 꽃이 활짝 피어날 것만 같았다. 이는 곧 기쁨이자 행복이었다.

하지만 하늘은 인간에게 좋은 일만을 내리려고 하지 않는 것 같았다. 웅녀의 병환이 급속도로 악화되어갔던 것이다. 단군은 어머니 웅녀의 병환이 깊어지자 옆에서 직접 간병하며 어떻게든 그녀를 치료하고자 하였다. 하지만 웅녀는 자기 때문에 국사에 지장을 초래할까봐 괜찮다며 단군이 가급적 자신을 찾지 않도록 부탁하였다. 단군도 그런 웅녀의 마음을 아는지라 그리 행동하려고 했다. 하지만 그렇다고 해서 병환까지 모른 체할 수는 없었다. 그래서 못 고치는 병이 없다고 할 정도로 의학에 통달한 기성 대신의 도움을 받아 지극 정성을 다하며 병을 낫게 하고자 하였다. 하지만 어찌 된 일인지 온갖 약초도, 어떤 노력도 그다지 효과가 없었다.

"내 정성이 부족하기 때문인지 어머님의 병환에 차도가 없으니……. 무슨 다른 방법이 없겠소?"

"송구스럽사옵니다. 소신의 재주가 미약해서……."

자책하는 단군의 목소리에 기성이 더욱 죄스러워했다. 허나 그로서도 마땅한 방법이 없었다. 웅녀의 병은 다른 게 아니라 나이가 많아져 생기는 노환이었던 것이다. 이를 치료하자면 자연의 섭리를 어겨야만 했다. 실상 기성은 환자들을 돌보면서도 하늘의 뜻을 저버리려고 하지 않았다. 어차피 목숨은 하늘의 뜻에 달려 있는 것이었다. 하지만 괴로워하는 단군의 모습을 보자 더는 두고 볼 수 없다는 듯 조심스럽게 입을 열었다.

"단군 폐하! 이제 마지막 방법을 써야 할 것으로 사료되옵니다. 그러니 이를……."

기성이 멈칫거리는 것을 본 단군은 그가 마지막 비상수단을 강구하자는 뜻임을 즉각 알아차렸다.

"그러니까 불사약과 불로초를 구하자는 말인가요?"

"그렇사옵니다. 그것만 구한다면……."

단군으로부터 더 이상 대답이 없었다. 그것은 전설로만 내려오는 것이어서 어느 누구도 그것을 찾을 수 있을지 장담할 수 없었다. 게다가 이것은 하늘의 뜻에도 어긋나는 일이었다. 득도의 경지로 심신을 고양시켜 천수를 전부 누리고 사는 것이 하늘의 순리이지, 억지로 생명을 연장시키려 하는 건 사람의 욕심일 뿐 하늘의 뜻은 아니었다.

허나 단군이 누구인가? 바로 하늘의 현신이 아닌가? 그럼, 하늘의 현신이 하늘의 뜻을 어긴다? 그건 있을 수 없는 없는 일이었다. 그렇다면 하늘의 뜻을 거역하는 것도 하늘의 뜻일까? 그건 아무도 모르는 일이었다. 그래서 기성은 이를 단군에게 감히 거론했던 것이다. 어차피 결정하고 감당해야 할 사람은 다름 아닌 단군일 수밖에 없었다.

마침내 단군이 스스로에게 대답하듯 중얼거렸다.

"그것이 내 몫이라면 그리해야겠지요."

이렇게 해서 단군은 목욕재계하고 불사약과 불로초를 얻기 위해 길을 떠나려 하였다. 그런데 그 소식을 어떻게 전해들었는지 웅녀가 단군을 급히 찾았다. 웅녀는 기운이 없는지 자리에 그대로 누워 있었다. 하지만 여느 때와 달리 비록 기력이 약해진 희미한 목소리이긴 했지만 호되게 단군을 질책하였다.

"내 다른 사람은 몰라도 단군께서는 그리하실 것이라고 생각하지는 않았는데……. 그런데 어찌하여 이 어미의 마음을 모르고 이렇게 불편하게 만드시는 겝니까?"

단군은 어머니가 무슨 말을 하려고 하는지 이내 알아듣고는 고개를 숙였다. 다른 때 같았으면 그만두었을 것이건만 그런 단군의 모습에도 불구하고 이번에는 절대 물러설 수 없다는 듯, 웅녀는 잘 나오지도 않는 목소리에 혼신의 힘을 실어 다시 말을 이었다.

"환웅 폐하께서도 때가 이르자 몸을 정갈하게 한 후 스스로 하늘로 올라가셨습니다. 그게 다 하늘의 뜻이었기 때문입니다. 그런데 어찌하여 이 어미로 하여금 구차하게 목숨을 연명하게 하여 하늘의 뜻을 어기는 죄인이 되도록 만드시는 겝니까? 거듭 부탁하지만 하늘의 뜻을 거역하려고 하지 마세요. 그 누구보다 하늘의 뜻을 지켜야 할 분이 스스로 어기려 들다니……. 수천수만 년 동안 내려왔던 태고의 전설은 어찌할 작정입니까?"

"어마마마!"

"내 그 마음을 압니다. 어찌 어미가 자식의 마음을 모르겠습니까?

충분히 알고도 남지요. 허나 수많은 사람들이 단군만을 쳐다보며 태고의 전설이 실현될 날이 도래하기를 학수고대하고 있다는 사실을 알아야 합니다. 그 꿈과 희망을 저버려서는 안 됩니다. 암, 그렇게 해서는 안 되고말고요."

웅녀가 힘겨운지 말을 멈추고는 잠시 단군의 얼굴을 바라보았다. 세상을 떠나는 마당에 자식의 얼굴을 가슴에 새기려는 어미의 마음 같아 보이기도 했다. 실상 단군이 모르고 있기에 웅녀가 질책하는 것은 아니었다. 어미로서 자식의 앞길을 열어주고자 하는 마음 때문이었다.

"내 간곡히 부탁드리겠습니다. 때가 이르러 하늘의 뜻에 따라 세상을 떠나는 게 이 어미의 마음입니다. 그러니 편히 떠나게 해주세요."

단군이 고개를 끄덕였다. 어머니가 마지막 생을 어떻게 보내고자 하는지 그 참마음을 이해했기 때문이었다. 생사를 초월한 경지에 도달해 순리에 따라 자신의 생을 정리하려는 사람에게 불사약이나 불로초는 아무런 의미가 없었다. 이를 강요하는 것 자체가 거추장스럽고 오히려 심기를 불편하게 하는 것이었다. 그러니 어머니의 뜻을 그대로 받들어드리는 것이 자식된 도리이자 자신이 할 수 있는 최대한의 효도였던 것이다.

지극한 눈으로 바라보는 단군을 웅녀가 한참 동안 말없이 지켜보았다. 그런 웅녀의 눈빛에는 단군에 대한 안쓰러움이 가득 담겨 있었다. 웅녀가 다시 입을 열었는데, 그 음성은 한없이 가늘게 떨렸다.

"이 어미가 그토록 짐을 주려고 하지 않았는데…… 마지막으로 이

어미가 꼭 해야 할 일이 있는지라……. 이렇게 마지막까지 짐을 지우고 가게 되었으니…… 이게 하늘의 뜻인 것을……."

"하늘의 뜻인데 해결되지 않겠사옵니까? 그 점은 심려 놓으시고 마음을 편히 하시옵소서."

웅녀는 고개를 끄덕이더니 손을 뻗어 단군의 손을 꼭 쥐었다. 거기에는 자신이 마지막으로 하고 가야 할 일을 해주도록 끝을 잘 부탁한다는 당부가 담겨 있었다. 단군도 그것을 알아들었다. 이것은 두 사람만의 약속이었고, 그것이 무엇을 의미하는지 범인凡人들이 알기는 어려웠다.

웅녀의 당부대로 인위적으로 생명을 연장시키려고 하지 않았기에 웅녀의 병세는 급속도로 악화되었다. 이렇게 가다가는 얼마 넘기지 못할 것임이 분명했다. 조정에서는 이에 대한 대책을 하루빨리 세워야 했다.

그런데 그러한 논의가 오가면서 조정은 시끄러운 논쟁의 소용돌이에 휘말리고 말았다. 그것은 웅녀의 장례를 어떤 위상에 맞게 치를 것인가로부터 시작되었다.

"병세가 악화되어 오늘내일 하시는 모양인데, 장례를 준비해야 하겠지요. 그런데 단군 폐하의 어머님이시니 마땅히 국가적인 장례로 치러야 하겠지요."

"그 말씀은, 지금 주신의 나라의 전통과 뿌리로 놓고 치르자고 하시는 겁니까?

"그렇지요. 그분은 다름 아닌 환웅 폐하의 아내이고, 천부인이자 하늘의 경을 연 단군 폐하의 어머니이십니다. 그런데 어찌 우리 주신의 나라와 관계가 없다고 말할 수 있겠습니까?"

"그리 말씀하시면 안 되지요. 우리 주신의 나라의 뿌리와 전통은 태고의 전설로부터 이어온 하늘의 법통이지 다른 어떤 것도 우리의 것이 될 수 없습니다. 그런데 그분은 우리 모두가 잘 알고 있는 것처럼 웅씨족 출신입니다. 그런데 어떻게 우리의 뿌리와 전통에 섞어넣을 수 있겠습니까? 그럼, 하늘의 법통을 받은 천신족과 웅씨족이 같은 동급이라는 말입니까? 절대 그럴 수는 없지요. 토템과 정령에 관계되는 일체의 부분은 절대 허용해서는 안 되는 것이니까요. 만약 그리했다간 우리의 풍류 사상은 잡탕이 되고 말 것입니다."

"지금 그게 사람으로서 할 말씀이십니까? 더욱이 단군 폐하의 신하로서 말입니다. 비록 그분이 웅씨족 출신이라고 해도 더 중요한 사실은 바로 환웅 폐하와 단군 폐하와 관련된 분이라는 것입니다. 그런 분을 추앙한다고 해서 어떻게 웅씨족을 떠받드는 것이고, 또 토템과 정령에 관련된다고 말할 수 있겠습니까? 그럼, 그분의 장례식을 치르지 말자는 겁니까?"

"누가 언제 그리 말했습니까? 그냥 단군 폐하의 어머니로서의 위상에 맞게만 치르자는 것이지요. 그러니까 우리 주신의 나라의 법통이 될 수 없으므로 그런 위상으로는 치를 수 없다는 말이지요."

이렇게 서로의 의견이 맞서면서 쉽게 해결될 기미가 보이지 않자,

점차 대신들 간에는 불신감마저 감돌기 시작했다. 한쪽에서는 부모도 몰라보는 인정머리 없는 자들이라고 얘기하는가 하면, 그 반대편에서는 사사로운 인정에 얽매여 대의를 그르치려 드는 것을 보면 그들은 분명 하늘의 뜻을 받드는 사상이 부족한 자들임에 틀림이 없다며 비난하였다.

이렇듯 웅녀의 장례 문제는 그 위상을 어떻게 놓고 치를 것인가의 단순한 문제로부터 출발해 점차 주신의 나라의 법통과 앞으로 주신의 나라를 어떻게 다스려나갈 것인가의 문제로까지 확산되어갔다.

상황이 이렇게 복잡하게 꼬이다보니 장례도 치르기도 전에 조정 대신들은 서로 분열될 조짐마저 보였다. 실상 예전이라면 이런 일은 결코 벌어지지 않았을 것이었다. 그 누구도 아닌 단군의 어머니였으니 최대한으로 그 격식을 높여 처리하는 방향으로 나갔을 것이었다. 인정으로 일을 처리할 경우 그리했을 것이 당연했기 때문이다.

하지만 풍류의 열풍이 곳곳으로 확산되면서 주신의 나라의 법통이 매우 중요한 문제로 부각되다보니 하늘 이외에는 그 어떤 것도 뿌리와 전통이 될 수 없다는 사고방식이 대세를 이루게 되었다. 토템과 정령이 부정당했던 것처럼 하늘 이외의 그 어떤 일체의 것들도 다 근절되어야 새로운 인간 세상이 열릴 것이라는 식의 사고방식이 똬리를 틀게 되었던 것이다.

조정 대신들 간에 의견 충돌이 빚어지니 가장 난처한 처지에 놓인 사람은 다름 아닌 신지였다. 공론이 모아져야 할 이 때에, 저리 논쟁만 하고 있으니 이러다간 아무런 장례 준비를 하지 못할 수도 있었던 것이다. 더 이상 이렇게 마냥 손을 놓고 있을 수만은 없었다. 시급히 뭔가를 결정해야 했다. 하지만 그로서도 참 난감한 게 이 일은 다른 게 아니라 바로 하늘의 뜻을 해석하는 문제였다. 하늘의 뜻을 하늘의 현신인 단군이 풀어주지 않으면 어느 누가 그것을 할 수 있단 말인가? 하지만 단군은 이 일이 어머님과 관련되어 있어서인지 아예 개입조차 하지 않고 있었다. 이건 대신들끼리 알아서 처리하라는 것인데, 이것을 어떻게……

이런 생각이 들수록 신지는 새로운 인간 세상을 열어나간다는 것이 얼마나 어려운 일인가를 실감할 수밖에 없었다. 그는 실상 소도까지 세워지고 풍류의 열풍이 일어났으니 천년만년 영원토록 이어나갈 그 근본 토대가 마련된 것으로 여겼다. 이제 커다란 난관은 모두 극복되었으니 모든 게 만사형통으로 술술 풀려나갈 줄로만 알았다.

하지만 매 시기마다 새로운 문제가 불거지고 있었다. 정말 새로운 인간 세상은 끊임없는 난관을 극복하는 과정에서만 이루어질 수 있는 것일까? 얼마 되지도 않아 벌써 이런 험난한 문제가 생기다니, 도대체 이 장례 문제를 어떻게 해결하는 것이 옳단 말인가? 주신의 나라의 법통을 세우는 문제와 관계되니 사사로이 인정에 얽매일 수는 없고, 그렇다고 하늘을 섬긴다는 명분 아래 어떤 굴레에 얽매이게 한다면 그건 사람을 더 옹졸하고 편협하게 만드는 것이니……. 이건 참인간의 모습으로 거듭나게 하는 것이 아니었다.

마침내 신지는 몸을 일으켜 단군을 찾았다. 어차피 시일을 마냥 끌수 없으니 결단을 내려야만 했다. 그러자면 단군의 의중을 확인하는것이 급선무였던 것이다.

"단군 폐하! 이 일을 어찌 처리하였으면 좋을지 폐하의 뜻을 직접듣고 싶사옵니다."

"신지 대신께서 그리 말씀하시면 아니 되지요."

"하오나 이 일은 하늘의 뜻과 관계되는지라……."

"허허! 세상 만물이 존재하는 것은 바로 거기에 하늘의 뜻이 담겨있고, 또 때가 무르익어서야 하늘이 그 증거를 보여준다는 것은 신지대신도 잘 알고 있는 것이 아닙니까? 이건 하늘이 사람에게 풀 수 있는 과제만 던져준다는 것을 말합니다. 그러면 환웅 폐하께서는 하늘로 올라가셨는데, 왜 어마마마께서는 하늘로 올라가지 않고 땅에 남으시려고 하는 것이겠습니까? 이를 아신다면 신지 대신께서 알아서처리하셔야지요."

"땅에 남으시려고 하신다……."

신지는 단군의 말을 입속에서 되뇌었다. 이건 주신의 나라의 법통을 어떻게 해결하느냐에 대한 단군의 답변이었던 것이다. 하늘과 땅,그리고 사람! 이게 무엇인가? 바로 단군 자신과 관련된 일이었다. 천지인 그리고 환웅, 웅녀, 단군! 벌써 신지의 머리에는 단군의 말뜻이무엇인지 환하게 그려지고 있었다. 하지만 그렇더라도 단군의 뜻을분명하게 확인해야 했다. 신지가 다시 입을 열었다.

"그렇더라도 소신이 스스로 판단하여 일을 처리하기엔……."

"허허! 신지 대신답지 않게……. 사람의 뜻에 하늘의 뜻이 있고, 사람이 하는 일에 하늘의 뜻이 펼쳐지는 것이 아닙니까? 그렇다면 설사 하늘의 뜻이 있다손 치더라도 신지 대신이 모를 정도라면 그건 아직 시기가 무르익지 않았다는 것을 나타내는 것일진대, 무엇을 걱정하시는 것입니까?"

신지 자신이 행하는 바가 바로 하늘의 뜻이라고 믿을 것이니 스스로 알아서 판단하라는 단군의 대답이었다. 이를 알아들었음인지 신지가 짧고 또렷하게 대답했다.

"알겠사옵니다. 신은 폐하의 뜻을 믿고 그리 추진하겠사옵니다."

신지는 그 길로 조정 대신들을 소집하였다. 대전에 모인 조정 대신들은 신지의 얼굴만을 뚫어져라 쳐다보았다. 그가 단군을 알현하고 나온지라 그의 말이 곧 단군의 뜻이라고 지레 짐작했던 것이다. 마침내 신지가 조정 대신들의 주목을 한몸에 받으며 입을 열었다.

"지금껏 장례의 위상 문제로 서로 자기주장을 펴면서 언짢은 불상사도 겪었습니다. 주신의 나라를 세운 이래로 조정 대신들 간에 이처럼 서로를 헐뜯고 비방하는 일은 일찍이 없었습니다. 이런 폐해를 하루빨리 고쳐나가야 합니다. 하지만 그렇다고 하여 이 문제를 서로 봉합하는 차원에서 대충 얼버무릴 수는 없습니다. 이 문제는 우리 주신의 나라의 전통과 뿌리와 관계됨은 물론이고 앞으로 이 나라를 어떻게 다스려나갈 것인가와 관련되어 있기 때문입니다."

뿌리와 전통이 거론되자마자 하늘의 법통을 강조했던 사람들은 거 보라는 듯이 고개를 끄덕였다. 단군이 자신들의 손을 들어주었다는 태도였다. 신지의 얘기가 계속되었다.

"모두들 태고의 전설에 대한 유래는 잘 알고 계실 겁니다. 그런데 왜 태고의 전설이 그토록 실현되지 못했겠습니까? 단군 폐하께서 이 세상에 태어나셔야, 그것도 한참 후에야 천부인이자 하늘의 경을 열 수 있었겠습니까? 천상의 낙원이자 부도의 성이었던 마고성에서 가 만히 있을 것이지 도대체 왜 인간은 뛰쳐나왔으며, 또 그래 놓고는 무 엇 때문에 복본하기 위해 수행했느냐 말입니다. 그러고는 왜 태고의 전설을 유래시켰느냐 하는 것입니다. 차라리 이 모든 것을 한꺼번에 다 해결하도록 했다면 우리 인간은 그토록 고생하지 않았을 것인데, 하늘은 도대체 무엇 때문에 우리 인간으로 하여금 이처럼 기나긴 고 행의 과정을 밟도록 했느냐 말입니다. 도대체 그 연유가 어디에 있다 고 생각하시는 겁니까?"

신지의 물음에 대신들은 서로의 얼굴을 보며 눈만 껌벅거렸다. 그 들로서는 그게 하늘의 뜻이라고만 받아들였을 뿐, 그 이상의 이치에 대해서는 미처 생각해보지 못했던 것이다. 팽팽한 긴장감이 흐르는 것처럼 잠시 침묵이 흘렀다. 이윽고 신지가 다시 말을 이었다.

"그것은 다른 이유 때문이 아니라, 바로 그 과정을 통해서 하늘은 자신의 뜻을 명백히 보여주고자 했기 때문입니다. 마고성에서의 생 활과 그 후 복본 수행, 태고의 전설의 유래 등의 지난한 과정을 통해 하늘은 자신의 뜻을 사람에게 알려주고자 했던 것입니다. 그래서 이 과정을 겪고 나서야 단군 폐하께서 하늘의 경을 열게 되었던 것입니다. 이 모든 과정이 하늘의 뜻이었다는 겁니다. 그러니 이 모든 과정이 하늘의 법통이 아니고 무엇이겠습니까?"

조정 대신들이 옳은 얘기라는 듯 고개를 끄덕였다. 이를 본 신지가 드디어 본격적인 문제로 들어갔다.

"이렇듯 하늘이 자신의 뜻을 여러 과정을 통해 드러내듯 하늘의 현신인 단군 폐하 또한 마찬가지입니다. 단군 폐하의 탄생 과정에는 바로 환웅 폐하와 웅녀 폐하가 계십니다."

웅녀 폐하라는 호칭에 대신들은 고개를 갸웃거렸다. 하지만 신지의 말은 계속되었다.

"환웅 폐하께서는 하늘의 뜻을 이 땅에 실현하기 위해 하늘에서 내려오신 다음, 때가 이름에 다시 선인이 되어 하늘로 올라가셨습니다. 그런데 웅녀 폐하는 하늘에 오르지 않고 이 땅에 계십니다. 왜일까요? 바로 하늘의 뜻을 땅에 새기기 위해서입니다. 그래야만 단군 폐하께서 새로운 인간 세상을 열어나갈 수 있기 때문입니다. 단군 폐하는 바로 하늘과 땅의 결합으로 탄생한 분이기 때문입니다. 천지인의 일치가 사람에 의해 이루어지듯 하늘의 뜻을 땅에 새기고 새로운 인간 세상의 꽃을 활짝 피워나가기 위해서 여기 계시는 것입니다."

신지의 말에 대신들은 하나같이 입을 다물지 못했다. 신지의 말을 통해, 마고성에서의 생활과 복본수행, 태고의 전설의 유래, 환웅의 신시개천, 웅녀의 등장, 그리고 하늘의 경이자 천부인을 연 단군 등의 과정으로 이어지게 된 이유가 명확하게 설명되고 있었던 것이다. 만약 하늘만 섬긴다고 한다면 왜 천상의 낙원인 마고성에서 뛰쳐나와 하늘의 뜻을 지상에 실현하고자 했는지가 납득될 수 없었다. 하지만 웅녀가 등장하게 되니 그 뜻이 명확하게 드러났던 것이다. 땅에 남으려는 웅녀는 지地의 대표 격이었던 것이다. 그러니 웅녀가 폐하로 호칭되어야 하는지도 자연스레 이해할 수 있었던 것이다. 덩달아 하늘과 땅의 결합으로 탄생해야지만 하늘의 경이자 천부인이 열리는 이치까지도 파악할 수 있었다.

대신들은 신지의 혜안에 탄복해 마지않았고, 그러기에 스스로 자신들의 부족했던 생각을 허심탄회하게 인정하였다.

"내 하늘의 법통만을 생각하다가 웅녀 폐하께서 어떤 분이신지 거기에 담긴 하늘의 뜻을 미처 파악하지 못했습니다. 이거 잘못됐습니다. 이해해주시구려."

"아닙니다. 그건 우리도 마찬가지였습니다. 사람의 인정 문제로만 접근했지 거기에 담긴 하늘의 깊은 뜻을 미처 살펴보지 못했으니까요."

대신들이 서로 화해하는 분위기로 가게 되니 분분했던 의견들은 자연히 하나로 모아지게 되었다. 주신의 나라의 법통으로 인정되었으니 웅녀의 장례는 자연스레 거국적으로 준비해서 치러나가는 것이 당연했다. 이를 본 신지가 결론의 말을 맺었다.

"웅녀 폐하의 장례식을 준비하는 것은 단순한 문제가 아닙니다. 우리 주신의 나라가 얼마나 장대한 역사적 뿌리와 전통을 이어받아 세워졌는지, 그 토대가 얼마나 튼튼한지를 온 세상에 선포하는 것이나 다를 바가 없습니다. 그러니 웅장할 뿐만이 아니라 영원무궁토록 보존될 수 있도록 만들어야 합니다. 후세 사람들이 우리의 참뜻을 잊지 않고 기리면서 영원토록 새로운 인간 세상의 역사를 활짝 피워나가게 하기 위해서 말입니다."

신지의 결론에 모두들 하나같이 찬성을 표시하며 환호하였다. 그런 가운데 성조 대신이 조심스럽게 입을 열었다.

"이런 거창한 사업이라면 단군 폐하께서 직접 나서셔야 하지 않을까요?"

모두들 맞는 말이라는 듯 고개를 끄덕였다. 그러나 신지가 그게 아니라는 듯 고개를 가로저었다.

"여러 대신들께서 이렇게 서로 분분하게 다투며 싸우고 있는데도 왜 단군 폐하께서 중재하지 않고 지켜보기만 하셨는가가 궁금했을 것입니다. 어쩌면 어머님과 관계되는 개인적인 문제이기에 개입하지 않으려고 그랬을 것이라고 막연히 추측했겠지요. 허나 그것이 아닙니다. 바로 단군 폐하 자신의 문제였기 때문입니다. 그러면 언제 하늘 자신이 직접 행하시는 것을 본 적이 있습니까? 아니지요. 하늘은 항상 온갖 만물을 통해 자신의 뜻을 드러내지 직접 스스로 나서서 행하는 법이 없습니다. 화가 나면 뇌성벽력으로 그 뜻을 드러내고, 포근한 마음일 때에는 따스한 햇살을 비춰주며 그 뜻을 알리는 것입니다. 그런데 어찌 하늘의 현신인 단군 폐하를 보고 직접 나서시라고 할 수 있겠습니까?"

신지의 말을 듣고서야 여기에도 참으로 오묘한 이치가 담겨져 있다는 사실에 놀랐다. 동시에 이것도 모르고 서로 논쟁이나 벌이고 있었으니 단군 폐하께서 얼마나 답답하게 여겼을 것인가를 생각하니 죄스러운 생각까지 들었다. 한편으로 그들은 웅녀의 장례식을 번듯하게 치르겠다고 다짐했다. 하지만 이것은 단순한 장례가 아니라 하늘의 뜻을 땅에 새기기 위해 엄청난 기념비적 제단을 세우는 거창한 사업이었다. 그런 만큼 그들은 자연히 신지가 총체적으로 일을 맡고 풀어갈 것을 요구했다. 신지야말로 하늘의 뜻을 가장 정확하게 파악하고 있으니 이번 일에 적임자라는 것이었다.

신지는 이를 기꺼이 받아들였다. 그리고 이 일은 자기 혼자 하는 일이 아니라 나라의 모든 역량을 총동원해야만 가능하다고 역설하면서 모든 대신들이 자기 역할을 다해줄 것을 당부하였다.

실상 하늘의 뜻을 땅에 새기는 제단을, 그것도 영원토록 견딜 수 있는 구조물을 세우자면 그게 만만한 작업이 아니었다. 우선 부식되지 않도록 하려면 돌을 사용해서 지어야 하는데, 그 무게만 해도 실로 어마어마했다. 또 그 크기에서도 위용을 자랑할 만큼은 커야 했으니 그만한 크기의 돌을 찾는 것도 쉽지 않았다. 설사 그것을 발견했다손 치더라도 어떻게 운반할 것이며 어떤 양식으로 세울 것인지, 또 어떤 방식으로 하늘의 기운을 땅에 새길 것인지 등 해결해야 할 과제가 한두 가지가 아니었다. 그러니 온 나라 사람들의 모든 과학적 지식과 지혜를 전부 동원한다 해도 이루어질 수 있을지 장담할 수가 없었다. 게다가 하늘의 뜻을 땅에 새기는 작업이니 누구나 함부로 나설 수 있는 일도 아니었다. 그만한 자격을 갖춘 사람들이 해야만 했다. 아울러 웅녀의 죽음이 임박하고 있으니 여러 방면에서 동시에 작업을 진행해야만 그 기일을 맞출 수 있었다.

신지의 당부에 따라 각 대신들이 바쁘게 움직였다. 먼저 장소가 물색되었다. 지금까지는 사람이 죽으면 하나의 공동묘지에 묻고 주위의 돌을 주워서 쌓아서 묻는 방식이었다. 그러나 주신의 나라의 뿌리와 전통을 확고히 세우면서 새로운 인간 세상을 활짝 피워나가기 위한 제단을 세우려면 그것을 공동묘지가 아닌 곳에 따로 세워야 했다. 그래야 그 위용과 위엄을 동시에 드러낼 수 있었던 것이다.

제단을 세울 장소를 찾기 위해 나라에서는 하늘과 잘 소통한다고 자부하는 사람들을 여럿 동원하였다. 그런데 그들은 하나같이 지난날 천신제를 지내던 야산 들녘을 지목하였다. 그곳은 사방위 신이 주위를 에워싸고 있는 데다가 햇볕이 잘 들고 사방이 활짝 트인 지형을 갖추고 있었다. 한눈에 봐도 천지의 기운을 잘 받아 후대들이 그 뜻을 만년대계로 펼쳐나갈 수 있는 곳으로 보였다.

하지만 하늘에 제를 지내는 곳에 웅녀의 제단을 쌓는다는 것은 격에 맞지 않는 것 같았다. 아무래도 웅녀보다는 하늘이 더 격이 높다는 것이었다. 그래서 사람들은 이를 두고 찬반 양론이 일었고, 결국 신지에게 결론을 내줄 것을 요청했다. 신지는 답답하다는 듯 그들을 한참 동안 바라보았다. 그들은 아직도 하늘은 과정을 통해서만 자신의 뜻을 드러낸다는 것을 이해하지 못하고 있었다. 그래서인지 신지가 단호한 어조로 대답했다.

"하늘 위에 하늘이 또 있고, 하늘 아래에 하늘이 또 있습니까? 아니지요. 하늘은 하나입니다. 그렇듯 하늘의 뜻을 땅에 새기는 것이 바로 하늘의 뜻인데, 어찌 그것이 따로 있을 필요가 있겠습니까? 모두가 하나같이 그곳을 지목했다고 하니 그 장소야말로 하늘과 땅의 결합으로 완성맞춤이라고 할 수 있겠습니다. 그래야 단군 폐하께서 완성된 자리에 서 계실 수 있지 않겠습니까?"

한마디로 하늘의 계통과 뿌리는 단군으로 연결되고 마침내 완성되지만, 그 과정에 존재하는 웅녀 또한 하늘의 뜻이므로 하늘과 같다는 것이었다. 그러니 이를 잘 모시는 것은 결국 하늘은 물론이고 그 현신인 단군을 섬기는 것과 하등 다를 바가 없다는 것이었다. 그들은 신지의 말에 더 이상 반문하지 못했다. 아니, 그 정도가 아니었다. 그들은 신지의 말에서 자신들을 다스리고 있는 단군이 얼마나 위대한 인물인가를 다시금 깨닫게 되었다.

결국 그들은 하늘에 제를 올리는 장소에 웅녀의 제단을 쌓기로 합의하였다. 그것도 새롭고 더 웅장하게 세우는 것으로 하였다. 그리하여 이곳에서는 거대한 제단을 세울 수 있도록 그 토대 작업이 본격적으로 진행되었다.

한편 성조는 여러 가지로 고심하고 있었다. 신지가 이 사업의 관건은 암석을 찾아 운반하여 세우느냐 하는 것에 달려 있으니 성조 대신께서 이 일을 책임지고 처리해달라고 부탁했기 때문이었다. 가옥처럼 단순히 건축물을 짓는 것이라면 자신 있었지만 돌을 다듬어서 처리해야 하니 그로서도 참 난감할 수밖에 없었다.

가장 먼저 해결해야 할 것은 어떤 방식으로 안장하고 제단을 쌓을 것인가 하는 문제였다. 이것이 정해져야 어떤 암석이 필요한지를 알 수 있고, 그에 따라 운반하기 위한 작업도 진행할 수 있었다.

성조는 얼마간 생각하다가 역시 건축물에 깊은 조예를 가진 사람답게 금방 한 가지 결론을 이끌어냈다. 비록 안식처이기는 하나 하늘의 뜻을 땅에 새겨 새로운 인간 세상을 열어나가는 제단이 되어야 하니, 천지인을 연결시키는 구조물로 되어야 한다는 것이었다. 이것은 지난날처럼 사람을 땅에 눕히고 돌멩이로 덮어 안장하는 방식이 아니라 하늘을 형상화한 상징물을 땅과 연결시키고 그 속에 무덤방을 만들어 웅녀를 안장하는 방식이었다. 그렇다면 덮개돌은 널찍하고 거대한 하나의 암석으로 되어야 했고, 그것을 연결시키기 위해 받침돌을 놓아야 했다.

여기서 그는 잠시 생각에 잠겼다. 어떻게 받침돌을 놓아야 안정성을 보장할 수 있을까 하는 문제였다. 무작정 여러 개를 받쳐놓는다면 웅장한 맛이 떨어지고 그 위용을 과시할 수 없었다. 게다가 사람은 두 발로 서 있는 존재였다. 그렇다면 그 수를 최소한으로 줄이면서 견고성을 보장할 수 있는 방식이 되어야 했다. 그러나 이 역시도 건축물을 많이 지어보았던 경험을 떠올려보니 쉽게 해결되었다. 무너지지 않도록 자갈이나 돌로 주변의 지반을 튼튼히 다져놓은 다음, 그 위에 몇 개의 받침돌을 세우고 무게 중심을 잘 잡아 덮개돌을 얹어놓으면 가능할 거란 결론을 얻을 수 있었던 것이다.

구조물의 가닥을 잡은 성조는 이를 신지에게 설명하며 의견을 구했다. 그러자 신지는 이 구조물에는 하늘과 땅과 사람을 연결시키는 참 의미가 온전히 담겨져 있다고 하면서 극찬을 아끼지 않았다.

이제 그 구조물에 맞는 암석을 구하는 것이 문제였다. 이에 성조는 사람들에게 필요로 하는 암석의 모양새를 그려주며 찾아보도록 하였다. 그런데 여기서 난관에 봉착하게 되었다. 받침돌은 어떻게 찾을 수가 있었지만, 덮개돌은 도무지 찾을 수가 없다는 것이었다. 널찍하고 평평해야 하는데, 발견된 것은 크기가 작거나 바윗덩어리처럼 뭉쳐 있는 것들이 대부분이었다. 그렇지만 포기할 수 없는지라 이곳저곳을 샅샅이 뒤지도록 하였다. 하지만 이 역시 결과는 마찬가지였다.

성조로서도 딱히 방법이 없었다. 정말 이대로 주저앉는단 말인가? 아무리 묘안을 짜내려고 했지만 돌에 대해서는 자신도 잘 모르니 눈앞이 깜깜하기만 했다. 차일피일 시간은 흘러가는데 어찌해야 할지 방법은 떠오르지 않고, 그렇다고 지금에 와서 못하겠다고 말할 수도 없는 노릇이었으니 성조는 벙어리 냉가슴 앓듯 끙끙거리기만 했다.

그러던 어느 날 성조는 깜빡 잠이 들었다. 그런데 꿈속에서 지팡이를 든 선인이 나타나 그에게 손짓하며 깊은 산속으로 계속 끌고 가는 것이었다. 선인을 따라가 보니 그곳은 거대한 암벽이 있는 곳이었다. 왜 이런 곳에 데리고 왔느냐고 물어보고자 하는데, 선인은 어느새 사라지고, 거기에는 돌로 조각한 수백 가지의 형상들만이 즐비해 있었다. 도대체 이것들을 어떻게 누가 만들었을까 생각하는데, 언제 나타났는지 모르게 어떤 사람이 갑자기 그의 손을 덜컥 잡는 바람에 깜짝 놀라 꿈에서 깨고 말았다.

성조는 하늘이 자신에게 계시를 내리는 것이라고 생각하고는 꿈속에서 보았던 곳을 찾으러 나섰다. 어디인지 자세히는 몰라도 깊은 산속으로 들어가는 것만은 확실했다. 그리하여 성조는 꿈속의 풍경을 떠올리며 헤맨 끝에 정말이지 거대한 암벽이 있는 곳에 도착했다. 수백 가지의 만물상이 커다란 암석으로 조각되어 있는 게 꿈속과 똑같았다. 이런 암석들을 어디서 다 구했을까? 혹시 내가 찾는 암석이 여기에 있단 말인가? 이런저런 생각을 하며 주위를 찾아보려고 했다.

그런데 바로 그 순간 어떤 사람이 언제 나타났는지도 모르게 그 앞에 서 있는 것이었다. 성조는 깜짝 놀라며 그 사람을 쳐다보았다. 그는 꽤 나이를 먹은 양 머리가 희끗희끗했는데 얼굴에는 모든 것에 도통한 것처럼 신성한 기운마저 감돌고 있었다. 성조가 그 사람에게 물었다.

"여기 사시는 분이십니까?"

그 사람이 고개를 끄덕이자, 성조는 이제야 그 꿈을 알 것 같았다. 바로 이 사람을 찾으라고 하는 암시였던 것이다. 온갖 암석을 구해다가 이렇게 조각할 정도의 사람이라면 충분히 자신이 원하는 일을 할 수 있을 것처럼 보였기 때문이다.

그래서 성조는 자기가 찾아온 내력을 설명하고는 하늘의 뜻을 땅에 영원토록 새겨놓으려고 하니 자신을 도와달라고 정중하게 도움을 청했다. 그러자 그 사람은 이에 대한 대답은 하지 않고 이상하다는 듯 중얼거렸다.

"참으로 희한하구려."

그는 고이도라는 하는 사람이었다. 사실 고이도는 바깥세상으로 나가고 싶지 않았다. 이렇게 돌을 다듬으며 은거한 지도 어언 40여 년의 세월이 흘러가고 있었다. 이렇게 살게 된 이유는 다른 것이 아니었다. 어머니를 저세상으로 떠나보낸 이후 그는 그리움에 사무친 나머지 미쳐버릴 지경에 이르렀다. 어떻게 하면 어머님의 살아생전의 모습을 영원토록 볼 수 있을까 생각한 끝에, 어머님의 형상을 돌로 조각하기로 하였던 것이다. 수십 수백 번의 노력 끝에 그것을 성공시켰는데, 그는 이 과정에서 돌의 매력에 푹 빠져들었다. 다른 것은 다 변해도 돌만큼은 영원불변인 양 결코 변하지 않았던 것이다. 그래서 그는 여기에 눌러앉아 자기가 생각하는 세상과 만물들을 수많은 암석들을 이용해 조각해왔던 것이었다. 그런데 그는 며칠 전에 어떤 기인이 나타나 네가 꼭 할 일이 있다고 말하고는 사라지는 꿈을 꾸었던 것이다. 이후로 그 의미가 궁금했는데, 성조의 말을 들으니 자신의 꿈과 일치했던 것이다.

결국 한참을 생각하던 고이도는 성조의 청을 받아들였다. 그리하여 고이도는 구조물의 축조와 관련된 일을 도맡아 진행하게 되었다. 고이도가 진행을 맡으면서 일은 힘 있게 진행되었다. 그는 우선 산 지형을 쭉 살펴보고는 제단을 세울 장소로부터 가장 가까운 곳에 위치한 거대한 암벽을 가리켰다. 하지만 사람들은 곧장 저것을 어떻게 쓸 수 있겠냐며 비웃었다. 그러나 그의 말은 단호했다.

"바위를 뚫고 자라는 나무를 본 적이 있으시지요. 그러니까 저 암벽에서 떼어내면 될 것입니다."

돌을 떼어낸다는 말을 사람들은 믿을 수가 없었다. 하지만 그는 망설임 없이 돌의 결을 유심히 살펴본 다음 강돌을 사용해 성조가 요구한 크기에 맞춰 일정한 간격으로 여러 개의 구멍을 내더니 거기에 나무를 박고 계속 물을 붓는 것이었다. 물이 얼면 얼음으로 팽창하듯 물이 베어든 나무도 팽창한다는 사실을 적용한 것이었다. 이거야 고이도에게는 새삼스럽지도 않는 일이었지만, 사람들은 이를 본 적이 없었으므로 과연 그렇게 되겠느냐며 의심의 눈초리를 보냈다.

하지만 수 일이 지나면서 그 거대한 암석에 금이 가기 시작하면서 의도했던 정확한 크기대로 떨어져나왔다. 수많은 시행착오와 경험이 없었다면 단 한 번에 이렇게 정확하게 떼어낼 수는 없는 일이었다. 암석을 쪼개더라도 원하는 크기대로 나오지 않고 비뚤어지게 떨어지기 십상이었다. 그런데 이를 자신이 원하는 대로 하는 것을 보면 고이도는 벌써 돌의 결 상태는 물론이고 구멍이 받는 힘의 역관계 등을 전부 타산할 만큼 돌에 관한 한 거의 모르는 것이 없을 정도로 통달해 있었던 것이다. 사람들은 그의 놀라운 실력 앞에 함성을 지르며 기꺼이 칭찬을 아끼지 않았다.

이제 다음 문제는 이것을 어떻게 옮기느냐 하는 것이었다. 거의 100톤이나 나가는 엄청난 무게의 통돌인지라 지렛대를 동원해 옮길 수도 없고, 그렇다고 무작정 밀고 끌어당겨 이동시킬 수도 없었다.

그런데 이것은 성조가 그 해법을 발견하였다. 그는 벌써 수많은 건축물을 지으면서 동그란 통나무를 밑에 놓고 굴리는 방식으로 끌고 나가면 아무리 무거운 물건이라도 쉽게 이동시킬 수 있다는 원리를 잘 알고 있었다. 그래서 그는 미리부터 사람들로 하여금 거대한 암석을 묶어서 끌어당길 수 있도록 하기 위해 풀이나 칡넝쿨 같은 것을 새끼로 꼬아 단단한 밧줄을 만들게 하는 것은 물론이고 동그란 통나무까지 준비하도록 해두었던 것이다.

허나 아무리 통나무를 이용한다고 하더라도 돌의 무게가 엄청난 만큼 수백 수천의 사람들이 연일 동원되어야 했다. 그런데 사람들이 몇 번 참여하고는 그 힘든 고통 때문에 슬금슬금 도망쳐버리거나 아예 오지 않기 일쑤였다. 결국 그들은 불평을 토로하고 나섰다.

"태고의 전설이 실현되고 새로운 인간 세상이 열린다더니 아, 이게 뭔가? 그 무겁디무거운 바윗덩어리나 나르게 되었으니 말이여."

"아무래도 이건 아니어. 아, 이렇게 노역에 시달리며 고통받게 만드는 것이 무슨 놈의 새 세상이란 말이여."

사람들이 불만을 토로하며 일에 동참하지 않으니 일은 더 이상 진척되지 않았다. 사람이 움직여야 일이 되는 것인데……. 그렇다고 채

찍질을 가해 강제로 동원할 수도 없었다. 이는 홍익인간과 이화세계의 이치에 어긋날 뿐만 아니라 하늘의 뜻을 땅에 새기고자 하는 그 근본 취지에도 맞지 않았던 것이다. 그러니 성조로서도 더 이상의 방법이 없었다. 하늘의 뜻을 땅에 새기는 것이 이토록 어려운 일인지 그 자신도 미처 몰랐다.

그의 입에서는 연신 한숨 소리만이 새어나왔다. 그런데 그 소리를 하늘이 들어서인지 갑자기 하늘이 어두워지기 시작하더니 끝내 태양이 사라져버렸다. 사람들 사이에서는 이 기이한 현상을 보고 여러 말들이 오갔다. 그것은 결국 자신들이 제단을 세우는 데에 참여하지 않아 하늘이 분노하여 천벌을 내리려고 하는 계시라는 것이었다. 이에 사람들은 두려움에 떨며 다시 하나둘씩 거대한 암석 앞으로 모여들었다. 하늘의 뜻이 어디에 있는지를 확인했으니 자신들이 그 뜻을 따르겠다는 것이었다. 그리하여 다시 거대한 암석을 옮기는 작업이 진행되었다. 나무를 베어내고 돌멩이를 치운 다음 통나무를 놓고 끌어당기는 과정은 실로 엄청난 고생을 요구했다. 정말이지 하늘의 뜻을 땅에 새기고야 말겠다는 집념이 없이는 실행하기에 만만치 않은 작업이었다.

한편 신지는 천체 관측자들을 만나며 점검하고 있었다. 그는 하늘의 뜻을 땅에 새기자면 고인돌의 덮개돌에 하늘의 이치를 새겨넣어야 한다고 생각했다. 그 하늘의 이치는 수많은 별자리에서 드러나고 있었다. 무슨 일이 벌어질지 하늘의 뜻을 알려주는 것도 천체의 움직임이었다. 그래서 그는 천체 관측자들에게 별자리의 위치와 크기를 정확히 그려넣을 것을 지시해놓았던 것이다.

실상 주신의 나라에서는 천체 관측을 중시하고 있었다. 하늘의 뜻을 살피자니 당연한 이치였다. 게다가 천체 변화는 사람의 운명과도 관련되고, 날씨와 계절의 변화 같은 것들을 알려주기도 했으니 일상생활은 물론이고 농사를 짓는 데에 있어서도 반드시 필요했던 것이다. 그래서 나라에서는 별자리의 움직임을 면밀히 관찰하는 담당자까지 따로 두고 있었다.

하여튼 신지의 지시에 따라 천체 관측자들은 지금까지 관찰해왔던 것을 토대로 별의 밝기에 따라 그 위치와 크기를 표시한 별자리를 그려놓고 있었다. 그런데 그 별자리가 너무 많은지라 신지는 하늘의 천체 자리를 요약해서 표시하라고 다시 지시했던 것이다.

그들은 다시 그린 별자리 그림을 신지 앞에 내밀었다. 그것은 사방위에 따라 일곱 개의 별을 표시한 28성수星宿였다. 각각의 별자리에 이름을 붙여 그 위치와 크기에 따라 그려놓은 것을 보면 이들이 얼마나 정교하게 계산하여 뽑아냈는지를 확인할 수 있었다. 어쩌면 여기에는 주신의 나라가 가지고 있는 과학의 정수가 모두 담겨져 있다고 해도 과언이 아닐 정도였다. 그도 그럴 것이 천체 관측자들은 누구나 할 수 있는 것이 아니었다. 이들은 뛰어난 사람들 중에서도 다시 선발된 뛰어난 인재들이었던 것이다.

"모두들 수고하였소. 그런데…… 28성수라?"

이들의 성과를 치하하면서도 신지는 혼잣말처럼 내뱉었다. 아무래도 28개의 별자리도 많다는 것이었다. 그렇다면……. 신지의 눈길이 북극성을 중심으로 환하게 빛을 내고 있는 큰곰자리의 북두칠성 자리에 멈췄다. 그 순간 그는 그 자리가 웅녀의 별자리이자 하늘의 뜻을 상징하는 별자리라는 것을 결코 의심치 않았다. 이 별자리는 다른 별과 달리 항상 변함없이 북쪽에 위치하면서 땅을 향해 빛을 환하게 비춰주고 있었던 것이다. 이거라면 하늘의 이치가 땅에 그대로 실현되고 있다는 것을 드러내기에 충분할 것 같았다.

결국 신지는 덮개돌에 새길 하늘의 뜻으로 큰곰자리의 북두칠성을 그려넣기로 결정하였다. 그러고는 고이도로 하여금 덮개돌로 사용할 거대한 암석에 그것을 그 크기와 위치에 따라 정확히 새기도록 하라고 부탁하였다.

이렇게 장례 준비가 막바지에 이른 가운데 웅녀의 생명도 거의 다 해가고 있었다. 그래서인지 웅녀가 마지막 생명의 불꽃을 태우듯 단군을 불렀고, 거기엔 하백녀와 손자인 부루, 부소 등도 함께하였다.

"이 어미가 마지막으로 해야 할 일을 이렇게 풀어주었으니 내 마음 편안합니다. 이제 때가 다 된 모양입니다. 환웅 폐하가 천天이라고 한다면 나는 지地를 맡았습니다. 환웅 폐하는 벌써 하늘로 올라갔습니다만, 나는 이제야 땅으로 돌아가게 되었습니다. 자, 이제 천지인天地人의 일체를 이루어 새로운 인간 세상을 활짝 펴보이세요."

웅녀의 마지막 당부를 듣고 모두들 그리하겠다고 대답하며 고개를 끄덕였다. 이를 본 웅녀가 엷은 미소를 지으며 눈을 감았다.

웅녀의 죽음으로 제단을 세우는 마무리 작업이 본격적으로 진행되었다. 고이도가 신지의 지시에 따라 덮개돌에 홈을 파서 별자리를 새겨넣자, 그것을 받침돌 위에 올려나가기 위한 작업이 진행되었다. 그 방식은 받침돌을 세워놓고 그것을 흙으로 메운 다음 덮개돌을 끌어올려 무게 중심을 잡아 걸쳐놓고서는 다시 흙을 파내는 식이었다.

　마침내 웅녀의 무덤이자 제단이 웅장한 자태를 드러내었다. 그것은 꼭 사람이 하늘의 뜻을 당당히 받들어 땅에 그 뜻을 실현하는 형상이었다. 거대한 암석조각으로 보였던 제단이 순식간에 엄청난 위압감으로 다가왔다. 그 때문인지 사람들은 자신들이 해놓고도 어떻게 저걸 세웠는지 믿기지가 않았다. 마치 자신들이 한 것이 아니라 하늘의 뜻에 의해 이루어진 것만 같았다. 어느새 사람들은 이것을 세우는 과정에서 어떤 우여곡절을 겪었는지는 잊어버리고 하늘의 뜻이 땅에서 실현된 것만 같은 감동에 사로잡혔다.

　드디어 조정 대신들은 물론이고 각 지역의 거수들과 관리들을 비롯해 수많은 사람들이 참석한 가운데 장례 절차가 진행되었다. 웅녀가 제단 안에 안장될 때에는 인간적인 슬픔에 곡성이 터져나왔다. 하지만 다른 한편에서는 춤과 노래가 이어졌다. 웅녀의 죽음은 생의 끝이 아니라 하늘의 뜻을 땅에 이어주는 삶의 완성을 의미했기에 또 다른 의미에서 축복이기도 했던 것이다. 사람들은 천지天地의 결합을 완성하게 해준 웅녀의 삶에 대해 감사의 마음을 표현하며 노래했고, 동시에 그 뜻을 이어받겠다는 결의를 다지기도 했다.

그러나 이 의식의 가장 중요한 대목은 하늘과 땅의 결합의 완성, 즉 하늘의 이치가 땅에 실현되도록 하라는 절차의 진행이었다. 이것은 지금까지 하늘에 제를 올려왔던 전통에다가 땅에서 하늘의 뜻이 실현된다는 의미가 가미된 의식이었다. 지금껏 하늘에 제를 지내면서 태고의 전설이 실현되기를 기원했다고 한다면, 이제는 하늘의 뜻이 사람에 의해 땅에 연결됨으로써 완성되기에 이르렀다는 것을 온 세상에 드러내놓고 선포하는 의식이었다.

물론 그 중심에는 단군이 있었다. 단군은 바로 하늘과 땅의 연결이자 완성으로 상징되는 존재였다. 하늘과 땅의 연결과 완성은 결국 사람에 의해 실현될 수밖에 없는데, 바로 그가 단군이었던 것이다. 그래서 단군은 제단을 준비하는 과정에서 지금까지와는 달리 하늘과 땅을 아우르는 신인으로 격상되었다.

신인인 단군 곁에는 수신을 상징하는 하백녀가 자리 잡았고, 좌우에는 범씨족과 웅씨족을 대표하는 호한과 웅갈이 그의 명을 따르고 지키는 수호신으로 버티고 섰으며, 단군 뒤로는 신지를 비롯해 성조와 고시, 그리고 팽우 등 대신들이 자리 잡은 가운데, 그 뒤로는 우씨족, 녹씨족, 사씨족 등의 거수들과 수많은 관리들이 배열했다.

마침내 단군이 앞으로 나서자, 사람들은 그들의 중심에 우뚝 서 있는 그를 향해 열렬히 환호하였다.

그런 사람들을 단군은 한참 동안 바라보았다. 그 눈길에는 벅찬 감동이 찾아들고 있는 듯했다. 하지만 단군이 한참 동안이나 말을 하지 않고 있자 사람들은 왜 그럴까 이상하게 여기며 숨을 죽였다. 시간이 멈춘 듯 정적이 흘렀다. 마침내 단군이 입을 열었다.

"오늘 저는 매우 감회가 새롭습니다. 하늘의 뜻이 땅에 새겨졌기 때문이 아닙니다. 바로 여러분의 위대한 힘을 보았기 때문입니다. 저 제단이 얼마나 위대하고 웅장해 보입니까? 저것은 다름 아닌 여러분의 힘으로 만들어진 것입니다."

사람들은 눈만 껌벅였다. 하늘의 뜻을 땅에 새기기 위해 그토록 고생했건만 그게 아니라고 하니 도무지 무슨 말을 하는지 선뜻 이해가 안 되었던 것이다. 그들이 생각하기에는 하늘의 현신인 단군은 이제야말로 하늘의 뜻이 땅에 실현되었다며 그 기쁨을 말해야 할 것이건만 전혀 그런 말이 아니었던 것이다. 단군의 말은 계속 이어졌다.

"하늘의 뜻을 땅에 새긴 것은 다름 아닌 여러분이 스스로의 뜻을 땅에 새긴 것입니다. 비록 우려곡절이 있긴 했지만 여러분의 노고와 땀방울이 하나씩 모여 저 웅장하고 위대한 제단이 만들어진 것입니다. 저것은 바로 여러분의 의지이고 여러분의 뜻인 것입니다. 저는 이 모든 영광을 여러분에게 돌릴 것이며 여러분과 함께 나눌 것입니다."

단군의 말이 끝났음에도 정적만이 흘렀다. 감히 어느 누구도 숨조차 쉬기에도 벅찬 듯 숨을 죽였다. 그런데 참으로 이상하게도, 단군의 말이 끝나자마자 그토록 위압적으로 느껴졌던 제단이 사람들에게 갑자기 포근한 어머니 품처럼 느껴지기 시작한 것이다. 그리고 그와 동시에 거기에서 하늘의 빛이 뿜어져나와 자신들의 가슴을 포근히 비춰주는 것만 같았다. 마침내 단군이 선언하듯 말했다.

"하늘의 뜻이 땅에서 이루어지리라. 아니, 우리가 새긴 뜻이 땅에서 이루어지리라."

사람들은 여전히 어리둥절하기만 했다. 분명 단군이 선언했는데, 그 소리는 단군의 입에서가 아니라 그들의 머릿속에서 들려왔기 때문이었다. 더욱이 그들이 놀란 것은 그 다음의 일이었다. 그 소리가 들림과 동시에 갑자기 주위가 어두워지더니 하늘에서 강렬한 빛줄기가 제단의 덮개돌에 파놓은 성혈을 비추며 큰곰자리의 북두칠성의 형상을 나타내기 시작했다. 그러더니 다시 단군으로 향하였다가 그 주변을 환하게 비추고는 순식간에 사라져버린 것이었다.

너무도 순식간에 벌어진 일인지라 사람들은 입을 다물지 못하며 놀라기만 했다. 그러다가 어느 누군가가 탄성을 자아내는 것을 시작으로 노도와 같은 함성이 터져나오기 시작했다. 그때 누군가 "천지인 일체 단군 폐하!"를 외치자 모두가 하나같이 따라하며 열렬히 환호하였다. 그렇게 쉬이 끝나지 않는 함성소리는 웅녀의 제단 안으로 아련하게 스며들어갔다.

11

주신의 나라여, 영원하라!

하늘의 뜻을 땅에 새긴 제단을 세운 이후, 기이한 현상들이 계속 일어났다. 처음에는 제단 주변의 인가에 사슴들이 내려와 풀을 뜯어먹은 일이 발생했다. 사람들은 처음에는 좋아하며 그것들을 사냥하려고 했다. 그런데 그 사슴들은 사람들이 가까이 다가가도 도망가지도 않은 채 도리어 선한 눈망울을 껌벅거리는 것이었다. 그 모습이 꼭 사람들을 환영하는 것처럼 보여 차마 잡을 수가 없었다. 그런데 이런 일이 한 곳에만 일어난 게 아니라 이곳저곳에서 동시에 발생했다. 게다가 사슴만이 아니라 점차 말과 소까지 합류하더니 나중에는 아예 온갖 동물들이 내려와 먹이를 먹으며 뛰노는 한가로운 풍경을 연출했다. 마치 그 모습이 사람들과 어울려 살고 싶다고 애원하는 것만 같았다.

이런 기이한 광경에 사람들은 신기해했다. 그런데 참으로 이상한 것은 이들의 모습을 보고 있노라면 저절로 마음이 평화로워지고 풍성해지는 기분이 드는 것이었다. 그도 그럴 것이 이들은 사나운 발톱을 내세우고 서로 먹이를 차지하려고 다툼을 벌이지 않았던 것이다. 도리어 다른 동물끼리도 누가 더 높이뛰기를 잘하는지 자랑하듯 뛰놀았고, 옆에서는 이를 응원이라도 하듯 새들이 지저귀며 노래를 불렀다.

이런 황홀한 광경을 지켜보다가 사람들은 점차 이것이 하늘의 뜻이 땅에 새겨짐으로써 나타난 하늘의 조화라고 여기게 되었다. 하늘의 뜻이 땅에 새겨지니 이런 뭇짐승의 무리조차 하늘을 우러르며 섬기는 것이라고 생각하고는, 그들 또한 자연스레 행동을 삼가게 되었다. 그들의 의지로 그렇게 행했다기보다는 따스한 햇살이 이들 뭇짐승들에게 비치듯, 순수한 우주의 정기가 온 누리에 내려 머릿속에 감돌면서 저절로 깊고 묘한 이치를 깨닫게 되는 것만 같았다. 그러니 사람들은 저절로 유순해지고 서로 나누며 도왔다. 맛있는 것이 있으면 주위 사람들과 같이 나눠 먹고, 원한이 있는 자는 먼저 원한을 풀고, 물건 하나라도 그 생겨난 바를 해치지 않으려고 삼가 조심하였다.

이렇듯 사람들이 망령됨이 없이 본성을 잃지 아니하고 참된 인간성을 찾아가니 인간 세상에도 수많은 이적들이 뒤따랐다. 어제까지 병에 걸려 일어나지도 못했던 자가 언제 그랬냐는 듯 병을 떨치고 일어나 뜰을 거닐었고, 희끗희끗했던 머리가 갑자기 검은 머리로 변한 이도 나타났다. 이런 이적 앞에 사람들은 이 모든 조화가 하늘의 뜻을 받들어 사는 것에서부터 비롯되었다고 여기며 더욱 하늘을 받들어 섬겼다.

이렇게 사람들이 서로 범하지 않으려 하니 굶주리는 이 없이 풍요로워져 병 없이 장수하는 자가 나타나고 도둑 떼도 사라지며 저절로 나라가 다스려지게 되었다. 사람들은 산에 올라 노래를 부르고 달을 맞아 춤추며 이 기쁨을 노래하였다.

관리들은 이런 상황의 변화에 놀라워하였다. 그들의 눈에는 마치 누군가 묘술을 부리는 것처럼 보였다. 갑자기 사람들이 환골탈태한 것으로 보이니, 그것도 한두 사람도 아니고 수많은 사람들에게 이적이 나타나니 도저히 믿을 수가 없었던 것이다. 꼭 뭔가에 홀린 기분이었다.

허나 이것은 그들의 눈에 그렇게 비쳤을 뿐 실상은 그렇지가 않았다. 어쩌면 그만큼 관리라고 하는 사람들이 백성들은 자신들보다 못한 하찮은 존재라고 여기고 있음을 드러낸 것에 불과했다. 왜냐하면 이미 주신의 나라에는 풍류의 열풍이 불어닥치고 있었던 것이다. 그로 인해 한두 사람이 아니라 수많은 사람들이 참된 인간으로 거듭나기 위해 수련하고 있었다. 그런 상황에서 하늘의 뜻을 땅에 새겼다는 고조된 분위기에 맞춰 더욱 심기일전하여 수련에 정진하니 그 기운이 배가 되어 나타났던 것이다. 그것도 집단적인 힘으로 진행하니 그 정도가 일취월장했던 것이다.

상황이 이렇게 되니 관리들도 삼가 조심하여 권력을 탐하는 일이 없게 되었다. 자연스럽게 정치에서는 법칙을 넘어서는 일도 일어나지 않았다. 백성들도 고향을 떠나는 일 없이 자신들이 일하는 곳에서 편안하게 노래 부르며 생업에 종사하였다. 그러니 바람결에 풀잎이 나부끼듯 단군의 덕화는 먼 곳까지 이르지 못하는 곳이 없고 홍하지 않는 곳이 없게 될 정도로 더욱 퍼져만 나갔다. 누구나 새로운 인간 세상이란 게 이런 것이라는 사실을 실감할 수 있었다. 이런 가운데 단군은 관리들에게 조칙을 내렸다.

"하늘이 크다 하나 백성이 없으면 무엇에게서 배울 것인가? 하늘이 마음처럼 여기는 것은 사람이자 백성이니, 하늘과 백성은 일체이니라."

그러면서 단군은 죄를 진 죄수들을 석방하게 하고 산 것을 죽이지 말고 널리 놓아주도록 하였다. 이런 조치에 백성들은 단군을 더욱 칭송하였다. 세상이 순조롭게 흘러가니 새로운 인간 세상이 모두 열린 것처럼 보였다. 더 이상 할 것도 없고 단지 이런 세상을 축복하며 누리기만 하면 되는 것처럼 보였다. 사람들은 여전히 기쁨에 겨워 노래했다. 하늘 또한 태평세월을 노래하듯 한없이 맑기만 했다.

그러던 어느 날이었다. 갑자기 하늘이 어두워지면서 암흑천지로 변해버린 것이었다. 이런 일은 일찍이 없는 일이었다. 사람들은 도대체 어찌 된 영문인지 몰라 온통 깜깜한 하늘만 올려다보았다. 그런데 그 어두컴컴한 하늘에서 갑자기 강렬한 빛줄기가 쭉 뿜어져나와 웅녀의 제단 위로 내려앉더니 회오리바람처럼 그 자리를 맴돌았다. 그러더니 저 멀리 남쪽의 뭔가에 빨려 들어가듯 강렬한 빛줄기가 그쪽으로 쭉 뻗어가다가 사라지는 것이었다.

사람들은 이 광경을 보고는 놀라서 입을 다물지 못했다. 오히려 두려움에 떨었다. 이건 벌써 하늘이 자신들에게 경계하라는 뜻을 내보인 것이라고 여겼던 것이다. 하지만 그렇게 생각하면서도 돈무지 납득이 되지 않았다. 자신들이 하늘의 뜻을 어기며 살았다면 그러지 말라는 경계의 뜻으로 당연히 받아들일 수 있었지만, 자신들은 그동안 아침저녁으로 하늘을 경배하며 참인간으로 살아가고자 노력했던 것이다. 그런데도 이런 현상이 일어났으니……. 그들은 잔뜩 겁에 질려서는 이게 무슨 징조인지 알고자 했다.

"하늘이 왜 이런단 말이어. 도대체 무슨 변고가 있는 것이어?"

"뭔가 있긴 있는 것이어? 그러니까 하늘이 그 조짐을 보여준 거지. 그렇지 않고서야 어찌 이런 일이 일어나겠는가?"

"맞아, 맞아. 이제 이곳은 끝난 게 틀림없어. 새로운 인간 세상은 물 건너갔단 말이어."

"그래도 여기엔 하늘의 현신인 단군 폐하가 계시지 않는가? 그런데 어떻게 그럴 수가? 아마 단군 폐하께서 무슨 조치를 취할 것이야."

"허허! 하늘의 빛줄기가 저 남쪽으로 가버린 것을 보고도 그런 말을 해. 아마 모르긴 몰라도 이제 하늘의 뜻은 남쪽에 있는 게 분명해. 그걸 예시해준 것이어. 그러니 여기에 있다간 언젠가 큰코다칠지도 모르는 일이어."

이런 얘기가 오가면서 사람들은 남쪽으로 가야 한다느니 어째야 한다느니 하며 난리 법석을 떨었다. 그토록 새로운 인간 세상을 향하던 열정은 온데간데없이 사라져버리고 혼란만이 야기되었다.

조정 대신들은 이를 크게 우려하며 단군에게 조치를 취해줄 것을 거듭 상소했다. 하지만 단군은 듣기만 할 뿐 아무런 조치도 취하지 않았다. 그래서인지 단군도 어찌할 수 없어서 손을 쓰지 못한다는 등의 무성한 소문만 나돌았다.

허나 그 이후 세상은 아무런 변화가 없었다. 태양은 어김없이 새벽에 떠올랐고 인간 세상에도 아무런 지장을 주지 않았다. 도리어 더 따스한 햇볕을 대지에 내리쪼이며 이 세상을 축복하는 것만 같았다. 도무지 알 수 없는 기이한 일이었다. 하지만 의혹이 해소되지 않은 마음 한편에는 여전히 두려움이 짙게 깔려 있었다.

마침내 때가 이르렀다고 보았음인지, 단군이 조정 대신들을 모아놓고 지난날 하늘이 보여준 징조를 거론하고 나섰다.

"하늘이 계시를 내렸으면 그에 대한 대책을 취해야 할 것인바, 왜 대신들은 그에 대해 아무런 조치를 취하려 하지 않고 손 놓고 계시기만 합니까?"

"네에? 그건 웅녀 폐하의 제단에 비친 광명이 남쪽으로 떠나버린 것인데……, 거기에 대고 무슨 대책을 취하라고 하시는 것인지……."

"대신들의 눈에는 그게 그렇게 보였다는 말씀입니까? 허허 참…… 그런데 제 눈에는 남쪽으로 떠난 게 아니라 남쪽까지 쭉 뻗어가는 것으로 보였는데 말입니다."

"네에?"

대신들은 충격을 받는 양 말을 잇지 못했다. 단군의 말을 듣고 보니 실상 그런 것 같기도 했다. 그래서 확인할 겸 해서 다시 물었다.

"그렇다면 그것은 하늘이 우리에게 뭔가 경계하라고 조짐을 보여준 것이 아니라는 말씀이옵니까?"

"참으로 답답하십니다. 언제 하늘이 이랬다저랬다 하는 것을 본 적이 있습니까? 그렇지 않지 않습니까? 하늘은 항상 하나로서 변함이 없습니다. 한결같다는 것입니다. 잘 보십시오. 하늘은 우리에게 하늘의 뜻을 땅에 새기라고 하셨고, 우리는 그 뜻을 받들어 제단을 세웠습니다. 그러자 하늘은 빛줄기로 그 뜻을 드러내주었습니다. 그리고 온갖 동물들을 인가로 보내어 서로 어울려 뛰노는 모습까지 보여주었습니다. 뭇짐승들도 서로 조화를 이루어 상생해나갈 수 있다는 것을 가르쳐주었다는 것입니다. 이렇게 하늘의 뜻은 변함이 없이 한결같거늘, 그런데 갑자기 하늘이 무슨 망령이 들어 그 뜻을 바꿔버렸다는 것입니까?"

단군의 말을 듣고 보니 과연 그런 것 같았다. 그토록 주신의 나라와 함께함을 보여주었다가 갑자기 그 태도를 바꿔버린다는 게 있을 수 없는 일로 여겨졌던 것이다. 하지만 그렇더라도 빛줄기가 남쪽으로 내려간 것이 분명한데 이를 어찌 생각해야 한단 말인가? 그럴수록 그들은 더욱 헷갈리기만 했다. 단군의 말이 다시 이어졌다.

"그래도 내 말을 믿지 못하겠다는 말입니까? 허허 참, 이런 난감한 일이 어디 있는가? 내 사람의 뜻에 하늘의 뜻이 있다고 한두 번 얘기한 것이 아니거늘, 그런데 대신들마저 이렇게 마음 한편에서 하늘의 재앙을 두려워하고 있었다니……. 이렇게 자신을 믿지 못하고서야 어떻게 하늘의 뜻을 땅에 실현할 수 있겠습니까? 내 다시 분명히 말하지만 하늘의 햇빛은 누구는 비추고 누구는 비추지 않는 법이 없습니다. 하늘은 깊고 고요함에 온 누리에 막힘이 없이 가득하고, 땅을 가득 품고 있음에 그 뜻은 언제 어디에나 막힘이 없이 펼쳐집니다. 그렇다면 겸허한 마음으로 항상 참마음을 닦아 하늘의 뜻을 살펴 정진해나간다면 마침내 그 뜻이 이루어지지 않겠습니까?"

자신들의 부족함을 먼저 생각하지 아니하고 하늘만 탓하는 사람들의 행위에 대한 단군의 질책이었다. 그럴수록 조정 대신들은 궁금하기만 했다.

"소신, 우둔하여 정말이지 잘 이해가 되지 않는지라……. 그럼, 남쪽으로 내려간 그 빛줄기는 대체 무엇을 의미하는 것인지 말씀하여 주시옵소서."

"내 지금껏 그리 말했건만 아직도 정녕 그 뜻을 모르겠다는 말씀이옵니까?"

단군의 물음에 모두들 신지의 얼굴만 쳐다보았다. 아무래도 그만은 알고 있을 것이라고 여겼던 것이다. 하지만 신지는 아무 말도 하지 않았다. 그런 신지를 보고 단군이 물었다.

"신지 대신은 어찌 생각하십니까?"

"신이 어찌 하늘의 뜻을 알겠사옵니까? 허나 하늘이 그 뜻을 보여주었는데, 그 징후가 나타나지 않겠사옵니까? 신은 그저 그것을 기다리고 있을 뿐이옵니다."

"그렇게 뜬구름 잡는 식으로 말씀하시면 우리가 어떻게 알겠습니까? 그러지 말고 속 시원하게 말씀 좀 해주시지요."

조정 대신들이 다그치는데도 신지는 더 이상 말하지 않았다. 그때 대전 안으로 단군의 세 아들 부루와 부우, 그리고 부소가 들어왔다.

"아바마마, 청이 있어 왔사옵니다."

첫째 왕자 부루가 대표로 나서서 얘기하자, 모두의 눈길이 세 왕자에게로 쏠렸다. 지금껏 어린아이라고만 생각했는데, 어느덧 세월이 흘러 훤칠해진 키에 늠름하게 서 있는 모습이 벌써 대장부다운 기상을 풍기고 있었다. 실상 첫째 왕자 부루가 아직 열두 살에 불과했으니 그 동생들인 부우, 부소는 더 어리다고 할 수 있었다. 넷째 왕자 부여는 너무 어려 함께오지 못한 것 같았다. 하지만 당당하게 서 있는 모습들이 그저 어린 소년들로만 보이지 않았다.

"청이 있다고? 지금은 어전회의를 하고 있지 않느냐? 다음에 듣도록 하겠으니 그리 알고 물러가도록 하세요."

단군의 말에도 부루가 물러가지 않고 지금 청을 하겠다고 요청했다. 그래서 단군이 물었다.

"지금 말해야만 할 무슨 연유라도 있어서 그러는 겝니까?"

"지금 어전회의에서 지난번 하늘에서 보여준 기이한 현상에 대해 논의하고 있는 것으로 들었사옵니다. 그래서 소자가 이에 대해 아바마마께 주청하고 싶은 것이 있사옵니다."

"그래요? 어디 말해보세요."

"소자들을 그 빛줄기가 이른 곳인 남쪽에 보내주시옵소서."

"남쪽으로 보내달라? 그럼, 그곳으로 가서 무엇을 하려고 그러는 겝니까?"

"소자가 보기에 지난번 하늘이 보여준 기이한 이적은 바로 할바마마와 할마마마께서 이제 하늘의 뜻이 더욱 온 나라에 광명하게 퍼지게 하라고 예시하는 것으로 보였사옵니다. 그래서 할바마마와 할마마마께서는 그 이적을 통해 하늘의 기운이 가장 으뜸으로 감돌고 있는 곳을 가르쳐준 것으로 사료되옵니다. 이에 소자는 할바마마와 할마마마의 뜻을 받들어 그곳에 천제단을 쌓고자 하옵니다. 하지만 그 일은 당장 저희들이 하기에 벅찬 일인지라 우선 그곳을 천세만년 성지로 보존되도록 하기 위하여 그곳 주변에 튼튼한 성부터 쌓고자 하옵니다."

어린아이답지 않게 술술 쏟아내는 부루의 얘기에 대신들은 벌어진 입을 다물지 못했다. 자신들이 두려움에 떨었던 현상을, 고작 열두 살 정도밖에 되지 않은 아이가 저런 배짱과 포부를 가지고 현상을 해석한다는 게 직접 눈으로 보고도 믿기지 않았던 것이다. 신지는 이를 두고 곧 그 징후가 나타날 것이라고 말한 것 같았다. 그렇다면 이 모든 것을 단군과 신지는 이미 꿰뚫어보고 있었다는 것일까?

대신들은 비록 장부다운 기색이 엿보인다고 하여도 아직 열두 살밖에 안 된 왕자를 보낼 수 없다고 판단하고는 자신들이 대신 가서 처리하겠다고 나섰다. 하지만 부루를 비롯해 부우와 부소까지 나서서 할바마마와 할마마마의 뜻을 받들게 해달라고 계속 주청하며 물러서지 않았다. 이에 단군이 단도직입적으로 물었다.

"참으로 뜻이 가상합니다. 허나 그리하자면 그곳이 어디인지를 알아야 할 것인데, 그 위치는 알고 있는 겝니까?"

"소자들이 알아본 바에 의하면 마리산摩璃山으로 알고 있사옵니다."

벌써 그 위치까지 파악해두었다는 사실에 대신들은 더 이상 세 왕자들의 청을 막을 수만은 없었다. 따라서 단군도 허락할 수밖에 없었다.

그리하여 단군은 마리산에 천제단을 세우면서도 그 주위 정족산에 성을 쌓아 지키도록 하여 천제단이 오래 보존될 수 있도록 조치까지 취하게 되었다. 그러면서도 단군은 배달신에게 특별히 이 일을 맡아서 진행하도록 지시하였다. 아무래도 이번 일은 땅에 새긴 하늘의 뜻이 온 세상에 퍼지게 하는 것이 중요했으니 그 위치를 잘 잡아야 했던 것이다. 그런 일에는 하늘의 구름을 다스릴 정도로 하늘의 기운과 잘 소통한다고 하는 대신인 배달신이 적임자였다.

천제단만 쌓으려고 해도 엄청난 일인데, 그 주위 정족산에 성까지 쌓기로 했으니 이 일은 국가적인 사업으로 진행될 수밖에 없었다. 여기서 가장 중요한 것은 어마어마한 수의 인원을 확보하는 것이었다. 그런데 뜻밖에도 사람들은 여기에 적극 호응하였다. 실상 그들은 마음 한편에 하늘의 뜻이 다른 곳으로 옮겨간 것이 아닌가 하고 근심하고 있던 참이었다. 그런데 그게 아니라 이 땅에 새긴 하늘의 뜻을 온 나라에 더욱 광명하게 퍼지게 하라는 계시라고 하니 오히려 그들에게는 축복이었던 셈이다. 그것도 몰라보고 하늘의 현신인 단군마저 못 믿었으니 도리어 죄스럽기까지 했다. 하지만 단군은 이를 탓하지 않았고, 오히려 이를 알아본 그의 왕자들이 해결하겠다고 나서니 사람들은 감동을 받았던 것이다.

하지만 천제단을 세우고 성을 쌓는 일이 힘만으로 해결되는 것은 아니었다. 그러니 이에 필요한 기술을 가진 사람들이 각 지방에서 차출되었다. 여기에도 사람들은 기꺼이 응하였다. 이건 고이도도 마찬가지였다. 배달신은 제일 먼저 고이도를 찾아가 천제단을 쌓을 수 있도록 부탁했는데 고이도는 이를 기꺼이 받아들였다.

이렇게 착착 준비가 진행되면서 남쪽 마리산으로 출발을 앞두게 되자, 단군은 특별히 배달신을 불렀다.

"천제단을 어떻게 세울지 가닥은 잡았습니까?"

"지난번 웅녀 폐하의 제단을 참고할 생각입니다만, 아직……. 사실 그게 걱정이옵니다. 신이 어찌했으면 좋을지 하명하여 주시옵소서."

배달신은 자신의 고민거리를 단군이 짚어서 말해주니 천만다행이라는 듯 되물었다.

"대신께서 어련히 잘 알아서 하시겠지만……. 아무래도 하늘의 뜻이 온 누리에 퍼지게 하자면 이번 제단은 돌로 쌓아 완성시켜야 하지 않겠습니까? 게다가 사람을 기준으로 놓고 보면 하늘과 땅은 서로 반대로 놓여 있는 형국이니, 땅에서는 그 위치가 바뀌어 있어야 할 것입니다.

그래야 땅에서 하늘의 뜻이 만방으로 퍼져나가게 되지 않겠습니까?"

배달신의 얼굴이 환하게 밝아졌다. 단군의 말을 듣고 보니 그 제단의 형상이 머릿속에 그려졌던 것이다.

"알겠사옵니다. 소신, 단군 폐하의 뜻을 받들어 그리하겠사옵니다."

이리하여 배달신과 부루, 부우, 부소 등의 세 왕자는 수많은 사람들을 이끌고 남쪽으로 나아갔다. 그것도 악대를 앞세워 분위기를 고조시키며 행진해나갔다. 주신의 나라의 모든 땅에 하늘의 뜻이 온전히 퍼지게 하려는 사업이었으니 축제 분위기에서 일을 진행하기 위한 일환이었다. 고무된 분위기에 휩쓸려 남쪽으로 향하는 과정에는 많은 사람들이 합류하였다.

마침내 무리를 이끌고 남쪽에 도착한 배달신은 먼저 지형을 살펴보고는 마리산의 정상에 천제단을 세우기로 하였다. 이에 부루, 부우, 부소 등의 세 왕자도 이 천제단을 잘 지키고 보존하기 위한 차원으로, 땅의 기운이 잘 감도는 혈구穴口에 성을 쌓기로 하였다. 그리하여 양 방향에서 수많은 인원이 동원되면서 일이 진행되었다.

혈구에 성을 쌓고 또 마리산 정상에 제단을 쌓는 일이기에 그것은 그저 며칠 만에 끝나는 단순한 사업이 아니었다. 아무리 축제 분위기에서 일을 진행한다고 해도 힘든 노역은 역시 큰 고통을 안겨주었다. 시간이 흐를수록 사람들은 힘에 겨워 주저앉을 수밖에 없었다. 그럴 때마다 부루 왕자는 사람들을 향해 소리쳤다.

"어렵고 힘들다는 것을 잘 압니다. 하지만 조금만 더 힘을 냅시다.

우리가 여기서 흘린 땀방울은 결코 헛되지 않을 것입니다. 바로 이 땅에 새로운 인간 세상을 활짝 피어나게 할 것입니다."

이에 사람들은 처음에는 가뜩이나 힘들어 죽겠는데 무슨 소리냐며 쳐다보았다가 어린아이가 하는 말이라는 것을 알고는 기특해하며 힘을 내었다. 그런데 부루는 여기서 멈추지 않고 노랫가락까지 선창으로 불러가며 독려했다. 그러자 사람들은 점차 그 가락에 맞춰 노래를 불렀는데, 그게 무슨 요술이라도 부렸는지 힘든 고역에도 몸이 덩실덩실 춤을 추듯 절로 움직여지는 것이었다.

물론 이들만 고생한 것은 아니었다. 국가적인 지원도 있었지만 이곳 주변에 사는 사람들의 도움은 큰 힘을 주었다. 자신들이 살고 있는 땅에 하늘에 제를 올리는 제단을 설치해 성지로 꾸미겠다고 하는 것은 이곳 사람들에게 더할 수 없는 자랑과 긍지를 심어주었다. 이곳의 거수 두막지는, 여기를 기점으로 하여 땅에 새긴 하늘의 뜻이 온 나라에 두루 미치게 한다고 하니 얼마나 큰 축복이고 행복이냐고 하면서 백성들을 적극 동원하였다. 그 결과 그 주위 사람들은 하루도 빠짐없이 일터에 나와 일꾼들을 적극 돕고 나섰다. 힘을 쓸 수 있는 젊은이들은 직접 공사에 참여하였고, 아낙네들은 일꾼들의 음식을 장만해주었고, 연약한 노인들이나 어린아이들은 옆에서 심부름을 하기도 하였다. 하늘의 뜻에 따라 새로운 인간 세상을 활짝 꽃피워 나가려는 열렬한 의지가 없었다면 이런 움직임은 나타날 수 없는 일이었다.

마침내 여러 달에 걸친 각고의 노력 끝에 천제단과 혈구에 성 쌓는 일을 완성하였다는 소식이 왕검성에 전달되었다. 이에 단군은 이 기쁨을 만백성과 함께하면서 하늘에 제를 올리기 위해 직접 대신들을 대동하고 남쪽으로 향했다.

단군은 먼저 대신들과 함께 정족산에 들러 세 아들이 쌓은 성을 훑어보았다. 비록 토성으로 성을 쌓았다고 해도 거기에는 마른 풀잎이나 볏짚 같은 것을 섞어 견고함을 보장하고 있었다. 게다가 최대한 자연적인 지형을 살려 공사를 했는지라 힘을 덜 들이면서도 천연의 요새로서 전혀 손색이 없도록 만들었다. 저토록 어린 나이에 자연과 조화를 이루도록 성을 쌓은 것을 본 대신들은 하나같이 감탄을 금치 못했다. 그러면서 대신들은, 어쩌면 하늘이 이적을 보인 것은 주신의 나라에 새로운 영웅의 탄생을 예고하는 것이 아닌가 하는 생각까지 자연스레 갖게 되었다. 왕자 부루야말로 단군을 이어 새로운 인간 세상을 활짝 피어나게 할 인물이라는 것이었다. 단군도 만족스럽게 여기며 세 왕자가 성을 쌓았으니 이 성을 삼랑성三郞城으로 지칭하겠다고 말했다.

그러고는 다시 세 왕자를 데리고 마리산으로 발걸음을 옮겼다. 정상으로 오르는 길은 험준하고 가파랐다. 꼭 하늘의 기운이 세게 뻗쳐 사악한 마음을 품은 자는 이곳으로의 진입을 허용하지 않을 것으로 느껴졌다. 이마에 송골송골 땀방울을 흘리며 산 정상에 오른 그들은 입을 다물지 못했다. 그들 앞에 펼쳐지는 정경에 실로 감탄하지 않을 수 없었던 것이다.

어디 하나 막힘이 없이 툭 터진 정상 위로는 하늘에서 가장 빠른 지름길로 내려온 햇살이 주위를 감싸며 맴돌다가 다시 남북으로 쭉 뻗어나가는 산 능선으로 미끄러져 내려가고 있었다. 이곳이야말로 땅에 새긴 하늘의 뜻이 만방으로 퍼져가기에 안성맞춤이었다. 하늘이 이곳을 지목하며 주신의 나라의 번창을 예비한 것은 그만한 이유가 있었던 것이었다.

모두들 신비스러운 분위기에 젖어 배달신의 지시에 의해 쌓은 천제단을 바라보았다. 그 순간 그들은 눈 깜짝할 사이였지만 말할 수 없는 황홀경에 빠졌다. 천제단 주변을 감싸고 있던 하늘의 기운이 자신들의 가슴으로 스며들면서 몸이 하늘로 붕붕 떠오르는 것 같은 느낌이었다. 이것은 하늘의 기운이 강한 곳인 마리산의 정상에다 그 기운을 고스란히 받아들일 정도로 천제단을 꾸며놓았던 데에 이유가 있었다.

실상 마리산 자체가 바닷속에 산이 있는 형국이어서 천지가 하나로 조화를 이루기에 더 없이 좋은 장소였다. 그런데 여기에다 원방각圓方角의 형태로 돌을 쌓아 제단을 조성하였으니 천지인이 하나로 일체가 됨을 그대로 드러낸 격이었다. 게다가 하늘과 땅을 천원지방天圓地方으로 상징하여 자연석으로 하단下壇을 둥글게 쌓고 네모반듯하게 상단上壇을 쌓았으니, 이것은 땅 밑에 하늘이 있는 형국이었다. 그러니 이 웅장한 천제단을 보기만 해도 땅에서 하늘의 뜻이 저절로 펼쳐질 것 같은 기분이 들었던 것이다.

사람들은 하나같이 이리 잘 조성한 천제단을 보고 배달신을 칭찬하였다. 허나 배달신은 이 모든 것은 하늘의 현신인 단군 폐하의 뜻을 받들다보니 저절로 되었을 뿐이라며 겸손해하였다.

이윽고 하늘의 뜻이 절로 펼쳐질 것 같은 고무된 분위기에 자극되어 힘찬 함성이 터지면서 제천 의식이 거행되었다. 이 의식은 직접 단군이 주관하였다. 단군이 먼저 제를 올린 다음 조정 대신들과 왕자들이 그 뒤를 따랐다. 이어서 하늘을 기쁘게 하기 위해 악대가 등장하고 가무가 진행되었다. 이것은 하늘과 땅과 사람이 하나로 축복받음을 기리는 것이었다.

가락이 고저를 이루다가 절정을 향해 치달아가자 사람들도 그 기쁨에 못 이기는 듯 절로 몸을 들썩거렸다. 그러고는 이내 흥에 취한 듯 덩달아 노래 부르고 춤추기 시작하자 분위기는 더욱 고조되었다. 그러면서 점차 하늘의 기를 머금은 얼굴들에 생기가 넘쳐흐르면서 하늘의 뜻을 받드는 사람들의 기운이 천제단의 주위로 들끓어나갔다.

이런 가운데 단군이 나서서 천제단을 쌓았던 노고를 치하했다. 온 세상에 하늘의 뜻이 널리 펼쳐지게 하려는 사람들의 의지가 하나로 모인 결과 이런 거대한 공사가 성공리에 끝나게 되었다는 것이었다. 그러면서 주신의 나라가 이제 새로운 단계로 접어들었음을 세상을 향해 선언했다.

"주신의 나라를 건설한 이래 우리는 여러 우여곡절을 겪으면서도 새로운 인간 세상을 열어나가기 위해 한시도 쉬지 않고 노력하여왔습니다. 그 결과 우리는 오늘, 마침내 새로운 단계로 도약할 수 있게 되었습니다. 하늘의 뜻이 온 나라에 두루 미치게 하려는 우리 인간의 꿈이 이 천제단의 건설로 비로소 열리기에 이른 것입니다. 바로 여러분의 지극한 정성이 하늘을 감동시킨 것입니다. 이에 이 천제단을 참으로 성스러운 제단이라 하여 참성단塹城壇이라 이름 지을 것이며, 이 기쁨을 온 백성과 함께 축복하고자 합니다. 자, 이 기쁨을 노래하며 더욱 홍겹게 축제를 벌이도록 하라!"

고조된 분위기에 사람들이 힘찬 함성으로 화답하였다. 그 울림이 어찌나 컸는지 참성단에 모여 있던 사람들의 참된 기운이 산줄기를 따라 쭉 뻗어가는 것만 같았다. 벌써부터 하늘의 기운이 퍼져나가는 징조였다. 그런데 더욱 놀라운 것은 그 함성 속에서도 단군의 음성인지, 아니면 하늘의 소리인지 분간할 수 없는 소리가 너무도 선명하게 귓가에 들려오는 것이었다.

"항상 경천애인하라. 그러면 너희 사람들 속에 하늘과 땅은 조화를 이루어 하나가 될 것이며, 주신의 나라는 끝없이 번창할 것이니라. 주신의 나라여! 영원무궁하라!"

하늘이 감응하였다는 단군의 말을 예시해주는 듯한 징조에 사람들로부터 더 큰 함성이 울려나왔다. 그 기세는 산 밑의 대지 끝을 향해 거대한 파도처럼 연이어 물결쳐나가는 것만 같았다.

이렇게 제천 의식을 마치고 단군 일행은 온 백성들과 그 기쁨을 오래도록 함께하기 위해 악대를 앞세우며 축제 분위기를 돋우며 돌아왔다. 그만큼 참성단을 세운 것은 하늘의 축복이자 주신의 나라의 미래를 활짝 열어젖히는 기념비적인 사건으로 받아들여졌던 것이다.

단군이 왕검성에 돌아온 이후, 주신의 나라에는 새로운 세상을 향한 열정이 요원의 불길처럼 활활 타올랐다. 이런 분위기에 조정 대신들은 이 공로가 부루 왕자에게 있다고 여기고 한목소리로 단군에게 그를 태자로 책봉할 것을 주청하였다. 부루 왕자야말로 새롭게 열린 인간 세상을 활짝 꽃피워 나갈 인물임이 증명되었다는 것이었다. 이에 단군도 대신들의 청을 받아들여 흔쾌히 이를 수락하였다.

이후 주신의 나라는 꽃이 만개해나가듯 점차 그 기상이 더욱 뻗어나갔다. 생업에도 적극 종사하니 백성들의 살림은 더욱 풍족해지고, 거기에다가 풍류의 교화가 온 누리에 가득 차니 가르침이 절로 이루어지는 듯하였다. 어쩌면 부도지의 마고성이 천상의 낙원이었다면 주신의 나라에 인간의 힘으로 개척된 새로운 인간 세상이 활짝 꽃피웠다고나 할까.

분위기가 이러했으니 단군의 교화가 사방으로 퍼져나가지 않을 수 없었다. 여기에는 젊은이들의 적극적인 활동이 한몫하고 있었다. 이들 젊은이들은 단군의 시대를 살아오면서 새롭게 성장한 이들이었다. 그러니까 이들은 지난날 웅녀의 제단 위를 비췄던 빛줄기가 마리산으로 뻗어가는 것을 보고도 자신의 안일만을 생각하며 두려움에 떨었던 사람들과는 전혀 달랐다. 도리어 하늘의 뜻을 더욱 광명하게 퍼지게 하라는 뜻으로 받아들이면서 자라난 세대였다. 그러니 이들은 하늘의 이치에 따라 모든 인간을 이롭게 하는 것, 바로 그것이 이화세계와 홍익인간의 참뜻이기에 이런 복된 세상을 모든 인간이 누리도록 하는 게 참된 삶이라고 여기고 자진하여 단군의 교화를 사방팔방으로 전파해나갔던 것이다.

이들의 활동이 펼쳐지면서 수많은 나라 사람들이 주신의 나라로 찾아왔다. 천부인이자 하늘의 경을 열어 태고의 전설을 실현하고 복된 세상을 열었다는 소식에 이를 직접 눈으로 보고 배우고자 먼 길을 직접 찾아온 것이었다. 그들의 모습은 각양각색이었다. 옷모양새도 그러하거니와 생김새나 생활 모습도 많이 달랐다. 그럴 수밖에 없는 게 이들이 떠나온 지역은 만주와 대륙은 물론이고 심지어 저 멀리 바다 건너 탐라와 열도에까지 이르렀던 것이다.

이렇게 새로운 인간 세상을 배우겠다고 하루가 다르게 찾아오니, 나라에서는 이들을 그저 모른 척하고 지켜볼 수만도 없었다. 어떻게 하든지 간에 대책이 필요했다. 이에 대해 일부에서는 그들이 알아서 배울 것이니 내버려두면 되지 않겠느냐, 오히려 그보다는 나라에 해악을 끼칠지도 모르니 경계하는 것이 마땅하다는 의견을 펴기도 했다. 하지만 대다수는 참된 인간 세상을 열어나가도록 하는 게 홍익인간과 이화세계의 이치에 부합한다면서 이들이 참인간으로 거듭나도록 적극 도와야 한다고 주장하였다.

이에 따라 단군은 배우려고 찾아온 사람들을 한데 모아놓고 교화하는 작업을 진행하도록 지시하였다. 단군의 명에 따라 조정 신료들은 바쁘게 움직였다. 그런데 그 과정에서 여기에 찾아온 사람들이 하나같이 태고의 전설을 비롯해 환인, 환웅으로 이어지는 그 맥락을 이미 알고 있다는 사실을 확인하였다. 이것은 정말 깜짝 놀랄 일이었다. 그래서 어떻게 해서 알게 되었는지 그 연유를 파악하게 되었다. 여기에는 그럴 만한 이유가 있었다.

그러니까 태고의 전설을 실현하기 위한 과정에서 마침내 환인이 등장하고 그 뒤를 이어 환웅이 신시를 열었으나 또다시 혼란에 빠지게 되자 수많은 사람들이 태고의 전설의 실현을 바라고 각 곳으로 흩어지게 되었던 것이다. 그때 이들이 정착한 곳은 만주와 대륙은 물론이고 저 멀리 열도에까지 이르게 되었다. 그래서 자신들은 이들로부터 이런 얘기를 전부 전해들었다는 것이었다. 이것만 봐도 참으로 대단한 사람들이라고 생각했는데, 주신의 나라에서 온 젊은 사람들로부터 마침내 단군이 천부인이자 하늘의 경을 열어 새로운 인간 세상을 개척했다고 하는 소식을 듣게 되자, 그런 세상을 한 번만이라도 눈으로 보면 죽어도 소원이 없을 것 같아 여기로 찾아오게 되었다는 것이었다. 정말 와보니 대인大人들이 사는 나라라는 것을 확인할 수 있었고, 이에 그 진수를 배워가면 자기 나라의 발전에도 도움이 될 것 같아 이렇게 배움을 청한다는 것이었다.

들고 보니 지금은 비록 방계로 갈라져 살고 있을지라도 결국은 하늘의 후손으로 모두가 연결되는 만큼 같은 동족으로 여기고 온갖 정성을 다해 이들이 필요로 하는 것을 전수시켜주었다.

마침내 그 과정이 끝나자 이들은 주신의 나라가 베푼 호의에 거듭 감사를 표하며 각기 자신들의 나라로 돌아갔다. 그런데 그 이후 이들이 어떻게 했는지 수많은 나라들에서 사신이 쇄도했다. 그러고는 한결같이 주신의 나라는 대인의 나라이자 불사약이 있는 나라이니, 단군의 거수로서 주신의 나라를 상국으로 모시며 그 휘하에 들겠으니 발전된 나라의 문물을 적극 배워갈 수 있도록 해달라고 청을 하는 것이었다.

단군은 이들의 청을 물리칠 수 없어 허락하였다. 게다가 이들 지역들에 살고 있는 사람들 또한 다 태고의 전설을 실현하려고 했던 같은 동족이었으니 거부할 이유도 없었다. 그러니 단군의 관할 관경은 급속도로 확장되어나갔다. 저 멀리 열도에는 바다가 놓여 있는 관계로 직접적인 통치가 미치지는 못했으나 그곳에도 단군과 관련한 주신의 나라의 문물이 퍼져나갔다. 이런 정도였으니 만주와 대륙의 상당 부분은 당연히 단군의 통제 하에 놓이게 되었다.

단군의 덕화가 사방으로 퍼져가는 가운데, 단군과 같은 시기에 대륙에서 나라를 세웠던 제요도당(帝堯陶唐, 요임금)의 뒤를 이어 등장한 제순유우(帝舜有虞, 순임금) 또한 주신의 나라에 도움을 청했다. 대홍수가 발생해 물을 다스리고자 하나 어찌할 수가 없으니 그 비책을 가르쳐달라는 것이었다. 그들은 벌써 주신의 나라는 큰 물난리가 일어나도 치수治水의 경험이 풍부해 이를 능히 극복한다는 사실을 파악했던 것이었다. 그런데 조정 대신들은 지금껏 다른 나라들의 지원 요청에 대해서는 적극 응했으면서도 이 우순(虞舜, 제순유우, 순임금)에 대해서는 우려를 표명했다.

"그들의 처지가 딱한 것이 안쓰럽긴 하지만 무조건 도와주는 것은 심사숙고해야 할 것으로 사료되옵니다. 그들은 우리의 지원을 받아 능히 극복한 다음에는 분명 우리 주신의 나라를 배반할 것이 틀림없사옵니다."

"맞사옵니다. 그들은 믿을 수가 없는 사람들이옵니다. 그들이 누구입니까? 바로 황제헌원씨와 연결된 족속이 아니옵니까? 그들은 환웅 폐하의 신시 시기에도 태고의 전설을 실현하려는 뜻을 저버리고 반란을 일으켜 세상을 어지럽게 하였사옵니다. 그때 얼마나 큰 혼란이 일어났사옵니까? 그때 치우천황께서 그들을 제압하여 그 대란을 수습하였지만……. 지금에 이르러 그들 족속이 또 그러지 않는다고 어떻게 보장할 수 있겠습니까? 그러면 또 분란이 일어날 것이고……. 결코 그들을 무조건 믿어서는 아니 되옵니다."

실상 신시 시기의 환웅은 한 사람이 아니었다. 그것은 초기 1대부터 18대까지 이어져왔는데, 신시를 연 사람은 1대 거발한 한웅이었고, 단군의 아버지는 18대 거불단 환웅이었다. 그런데 14대 자오지 환웅(치우천황蚩尤天皇) 시기에 이르러 대륙 한편에서 정치의 도가 무너지며 어지럽게 되자 자오지 환웅께서 이를 바로잡고자 하였는데, 도리어 황제헌원皇帝軒轅은 이런 혼란된 정세를 이용하여 자기 혼자 제왕을 자처하며 반란을 일으켰다. 이에 자오지 환웅께서는 즉시 동두철액(銅頭鐵額, 구리로 된 머리와 쇠로 된 갑옷)으로 무장하고서 탁록 벌판에 나아가 구름과 안개를 일으키며 황제헌원의 무리를 제압하였던 것이다. 이 전쟁에서 치우천황은 한 번도 지지 않고 승리하였다. 그런데 그 과정에서 무려 70여 회 이상이나 교전했으니 얼마나 많은 고통이 따랐겠는가? 그러니 대신들이 이를 보고 우려를 표명한 것이었다.

"지금도 그들 족속은 우리 거수국들의 국경을 침범하고 있다고 하옵니다. 그런데 이를 제대로 해결하지도 않은 상황에서 어찌 무조건 도와줄 수가 있겠사옵니까?"

"설사 그렇다고 해도 도와달라는 구원의 손길을 외면하자는 말씀입니까? 정녕 그리하자는 것은 아니겠지요."

"돕지 말자는 것이 아니오라 확고한 보장을 받은 다음에 하자는 것이옵니다. 이번 만큼은 인정만으로 판단해서는 아니 될 것으로 사료되옵니다."

"그럼, 대가를 바라고 돕자는 것입니까? 그렇다면 그게 무슨 선의의 도움이겠습니까?"

단군은 대신들의 우려를 이해했다. 하지만 무엇보다 지금 필요한 것은 원대한 포부와 두둑한 배짱이었다. 다른 이유를 떠나 상대방에게 마음을 열어주지 않고 폐쇄적으로 대하는 것 자체가 벌써 홍익인간과 이화세계의 도리를 저버리는 것이었다. 새로운 인간 세상을 온 세상에 활짝 피워가자면 이런 때일수록 세상의 모든 사람을 포용하기 위한 적극적인 조치를 취해야 했다. 이것이 진정한 하늘의 뜻이었다. 그런데 벌써부터 마음을 닫고 옹졸하게 대한다면 새로운 인간 세상이 얼마나 활짝 피어나겠는가? 그렇다면 수천 년 이후에는 이 주신의 나라와 하늘의 자손들은 어찌 살아갈까? 갑자기 가슴이 답답해짐에 따라 단군의 목소리가 다시 거칠게 새어나왔다.

"대신들은 우순이 우리의 상대가 될 수 있다고 보시는 겁니까? 그리 생각하지 않고서야 어찌 그런 말씀들을 할 수 있단 말입니까?"

"단군 폐하! 어찌 그런 말씀을……."

"여러분의 아량이 좁쌀만도 못해서 하는 말씀입니다. 아량이 부족한 것은 마음이 그만큼 넉넉하지 못하다는 것이지요. 허나 명심해야 합니다. 얼마나 원대한 포부와 두둑한 배짱을 지녔는가에 따라 이 주신의 나라의 미래가 결정된다는 사실을 말입니다. 여러분의 마음이 하늘의 뜻에 따라 넉넉하고 풍요로움을 지킨다면 이 세상 그 누구라도 감히 우리 주신의 나라를 공경하는 자가 없게 될 것이며, 그 어떤 나라도 감히 침범치 못하게 될 것입니다. 아시겠습니까?"

단군의 질타에 대신들은 고개를 숙였다. 단군이 이토록 불편한 심기를 직접 드러내놓고 말한 적은 일찍이 없었기 때문이다. 허나 어찌 누가 그 뜻을 알겠는가? 단군은 지금 당장이 아니라 먼 훗날을 걱정하고 있었던 것이다. 그래서인지 분위기는 사뭇 무거웠다. 그런 가운데 태자 부루가 나섰다.

"아바마마! 소자를 보내주시옵소서. 그러면 우리 주신의 나라의 위엄을 보이며 해결하고 돌아오겠사옵니다."

"위엄을 보이겠다? 그럼, 군사적 시위라도 벌이겠다는 말입니까?"

"아바마마의 말씀대로 군사적 역량은 물론이고 모든 것이 다 준비되었는데, 무엇을 두려워하고 걱정하겠사옵니까? 허나 중요한 것은 마음으로부터 승복을 받아내는 것이라고 사료되옵니다. 군사적 제압만이라면 그때뿐이겠지만 마음으로 받아낸다면 그들 스스로가 하늘의 뜻에 따라 살아가지 않겠사옵니까? 그렇다면 그것이 세상을 편안하게 하는 길이고, 우리의 위엄을 세우는 것이 아니고 그 무엇이겠사옵니까?"

"그래요. 그럼, 그리할 방책이라도 있다는 말인 겁니까?"

대신들의 얼굴이 모두 부루에게로 쏠렸다. 말로야 못할 바가 없겠지만 이게 어디 쉬운 일인가? 더욱이 이쪽에서 아무리 잘해주어도 수용하는 자가 그 뜻을 왜곡하면 어찌하겠는가? 정말 대책만 있다면야 이리 걱정할 필요가 없는 일이었다. 허나 부루의 입에서는 정말 뜻밖에 대답이 나왔다.

"사람이 하는 일에 어찌 정해진 답이 있겠사옵니까? 단지 만반의 사태에 대비하고 하늘의 뜻을 받들며 섬기고자 최선을 다할 수밖에 없지 않겠사옵니까?"

대안도 없이 하나 마나 한 소리로 대답하는 부루의 태도에 대신들은 적잖이 당황했다. 하지만 어찌 된 일인지 단군은 웃기만 했다. 고개까지 끄덕인 걸 보면 분명 어이없어 실소를 터뜨린 표정은 아닌 것 같았다. 도무지 이해할 수 없다는 듯 대신들은 단군과 부루를 번갈아가며 쳐다보았다. 부루가 다시 입을 열었다.

"허나 우리에게는 무궁무진한 힘의 원천이 있다고 생각하옵니다. 마고의 성으로부터 내려온 역사적 연원이 더 없이 깊을 뿐만이 아니라, 우리는 태고의 전설로부터 유인씨, 환인, 환웅으로 연결된 하늘의 정통성이 담보되어 있사옵니다. 더욱이 천부인이자 하늘의 경이 우리의 땅에서 열렸사옵니다. 이만하면 하늘은 이미 그 조짐을 전부 보여준 것이 아니고 무엇이겠사옵니까?"

부루의 말에 조금 전과 달리 조정 대신들은 하나같이 고개를 끄덕였다. 어차피 이 일은 부딪쳐보아야만 알 수 있는 일이었다. 하지만 이만한 자신감과 당당함을 가지고 있다면 믿어도 될 것이라는 판단이 들었던 것이다.

이리하여 단군은 부루 태자에게 일임하여 이 문제를 처리하도록 하였다. 부루는 단군의 명을 받들어, 이 문제는 그 부근에 웅거하고 있는 대륙의 여러 거수들을 한자리에 모아놓고 해결하는 것이 가장 올바른 방안이라고 판단하였다. 그래서 우순을 비롯해 대륙의 각 거수들에게 도산塗山에서 회의를 할 것이니 사신을 파견하라는 파발을 띄워보냈다. 그러면서도 이 일의 진행이 앞으로 세상의 평화를 담보하면서 하늘의 뜻이 만방으로 퍼져나가게 하는 데에 중차대한 계기가 될 것이라고 생각하고 만전을 기해나갔다.

마침내 도산 회의의 날짜가 다가옴에 따라 부루는 천손 부대를 대동하고 길을 떠났다. 그가 목적지로 가는 과정에서 대륙의 각 거수들은 부루 태자를 정중히 맞이하였다. 처음에는 그저 거수국으로서의 형식적인 절차 차원으로 예를 올렸다. 하지만 그들은 부루가 대동한 천손부대를 보고 난 다음부터는 태도가 확연히 달라졌다. 갑옷과 투구 차림에 그토록 무서운 무기이자 보배로 여겨지는 단궁檀弓을 메었고, 거기에다가 금속으로 된 번뜩이는 칼과 창으로 무장한 군사들을 보니 주신의 나라의 군사력이 어느 정도인지 짐작할 수 있었던 것이다. 그러기에 도산에 이를 때쯤에는 아예 말하지 않아도 주신의 나라를 절대적으로 따르겠다며 각 거수들이 먼저 다짐부터 하기에 이르렀다.

이런 상황을 우순이 파견한 우사공(虞司空, 하나라 우임금)도 전해듣고 있었다. 그래서 우사공은 주신의 나라에서 어떤 압력을 가해올지 전전긍긍했다. 벌써부터 주신의 나라 거수들뿐만이 아니라 우순의 주변국들마저 하나같이 단군의 거수로서 충성을 맹세하고 있었던 것이다. 하지만 그런 그의 예측은 완전히 빗나갔다. 부루는 우사공을 보자 순순히 그들의 요구를 받아주었던 것이다.

"나는 하늘의 현신인 단군 폐하의 아들이니라. 너희 왕이 우리에게 물과 땅을 다스려 백성을 구해달라 청하므로, 단군 폐하께서는 이를 가련히 여기시고 나로 하여금 도우라고 명하셨다."

이렇게 말하면서 부루는 오행치수五行治水의 방법이 적힌〈금간옥첩金簡玉牒〉을 선선히 그 앞에 내놓았던 것이다. 아무런 대가 없이 도와주는 모습에 우사공은 너무도 감격한 나머지 부루 태자에게 삼육대례三六大禮의 절을 올렸다.

부루는 여기에서 더 나아가 각 나라의 특사가 모인 자리에서 거수가 되기를 청하는 요청을 다 받아들이면서도, 하늘의 뜻에 따라 서로의 경계를 정하여 침범함이 없이 살아야 한다고 재차 강조하였다. 그러고는 우순의 주변국에 대해서는 특별히 우순으로 하여금 감독할 것까지 허락하였다. 두터운 신임까지 보여준 것이니 하늘의 뜻을 배반하지 말라는 당부였다.

막강한 군사력이 있음에도 그것을 사용하지 않고 모든 것을 하늘의 뜻에 따라 순리로 풀어가는 것을 본 도산 회의의 참석자들은 하나같이 주신의 나라를 칭송하며 다짐하였다.

"하늘을 경애하며 하늘의 뜻에 따르겠사옵니다."

도산 회의의 성과는 대단했다. 대륙의 경계 너머의 지역에서도 하늘의 뜻이 활짝 퍼져나가게 되었던 것이다. 이로써 지난달 천신족의 방계로 머물러 하늘의 뜻을 저버리고 살았던 사람들이 이제 또다시 하늘의 뜻을 받들어 살기로 맹세하면서 다시금 제자리를 찾아가는 방향으로 자리를 잡게 되었던 것이다.

허나 그 결과가 어떻게 진행될지는 지켜보아야 했기에 부루는 당분간 그곳에 머물기로 하였다. 그런데 얼마 되지도 않아 참으로 놀라운 일이 벌어졌다. 그토록 그곳 사람들의 삶을 고달프게 만들었던 홍수의 범람이 잡히자 사람들은 너무나 감격에 겨운 나머지, 단군이야말로 하늘의 현신임이 분명하다며 각 지역에서 스스로 단군의 성전을 짓기 시작한 것이다. 이건 부루도 예상하지 못한 바였다. 이건 분명 이젠 하늘의 뜻이 주신의 나라를 넘어 사방팔방으로 퍼져나가는 단계에 이르렀음을 보여주는 것이었다. 그렇다면 이를 위한 조치를 적극 취해 나가야만 하였다.

부루는 이런 의지를 다지며 아사달로 돌아가고자 서둘렀다. 단군에게 빨리 주청하여 이를 해결하고자 함이었다. 그의 주먹에는 힘이 넘쳤다. 그런데 놀라운 일이 또다시 일어났다. 그가 지금껏 떠나려 하자 수많은 사람들이 모여들었던 것이다. 이들은 지금껏 하늘을 모르고 살아왔는데 단군 폐하께서 하늘의 자손으로 삼아주어 하늘의 뜻에 따라 살게 해준 것이 너무나 고마운 나머지, 아사달로 떠나려는 부루를 배웅이라도 하기 위해 자발적으로 모인 것이었다.

부루는 그 고마움에 그저 감사 차원의 예를 올렸다. 그러고는 사람의 참뜻이 하늘의 뜻이니 참마음으로 닦으면 누구나 선인이 될 수 있다고 단군께서 말씀하셨다면서, 앞으로도 하늘의 뜻을 잊지 말고 살아갈 것을 당부하였다. 그러자 그들은 함성으로 화답하였다. 그런데 일은 그것만으로 끝나지 않았다.

부루가 손을 흔들며 천손 부대와 함께 아사달로 향하기 위해 말에 오르자, 갑자기 어느 누군가가 큰소리로 가사를 읊었던 것이다.

"마고의 성 지유 먹고 누린 삶 천상낙원

인간 본성 찾기 위해 뛰쳐나온 긴긴 세월

황궁씨 유인씨 태고의 전설 입으로 전해지고

환인 이어 환웅 큰 뜻 품고 인간 세상 신시개천

그 뜻 이어받고 단군왕검 떨쳐 일어나

천부인 하늘의 경 열고 천지인 일치 조화 일으키니

신선神仙 사상 홍익인간 이화세계 땅에 이루어지고

하늘 백성 하늘의 뜻 사방팔방 온 세상 퍼져가니

우뚝 선 단군조선, 대인의 나라 영원하리."

단군과 주신의 나라를 찬양하는 가사를 들음에 부루는 그냥 갈 수 없어 다시 사람들을 향해 입을 열었다.

"감사합니다. 그런데 단군 폐하께서는 사람이 하늘이라 하였습니다. 그러니 여러분이 바로 하늘입니다. 자, 우리 하늘로서 하늘의 뜻을 전파하는 전사가 되어 하늘의 뜻이 온 세상 만방에 물결치도록 만듭시다."

부루의 화답에 더 큰 함성이 울려나왔고, 그런 가운데 어느 누군가의 선창으로 어아가於阿歌가 불려지기 시작했다.

"어아어아, 우리 조상 크신 은혜 높은 공덕

하늘 자손 우리들 천년만년 잊지 마세

어아어아, 우리 모두 착한 마음 활줄 되고

나쁜 마음 과녁 되니 한마음으로 바로 하세

어아어아, 우리 모두 화살처럼 과녁 뚫고

열량 같은 마음으로 악한 마음 녹이세

어아어아, 우리 모두 화살같이 곧은 마음

천년만년 빛나리니, 하늘 자손 영광일세."

어아가가 불리자 갑자기 저 멀리 아사달에서 밝아온 광명이 여기까지 비추다가 다시 더 멀리까지 환하게 밝혀주며 퍼져가는 것 같았다. 주신의 나라의 기운이 사방팔방으로 뻗어나가는 빛이었다. 그래서 그런지 부루도 덩달아 그것을 따라 불렀다.

마침내 부루는 "천년만년 빛나리니, 하늘 자손 영광일세"를 입속에 되새기며 말고삐를 쥐었다. 히이잉! 말 울음소리가 울림과 동시에 부루와 천손 부대는 내달렸다. 그들의 등 뒤에서는 여전히 어아가의 노랫소리가 힘차게 울려퍼지고 있었다.